浙江越秀外国语学院出版基金资助

"天人合一"生态智慧下的
唐诗宋词英译研究

陈菲菲　著

中国水利水电出版社
www.waterpub.com.cn
·北京·

内 容 提 要

本书以东方智慧"天人合一"认识样式重构生态翻译学的理论基础，重点对其翻译方法——三维转换翻译法作出了合一整体性的诠释，并结合古诗词的翻译特点，运用其核心理念对古诗词英译经典作品进行详细阐述和对比分析，目的在于构建具有华夏知性体系的话语形态和认识范式，以传扬中国经典文学之美、提升我国整体文化软实力，为中华文明和东方智慧样式立言。

本书具有一定专业性，适用于翻译研究者、翻译专业研究生及古诗词英译爱好者。

图书在版编目（ＣＩＰ）数据

"天人合一"生态智慧下的唐诗宋词英译研究 / 陈菲菲著. -- 北京：中国水利水电出版社，2020.6
ISBN 978-7-5170-8632-1

Ⅰ．①天… Ⅱ．①陈… Ⅲ．①唐诗－英语－翻译－研究②宋词－英语－翻译－研究 Ⅳ．①I207.2②H315.9

中国版本图书馆CIP数据核字(2020)第110877号

策划编辑：时羽佳　责任编辑：陈红华　加工编辑：李鹏举　封面设计：李　佳

书　　名	"天人合一"生态智慧下的唐诗宋词英译研究 "TIANREN-HEYI" SHENGTAI ZHIHUI XIA DE TANGSHI SONGCI YINGYI YANJIU
作　　者	陈菲菲　著
出版发行	中国水利水电出版社 （北京市海淀区玉渊潭南路 1 号 D 座　100038） 网址：www.waterpub.com.cn E-mail: mchannel@263.net（万水） 　　　　sales@waterpub.com.cn 电话：(010) 68367658（营销中心）、82562819（万水）
经　　售	全国各地新华书店和相关出版物销售网点
排　　版	北京万水电子信息有限公司
印　　刷	三河市华晨印务有限公司
规　　格	170mm×240mm　16 开本　18 印张　248 千字
版　　次	2020 年 6 月第 1 版　2020 年 6 月第 1 次印刷
定　　价	89.00 元

凡购买我社图书，如有缺页、倒页、脱页的，本社营销中心负责调换
版权所有·侵权必究

序

　　陈菲菲所撰写的《"天人合一"生态智慧下的唐诗宋词英译研究》一书以东方智慧"天人合一"认识样式重构生态翻译学的基本翻译理论体系，以整体、多维、人文、动态、致一的视角建构性地重构生态翻译学的理论基底，也对其核心翻译方法——三维转换翻译法进行了更为清晰的界定，并将其运用于唐诗宋词经典作品英译的分析研究中，分别从语言为体（文本内部关系知性体系的动态呈现）、文化为灵（文本外部诸要素的活性摄入）、交际为用（翻译言语实践诸主体的视域融合）三个相互联动的层面来探讨翻译实践过程中源语生态系统与译语生态系统是否达到了视域融合。

　　从整体上来看，该书基于中国"天人合一"智慧构式与样态，视角新颖、内容丰富、思路清晰、语言流畅，各个章节之间关联紧密、层层递进，且阐述合理，论证有深度，具有一定的理论创新性和学术价值。

　　从选题上来看，该书围绕中国文化软实力——中国古代经典文化的外译研究，可以说立意切合了当下国家文化战略与方针，而中华经典典籍对外翻译研究可以说是中国文化软实力建设的重要方面。中国古诗词的对外翻译，对于传扬东方智慧知性体系、重塑中国文化精神魅力以及提升中国文化软实力，起着举足轻重的作用。中国古典诗词的英译研究虽然是一大难点，但是本书作者敢于作出尝试，敢于从简单的翻译技巧探索到跨学科翻译理论的体系化构建，是值得鼓励的。

　　从理论价值上看，基于"天人合一"精神格局的生态翻译学隶属于后结构语境下的翻译理论形态与属性，其思维构式与价值取向是建构的、有机的、整体的，体现了当代翻译学理论研究关注复杂性、过程性、多学科交叉发展的样态。近年来迅速发展的生态翻译学虽为翻译研究开辟了全新的研究范式，为中国本土译论的构建作出创新性的探索，但仍存在一些理论缺陷，如命题与立论相悖、认识论与方法论相左，违背了翻译本体论的承诺。而源于中国传统哲学的"天人合一"认识范式，在理论上有对翻译本体论的承诺、有对原作文本话语表征样式的回归、有对译者人文主体性的认可、有对翻译内外要素整体关系论的综合动态考量、有对"合一"建构性旨归的求索与向往，奠基了致一性的翻译生态智慧义理，即为翻译生态给出了本体论的承诺。因此，该书以我国传统哲学"天人合一"生态整体认识范式来重新建构及阐释生态翻译学理论，可以说更具说服力。

从实践角度来看，该书所提出的"天人合一"认识范式下的三维转换整合这一"趋一"重构的翻译方法论对于古诗词翻译具有一定的实践指导意义。中国古典诗词中所蕴涵着的"天人合一""道法自然""适中尚和""惜生爱物""泛爱亲仁""动态平衡"等这几大要素，高度体现了中国生态智慧的精髓，因而其英译也应当关注和体现生态哲学智慧要素和表征样态。在"天人合一"生态整体观范式下，古诗词的翻译方法强调的是对文本整体进行把握和体认，要求译者从源语生态知性体系这一个意义恒定的本体事件出发，经过整体考量、诗性整合等过程，将译语的生态知性体系构建成一个与源语生态知性体系视域几近融合的现象世界。

"天人合一"生态翻译观视角下的古诗词英译研究是一个很有意义的选题，还有更广大的空间值得去深入探讨及研究。今后若作者能在"天人合一"整合致一建构性认识观照下对生态翻译观的翻译研究标准、翻译主体论、翻译批评等做进一步挖掘，将会使本研究更具理论阐释力度。

包通法写于水仙里寓所
2019 年仲秋

前　　言

中华古典文化作为中华文明向外立言的文化软实力，是中国人生命中弥足珍贵的一部分，它已在华夏灿烂的文化长河中呈现出了长久不衰的魅力。古典诗词向来是我的兴趣点所在，钟情于古诗词，只因那些深藏字里行间的清雅别致，尤其是宋词，每一次默读，都觉内心喜悦，那背后深远的韵味亘古留存。当一个人在浮华虚妄的现实社会中频感迷惘和落寞时，那些唯美清新的文字总能唤起我们对自然万物的敬畏及怜惜之情，人心的天地也会随之变得广阔无垠。

在王国维"最是人间留不住，朱颜辞镜花辞树"的哀叹中了解到时光易逝、红颜易老——生命如此短暂，因而更要珍惜眼前人和物。

在柳永"不忍登高临远，望故乡渺邈，归思难收"的愁思中体会到浪迹天涯的羁旅之士那无边无际的乡愁之思。

在李清照"欲将血泪寄山河，去洒东山一抔土"的悲誓中感受国破家亡之痛、颠沛流离之苦以及对故国深入骨髓的怀念之情。

在李之仪"流落天涯头白也，难得是，再相逢"的感触中明白虽无奈于时光的流转消逝，但能与故人相见亦是生活中细碎的美好和人间烟火的温暖。

古典诗词给予我们无可比拟的审美体验，呈现给我们对于宇宙万物的理解，让我们疲累的心灵得到升华洗涤……它所蕴含的智慧太多太多，能领悟古典诗词真意的人，定是有着异于世俗之人的风骨和理想，散发出儒雅的气质，懂得在物欲横流的纷繁世道中做最真实的自我。即便现代科技再发达，只因人类对于至美的渴望这一追求永不改变，受中国传统文化熏陶的我们，都始终不可摒弃中国古典文学作品。作为一名翻译方向的研究人员，我衷心希望作为中国文化精粹的古典诗词能在不间断的被阅读中保存经典的本质，以更易被接受的方式在英语世界里得以广泛传播，从而被更多人认可及欣赏。而这一心愿又不断激励我自己，要时刻谨记为中华经典文化的传承尽一份绵薄之力。

在我的研究生时代，生态翻译学就已经有了一定的发展。我的研究课题是围绕胡庚申教授的生态翻译学理论进行的，很感激胡教授曾经无私地将他的研究资料与我分享，给了我很多启发。然而，在将其与古诗词文学作品英译结合的研究过程中，我发现了生态翻译学的一些缺陷：其命题与立论相悖、认识论与方法论相左，体现的仍然是后现代多元、解构、去中心的认识范畴，从而带有相当解构要素的认识形态，违背了翻译本体论的承诺。譬如达尔文的"适者生存""汰弱留强"等法则本身就不具备"生态性征"，违背了生态整体主义下的生态多样性，更不利于多元化体系的和谐发展。总的来说，衍生于西方理论的生态翻译学在术语、概念、研究范式等的阐释上还存有模糊不清又自相矛盾的成分。因此，其理论建构还需不断斟酌、充实和完善。而中国千年以降的"天人合一"认识观智慧义理是"自然""和谐""人本""中庸"这些生态智慧资源的营养钵，因此，它可为整体建构趋向认识样式的生态翻译学提供丰厚的哲学理论素养。除此之外，它还有对翻译本体论的承诺、有对原作文本话语表征样式的回归、有对译者人文主体性的认可、有对翻译内外要素整体关系论的综合动态考量、有对"合一"建构性旨归的求索与向往。在阅读了相关文献以及向译学界的专家讨教之后，我认为运用我国传统哲学"天人合一"生态整体认识范式来重新建构及阐释生态翻译学理论，尤其是其翻译方法——三维转换法，显得更为合理、更有说服力。

以上是我写此书的缘由。

本书共八章。各章都有关联性，重在以"天人合一"整体建构性翻译认识样式为思想本源，重构建构质感的生态翻译学义理，尤其是其翻译方法——三维转换法，并将其运用到中国古典文化精髓之一——唐诗宋词的英译研究中去，旨在为文学翻译研究扩宽研究的思路和视野，为构建具有中国本土特色的翻译理论作出一次尝试。

关于生态翻译学研究的著作不少，如刘雅峰撰著的《译者的适应与选择：外宣翻译过程研究》、朱德芬撰著的《生态视域下的商务英语》、张杏玲撰著的《生态翻译学视阈下彝族文化的外宣翻译研究》、杨芙蓉撰著的《生态翻译学视阈下应用问题翻译探究》、岳中生撰著的《生态翻译学理论应用研究》、韩竹林和果笑非撰著的《生态翻译学及其应用研究》、盛俐撰著的《生态翻译学视阈下的文学翻译研究》、陈圣白撰著的《口译研究的生态学途径》以及贾延玲撰著的《生态翻译学与文学翻译研究》等。这些著作大多沿袭了生态翻译学的核心理念，并将其应用于各类型的文本翻译研究中，如外宣翻译、文学文本翻译、口译研究等，体现了作者独到的见解，促进了生态翻译学研究的蓬勃发展。然而，将生态翻译学与古诗词英译研究相结合的书籍尚无，且本书的新意在于运用华夏传统智慧"天人合一"研究范式重构生态翻译学的翻译理论基底，讲究整体关系的考量和本体论终极旨归，更符合东方智慧形态。可以说，"天人合一"研究范式下的生态翻译学才是基于中国传统生态哲学观所构建的、完完全全的本土化理论，是东方智慧体系下翻译研究理论发展的一大突破。这亦是本书的亮点所在。

学术科研之路充满艰辛，对于渺小的我来说，这一探索永无止境。所幸我有一颗能沉淀的心及不断进取的精神，我相信只要付出努力，在选定的领域里不断深入、不断思索，始终不改初心、循路前行，认真践行诗学文化语言翻译这一条道路，总有一天能到达理想的彼岸。

在本书的撰写过程中，我参阅了大量专家学者的相关文献和书籍，在此谨向这些专家和学者致以最真挚的感谢。在此也要说明下，本书的第六章是在我硕士论文的基础上修改而成的。鉴于本人学术能力有限，定会有不足之处，望广大专家同仁、学者朋友们批评指正。

最后，借此机会我要感谢我研究生时代的导师——包通法教授，从我学生时代起，他一直耐心地教导我做科研的方法和做人的原则，助我成长、不求回报。在本书的撰写过程中，他同样给予我很多建设性的意见，为困惑的我指明方向。作为学生的我，定会永远铭记在心。同时，我也要感谢我的同事、领导，他们对我充满信任、尽心鼓励我、支持我。最后我要感谢我的家人，替我照顾我年幼的孩子，让我可以有充足的时间安心地完成书稿。

作者

2020 年 2 月

目　　录

第一章　生态翻译学——全球生态转向的重要一环

生态学作为生命科学的重要分支之一，已逐渐从社会科学领域延伸到了人文领域。大量交叉学科，如生态文学、生态哲学、生态伦理学、生态经济学、生态政治学、生态城市学、生态建筑学等的出现，又在一定程度上丰富了生态学的内涵。而全球生态转向下萌生的生态翻译学，达成了翻译学与生态学的联姻，以一个整体全局的视角，借以生态学的义理来解读翻译过程中存在的各种问题和各种现象，旨在为翻译研究开辟全新的研究范式，为中国本土译论的构建作出创新性的探索。从近几年的发展来看，胡庚申教授所创立的生态翻译学同样是翻译界不可小觑的重要立论。

第一节　生态翻译学之缘起

全球性生态思潮的蓬勃壮大，中国古典生态智慧的深厚哲学渊源，再加之现有译学理论的局限性和构建新的、适应本土化发展的翻译理论的迫切性，令生态翻译学应运而生。它的产生和发展给处于停滞中的、以西方译论马首是瞻的中国译学界注入了新的活力，带来了新的思考。

一、全球生态思潮下生态学的蓬勃发展

维持生态平衡是不可忽视的一大战略主题。当今世界，正是因为人类生态环境的不断恶化，生态环境问题和生态文明建设问题突出，长期被忽视的"生态"一词又得以回归大众视野。如今，生态思潮已成为全球一大趋势，几乎各个领域都在讲究生态发展，学术界也越来越关注生态学以及以生态学为核心的交叉学科。

生态学研究的是环境与生物群体之间各相关元素既相互牵制又相互依赖、相互作用的关系和机制。"ecology（生态学）"一词源于希腊文"oikos＋logos"，"oikos"意为住所、栖息地，"logos"代表学科。虽有学者误认为生态学一词是由美国著名的哲学家和作家亨利·大卫·梭罗（Henry David Thoreau，1817—1862）提出的，但据大量事实考证，德国生物学家恩斯特·海克尔（Ernst Haeckel，1834—1919）才是生态学的鼻祖，他于 1866 年在《自然的艺术结构》（*Art Forms in Nature*）一书中第一次正式提出"生态学"的概念。1935 年英美学派代表人物、英国植物学家 A.G.坦斯利（A.G.Tansley，1871—1955）在《生态学》杂志中第一次提出"生态系统（ecosystem）"一词，并且这一概念在 20 世纪 60 年代开始成为生态学研究的核心，此后生态学作为新兴学科，开始向多层次、跨专业发展。其中较具代表性的有，美国著名生态哲学家、生态经济学家约翰·B.柯布（John B.Cobb）博士从 20 世纪 60 年代末起，开始关注美国和西方国家的生态危机，在不断地反思、总结的基础上，完成了世界上第一部生态哲学方面的专著《是否太晚?》（*Is It Too Late*?）。在书中他从哲学角度分析了生态危机的严重性，论证了世界公民应合力应对这一挑战的重要性。同时，他致力于倡导后现代生态生活方式、呼吁生态公正，是第一个在西方世界提出"绿色 GDP"生态理念的思想者之一。挪威生态哲学家阿伦·奈斯（Arne Naess，1923—2019）将生态学发展到哲学与伦理学领域，于 1973 年创立了极具影响力的"深层次生态学（Deep Ecology）"这一理论，以反人类中心主义世界观为鲜明特征，并提出生态自我、生态平等与生态共生等重要生态哲学理念[①]，以解决生态和谐与平衡的伦理、政治问题等。

可见，在全球生态思潮下茁壮发展起来的生态学，以人与自然的互动关系为中心，着眼于生态共同体的根本利益，是解决自然生态危机、重现生态文明价值的重要一环。

---

① Naess Arne. The Shallow and the Deep, Long-range Ecology Movement: A summary[J]. Inquiry: An Interdisciplinary Journal of Philosophy, 1973(16): 95-100.

二、生态学与翻译研究的联姻

科学研究的"返璞归真"已成为一种国际化的思潮，将生态学的义理嫁接于人文科学中的翻译研究可以认为既是一种知性认识论的构建，但同时又是一个具有哲学内涵的命题。生态学关注的是生物（我们人类同属在内）与自然生存环境之间的互作关系学。因而生态观是一种强调整体性的认识样式，这个奠基于整体模式的科学范式，是一个具有永恒意义的哲学命题。生态整体以天人关系的圆满为终极目标，关注生态系统的完整、稳定、和谐、平衡和持续，体现了当代哲学从认识论到存在论的演变过程。语言同样需要在一个整体环境中历经不断淘汰或适应、排斥或融合的持续过程，才能衍生、发展和进化。国际语用学会秘书长耶夫·维索尔伦（Jef Verschueren）曾经提出语言适应论，认为"语言适应即语言适应环境，或者环境适应语言。言语交际实际上就是不断地适应"①。持有相同观点的还有学者罗森纳·沃伦（Rosanna Warren），他认为翻译就是语言的移植，文学作品中文本意义的移植就如同动植物在不同环境里的迁移，只有适应才能生存下来。这些理论反映出了学者在语言问题上已具有一定的生态学思维。

最早将翻译研究与生态学研究相结合的，是英国翻译家兼翻译理论家彼得·纽马克（Peter Newmark，1916—2011），他在 1988 年出版的《翻译教程》（*A Textbook of Translation*）中指出了翻译的生态学特征。随后，意大利学者大卫·卡坦（David Katan）在 1999 年所著的《文化翻译——笔译、口译及中介入门》（*Translating Cultures:An Introduction for Translations，Interpreters and Mediators*）一书中对翻译生态文化做了进一步的细分。在 2003 年，爱尔兰学者迈克尔·克罗宁（Michael Cronin，1960—   ）在其著作《翻译与全球化》（*Translation and Globalization*）中首次提出"翻译生态学（Translatology Ecology）"这一概念。之后，国内的胡庚

---

① Jef. Verschueren. Pragmatics as a Theory of Linguistic Adaptation[M]. Antwerp: International Pragmatic Association, 1987: 18.

申教授、许建忠教授均从生态学角度，探讨翻译与生态环境的相关性，阐释翻译过程中出现的种种翻译现象。

把带有这种哲学转向认识范式的生态学义理与翻译研究相结合，对于翻译学研究的意义重大，使翻译研究由后现代解构样式回归到对本体论的承诺和整体观精神范式。应该说，近年来在翻译研究中追求人与翻译各要素的整体合一诉求恰好是这种生态认识转向在翻译研究中的具体体现。

三、生态翻译学的理论框架

清华大学的胡庚申教授致力于生态翻译学的研究，从 2001 年起，他陆续发表了多篇相关文章，并于 2004 年出版了译学论著《翻译适应选择论》，以此作为生态翻译学后续理论的奠基。而生态翻译学这一概念是胡庚申在"翻译全球文化国际研讨会"上首次提出的，从此之后生态翻译学作为新兴理论开始进入学界视野。为了进一步呈现生态翻译学的全景式描述与阐释及完善生态翻译学理论范畴和话语体系的建构，胡庚申于 2013 年出版了《生态翻译学：建构与诠释》一书，将前期成果和核心理念进行了梳理，厘清了生态翻译学的发展脉络，为后续研究提供了清晰的思路。

生态翻译学虽肇始于东方，但借鉴了西方的理论体系——达尔文进化论，其"自然选择、适者生存"等概念可以说是生态翻译学最基本的理论支撑。适应性和选择性是达尔文生物进化论的核心义理，要求译者能主动对翻译生态环境作出合理有度的适应和选择，使译文与原文在形与质的层面上能互相对话、和谐共存。此外，胡教授提出，生态翻译观这一理论背后的精神本质还与中国古典哲学理念中的"天人合一""道法自然""以人为本""适中尚和"等理念不谋而合。"天人合一""道法自然"哲学观倡导把人看作宇宙自然的一个组成部分，人应顺应自然，在实践中达到主客互为及个体与社会的和谐统一，而"以人为本"则要求重视人的创造性价值，即在翻译研究中肯定译者的显性地位，能尽量同时满足作者、译者和读者的求知心理需求和文化认知需求。"适中尚和"则提出万事万物是在适应社会发展并与之和谐并存的前提下发展演化的，中行方能无咎，这符合中国传统文化中的"中庸""和谐"等核心理念。将其投射到翻译理论，即要求译者在翻译过程中要受到翻译生态环境的制约，在适应环境的基础上，做到译有所为。正如英国翻译理论家彼得·纽马克所说："翻译与选择和决定有关，而非源语或目的语的机械对应。"①

总体来论，生态视角下的翻译观以不同学科的关联互动为支撑，寻求综观、整合的译学理论研究新途径。它将翻译行为视作是译者主动适应翻译生态环境的选择行为，强调"求存择优""适者生存"，认为译文应该适应译入语当下整体文化诗学价值体系方能久存。它提出并论证了在"原文-作者-译文"关系中，译者为中心的翻译观，从生态学的独特视角对生态翻译学的核心理念如翻译本质、过程、标准、原则和方法等作出了新的描述和诠释。具体简述如下：

（1）翻译本质：翻译是译者适应翻译生态环境的选择活动。

（2）翻译过程：译者适应与译者选择的交替进行的循环过程。

（3）译评标准：多维转换程度、读者反馈、译者素质，即整合适应选择度最高的翻译。

（4）翻译原则：选择性适应与适应性选择。

（5）翻译方法：侧重语言维、文化维、交际维的适应性选择转换，即三维转换②。

生态翻译学的理论既是"喻指"，也是"实指"，它着眼于翻译活动的整合综观性研究，将翻译置身于自然生态环境这样一个更加辽阔的空间领域来思索和考量整个翻译过程，使翻译学科更具人文性与自然工具性。胡庚申教授随后提出的"新生态主义（Neo-Ecologism）"概念更是深化了生态翻译学的核心义理，集"天

① Peter Newmark. Approaches to Translation[M]. Oxford: Pergamon, 1982: 19.
② 胡庚申. 翻译适应选择论[M]. 武汉：湖北教育出版社，2004.

人合一、生生不息的东方生态智慧"和"共生共存、整体主义的西方生态哲学"以及"适应性选择、选择性适应的翻译理论"之大成，并构建了"本"（文本）、"人"（译者/读者）、"境"（译境）的"三效合一"的翻译共同体①，进一步完善了该译论体系。

四、翻译生态学与生态翻译学的相似性和互异性

要论及生态翻译学，不得不关注到另一个相似理论——翻译生态学。翻译生态学虽说是迈克尔·克罗宁提出的，但他并未对翻译生态学进行科学、系统地论证。不过，该理论对翻译跨学科的发展有着不可忽视的促进作用，国内外对生态翻译学的探索均是在此理论基础上进行的。之后，国内的许建忠教授梳理了翻译生态学的相关理论，并对其进行了思考、完善和创新，尤其对"翻译生态"这一核心概念进行了系统的阐述，形成了《翻译生态学》。全书共十章，以"翻译生态"为主线，探讨翻译与其生态环境的关系，进而推至"翻译系统"和"生态体系"这两个核心概念，科学、客观地构建了翻译生态学的整体理论框架。和胡教授的生态翻译学一样，许教授的《翻译生态学》将自然科学与人文学科之间进行了合理架构，同样是一部有学术分量的著作。它不仅为译学的跨学科研究拓宽了角度，且对于长期由西方翻译理论占据主导地位的中国译学界来说，也可称得上是一次前沿性的跨界探索，对中国翻译理论事业做出了宝贵贡献。

从宏观来看，翻译生态学关注翻译与其周围生态环境之间相互作用的机理和规律，试图从生态学角度切入，剖析翻译中的种种现象，它与生态翻译学在切入角度、论证的方式过程均不相同。而生态翻译学作为一种生态学途径的翻译研究，是将翻译生态与自然生态进行类比从而衍生出的一种整体研究范式的学科，它关注于译者和翻译生态环境（翻译生态环境指的是原文、源语和译语所呈现的世界，

---

① 胡庚申. 刍议"生态翻译学与生态文明建设"研究[J]. 解放军外国语学院学报，2019（4）：125-131+160.

即语言、交际、文化、社会以及作者、委托者等互联互动的整体之间的关系）①。
具体来说，生态翻译学从生态学出发，引入达尔文学说的核心概念，试图以"自
然选择、适者生存"为理论支撑，辅以中国几千年来的古典生态哲学智慧，提出
了"以译者为中心"的翻译适应选择论。

翻译生态学和生态翻译学是在生态学发展下萌生的新兴理论，均带有生态学
和翻译学渗透、结合的跨学科性质，两者在命名原则、研究对象、研究重点、研
究方法、论证角度、论证过程等方面存在异同，彼此相互补充、相互促进，为中
国译学界开辟了新的研究方向。

第二节　生态翻译学之研究现状

2001 年 12 月 6 日，胡庚申教授在国际译联第三届亚洲翻译家论坛上首次提
及了将达尔文适应选择学说融入翻译研究的构想，并在 2004 年出版的《翻译适应
选择论》中具体论述了将西方"达尔文进化论"中的"适应/选择"学说与翻译理
论进行有机结合的方式，建立了较为全面、系统的生态翻译理论体系，最终在 2008
年正式提出了"生态翻译学"这一研究范式。随后胡教授又在国内外著名期刊发
表了多篇相关论文，分别以实践和理论的角度来论证生态翻译学理论的可操作性
和普适性，受到了学界的广泛关注和认可，众多知名学者如李亚舒和黄忠廉在《外
语教学》上发表的论文《别开生面的理论建构——读胡庚申<翻译适应选择论>》、
刘云虹和许钧在《中国翻译》上发表的《一部具有探索精神的译学新著——<翻译
适应选择论>》以及陶友兰在首届生态翻译学博士论坛上做的《生态翻译学发展的
国际传播》主旨报告等，皆高度评价了胡教授所创立的这一中西结合的本土化理
论范式，肯定了生态翻译学带给译学界的深远影响，提供了中国本土译学理论发
展的国际路径。

---

① 胡庚申. 翻译适应选择论[M]. 武汉：湖北教育出版社，2004：40.

如今，距这一理论的诞生已近二十年，在中国知网搜索关键词"生态翻译"得出，在 2009—2019 年期间国内发表的关于生态翻译学理论研究和应用研究的各类专题文章已近两千篇，而硕博论文多达四百多篇。另有不少学者著书立作以探讨生态翻译学理论在不同文本中的适用性，如刘雅峰撰著的《译者的适应与选择——外宣翻译过程研究》、陆秀英撰著的《当代中国翻译文学系统生态研究》、朱德芬撰著的《生态视域下的商务英语》、刘爱华与思创·哈格斯撰著的《生态翻译学:西方学者之声》、张杏玲撰著的《生态翻译学视阈下彝族文化的外宣翻译研究》、杨芙蓉撰著的《生态翻译学视阈下应用问题翻译探究》、岳中生撰著的《生态翻译学理论应用研究》、岳中生和于增环撰著的《公示语生态翻译论纲》及《生态翻译批评体系构建研究》、韩竹林和果笑非撰著的《生态翻译学及其应用研究》、盛俐撰著的《生态翻译学视阈下的文学翻译研究》、陈圣白撰著的《口译研究的生态学途径》及贾延玲撰著的《生态翻译学与文学翻译研究》等，这些专著进一步夯实了生态翻译学的理论基础，验证了其在各类翻译文本实践中的可行性。

可见，生态翻译学已经引起了学术界极大的重视。近年来，学术界涌现了大批有价值、有创造力的相关理论与实践研究。学者们运用此理论研究及论证翻译学科中的一些现象和问题，给译学界扩展了全新的视野。国际生态翻译学研究会于 2010 年创立，如今也已在国内外成功召开多届会议。除此之外，第一届中国生态翻译学博士论坛也在 2016 年启动，加之生态翻译学专刊的问世，无不预示着生态翻译学不可小觑的发展势头。这些尝试和努力给致力于生态翻译学研究的专家学者们提供了交流研讨的机会，为翻译理论本土化和国际化发展开辟了更为广阔的空间。下面将对生态翻译学在国内外的研究现状进行一个全观性的梳理。

一、国内研究综述

国内学者对于生态翻译学的研究热忱较高，研究队伍日益壮大，优秀的研究成果更是层出不穷。多名研究生态翻译学的专家学者获得了国家级、省级等各类级别的相关课题立项，可谓是硕果累累，使得生态翻译学的影响力逐渐扩大。下文将从理论研究和应用研究两大类别入手，厘清国内生态翻译学的发展侧重点和局限性。

首先来看理论研究。理论研究的文献，基本可分为以下三类。

其一，对生态翻译学理论本身翻译义理如翻译生态环境、翻译各要素、翻译原则、翻译方法、翻译过程等进行探索、评价，旨在完善其理论体系，并从新的角度构建理论性与实践性并行的翻译理论。李亚舒、黄忠廉认为胡庚申的《翻译适应选择论》角度新颖、原创性强，是一部对"译者地位"进行宏观思考的著作，打破了翻译理论研究的僵局，并认为生态翻译学的翻译方法和翻译原则体现了宏观和微观的有机结合，可谓理论性和实践性并行。蔡新乐同样对《翻译适应选择论》一书进行了评价，他认为胡庚申大胆地将西方达尔文的适者生存、优胜劣汰等学说引入翻译译论研究中，舍弃"自然指向"而转向"文化指向"，追求人与文化语境的统一和谐，是一种"后现代"的理论形态。此外，他还从文化共生性这一角度肯定了胡庚申的理论对促进文化振兴转向的价值。方梦之教授认为翻译生态环境由翻译生态和翻译环境这一不可分割的和谐整体组成，介绍了翻译生态场、翻译生态的和谐共生以及翻译外部各个客观环境，如经济、语言、文化、政治、社会环境等，并总结了翻译生态环境的特点为动态性、层次性、个体性，提出保持生态翻译环境和谐有序的重要性。谢志辉关注"译者主体性"这一概念，提出译者主体性的彰显和制约都是存在的，且会随翻译生态环境的动态平衡而不断作出调整，因而译者也不可盲目地调动主观能动性，而要将生态环境的各个影响因素考虑在内，才能保持其和谐一体。从这些学者的研究中可以看到，他们都肯定了胡庚申在翻译理论上作出的大胆尝试，且中心论点都在于赞誉生态翻译学理论突破了传统译学理论的桎梏，对译学发展既具有宏观的深刻思考，又具有微观的具体操作手法，并认为该理论的系统化构建必然会为中国译论研究注入新鲜血液。

其二，将生态翻译学理论与其他理论进行对比的研究也开始涌现，且角度呈现出日益新颖、多元的趋势。例如刘爱华将视角转向"生态翻译学"与"翻译生态学"的对比研究上，从两者在命名原则、术语使用、研究方法、核心理论、研究侧重点及发展轨迹等方面的异同分析得出，两种理论虽存在一定的交叉领域，但仍是属于差异性较大的两个研究范畴，并且作者认为胡庚申的生态翻译学理论更为完善，其涵盖了翻译的"内外生态环境"；而许建忠的理论只侧重于"外生态环境"，若能加强理论与实践的结合，会更具有说服力。王宁教授立足于生态学与人文科学的谐一视角，探讨生态翻译学与生态文学之间的关系，建议译者在进行翻译活动时，要对所译文本进行能动性理解以发掘其可译性，在阐释过程中尽可能地保存原文本在目标语中的生态平衡。胡庚申教授于 2019 年发表的论文《刍议"生态翻译学与生态文明建设"研究》对大生态时代背景下的生态翻译学与生态文明建设课题进行了深入的思考，指出生态翻译学由一种新生态主义翻译观主导，它具有平衡、和谐、共生、共存等生态理念，这与生态文明得以健康持续发展的核心理念保持一致，需要生态翻译研究与生态文明建设在同一个生态视域下共同进步。随着专家学者们对于生态翻译学研究的不断深入，生态翻译学与其他学科之间已互相渗透，交叉领域也在不断扩大，研究视野也日臻融合。这些研究不仅能引导读者从一个个不同的角度去发现、去审视、去解决翻译中存在已久的以及不断涌现的问题，而且能为翻译研究构建出更广阔、更宏观、更具动态和谐之美的理论体系。

其三，针对生态翻译学理论中一些尚不明确、不够完善之处，反对质疑之声也在不断涌现。我们都知道，一个理论的诞生发展过程中必会有不同的声音出现，这不仅不会阻碍其发展，反而会促进理论的不断完善。在生态翻译学诞生后不久，王育平、吴志杰就对胡庚申理论的一些核心概念提出了商榷意见，认为"翻译生态环境选择译者"这一术语过于物化环境的作用，不符合人们通常思维和用语习惯，而"翻译生态环境选择译文"这一表述又显得主客混淆，将翻译生态环境的功能等同于译者，显然是不妥的。两人还对达尔文生物进化论是否适用于中国本土译论研究提出了质疑，认为盲目地将其运用于翻译理论研究并不能合理解释翻译现象，从而推论出生态翻译学的理论基础过于牵强。陈水平指出生态翻译学理论在定义翻译生态环境、阐述翻译本质以及构想学科建设时存在三点悖论，认为其理论构建过于狭隘偏颇，忽视了生态伦理。

除此之外，有较多学者对生态翻译学的核心立论——"译者中心论"提出了质疑。同样以达尔文进化论的"适应""选择"学说为理论依据，冷育宏从生态哲学视角验证生态翻译学"译者为中心"的这一假设究竟能否成立。他提出，当译者进入翻译生态环境时，他如同自然界中的人类一般，成为了环境中的一个重要元素，为了让译文能在新的环境中得以"生存"，他需要权衡整体翻译生态环境下的各个环节各个要素，并作出适时适度的调整，以适应该生态环境，正如达尔文学说中的"适者生存"所揭示的意义，个体需通过改变自身来适应外部环境，以达到生存的目的。这当中的悖论就是，作为要不断改变自身以适应环境的译者，又如何能成为这一翻译生态环境的中心？这一问题的确值得深思。他进一步指出，虽然译者的选择和适应在一定程度上能决定翻译生态环境的和谐性，但译者仍需要综合考虑原文、原作者、源语文化、译文、译者、译语文化等因素，即在这一过程中，译者要不断改变、调节自身来适应翻译生态环境，因此译者就不可能作为"中心"出现，而是和翻译生态环境中的其他元素一样，只是普通一员，因而他们的地位是平等的、不分伯仲的，为促进翻译生态环境的整体和谐这同一个目标努力。"译者中心论"是生态翻译学的中心论点，冷育宏肯定了译者作为翻译活动中重要一环的价值，但也认为"译者中心论"同"原文中心""译文中心"这些概念一样，过于极端。肖云华肯定了生态翻译学对于推进中国本土翻译理论研究发展的重要意义，但指出其整体推理模式具有明显的理论缺陷。就方法论来看，它借助翻译生态与自然生态系统特征的同构隐喻，将生态翻译环境与翻译生态圈做类比，且提出各要素形成一条"生物链"关系。这些论述似无强有力的科学理论支撑，因为类比可以是一种文学修辞，但作为科学研究方法还不够严谨。

从生态理性上看，生态整体性的义理指明人类是自然的一部分，虽然人的主观能动性是独特的，但人并非居于中心地位，这体现出"反人类中心主义"的意味。而生态翻译学提倡达尔文学说的适应与选择，提出"以译者为中心"的论调，显然违背了生态理性，不符合生态整体性的价值观。肖认为，语言上的选择与适应看似是译者操作与思考的结果，但在本质上则是语言的内在要求。他提出的一系列质疑如生态翻译学到底是一种知识形式还是一种伦理规范、生态翻译圈中的"伦理-认知平行"悖论如何协调以及怎么处理达尔文错误的"适应/选择"论与"突变/选择"的关系等都具有真知灼见，值得研究学者认真思量。杨超从结构与能动性关系这一独特新视角下审视生态翻译学产生悖论的本质原因，同样指出了生态翻译学的"选择适应"和"译者为中心"等理论框架自相矛盾、有失偏颇，既然选择适应，就暗示了译者没有决定权，只是翻译环境中的普通成员，无法担任翻译环境中的中心地位。可见，对"译者中心"论的众多非议体现出生态翻译理论研究还需进一步发展的必要性和紧迫性。

尹穗琼指出，胡庚申的生态翻译学虽以生态整体性为理论基础，但却违背了生态哲学的本质理念，对西方的达尔文学说和东方的古典生态智慧的理解都较为片面，所作的阐释也比较肤浅、笼统，不尽科学。随后罗迪江、胡庚申著文针对尹穗琼提出的有关生态翻译学的研究范式、理论基础、理论建构、译者中心与翻译方法等问题一一进行回应与反驳，指明生态翻译学并未"抛弃生态范式的哲学精髓"，并指出尹穗琼对于生态翻译理论建构的论述中存在明显悖论。有趣的是，尹穗琼对于这篇文章进行了再度回应，认为罗迪江、胡庚申的文章对于所有的质疑之处并未能给出合理有效的解释，更从生态翻译学的研究范式及指导思想、生态翻译学的理论基础与理论前提、生态翻译学的定位等方面再度发起有力的质疑。可见，学者对于生态翻译学研究充满了热忱，且双方质疑与回应之间的精彩博弈体现了学者们深层次的哲思之辨，让我们看到了国内译学界的无穷生机。可见，学者提出的种种质疑正从另一个侧面表明他们对生态翻译学的关注和兴趣，且正是因为对真理有着如此执着的探索，才能促进我国本土翻译理论的壮大与发展。

诚然，生态翻译学本身具有很多局限性，且作为跨学科移植，必然会出现各式各样"水土不服"的问题，因而翻译研究者要以尊重翻译生态环境的"多层级、多维度和跨区域性"、重视翻译语言的生态性，并以建构人与自然和谐共生的生态伦理为基础，抛开译者为中心的片面价值取向，把译者化身为整个翻译环境的一个组成部分，去认真探索并体悟翻译的本质差异，共同构建更为广阔的生态伦理空间。

运用生态翻译学进行的应用研究类文献在所有文献中占最大比例，且具有跨学科性质，可从一定程度上反映出生态翻译学对于翻译实践研究具有解释性和可操作性。以下主要从生态翻译学应用研究的三大主要内容来进行梳理分析。

其一，关于各类文本译文的分析研究。此类研究主要侧重于运用生态翻译学的翻译方法——三维转换翻译法来衡量译文的信度和效度。这些研究所选取的文本类型十分广泛，涉及经典文学作品外译、外宣翻译、旅游文本、电影片名、网络用语、公示语、广告语等各类实用文本英译等，证明了三维转换翻译法对于指导翻译实践的普适性，为翻译批评提供了新视角。例如蒋骁华教授借助生态翻译学的三维转换翻译法，对白之（Cyril Birch）、汪榕培、张光前的《牡丹亭》全译本进行评析，认为三位译家在适应语言生态环境、文化生态环境上都作出了相应的努力和选择，译文各有特色、富有创造性，且总体上达到了交际的总体意图。作为第一个以翻译适应选择论为理论框架，对外宣翻译展开详细、清晰研究的学者，刘雅峰汲取了生态翻译学的核心理念——"译者的适应与选择"，并将整合适应选择度厘定为外宣翻译译品的评判标准，为外宣翻译实践提供了切实有效的理论指导。她从译者对外宣翻译生态环境的适应和选择这两大角度进一步深入探讨了译者究竟该"如何适应""如何选择"等问题，提出文化全球化视野下，译者在进行外宣翻译实践活动时应具备正确的意识观，主动适应对应的翻译生态环境，使译文符合最佳"整合适应选择度"。作为生态翻译学的一个重要理念，"译者中心论"同样具有重要的研究意义,葛瑞峰从此视角出发,解释了译者在进行中药产品的海外推广和中医文化的域外传播时"译有所为"的必要性,即"为人而为""为文化而为",更分别从三维视角进一步提出了"如何而为"的具体方法,以助力中医文化向外的有效传播。龙婷等学者针对江西旅游景区景点翻译错误频发、不符合用语习惯、易造成文化误解等问题,从生态翻译学的语言维、文化维、交际维入手,分析江西 AAAAA 级景区牌示英译的典型案例,提出改进翻译质量的有效措施,以促进江西旅游大省的形象建设、提升我国的文化软实力。不同文本的翻译实践研究表明,生态翻译学观几乎适用于任何类型的文本,对于翻译活动具有较强的指导性。

其二,关于译家翻译思想及翻译风格研究。这一类型的应用研究侧重于从较为宏观的角度,运用生态翻译学知识体系对译家翻译思想及翻译风格进行实证研究,探讨译者对于翻译生态环境的适应程度和效果。例如杨群基于生态翻译学中的译者主体性研究理念,以林语堂的《浮生六记》(*Six Chapters of a Floating Life*)为例,分析林语堂在翻译过程如何发挥译者主体性、对翻译环境进行适应和选择,以期对林语堂的翻译风格和特征有更深入的了解。孙迎春结合生态翻译学的核心概念,从"适者生存""译者原则"及"语言风格选择及译品影响反映了什么"三个方面探讨翻译宗师张谷若先生的翻译理念,通过译文分析得出张若谷的翻译思想注重整体效应,体现了译者的"译而有为",这与生态翻译学义理中翻译生态环境各要素达到整体平衡这一理念相吻合。胡庚申从翻译生态环境这一视角对我国现代杰出文学翻译家傅雷先生的翻译思想进行了生态翻译学的诠释,高度赞誉了傅雷先生是适应和选择翻译生态环境的"高手",他所作的译文是"适者生存、长存的典范"。除了从生态翻译学角度对国内翻译家的翻译思想进行研究,也有学者将目光聚焦于国外的、特别是在中国经典文本外译领域中表现卓越的翻译大家。葛浩文被认为是中国现当代文学作品翻译领域最重要、最具成就的翻译家,他的作品大多是在尊重原作的基础上有效地发挥译者能动性,为中国文化成功移植到西方语境作出了不朽的贡献，因而从生态翻译学视角对其进行研究的论文也占据一定比例，其中胡伟华、郭继荣从"译前文本选择"及"译中翻译策略与方法选择"这两个方面对葛浩文在翻译实践中的译者主体性进行了全方位的解读，最后论证其在融入源语及译入语翻译生态环境上作出了全面性的适应性选择。这些研究通过对译家翻译作品的例证分析，进一步阐述了该理论在不同形式的翻译实践中的具体应用，亦证明了生态翻译学研究维度的多样化性征，对产生符合主流生态价值取向之译文的翻译实践具有可操作性和解释力。

其三，对外语教学各环节的实践研究。生态翻译学发展的这十几年间，理论逐渐完善、成熟，一些学者开始将其纳入到外语教学的研究范畴中，相关文献多达数十篇。研究者们从生态整体观视角重新审视传统的翻译教学模式，对教学途径、教学目标、教学内容、教学方法及评价体系等方面进行反思、革新，从而构建更为合理的翻译教学生态体系，并总结出具体的教学实践方案。例如陶友兰以宏观的视角分析了中国翻译教材的发展历程，指出翻译教材应该符合生态设计的基本理念，且需呈现动态平衡性，提出了翻译教材的生态式设计构想，以求设计出符合整体翻译生态体系的翻译教材。舒晓杨以生态翻译学的理论内涵为基础，融入了教学目标、课程资源、翻译主客体及翻译市场需求等因素，对翻译教学模式进行了实证研究，证明了生态翻译理念与翻译教学的融合体现了有效的生态互动，能真正提升学生的翻译能力。除对翻译笔译教学研究的热度不减之外，口译教学方面的生态学研究也呈逐渐上升趋势。例如邓媛意识到口译模式革新的重要性，以口译学的生态教学途径为着眼点，从理论基础、目标倾向、实现条件、操作程序和效果评价五个维度分析如何构建依托项目的 MTI 口译学习模式，以实现口译生态环境的和谐。孙爱娜从生态翻译学视角出发，梳理了中国口译模式的发展情况，阐释了口译生态环境下译者的能力构成，并提出了一个多元、动态的生态口译训练模式。生态翻译学在教学中的应用研究发展较为迅速，这也从侧面反映出生态翻译学已经逐渐走向成熟。

二、国外研究综述

虽然无法与国内的研究广度和深度相提并论，但全球性的生态理论热潮同样吸引着西方学者。随着生态翻译学的蓬勃发展，国际翻译界中已有越来越多的学者开始关注生态学视角下的翻译理论与实践研究，并产生了不少角度新颖、颇具价值的研究成果。

生态翻译学肇始于中国，但早期开始就有许多知名学者对翻译及语言中的适应与选择论题进行探讨，这些研究均为生态翻译学的产生与发展作了很好的理论铺垫。早在 1987 年，国际语用学会秘书长耶夫·维索尔伦就在其著作《语用学：语言适应理论》（*Pragmatics as a theory of linguistic adaptation*）中将生态学引入语言研究，提出"语言顺应理论（Theory of Linguistic Adaptation）"，解释了语言与环境之间的适应关系；1988 年，英国语言学家和翻译家代表人物彼得·纽马克在归纳翻译过程中的文化介入种类时，将生态学特征界定为其中的第一大类；在此之后，大卫·卡坦进一步明确和细化了翻译生态文化的分类，阐释了翻译生态环境的内涵。爱尔兰都柏林大学的迈克尔·克罗宁教授在《翻译与全球化》一书中最早提出了"翻译生态学"这个名词。这些研究都为生态翻译学的正式诞生奠定了扎实的理论基础。

2010 年 4 月，国内生态翻译研究者们发起并成立了"国际生态翻译学研究会"，距今已成功举办过六届会议。国际生态翻译学会议不仅吸引了国内大批学者，也引起了一些海外学者的关注。据粗略统计，大概有数十位从世界各地而来的西方学者在大会上宣读了生态翻译学相关论文。凯伊·道勒拉普（Cay Dollerup）教授分析了欧洲不断出现翻译理论的社会、文化、历史的原因，指出生态翻译学是成长于欧洲语境之外的第一个真正具有"原创"意义的翻译理论，它基于中国天人合一思想体系，形成了一种思维创新，是中国学者在国际翻译理论界发出的最强音，这给予了生态翻译学最高的赞誉；迈克尔·克罗宁教授一直走在生态翻译学发展的前沿，他认为译者应该在翻译活动的多种情况中进行选择，使翻译呈现出一种开放性，在《为何翻译不应以损害地球为代价，以地球生态为中心的研究》一文中，他提出了关于生态和翻译的一些观点，进一步强调了翻译过程中渗入生态性的重要性。法国巴黎第三大学丹尼•盖尔（Daniel Gile）教授在其论文 *On Adaptations to the Translating Environment in Research on Translation* 中论及如何在翻译研究中适应"翻译生态环境（translational eco-environment）"的问题，对生态翻译学的重要命题进行了深入研究；法国埃克斯•马赛大学对华科技合作高级顾问古屹峰（Yvon Gousty）教授结合自己在各国的工作经历提出，科技项目的翻译应该是严谨的，任何误解和误译都会造成严重后果，为了改善国际科技翻译的境况，他提出要借鉴生态翻译学的理论要素，重视译者对于翻译生态环境的适应和选择，建立专业科技翻译团队，创造出高质量的科技项目翻译。另有国际权威期刊《视角：翻译学研究》（*Perspectives:Studies in Translatology*）主编罗伯特•A.瓦尔登（Roberto A.Valdeón）教授、新西兰籍华裔学者亨利•刘（Henry Liu）博士和美国纽约州立大学的陈西金燕等学者均从创新的研究视角探讨了生态翻译学的发展前景，为生态翻译学的研究提供了更多新颖有趣的、具有实用价值的视角。

由上可见，国外学者对于生态翻译学的关注度也逐年上升，但在广度和深度上尚无法与国内研究相提并论。然综观而言，所有研究都在一定程度上预示着生态翻译学今后的国际化发展趋势。

第三节　生态翻译学之发展趋向

生态翻译学从 2001 年诞生至今，已发展了十多个年头，从最初的默默无闻到如今的声势浩大，历经了艰难的研究历程，它所取得的成就可谓众目昭彰。作为后现代语境下的翻译理论，它的起源与发展，彰显了中西方思想的激烈碰撞，是文化、社会、学术、译学研究者等各内外部因素合力的结果。作为一个极富独创性的理论，生态翻译学给翻译界引入了全新的研究视角和研究范式，也赢得了译学界的广泛关注，除了译学名家们热度不减的追踪研究，还有各大高校的硕士、博士生们运用生态翻译学理论进行各类基础和实践性研究，推动了该理论在国内外的发展进程。纵观这些年的研究和积累，生态翻译学的发展呈现出以下几个趋势。

其一，生态翻译学横跨"自然"与"人文"学科的理论框架建构已显雏形。胡庚申教授最早提出的"翻译适应选择论"解释了将达尔文的自然选择学说应用于翻译领域的可行性，奠定了生态翻译学的前期基础，创建了此译学的基本框架。之后胡教授经过进一步的探索，明确了更具体系化的生态学术语，如"新生态主义""翻译生态环境""翻译生态""翻译群落""适应与选择""关联互动""三维转换"等，促进了该理论的升华，至此生态翻译学作为一门新创理论，已经颇具风骨。然胡教授并未停止对生态翻译学理论的完善，针对研究者们提出的争议，他连连发文并撰写第二本著作《生态翻译学：建构与诠释》，给出了有力的回应。据统计，胡教授前后共发表相关论文多达五十余篇，足见他对此领域的研究热忱。

其二，研究内容、研究视角呈多样化势态发展。生态翻译学作为一个较为成熟的理论，其强大的解释力也已被各种研究所证实。文学翻译、商务翻译、时政文本翻译、旅游公示语翻译、外宣翻译、教学研究等领域均涌现不少具有创造性和实践性的研究成果。相较而言，国内研究者更侧重于运用基本理念和翻译方法来解读各类翻译现象，包括文学以及应用文本翻译的个案研究、不同译本对比研究、译家风格研究等，而国外学者则更为关注生态学理论下的翻译学研究。据统计，在国内生态翻译学研究中，频次前 20 位的关键词里，适应与选择、译者中心、三维转换、字幕翻译、公示语、翻译教学等研究热点均在列[1]，相信除了翻译学领域中的应用，未来生态翻译学的研究触角还可伸至更广的领域。

其三，实证性研究占比较大，其关注度远超理论研究。从前文的研究现状论

---

① 王建华，周莹，蒋新莉. 近 20 年国内外生态翻译学研究可视化对比[J]. 英语研究，2019（2）：132-134.

述来看，生态翻译学的应用性研究在数量上的增幅呈螺旋式上升，且在广度和深度上也有了一定拓展和挖掘，而理论性研究相对而言较少，这就需要未来生态翻译学的研究者们继续挖掘和拓宽研究的深度和广度。综观而言，以下领域将会是今后生态翻译学研究的热点所在：**翻译研究中的东方智慧与西方理念研究、翻译史研究、翻译伦理研究、生态翻译学的"虚指"研究与"实指"研究、翻译批评研究、译学流派研究等。**

综上所述，生态翻译学目前的研究发展中，仍存在一些问题，如研究层次比例失调、研究方法较为单一、理论的系统性研究还有待加强等，但生态翻译学总的研究思路和发展趋向已愈渐明晰、研究队伍正在日益壮大、研究内容亦在不断深化，国内外的学术影响力也在逐步提升。可以说，生态翻译学充满着无限生命力，如果能吸引到国内外更多有独到学术见解的专家学者加入，产出更多得到国际认可的研究成果，那么这一理论定能经得起历史考验，在持续的发展壮大中变得更充实、更完满。

第四节　生态翻译学之核心术语

生态翻译学创造性地将生态学范式引入翻译研究，以统观全局的视角为翻译学的进一步发展开辟了新的方向，在学界引起了不小的研究热潮。学者们从"生态""环境""适应""选择""三维转换""整合适应选择度""译后追惩"等核心生态学术语入手，阐释翻译活动和翻译现象的本质、过程、标准、方法、原则等。如今，由翻译与自然环境的类比所衍生出的这些生态特色术语已被不少学者所接受，而生态翻译学重要理念的不断完善对于生态翻译学理论的最终形成起到了坚实的奠基作用。

与传统的翻译研究范式相比，生态翻译学关注翻译环境的整体性、关联性、平衡性、动态性、多样性以及统一性，更注重译文的生态体系和译者的生存状态，指出翻译活动要以"译者为中心",译者要做到"译有所为",在语言、文化、生态、自然、社会、人类、交际等生态因子间建立起"关联序链",以语言维、文化维、交际维等维度的适应与选择为导向,创造出"整合适应选择度"最佳的译文,实现翻译系统的生态平衡。

一、翻译生态环境

翻译的目的就是为了作品能在异域文化中被接受、被认可,从而广泛传播形成一定的影响力,因而文本存活的生态环境显得尤为重要。上文已提及,"翻译生态学(Translation Ecology)"是由爱尔兰学者迈克尔·克罗宁于 2003 年提出的一个全新概念,随着这一术语的问世,学术界众多学者开始深入探讨翻译与生态之间的关系。

胡庚申将生态思维融入翻译领域,他认为翻译与生物界之间是有关联的。翻译是不同语言之间的转换,而语言代表的是一个民族特有的文化内涵,文化又是人类在长期社会历史发展过程中沉积下来的物质财富和精神财富的总和,人类作为生物进化的产物,是生物界的重要组成要素。因而可以看出翻译、语言、文化、人类、生物界之间存在一条环环相扣的关系链,它呈现出翻译活动与生物界彼此通融、彼此作用的互联关系,如图 1-1 所示①。

图 1-1　翻译活动与生物界之间的互联关系

胡教授将达尔文理论中的"生态环境"这一定义进一步扩展为"翻译生态环

① 胡庚申. 翻译适应选择论的哲学理据[J]. 上海科技翻译,2004(4):1-5.

境"这个全新理念，提出翻译生态环境由无机环境和翻译群落组成，前者主要指源语文本所呈现的社会、历史、政治、经济、交际等相关因素组成的一整个文化生态价值体系，而后者着重翻译过程中所涉及的翻译主体，包括译者、读者、翻译研究者等，而这一体系中的各要素处于平衡、互动、和谐、共生的状态。

除了胡教授以外，还有不少学者对"翻译生态环境"提出了自己的见解。许建忠教授的"翻译生态学"同样是从生态学视角出发，对翻译活动及其生态环境的相互关系进行深入研究，阐明翻译生态环境是以翻译为中心，对翻译的产生、存在和发展起着制约和调控作用的 N 维空间和多元环境系统。他强调翻译的内部环境和外部环境的多维性、系统性，注重译者对翻译环境中各类因素的综合运用。方梦之教授认为翻译生态环境由翻译生态（场）和翻译环境组成，具有动态性、层次性和个体性，是一个不可逾越的统一体。译者作为整个翻译生态系统中的一个组成因子，要适应并融入特定的生态场，因唯有和谐才能促进翻译生态环境的可持续性发展。学者对翻译生态环境的探讨研究从一定程度上论证了翻译实践与其所在的环境体系是有关联的，源语、源语背后的文化生态体系以及译语和译语背后的文化生态体系紧紧交织在一起，促进了各生态因子之间的互联互动。

在胡庚申的理论范式下，翻译生态环境由源语世界和译语世界两个大型生态环境组成，它以翻译活动为中心，是一个制约且调控着翻译整个发展过程的复杂、多元系统。这一概念比语境更为宽泛，它涵盖面很广，涉及语言、文化、经济、社会、交际等，具有开放性、动态性、平衡性、变异性、兼容性等特征。可以说，除了译者以外，这个系统中其余一切要素均可视为翻译生态环境的组成部分，而译者和译文的生存完全依赖于翻译生态环境。译者处于这一动态多变的复杂环境中，需对各种因素进行综观考量，恰到好处地作出契合于译入语生态环境的适应与选择，译出高水平、高质量且能够肩负起文化传播这一重任的优秀译文。

翻译生态环境以全面的、潜移默化的、渗透式的方式对翻译整个过程产生深刻影响，将翻译的整个过程类比为翻译生态环境，体现了生态学和翻译学的有机无间性融合，能真正实现语言、文化、交际、社会等要素之间的互联互动，使翻译生态与翻译环境互相契合、共求发展。

二、适应与选择

翻译实践中不可避免地会涉及大量对语言形态的适应、选择、删减、保留等。而关于"适应"与"选择"一说，在我国古典翻译文论中早有论及。南北朝时期的名僧释道安（314—385）曾在《摩诃钵罗若波罗蜜经抄序》中提出了著名的"五失本"与"三不易"翻译思想，其中的"一不易"便是"圣必因时，时俗有易，而删雅古，以适今时"[①]，即译者应随时代的变更对言论加以适当删改以适应当今的时俗，这就鲜明地体现了"适应"与"选择"的核心翻译理念。

达尔文的"自然选择"和"适者生存"学说是生态翻译学的重要理论基础。翻译实践中译者所作的译文在翻译生态环境中所面临的优胜劣汰与自古以来人类在大自然中所遵循的"求存择优"自然法则具有相通性，无论是翻译生态体系中的译者还是处于大自然中的人类，都需要不断地对环境作出正确、合理的适应和选择，才能继续生存。生态翻译学的核心理念之一即"翻译即适应与选择"，生态学研究范式下，翻译研究可看作是译者不断适应翻译生态环境的选择活动。捷克著名翻译家彼得·纽马克认为："翻译理论的重点并不在源语篇或目的语篇的运作原理上，而是该过程中的选择与决定。"[②]源语生态环境和译语生态环境具有极大的不对称性，因而在翻译过程中，译者会面临一系列的选择。为了能较好地适应译入语及其代表的文化体系、读者群体、出版商、赞助商等要素、提高翻译效能和译品质量，译者必须历经无数次的、连续不断的选择和处理过程，而这些选择互相串联，并贯穿翻译活动的始终，共创翻译文本的语境。

胡庚申教授提出，译者的基本能力是对原文文本的判断力、翻译环境的适应

---

① 陈福康. 中国译学理论史稿[M]. 上海：上海外语教育出版社，2000：18.

② Peter Newmark. Approaches to Translation[M]. Oxford: Perga-mon, 1982: 19.

能力、追求译作良好质量的能力等所具有的动态互动选择和适应的内在能力①。这已经涵盖了一名优秀译者所需具备的所有能力。译者需依据译文质量的高低，接受翻译活动的选择法则——优胜劣汰。译者只有对翻译生态环境的"语言内部因素"和"超语言外因素"均做到适应和选择，译文才能"生存"且"长存"。

三、译者主体性

传统翻译学理论中，原文本和原作者处于核心地位，而译者一直是处于边缘地位，在翻译活动中被限制发挥"自由度"和"创造性"，但凡有译者超越了"自由度"对主观能动性进行"创造性"发挥，便会被冠以错译、误译、烂译的恶名，对提高翻译文本的质量着实不利。彼得·纽马克曾将文本划分为有效文本（valid text）和有缺陷文本（deficient text）两大类，有效文本能有效传达原文旨意，因而译者要忠实于它；而有缺陷文本则无法完全传达出文本意义，因而译者可以酌情作出必要处理②。虽然纽马克大体上仍是持有"文本中心论"的观点，但这一言论明确指出原文本存在缺陷和局限性，不应居于神圣不可侵犯的地位，而译者的能动作用应该得到重视。而且，随着文化转向在翻译研究中的出现，译者的地位也已不断上升。如今译者在翻译实践中得以摆脱"隐形论"的桎梏，可以在一定的自由度内发挥主观能动性，展现出独特的个体风格和时代风貌。

翻译的话语、文本是翻译的客体，而翻译中所出现的具有主观能动性的"人"即是翻译的主体。从狭义上看，翻译主体只有译者，但从广义上看，作者和读者等具有主观意识的人也可看作是翻译主体。需注意的是，翻译主体中，只有译者的身份是多维的，即译者不仅要担当语言的转换者（当然这是译者的主要身份），还需考虑到其在不同社会体系中的角色定位。生态翻译学的翻译观便是聚焦于"人"，以译者为中心展开了一条各元素相互关联、相互制约的翻译序链。如图

① 胡庚申. 翻译适应选择论[M]. 武汉：湖北教育出版社，2004：101-107.
② 孙致礼. 译者的职责[J]. 中国翻译，2007（4）：14-18.

1-2所示[①]，译者居上，成为翻译的主导者，下面各要素如作者、原文、适应性选择转换、译文、读者等串联并行，构成翻译活动的一个互动循环过程，而中心是适应性选择转换，并与原文和译文所代表的语言、交际、文化、社会等相互关联，形成合一整体。

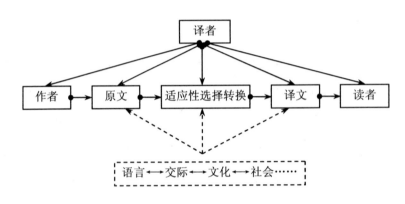

图1-2 译者在翻译活动中的中心地位和主导作用

这就意味着，翻译活动是以译者为中心、强调译者所处的主导地位、彰显译者能动性的活动，而翻译的质量取决于译者的综合素质。关于译者择取何种翻译材料、选定何种翻译策略、利用何种翻译方法去进行适应性选择和选择性适应，都依赖于译者的行为本能。具体来说，译者凭借自身的学养、经验、翻译技巧及理念等内部优势，在一个开放性与限制性并存的生态空间里进行翻译活动，先作为读者与原作者进行跨时空的交谈，在领悟原作的主旨风貌后，再以媒介之身在翻译生态环境中对原文进行合理的解读及阐释，最后以再创者之姿呈现原文到译文的终极移植。可以说，译者作为"翻译群落"的翻译主体，需要践行"生态整体主义"，对于译文的适应和选择需要考虑时间和空间两个维度下的生态空间。

传统译学以原著为中心，认为翻译只是语言层面的转换，如英国语言学派的翻译理论家J.卡特福特（J.Catford）提出的"语篇等值"以及清末思想家严复提出

---

① 岳中生，于增环. 生态翻译批评体系构建研究[M]. 北京：科学出版社，2016：34.

的"信达雅"都表明译者要忠于原作信息的传递，译者的角色只不过是中介，是"仆人"，甚至是"带着镣铐的舞者"。但不可否认的是，译者在构建译文整体生态体系这一过程中具有相当重要的地位，直接影响译文的质量，而译文的优劣关乎源语文化是否能在译入语生态体系下顺利传播和发展。

可见，生态翻译学所提出的"译者中心论"这一论断虽与传统中国译学所倡导的"原作本体论"完全背离，但也恰好体现了译学理论体系正朝着多元化方向发展。在当今中国优秀经典文学作品"走向西方、走向世界"的大背景下，译者创造力和自由度的发挥并非凭空而为，而必须考虑译入语的文化价值生态体系（如译入语环境的文化需求、价值导向以及目标读者的阅读审美习惯、接受效果等），以兼容并蓄之姿译出整合适应选择度最佳的译文，使源语文化得到目标语读者的理解、尊重和推崇。

四、三维转换

生态翻译学着眼于译文所营造的整体效果，要求译者在把握好源语及译语文化生态体系的前提下实施"多维转换"，而"三维"是译者所需遵循的最基本维度。生态翻译学的三维转换翻译方法一直是研究界的热点。三维转换指在多维度的选择性适应与适应性选择的翻译原则下，相对集中于语言维、文化维和交际维的适应性选择转换。语言、文化、交际三者紧密交织、不可割离。因此，我们在谈论某一个特定维度的适应性选择转换时，并不意味着其他维度的"缺席"，相反，它们同时进行、相互交织，呈现出联动效应。

语言维转换指译者在翻译过程中需实现对原文本语言形式的适应性选择转换。世界上任何语言都具有相通性，英汉两种语言虽属不同语系（英语作为形合性语言，汉语作为意合性语言），在语法、语音、篇章结构、文体风格等方面存在较大差异，给翻译增加了难度，但这两种语言之间的符号转换仍是可行的，译者在进行翻译实践时，必然要深入领会原作的文体类型和语言风格，才能为自己的译风下一个合适的基调。可以说，语言维度的转换要求译者关注源语环境中的词汇、句法、修辞、文体风格等要素，并对其进行一定的增加、删减、合并、更改等，忠实地传达出原文语义，以求对源语生态环境的语言形式作出最佳适应性选择。译者只有了解了语言在结构、形式、文化内涵等方面的差异，掌握了转换技巧和规律，才能顺利地进行相应的"语言移植"。

文化维转换指译者在翻译过程中考虑到双语文化内涵的有效传递。语言是文化的组成部分，是文化的载体，文化只有通过语言才能得以呈现。可以说，文化有了语言的助力，才具备传播性和交际性。世界上每一个国家都有独特的文化内涵，如世界观、价值观、人生观等意识形态，以及哲学、文学、艺术、宗教等思想艺术，包罗万象、异彩纷呈。众所周知，中西方因受地理位置、文化起源等因素的影响，在文化模式和文化特征方面的差异较大，呈现出文化多样性。必须承认，通晓两方文化的确不是件易事，但若不能正确地理解源语和译语两种文化体系，必然无法客观地译出令人满意的译文，有时还会引起文化误读，严重的甚至会引起国家之间的争端，破坏社会的和谐秩序。这就需要译者在处理文化维的转换时，深入了解两种文化体系所呈现的现实世界，适度顺应译入语读者的文化认知，尽量贴近译语读者群的文化规约和习俗，才能避免文化误差带来的隔阂，真正实现翻译在文化维度上的传承与传递，达到翻译生态环境的平衡。

交际维转换指的是译者在翻译过程中关注双语交际意图的适应性选择转换。尤金·A.奈达（Eugene A.Nida，1914—2011）认为语言是用来交流的，翻译就是交际，信息的存在就是为了交流。因此，译者除了语言维、文化维的适应性选择转换外，还需确保让目的语读者了解源语生态体系下的总体交际意图（包括原文语言形式和文化内涵等显性及隐性要素的传递）。翻译的交际功能是跨文化交际中的重要手段，汉语所承载的文本信息量很大，行文中往往会用到文化负载词，尤其是文学翻译，而译者稍有不慎就会出现误译、漏译等情况，这样就会影响交际意图的顺利实现。王秉钦曾提出，文学翻译的用工有三："曰译形，曰译意，曰译味。"① "形"即语言形式，"意"即文本语义，而"味"则是神韵或意蕴。因此，为了让读者理解译入语所呈现的生态环境，译者必须要在语言形式、文化内涵等不同层面做到一定的适应与选择，在保证翻译内容忠实性的前提下尽最大力度追求翻译效果，如必要的时候进行词汇补译等，迎合目的语读者的认知习惯、阅读习惯和审美情趣，以实现交际维度的有效传递。

翻译即是将源语从所属的语言生态环境移植到异质化的译语生态环境的过程。而在此过程中，译者需发挥主体性作用，对译文进行不同层面、不同层次、不同维度的适应性选择转换，以实现文本在另一个生态语境里的成功移植。当下一系列的翻译实践研究已证明，生态翻译学的三维转换翻译法能有效指导译者进行具体翻译实践。译文要被称为优秀，必是能实现语言维度的信息转换、挖掘出语言符号背后隐藏的深义，并能适应特定的语言环境和文化需求，实现双方交际意图的顺利传递。

五、整合适应选择度

生态翻译学是从整体观视角对翻译活动和翻译现象进行阐释的新兴学科，同时也是极富特色的中国本土化翻译理论。胡庚申教授将生态翻译学的评判标准定为"整合适应选择度"，它指的是译者产出译文时，在语言维、文化维、交际维等"多维度适应"，继而依次并照顾到其他翻译生态环境因素的"适应性选择"程度的总和②。三维角度是侧重从不同视角对译文作出的适应和选择，而整合适应选择度提供的是一个整合性视角，两者是从属关系。

整合适应选择度是胡庚申提出的译评标准，它受多维转换程度、读者反馈及译者素质三个参考指标影响。第一个指标多维转换程度在上文已提及，主要

---

① 王秉钦．文化翻译学[M]．天津：南开大学出版社，2006：50.
② 胡庚申．生态翻译学：生态理性特征及其对翻译研究的启示[J]．中国外语，2011（11）：96-99+109.

是指语言维、文化维、交际维的适应度。在翻译过程中，译者不能只从单一维度去实施翻译过程，而需要通过三维甚至是多维角度的整合才能适应整体翻译生态环境，从而使译文在形而上层面能够互融互通，达到跨文化交际的目的。总的来说，"整合适应选择度"越高，译文的质量就越佳，而"整合适应选择度"的高低很大程度上由译者对翻译生态环境的"选择性适应"和"适应性选择"程度所决定。

第二个评价指标是读者反馈。这里的读者不仅仅指译入语读者，还包括专家学者、译作的委托人、出版者、评论者等。胡庚申教授在《翻译适应选择论》中将读者反馈的参照指标定为六项，分别是出版印数、译文分析、采用情况、译评统计、客户委托和取代更替[①]。这些指标为读者反馈的衡量和界定提供了更多客观的实施依据。没有人欣赏的作品从来不会是一部好作品，可见读者的反馈对于译作来说相当重要，优秀的译品要在市场经历"优胜劣汰"的残酷过程，才能存留下来。可以说，读者的反馈体现了译文在译入语国家的接受效度；读者对于译文的喜爱和认可反映出了译者的水平；读者的积极评价能大大提高译者的创作积极性，从而译出质量更佳的作品；而读者的消极评价会给译者带来负面影响，降低翻译质量。

最后，译者素质同样是影响译文质量的关键影响因子。生态翻译学强调"译者为中心"，因此译者的综合素养必然是决定译品翻译质量的重要一环。无数翻译实践表明，译文的质量高低、译作的成功与否都与译者素质紧密相关。译者的素质包括：双语能力、跨文化敏锐度、翻译主体熟悉程度、翻译生态环境的判断能力、市场洞悉度、背景知识、翻译经验以及工作态度[②]。除此之外，译者的个人能力、个人阅历、翻译经验、思维的深度和广度、译文难度与译者翻译水平匹配的程度以及译者的责任心等均能影响翻译的成功与否。一般来说，译者所拥有的技

---

① 胡庚申. 翻译适应选择论[M]. 武汉：湖北教育出版社，2004：162-164.
② 胡庚申. 生态翻译学——建构与诠释[M]. 北京：商务印书馆，2013：242.

能越多、素养越高，所译出的译文质量必定越好。因此，译者首先要提升自我的双语能力和双语文化背景，深入整体翻译生态环境来了解不同文本生态体系的特点，并灵活采用适当的翻译策略进行翻译实践。

综上所述，生态翻译学的评价标准具有多元性、互补性和整合性，因此也更具信度和效度。用这一"整合适应选择度"测评标准来衡量、评价翻译文本的优劣，能为不同类型的文本翻译提供坚实的理论基础，具有较强的实践指导意义。

第五节　生态翻译学之生态智慧

从古至今，热爱自然、尊重自然一直是中华民族的生存理念，人们在与自然的长期相处中领悟到了唯有遵循天道方能生存的真理，因而在实践中不断地作出调整、改变，以适应自然生态环境。我国传统文化中蕴涵着深厚的古典生态智慧，如"天人合一""仁爱万物""厚德载物""道法自然"等，均在一定程度上体现出了中华人民在处理人与自然关系时具有宏观的生态哲学思想，且正确认识到了自我在自然中的地位。随着时代的变迁，这些生态智慧呈现出越来越重要的现代价值，对解决当代生态破坏问题、促进人与自然和谐共生有着重要的启示意义。

生态翻译学将翻译活动类比为自然生态环境，体现了中国译学研究者的创新性，为翻译学理论研究展开了一个全新的视野。胡庚申教授指出，古典形态的"自然""生命""生存""中庸""人本""尚和""整体"等生态思想，成为孕育和形成生态翻译学的中华智慧资源，也是中国学者提出生态翻译学理念的重要支点[①]。生态翻译学关注的是生态翻译系统的整体、互动、平衡、和谐等状态，因而在翻译过程中注重生态翻译学所蕴含的中国古典生态智慧，使译文尽量在译者对译文进行不断地适应与选择后，能融入其翻译生态环境之中，并符合社会整体文化诗

① 胡庚申. 生态翻译学：产生的背景与发展的基础[J]. 外语研究，2010（4）：62-67.

学价值体系，这亦是生态翻译观本旨所在。胡庚申曾用"天人合一"（unity of heaven and humanity）、"中庸之道"（doctrine of golden mean）、"以人为本"（principle of putting people first）、"整体综合"（wholeness of world-outlook）这四个维度对中国传统文化中的生态智慧与生态翻译学理念之间的相关性和因果关系进行了简要阐述。以下，本人将从这四个维度继续深入探讨生态翻译学与我国古典生态智慧各要素之间的内在相关性。

一、天人合一与生态翻译学

随着中国国际影响力的提升，中国传统文化逐渐受到西方学界的关注，而在此最受瞩目的，当属积淀颇深的、彰显东方特色的"天人合一"思想。"天人合一"是中华民族几千年来的智慧精髓，它作为中国古典思想体系中最为重要、最具代表性的一环，一直被认为是中国古代哲学的主要基调，被誉为是人类最高的生态智慧。

"天人合一"思想对天人关系进行了宏观的演绎。天人之辩素来是古代思想家们最为关切的论题。儒、道、释三家都有各自的理论体系。总体而言，天是万物总和，是万物存在的前提，人对天的遵从和适应是常理所在。天、人紧密相连，不可割立。天人合一的终极目标即是追寻人和自然达到和谐统一的圆满境界，它所呈现的主要生态思想内涵如下：

其一，人与自然万物融为一体，追求和谐发展。无机的自然环境和有机的生物群体构成了一个完整的自然生态系统。无机环境中的阳光、土壤、水分、空气、植被等是自然生物赖以存活和发展的基础，而生物群体中的人类、动植物、微生物则是具有生命特征的有机主体，它们之间互相制约、互相作用，缺一不可。因而，人作为生物群落中的领导者，要将自身视为自然的一部分，谨记顺应天道，不可逆势而为。在遵从自然规律的基础上，理性、适度发挥主观能动性，与自然万物共生共存。正如庄子所言："天地与我并生，而万物与我为一。"唯有正确认识到人与自然之间的互利互存关系，才能真正以此践行，达到物我合一的境界。

其二，重视生命主体的价值，做到泛爱济众、仁爱万物。自然万物皆是天所造，皆有生命，且众生平等，人类应该对自然报以敬意。天人合一的核心理念之一即人能怀有仁爱之心、善待天下万物。古人向来热爱、亲近自然山水，除了对自然万物的欣赏，往往还带有一份虔诚的敬畏感。可以说，人与万物之间有着很深的道德情感关联。孟子的"仁民爱物"就是儒家生态哲学的体现。另如张载的"民吾同胞，物吾与也"同样传达出古人心系苍生的精神境界。仁者自爱，同时亦爱他人，懂得尊重自我与他人生命的价值和生存的权力。人有仁心，即有了不忍之心，仁性是最高尚的人性，唯有拥有仁心仁性才能平等地看待世间万物，将其视作是生命中不可或缺的一部分去珍惜，才能于社会、国家、各群体中建立良好的生态秩序，实现人与万物的共生共存。

生态翻译学作为生态学与翻译学的跨界性学科，将翻译活动所处的时空环境和自然生态系统相类比，以西方达尔文学说的"优胜劣汰"和"适者生存"为理论支撑，以期重新阐释翻译过程中涉及的翻译原理、翻译原则、翻译方法等问题。翻译生态环境正如一个完整的自然生态系统，它由翻译环境和翻译主体两部分所构成，前者指翻译实践活动的外部条件，代表着译者所处的历史条件、社会背景以及彼时彼境的风俗习惯、语言风格等要素，而后者代表翻译活动从开始到结束这整个过程中出现的参与者，包括原作者、译者、读者、赞助人、译评者等。生态翻译学中"天人合一"理念的有效呈现包括以下两个层面。

其一，译者要与翻译生态环境合二为一，以求翻译生态环境的和谐致一。上文已提到，生态翻译环境就是一个自然生态系统，是"天"般的存在，翻译群体即为"人"，翻译群体对翻译生态环境作出合理的选择与适应，正是"天人合一"理念在翻译学研究中的具体体现。翻译活动从对原文本的解读到译者的译有所为，再到译本的产出，以及读者给予的反馈等一系列环节全在这个翻译系统中进行，因而所有的翻译行为都必须依从"适者生存"的自然法则，考虑到整体环境的动态平衡，译出符合当下文化主流价值体系的作品。唯有此，才能创建和谐有序的翻译生态环境，使译文得以被重视、被接受、被推广，从而能长存于世，实现语言、文化层面的交际价值。

其二，译者要考量翻译生态环境中的每一个组成元素，尽力追求动态平衡。生态翻译环境的复杂性不亚于自然生态系统，不仅有此时此境的历史条件、文化背景、风俗习惯、语言风格等要素，还包括原作者、译者、读者、赞助人、译评家等参与者，可以说每一个组成元素都是平等的，都在翻译生态环境中占据着独特的地位。而译者处于翻译互动环节的中心地位，必须要理解并尊重任一元素的价值，较好地掌握译语和源语在文化构因、语言形式和意识形态上的区别，在不断的失衡、致衡这一循环中达到翻译生态系统各元素之间的动态平衡。

二、中庸之道与生态翻译学

中庸之道是中国古代主流文化——儒家思想的核心，是中国几千年来待人处世的智慧哲学，它同样包含着深厚的生态伦理思想。据考证，中庸思想早在原始社会就已萌发。必须清楚的是，"中庸"两字并非指保守的折中主义，"中"代表着事物的正确性，"庸"指的是适用于一切事物的普遍性，"中庸"即是自然社会发展的普遍真理。它推崇中和，"中"在原始人的弓箭文化中，代表着"执中、中正"，因而推至"标准、准则"之意；而"和"即为"调和"之意，古人认为"和实生物"，"相反而实相成"，可见中庸思想在中国古代的至高地位。

儒家的中庸伦理思想所体现的生态哲学智慧是，将"中和"视为自然和社会发展的规律，重视生态环境（包括自然生态环境和社会生态环境）的内在和谐性，其实本质思想与天人合一无异。万物的发展都需要遵循一个度，度的调和适中才能避免事态的过与不及。无论是老子的"曲则全，枉则直，洼则盈，敝则新，少则得，多则惑"；还是中庸集大成者孔老夫子的"相成相济""以他平他谓之和"；亦或是《中庸》里的"致中和，天地位焉，万物育焉"等都揭示出：唯有不偏不倚，践行正道，才能成为至仁、至善、至德、至诚的人，达到"太平和合"的境界。中庸之道所蕴含的基本生态思想内涵如下：

其一，追求天道与人道、天性与人性的适中调和。芸芸万物，皆含道性。天道是自然规律，是根本大道，人力无法违背。天道追求诚、和谐和平衡，人道亦如是。唯有遵循天道、顺应自然规律，不逆天而行，才能越走越顺、越走越远，从而实现人生的理想。人道与天道的圆满合一，即实现了人性与天性的相融。因而在天人关系上，必须要认清"天道"和"人道"的关系，在尊重人性的基础上，发掘人的内在潜能和本质力量；在顺应自然规律的价值导向下，合理地利用自然，与自然和谐共处，达到"天道"和"人道"的兴盛。

其二，追求理性与情感的合二为一。人的自我意识具有理性和感性之分，《中庸》云："喜怒哀乐之未发谓之中，发而皆中节谓之和。"人类的喜怒哀乐是最正常的自然属性，是情感的自然流露，但为了能与天道、天性相合，人们往往需要对自发的情感加以克制、收敛，才能到达"和"的境界。而现实世界中，大部分的人常常会迷失在自我意识中，在理性和感性的选择中失衡，因而内心冲突不断，生活中的矛盾也接踵而至，世界也无法和谐运转。因此，这就要求人们在面对生活中出现的各种状况时，能解决好理性和感性这两者之间的矛盾，从中找到平衡点，让生活回归和谐状态。

中庸之道历来影响着中国的翻译译论，如翻译要遵循"至诚"与"时中"理念，防止片面和极端，力求"诚""善""美"的统一等理念，都体现出深厚的中庸义理。生态翻译学吸收了中国传统文化之精髓，其翻译认知体系同样带有典型的中庸伦理思想，简述如下：

其一，遵循过犹不及的适度翻译原则。生态翻译学的核心理念之一提及了译者对于翻译生态环境的"适应与选择"，要求译者切不可脱离翻译生态体系，对文本进行僵译、死译、胡译、乱译，而需从实际出发，尊重原作的内容主旨及语言风格，根据不同维度（主要如语言维、文化维、交际维等）对翻译文本进行有效的适应和转换，追求理性、得体、至善至美的翻译理想境界。可见，生态翻译学要求译者在进行翻译实践时，做到不偏不倚、协调致中，无过无不及，这与中庸思想所体现的适中、得体相吻合。

其二，构建"执两用中"的整体翻译观。子曰："执其两端，用其中于民。""两端"和"用中"是儒家思想中两个重要的范畴，事物均有相互对立的两面性，其可相互制约、相互转化，唯有了解这一点，才能以全面的角度去看清事物的本质。同时，中庸亦讲究动态性，需要人们用辩证的发展观应对自然、社会中出现的各种情况。"君子之中庸也，君子而时中"（《中庸》）中的"时中"指人要顺应万事万物的变迁，不能以静止的眼光去看待万物。胡庚申也曾论及，在生态翻译理论体系中，整合适应选择度是生态翻译学中衡量译品优劣的评价标准，它由多方面因素决定，如译者素质、多维度转换、读者反馈等，这同样揭示出整体主义思想在生态翻译学理论中的重要地位。翻译生态环境是一个同时具备外部环境和内部环境的复杂生态体系，它并非一成不变的，而是在不断地进行生态因子之间的物质转化，在循环往复中达到动态平衡。因而，身处翻译环节中心地位的译者，需同时具备主体意识、读者需求意识、翻译功能对等意识等，以全面、发展、辩证的视角分析翻译生态环境中各个组成要素之间的关系，才能做出最佳适应和优化的选择，从而产出"以中致和"的翻译佳作。

三、以人为本与生态翻译学

中国古代文化中的"人本"思想是我国传统宗法伦理的主要核心，无论是《尚书》中的"民为邦本""政在养民"，还是孟子的"道惟在自得"，抑或是唐代吴兢《贞观政要》中的"治天下者，以人为本"，都清晰地表明人本思想在古代政治、伦理领域里的不可或缺性。"以人为本"并非指狭隘的"人类中心主义"，而是从全人类的根本利益出发，重视人的价值、弘扬人的主体意识，有效地发挥人的主观能动性。可以清晰地看到，这些思想体现着深刻的生态智慧。众所周知，自然环境和社会环境乃是一体两环，密不可分。而如今，生态危机的日益严重，同样使人类的生存发展遭受到了威胁。频发的自然灾害、不断恶化的人类生存空间不断地提醒着人类，不可对自然环境进行主观意识上的单向改造，而应致力于人与自然的协同进化，这也是以人为本的本旨所在。

面对当今世界生态困境，各国均提出"绿色发展"，但"绿色发展"的核心要素是人，生态环境的和谐有序发展从本质上来说，就是为了满足人的生态需要、保障人的生存权利、践行以人为本的生态路径。自然是人类的安身立命之所，它的兴衰决定着人类的存亡与否，这是不容忽视的真理，但很多现代人无法看清自然与人类之间唇亡齿寒的紧密关系，无视自然本性而肆意妄为，对自然进行着毫无节制的索取与改造，使自然生态环境伤痕累累，人类的发展也遭受制约。必须意识到，唯有维持自然生态系统的完整和多样才是人类繁衍生息的保障。大量的事实证明，只有重视到人的重要价值，立足人的立场，尊重自然、关爱生命，才能维护好人与生态自然间的有序关系，享受长远、平等、和谐的生存状态和生命状态。

翻译生态环境如同我们的自然生态环境一样，遭遇着"生态危机"，陷入了"生态困境"。长久以来，中国传统译论研究大多关注于文本语言层面的研究，忽视"人"尤其是译者这一活动因子的作用。从古至今，翻译界对于译者大多是持贬低轻视的态度。例如著名佛学家、翻译学家鸠摩罗什曾论道，"翻译犹如嚼饭喂人，不但失去真味，还带上我们的口水和爪齿的污秽"；著名翻译家翁显良也曾说过，"翻译本来就是为他人做嫁衣"。从这些论调中都可窥见译者过去在翻译界所处的边缘地位，这并不符合"以人为本"这一富含生态智慧之义理，也使翻译研究陷入了单一的、片面的、脱离时代背景和社会文化环境的尴尬境地。可喜的是，随着世界各国交流的日益加深，译者在当今的地位也早已不同以往。当今世界，各行各界都需要翻译人才，翻译质量的优劣直接影响着一个国家的文化软实力，因而译者（尤其是通晓两方文化生态体系的译者）的地位只会越来越高。"以人为本"

的伦理意识投射到翻译理论中，即为对译者的关注度，也即"译者主体性"的理念，点明了人在翻译过程中作为主体的重要性。生态翻译学倡导以译者为中心，而非传统翻译论中的以原文文本为中心，在这一思维体系下的翻译过程，简言之，就等于译者对翻译生态环境的"适应"和"选择"。值得注意的一点是，"译者中心"理念是由"事后追惩（after-event penalty）"的机制来加以完善的，这也是该译学理论的一个独创性论点。

翻译最终将回归人本身，回归个体的人以及由个体的人所体现的独特的文化或语言状态，翻译的文化转向使译者这一"有创造力的翻译行为主体"被允许从"幕帘"转至舞台上"显身"，实实在在地参与翻译的整个过程，在保证对原作忠实度及译文可接受性的基础上，发挥出自我独特的创造力，使译文能适应于目标读者的口味，在异质世界里得以永久流传。

以以人为本为导向的翻译观关注于译者主体的文化修养与艺术感悟，要求译者在翻译汉语文化作品时应树立翻译生态观，即认识到生态翻译系统的完整性和多样性是保持翻译体系多元化发展的基础，并主动对整个翻译生态环境进行有效的适应和选择，使译文与原文能在形与质的层面上互相对话、和谐共存。从这个层面来看，译者所肩负的责任相当重大，不仅要在翻译实践中践行人本思想，发挥出自身的能量以维持人与生态链之间的平衡关系，还需将优秀的中国传统文化融入到多彩的世界文化中，在不同的语言生态环境中去检验、弘扬我国的经典文化作品，使全球语言文化生态系统更为丰富、和谐。

四、整体综合与生态翻译学

从历史进程来看，人类几千年来出现的多种波折和灾难归根结底都是"人类中心主义"这一思想在作祟。人类在太多时候目光短浅又过于自我，缺乏整体意识，总以自己的意愿和利益为衡量尺度，无视与人类最为息息相关的自然的整体利益和价值，做出了很多伤害自然生态的行径，最终造成了不可挽回的错误。解决这一难题别无他法，只有从生态系统的整体利益出发，树立生态观、大局观，以深刻的整体综合观贯彻于人类对自然的各种作用中，才能致力于生态自然的和谐、长远发展。

民族文化中最有深度的层次当属思维模式，中西方的思维模式受自然生态、文化生态、地域生态等影响，具有明显的差异。西方哲学一直强调主客两分，从柏拉图的理式世界和现实世界、笛卡尔的"我思故我在"、达尔文的"适者生存"，到英国哲学家洛克所认为的"对自然的否定是通往幸福的道路"等言论，都揭示出西方人思维意识下人与自然的分离，对于人的价值和主体性进行了充分的肯定和赞誉。而在天人合一思想关照下的中国传统哲学一贯具有先天的、带有生态学思想的整体综合观，强调人作为个体与自然生态的和谐统一。这种生态整体观认为，主客体在认识事物的过程中，并非是被隔离的旁观者，而是参与者。因此，它并不否认人类对自然的改造和利用，但需要人类将生态承受能力考虑在内，以生态系统的整体利益出发，维持生态系统的整体运作发展。生态整体观同样也是儒、释、道三家的主流思想，是生态哲学的重要组成环节，具体表现为儒家的"天人一体"、道家的"天人同根"和释家"中道圆融"①。例如老子认为"道大、天大、地大、人大"这"四大"乃是平等的统一整体；庄子的"天与人不相胜也"、人"无所逃于天地之间"阐述了人与天地之间彼此依存的关系；宋代哲学家张载的"两不立，则一不可见；一不可见，则两之用息"认为世间事物均是由两个对立面组成的统一体，而唯有对立统一才能促进事物的发展。古人的慧言具有本质同一性：天、地、人、万物是一个不可分割的有机整体，一荣俱荣、一损俱损。因此，人类不能以满足一己之私而破坏自然生态。生态整体观所体现的德性智慧对于解决当今生态困境、构建全球化生态理念具有重大意义。

中国传统的翻译理论体系讲究宏观、诗性的审美境界，关注的是对客观万物的整体感悟，这体现了生态整体观的要义。而顺应而生的生态翻译学既然将"生

① 刘棋. 儒道释家生态整体观研究[D]. 哈尔滨：哈尔滨工业大学，2017.

态"放在翻译学之前，足见生态义理在此理论中的核心地位。生态翻译学将翻译生态环境比拟为自然生态，译者作为主要的"人"，要接受适者生存、优胜劣汰这一自然法则的规约，要深入了解原作的生态知性体系，掌握原文的整体思想内涵，主动作出适应性选择，从而译出整体适应性最佳的译文。

整合性原则贯穿生态翻译学的翻译原则、翻译方法和翻译评价等核心理念，这就对译者的翻译素养和审美趣味提出了更高的要求，尤其在对经典文学作品进行外译时，译者需具备对原文的整体感悟，建立原文的整体认知模型，在注重整体效应呈现的基础上发挥灵性思考，不可专执于一个句子、一个词或是单独意象的机械表达及意义对应上，而要综合衡量译文的逻辑结构、语义连贯、整体意义以及交际效果等，把控大局，从小至大、从上至下、由浅入深、由外到内进行全方位宏观建构，以追求译文整体的审美效应。译文若能做到与原文语篇内容、形式、意境保持一致，整体的美感就会大于部分相加之和。

生态整体观思维范式下的翻译实践要求译者兼有双重文化背景，能把握原作生态体系的整体特征及审美取向，合理发挥译者的灵性思维，使译文适应原文的整体生态环境，将其超乎言语表征结构之外的整体风韵传达出来，从而臻至"情与景谐、思与境共"的艺术审美境界。这一多元、整合的全新理论关注翻译过程中各种元素与它者之间的整合关联性，旨在营造翻译生态系统中相关元素的合一整体美，推动翻译理论的跨学科发散性研究，使其逐渐达到多元统一的视域融合之境。

第六节　生态翻译学之主要缺陷

生态翻译学经过多年的发展，已取得了丰硕的研究成果，但如上所述，学术界对这一理论也提出了不少质疑、反对之声。胡教授在对学者们提出的问题的思考中不断丰富、改善这一理论，使之逐渐体系化，构建出一个理论体系相对完善的、操作性较强的翻译理论框架，为翻译研究提供了一个综观性的生态理论视角。胡教授借用西方理论范式来建构本土化理论，拓宽了中国翻译理论的建设途径，从这点来看，是非常值得肯定的。但本人认为，生态翻译学的确在理论建构上，尤其在对本体论的把握上存在一定的缺陷。下面本人对针对生态翻译学研究范式提出的质疑进行梳理、总结，以期为生态翻译学的进一步完善提供一些建议和措施。

一、西方理论的不适应性

胡庚申依据西方进化论原理来构建极富中国智慧的生态翻译学体系（其在 2013 年出版的著作《生态翻译学：建构与阐释》中已将生态翻译学的理论基础由达尔文的适应选择学说扩充为生态整体主义、东方生态智慧和适应选择理论，但归根结底，核心仍是翻译适应选择论，其研究范式也仍是"翻译即适应与选择"），并认为这是翻译理论"中西合璧""古今贯通""文理交汇"的一大发展。他以生态学的翻译观视角出发解读翻译过程，深入探讨翻译生态环境中译者、译文、原作者、原文、读者等元素的相互关系，关注译者的生存境遇。需注意的是，"翻译生态环境"特指译文和译文所呈现的生存世界，将原文和原作者放到了次要的、隐形的位置，其割裂了源语和译语的语言文化生态，又如何做到翻译生态与不同层次的生态之间的"平衡和谐""多元共生"？可见这一概念既片面又模糊，不免有照搬硬套西方原理之嫌。而胡庚申将"自然选择"这一概念引入翻译的实践过程，提出译者和译文要接受翻译生态环境的支配，这一论断同样明显具有理论上的相悖性，达尔文的"适者生存""汰弱留强"等法则本身就不具备"生态性征"，违背了生态整体主义下的生态多样性，更不利于多元化体系的和谐发展。总的来说，衍生于西方理论的生态翻译学在术语、概念、研究范式等重要概念的阐释上还存有模糊不清又自相矛盾的成分，其理论建构还需不断斟酌、充实和完善。

国内译学界有不少学者对生态翻译学所倚靠的西方理论基础持有保留态度，前文国内研究现状中已详述学界对生态翻译学提出的种种质疑，在此不作赘述。辜正坤在为牛云平教授的《翻译学认识论》所作的序中曾提到他和胡庚申教授的一段往事。当年胡教授向辜教授请教有关其博士论文的看法，设想的是构建"进化论翻译学"，辜教授建议他改为"生态翻译学"，但要以道家学说原理作为生态翻译学的基础，而不是十九世纪才产生的达尔文进化论。辜教授认为生态学和进化论有一定联系，但存在较大差异。可见，辜正坤教授也对胡庚申教授生态翻译学所择取的理论原理颇有微词，认为选取蕴含丰富生态学义理的道家学说更能佐证"生态翻译学"之"生态"义理。

西方达尔文学说究竟能否成为生态翻译学的理论基础，并恰到好处地阐释翻译过程中的种种现象？或许假以时日，在学者们进一步完善下，该理论的悖论之处能得到更合理的改进。但本人认同辜教授的观点，用滋渊于中国本土的原理去建构生态翻译学的理论体系，更符合中国翻译理论的"生态性征"。而且胡教授也十分清晰地表明，生态翻译学是以中国传统文化中的哲学思辨和生态智慧为主要支点。唯有如此，中国本土翻译理论才能与西方翻译理论进行抗衡，译者也更能将东方生态智慧向西方世界传扬开去。正如王宁教授提出的愿景：要建立属于中国的"生态翻译学派"，努力充当"中国学术走向世界的排头兵"[①]。

二、翻译本体论的颠覆

翻译本体是翻译研究最核心的问题之一。对翻译本体的认识正如劳伦斯·韦努蒂（Lawrence Venuti，1953—2014）所说："译文的生存是建立在译文本身与特定文化环境及社会环境的关系之上的，在这种特定的文化环境与社会环境之下，译文才得以产生并为人们所阅读。"[②]著名学者谢天振也认同韦努蒂的观点，指出

---

① 王宁. 生态文学与生态翻译学：解构与建构[J]. 中国翻译，2011（2）：10-15.
② Lawrence Venuti. The translator's invisibility[M]. 上海：上海外语教育出版社，2004：18.

翻译的本体不仅仅包括语言文字的转换，还包括翻译的内外部诸要素，如翻译过程中各个参与者所处的社会、历史、文化背景，以及两种语言体系下文本以外的因素①。

简言之，翻译的"本质"即为翻译的"本体"。"本体"和"本体论"虽原是哲学用语，但运用在翻译学研究上，追索的是对翻译本质的、深层次的、有灵性的挖掘。原文所代表的"本体世界"和译文所呈现的"现象世界"是对立统一的，当然，前者是"本体"，处第一位；而后者是"派生体"，是"本体的映照"，居于后位。翻译本体论从一个宏观、整体的视角阐述对翻译的本原、规律等的理性认识，预设了文本意义的存在是永恒的、客观的，而译者要做到的则是在语言文字的转换中，如实传达出原文意义的"本体世界"，让"现象世界"和"本体世界"能相互契合、达到融合一体之境。

从译学本体论角度来看，生态翻译学虽跳脱了译者隐形论的藩篱，却又陷入了译者中心论的排他性沼泽，不言而喻，原文和作者的神明地位就由此坠落，原文常态意义或终极意义就不再是翻译活动孜孜追求的般若。翻译的生态意识体现了翻译生态环境的多样化、多元化，追求的是各元素整体相谐的目标，这就不可能会允许译者成为其中的主体。因此，用这一"翻译本体论的承诺"来观照胡庚申所提出的生态翻译学有关适应性、选择性认识与策略，可以清楚看出，该理论命题、立论和方法论的相悖性、矛盾性。众所皆知，适应性和选择性是达尔文生物进化论的核心义理，体现的是"适者生存（Those that fit survive）"的丛林法则，其以"译者为中心"的理念根本漠视了原作和原作者的神明地位，原文的意义不再是永恒存在的客观客体，而是处于不断的演变中。然而，失去了文本意义的确定性，翻译也就失去了终极目标。这颠覆了翻译本体论，呈现出后现代认识论的解构认识样式和翻译方法，与翻译生态整体知性体系风马牛不相及。

---

① 谢天振. 翻译本体研究和翻译研究本体[J]. 中国翻译，2008（5）：6-10.

第七节 以"天人合一"范式重构生态翻译学理论的必要性

胡庚申所提出的生态翻译学命题与立论相悖、认识论与方法论相左，体现的仍然是后现代多元、解构、去中心的认识范畴，从而带有相当解构要素的认识形态，违背了本体论的承诺。因此，有必要对胡庚申教授所提出的生态翻译学认识范式作重新考量、构建以及完善。本人认为，中国千年以降的"天人合一"认识观智慧义理可为整体建构趋向认识样式的生态翻译学提供丰厚的哲学理论素养。基于"天人合一"整体建构认识样式的生态翻译学应是从生态学整体关系学视角对翻译进行的综观整合性考量，是对翻译适应选择论的批评与发展。它从一个整体、多维、人文、动态、致一的视角建构性地描述和诠释翻译过程中的各种现象。在此理论范式下，生态翻译学讲究整体关系的考量和本体论终极旨归，蕴含着丰富的中国古典生态智慧，如"自然""和谐""人本""中庸"等。可见，唯有基于"天人合一"的建构精神样式，才是这些生态智慧资源的营养钵。

生态翻译学的翻译过程是译者在适应翻译生态环境系统的基础上，观照译入语当下整体文化诗学价值体系，对译文进行有度的、多维度的考量、变通与选择、综合而致达"合一"境界，其思维和话语行为过程虽表明译者具有主体性（这是必然的人文思维行为），但并非张而无度，仍是在对原作尊重和忠实的基础法则下的施为，与其他解读活动关系互为一体，强调的是对文本整体的把握和体认，其中包括对文本内部和文本外部各种关系的平衡以及相应的变化规律，要求从原作文本话语表征出发，赋予并包容译者有度的人文诗性、灵性思维权利，使各种相关因素都能协调得恰到好处，从而使所译译文与整体翻译生态环境达致和谐合一的最佳状态。它的翻译方法依旧可归纳为三维转换，但语言维重心在于文本内部关系知性体系，体现的也是其本身生存关系和生态状态；文化维关注文本外部诸要素，如文化价值、文化特性等内容活性摄入后的有效呈现；交际维着眼于翻译言语实践诸主体有机互动所构建的意义世界。这三个维度的内部关系可以归纳为：语言为体、文化为灵、交际为用，且三者层层递进、互融互通，营造出一个整体考量、诗性整合的意义世界，表明了译者对译文生态系统整体和谐之美的不懈追求与向往。

"生态翻译学"这一术语的命名能够很好地体现中国传统智慧的生态观、整体观，因而可以将其保留，需要重构的是生态翻译学的理论基础。在此，若能将西方达尔文的"适者生存"学说抛诸脑后，选用具有中国特色的"天人合一"智慧哲思范式来进行翻译理论和实践的研究则更为合理。作为一种后结构语境下的翻译理论形态，基于"天人合一"精神格局的生态翻译学既体现一种跨学科的、多学科交叉的样态，又是后现代思想滋润下当代翻译学理论研究的批判与转型，反映了翻译学由传统的机械、静止、单一学科视域转向当代跨学科整合一体的建构发展趋势。总之，"天人合一"思想范式下的生态翻译学有着丰裕扎实的哲学基础和广阔的发展前景：它有翻译本体论的承诺、有对原作文本话语表征样式的回归、有对译者人文主体性的认可、有对翻译内外要素整体关系论的综合动态考量、有对"合一"建构性旨归的求索与向往。可以说，它是基于中国本土生态哲学观所构建的、完完全全的本土化理论，是东方智慧体系下翻译研究理论发展的一大突破。

第二章　天人合一与生态翻译学——整体性、建构性翻译认识范式重构

　　纵观来看，西方翻译研究自"文化转向"后，前行的趋势是越来越重视从文化视角对翻译实践活动进行综观性的考量。我们都知道，每一种文化都是独特的、变化着的，因此翻译早已不是两种语言符号之间简单的、静态的转换行为，而是带有特定的、动态的社会、政治、经济、文化和意识形态。过去对西方翻译理论的大批量引入，使得国内译学界受西方译学影响较深，客观上导致了我国传统译学曾经一度处于边缘化地位。

　　针对我国传统译论一直以来的弱势地位，谢天振在其著作《翻译研究新视野》的序中曾提及，国内翻译界一方面抱怨翻译地位低、不受重视，而另一方面却总是轻视翻译研究，更轻视对翻译理论的研究①。但从 20 世纪 80 年代起，中国传统译论研究重新回到了大众视野，大量研究热点和众多富有研究新意和洞见的学者也纷纷涌现，这无疑为中国译论走向世界打下了坚实的研究基础。

　　中国古代翻译活动历史悠久、影响深远，它的起源最早可以追溯到夏商时期。在经历了一千多年的发展历程后，儒释道渊源深厚的中国传统译论逐渐形成了一定的规模，翻译界各类名家辈出，译学理论更是异彩纷呈。前贤们在无数翻译实践中收获了许多有价值的心得、感悟、经验、技巧等，这些对于翻译实践和翻译理论研究有着不可忽视的指导作用。但不得不承认，中国传统译论相较于西方译论而言，存在许多局限性，其中最本质的缺陷是我国传统译论体系未尽完善，没有形成独立流派。刘宓庆教授也认为，中国传统译论具有范畴薄弱、命题有限、

---

① 谢天振. 翻译研究新视野[M]. 福州：福建教育出版社，2015：序。

对策性不强、方法论落后等缺陷，且缺乏批判精神[①]，对西方的理论体系多因袭而少创新，多拥护而少质疑，这对于中国传统译论的本土化发展是十分不利的。从几千年的中国翻译发展脉络来看，无论是哪种翻译流派（国内主要有提倡忠实于原文的直译和主张与原文体貌神似的意译两大派系），均忽视在整个翻译过程中，译者和读者所承担的主体性作用。传统的译论或以原文本为中心，认为翻译不过是原文本意义的复制和重现，关注对原文本意义世界的忠实再现，或是以原作者为中心，主张译者的翻译行为只是毫无选择地、机械化地去靠近原作者，从而产出体现原作者思想风格的作品。因此，传统翻译理论下译者所需做的，通常只是去满足源语和译语两者间简单的语言符号转换，而非实现它们所处的整体语言文化生态体系的和谐发展。现代译论若要摆脱传统译论的束缚，得以长远有序地发展，定要继承、融合传统译论中有价值的思想和意识，摒除落后的翻译认识观和方法论，向整合创新的阶段过渡。

由胡庚申翻译适应选择论衍生发展而来的生态翻译观，以超越了人文社会科学领域界限的姿态，基于中国传统文化中所蕴含的深厚古典生态智慧，是从生态学视角对翻译活动进行综观整合性的一次考量。在此研究范式下，翻译活动是翻译实践主体在翻译生态环境中持续地进行适应性和选择性的一个动态转换过程，它在尊重原作的客观性基础上进行整体性解读及整体性翻译实践。整体观观照下的生态翻译学翻译原则可概括为"整体维度适应与适应性选择"，而在翻译方法上则集中于"三维转换"，即文化维、语言维、交际维的适应性选择转换，与许多翻译理论如许渊冲先生的"三美理论"等相比，三维转换翻译方法的涉及面更广，其应用法则也阐述得更为详尽。语言、文化、交际三层面互相渗透、交融，讲求整合性，呈现出联动效应，因而三维转换翻译方法在本质上体现了译者在翻译实践中具有对整体和谐美的译文的追求。前一章已论述，生态翻译学的理论核心——达尔文"适者生存""汰弱留强"等法则，本身就不具备"生态性征"，违

---

① 刘宓庆. 现代翻译理论[M]. 吴明华，译. 济南：山东文艺出版社，1990：前言.

背了生态整体主义下的生态多样性，且在本体论的承诺及译者主体性的阐述上有所不足，其理论建构还需不断斟酌、充实和完善，而天人合一认识范式在承认译者主体性的同时更认同"原文"的"至上"义理，并强调译者应与其他言语活动关系要素互为一体，在翻译生态环境系统下，进行有度地适应与选择，诉求译文与原作达致和谐合一的最佳状态。因此，用"天人合一"整体观义理重构生态翻译学的翻译原理和翻译方法，并将这一认识论和方法论作为指导文学翻译实践及考量翻译质量的标杆，具有一定的创新性，有助于为中国文学作品翻译研究提供一个较为坚实的理论依据，为建构颇具中国古典哲学智慧形态的翻译理论知性体系指明前进方向，同时能令受众读者意识到在翻译生态环境这个各要素互相整合、和谐统一的体系中，保留文化差异、实现文化意义的正确解读对维护全球语言文化生态系统的重要意义。

"天人合一"作为中国古典思想体系中最为重要、最具代表性的一环，一直被认为是中国古代哲学的主要基调，被誉为是人类最高的生态智慧。对天人关系的思索是中国文化的本源所在，它反映出中国人对于宇宙、自然、天性、人性等"返本归真"式的认识。钱穆曾说过，"'天人合一'论是中国文化对人类最大的贡献。"①这给予"天人合一"理论最高层次的肯定。"天人合一"这一认识格局，不仅仅适用于哲学领域，更已逐渐渗透到美学、哲学、文学、建筑学、宗教学、环境学等各个研究领域，深刻地影响着中国文化的发展进程，成为中国文化中不可或缺的成分。

因此，正如前文所论及的，基于"天人合一"精神格局的生态翻译学隶属于后结构语境下的翻译理论形态，体现了当代翻译学理论研究多学科交叉发展的样态，呈现了翻译学由静止、单一向学科整合一体的建构发展趋势。具体而言，它有对翻译本体论的承诺、有对原作文本话语表征样式的回归、有对译者人文主体性的认可、有对翻译内外要素整体关系论的综合动态考量、有对"合一"建构性

---

① 钱穆. 中国文化对人类未来可有的贡献[J]. 中国文化，1991（4）：93-96.

旨归的求索与向往。可以说，"天人合一"思想范式下的"生态翻译学"才是中国本土生态哲学观所构建的、完完全全的本土化理论，是东方智慧体系下翻译研究理论发展的一大突破。

第一节　天人合一视域下翻译本体论的承诺

整体思维取向下的"天人合一"认识范式是中国哲学总的通识基础，是中国古典生态智慧的哲学概括和精神格局。中国文化的认识精髓即为"天人合一"，即对生态整体性和自然统一性的强调。"天人合一"思想不仅是中国哲学的典型特征，是对中国生态智慧的高度概括，也是中国文化理想的终极归宿，更是现代重重生态危机下的最佳救世哲学。正如牟宗三所言："中国文化在开端处的着眼点是生命。"[①]对于自然生命的尊重和体悟永远是生态学义理最核心、最本质的部分，人命与天命相谐共生，才能致达天人无我之境。

"天人合一"这一说法的提出最早可追溯至六千多年前的《系辞》一书。儒、释、道对于"天人合一"这一概念都进行了深刻、具体的阐述。老子的"道法自然"告诫人类，宇宙间万物皆遵循自然之道，而自然大道按其自身的规律自由发展，不受约束。人作为自然的一份子，唯有知晓天地之大道、大德，方能与天地共长久，与万物共繁荣。还有老子的"天乃道，道乃久"（《道德经·十六章》）也表明人心本静，做人应内心清明。秉持仁爱思想的孔子同样推崇"天人合一"的思想，认为世界万物都按既定的自然规律衍生发展，人类理应顺应自然，"天"代表着万物生长的自然界。"人与天地参"（《易传》）认为天、地、人三者互为一体，不可分割。"天何言哉，四时行焉，百物生焉，天何言哉"（《论语·阳货篇》）传达出人间四季的更替交叠、世间万物的起承转合皆按一定的自然规律运作和发展，人要做的便是顺应天地、不要逆天而为。庄子提出的"天地与我并生，而万物与

---

① 牟宗三. 中国哲学 19 讲[M]. 上海：上海古籍出版社，1997：43.

我为一"(《庄子·齐物论》)主张身心要与宇宙万象汇合,再回归到物我合一的仁境。在此,"天地""万物"均不过是虚指,因为在庄子眼中,事物的名皆只是假象而非本质,是与非、善与恶、真与假、美与丑,从道的角度来看没有意义。"独与天地精神往来,而不敖倪于万物"(《庄子·天下》),意为一旦不为物役,物我之间的距离若得以消弥,一切世俗、自我的羁绊若能被超越,人与天地便可合为一体,人的精神世界就能豁然开朗,游心于无穷,自由又无忧,心胸方能阔达放怀,心灵得以安顿停歇。"万物,一物也,万神,一神也,斯道之至矣"(《谭子化书·老枫》),亦揭示了万物存在和发展的根本法则:万物自由出入太虚而合一,动静自如、任性自然,与大道并之,达致圆融。汉代文人墨客董仲舒首次明确了"天人合一"理论体系的构建,他提出的"天与人合而为一"主张天、地、人是万物之本,三者均有各自的功用,且互为一体、缺一不可。可以说,中国古代传统哲学中关于"天人合一"这一命题的论述不胜枚举。虽然古代哲人对天人关系各有论调,进行了不同的解释和命名,如"天人相通""天人一体""天人感应""天人相分"等,但其中最核心、最本质的,就是以人与自然和谐相处为终极目标的"天人合一"思想,它体现了中国人民素来追求生态平衡的重要人生指向。

"天人合一"作为中国传统哲学的核心观念和命题之一,具有不言而喻的生态学认识意义。其重点在和谐,和谐与自然相通,和谐即为认识本体,也为用。"天""人""心"齐一而圆融化生,致达和谐之境。"天人合一"认识范式所包含的生态思想(如对于生命和自然本性的体悟)一直是中国思维范式的主流认识价值取向。它有存在论的承诺,有本体论的给予与规定,有人文诗性思维的认同与包容,有综合关系的整体、和谐考量,有趋达"合一"的终极旨归。真正的大道、至美存在于人与天地、与万物荣辱共生、生生不息的和谐循环中。翻译工作者唯有怀抱旷怀,去融入天地间,与自然对话,方能体悟到这种至美之道,从而达到超越自我、物我两忘的圆满境界。而"天人合一"认识格局对于翻译研究的学样给予，在中国文化大传统的历史语境中，翻译思想始终未有偏离综合关系圆融调和而致一论的主轴。无论是何种翻译理论，其实质上都要求译者在尊重源语作品的基础上，尽力达到翻译各组成要素如原文、译文、原作者、译者、读者之间的"平和"与"平衡"。"天人合一"思想给译者承诺了文本常量意义存在的"境域"，获得了文本意义和作者权威地位。

"天""天道"概念的内涵在中国先秦时期就有了终极性真理的规定和给予。在商代就把精神意志的"帝"或称"天帝"看成是世界万物至高无上的主宰，在当时流行遇事就用占卜、祭祀来解决的方式，因此，天人之间的关系从本质上看，就是神与人的关系。殷商灭亡后，周人继承和发展了殷、商人的神学天命观，周人虽然仍认为万事万物的发生源自于"天"的命令，但其思想观已逐渐呈现出哲理化特征，不再盲目迷信于"天"的神威，而是重视"变易"和"德"，开始推崇尽人事以奉天。至此，中国传统哲学中的"天命观"有了理性的依托。作为中国古代思想史上第一个明确反对"天"是万物最高主宰的哲学家，老子上下寻索自然生命的根源所在，提出天地万物的本原应是"道"或"无"。在老子看来，人、地、天都统一于"自然"，而这个"自然"其实就是天道，在老子看来，"天人合一"思想表现为人与"天道"为一。这种对"天"的恒常性真理属性的承诺对于翻译研究的意义在于：其一，本体论给出的承诺所依据的是一致而非多维的标准，我们无法以抽象的感觉经验来作为认识客观事物的义理及标准，因此需要从本体论意义出发，假设客观对象具有永恒不变的本质意义。在翻译领域中，即认定所翻译文本恒定意义的存在，才能以"合一"视角对文本的意义对象进行合理的处理。因为，没有同一性就没有实体，即没有翻译的文本恒定意义，就没有翻译的基本准则和道德操守，这是翻译本体论承诺合理性的一般精神意义。其二，这种对翻译文本意义本体论的承诺能帮助译者更直观、更有效地处理文本信息，确保在翻译过程中，文本的整体意义能有一个终极旨归和整合的基底。总的来说，"天人合一"视域下翻译本体论的承诺带有后现代去中心的特征，在某种程度上优于语文学翻译观和结构主义的语言学翻译观。"天人合一"翻译生态知性体系就是要通过本体论承诺这一认识与方法的展开，去验证具体翻译过程中文本真值意义的存在性和合理性。这种文本真值意义存在的承诺既关注词句意义的对等，同时更关注译者与整个翻译生态文化环境的和谐共生关系，它具有建构的本质和趋向。根据包通法教授的阐述，天人合一中的"天"是文本的元意义的存在，是文本意义的常量；"人"则是翻译活动的主体，是译者、作者、读者。两者之间的关系是一体的，而不是主体对客体的把握驾驭、控制和操纵，抑或译者对作者的趋附；"合"是在翻译过程中，译者通过谨慎的构思和酝酿，使得能够投射自身对原文意义理解的译文，与原文本互为映衬、相得益彰，从而达致圆融化生理想状态的过程；而经过译者反复锤炼和编排，辅助以灵感火光的闪现，使得译文可以重现原文本之整体意义，达致最高理想——"一"[1]。

文本意义是一个永恒客观的存在，它代表着原文意义的"本体世界"，而译文所对应的是"现象世界"。翻译研究的"本体"阐述的是对翻译本原、翻译规律的理性认识，追索的是对翻译本质深层次的、有灵性的挖掘。原文所代表的"本体世界"是"本体"，而译文所呈现的"现象世界"是"派生体"，是"本体的映照"，两者呈对立统一的关系。译者要做的就是在源语生态知性体系和译语生态知性体系之间搭建一座桥梁，使"本体世界"和"现实世界"能相遇、相合，碰撞出恒定闪烁着的灵性火花。

总体而言，"天人合一"翻译生态知性体系将翻译置于一个整体的框架中去审视，它有翻译本体论的承诺、有对原作文本话语表征样式的回归、有对译者人文主体性的认可、有对翻译内外要素整体关系论综合动态考量、有对"合一"建构性旨归的求索与向往。因此，选用具有中国特色的"天人合一"智慧哲思范式来进行翻译理论和实践的研究更为合理，可为整体建构趋向认识样式的生态翻译学

---

[1] 包通法，孔晔珺，刘正清. 天人合一认识样式的翻译观研究[J]. 外语教学与研究，2010（4）：60-69.

提供丰厚的哲学理论土壤，也更能从一个整体、多维、人文、动态、致一的视角建构性地描述和诠释翻译过程中出现的各种现象。

第二节　原作文本话语表征样式的回归

如果说"天人合一"的命题和认识样式给予"信达雅"或"忠实原文"的翻译本体论的承诺和方法论的设定，由此，我们就可以推导出首先是原文本常量意义的存在、或者说原文本元意义的存在、或原文本知性生态意义的给出。这样我们就有充分的理论理据证明翻译活动和评价标准中"原作文本话语表征样式的回归"的合理性。既然在这个整体生态知性翻译认识模态中，我们论证了"天"——原文本意义的存在（尽管是一个复杂的生态样态的关系意义集合体），但它的存在和肯定毕竟给出了我们翻译活动中的操作抓手和凭藉。没有这个抓手，我们的翻译活动和评价标准就没有了本体，而有了这一操作抓手和凭藉，我们的翻译活动就言之有据、行之有规，同时也为实现"合一"，即实现全息翻译的终极目标，奠定了形式上与理论上的基础。

文本意义和诗性意义构成了原文的整体意义世界。文本意义由语词、句、篇的理性意义（词句篇的真值与关系意义）和诗性意义（意境、风格、别趣或言外之意）构成，而诗性意义的凭藉或根在于文本的理性真值意义。按照洪堡特语言哲学观——"每一语言都包含着一种独特的世界观。"[1]每一个民族都有自己独特的语言，这些语言在语言社会观、交际观、哲学观、生态观等思维模式的关照下，已不仅仅是该民族用以传情达意的符号体系和交际工具，更是他们用以了解外部环境、阐释外部世界的一个重要价值体系。可以说，彼时彼刻的语言表征呈现出该民族所处的时代思想印记和样态，因为任何一个民族的日常词汇

---

① 洪堡特. 论人类语言结构的差异及其对人类精神发展的影响[M]. 北京: 商务印书馆, 1977: 51.

都形成、发展于其特有的精神品质与文化格局。语言体现着世界各个民族的存在方式和生存方式，是人类最宝贵的精神家园。德国哲学家马丁·海德格尔（Martin Heidegger，1889—1996）也认识到语言与人的存在之间的关系，提出"语言是存在之居所"这一深刻的命题与立论，语言哲学家钱冠连先生也认为"语言是人类最后的家园"。必须承认的是，语言本身具有本体论的属性和理论意义，我们不能简单地将语言看作是交际工具，而应将其视为思维的本体，它是以语言这一在者/是者为对象，透过语言的表象来解释和呈现人与世界之间的内在关系，对天人关系进行更深层次的挖掘和探索。人与人、与社会、与世界之间，本是互相隔绝独立的，但人类自从拥有了语言，就得以通过语言的使用和传递来感悟世界，来了解他人生活的方式和样态、了解这个世界运行的规律和法则，从而加深与他者之间的关系。可以说，是语言搭建了人与他者之间的桥梁，将人融于世界天地之中，与万物共生共长。

在翻译生态体系中，唯有原文和译文的和谐共存才能实现翻译生态环境的"平衡和谐""多元共生"。前文已论证，生态翻译学的一大悖论就是忽略了原作文本话语表征样式的回归，将原文和原作者安置到了毫不显眼的角落，割裂了源语和译语两个语言文化生态的关联性，这与翻译实践要实现对原词语言知性生态体系的忠诚与契合之目标是背道而驰的。而"天人合一"生态整体观思维范式下的翻译实践，要求译者在尊重原文旨意的基础上，能把握原作生态体系的整体特征及审美取向，合理发挥灵性思维去解读原文本独有的文本意义和诗性意义，使译文能适应原词的整体生态环境，将其超乎言语表征结构之外的整体风韵传达出来，从而获得"象外之象""神韵兼具"的整体审美感悟。由此可见，"天人合一"生态知性样式和语言哲学观皆从理论上和实践上证明了：要想实现翻译的终极目标，我们必须回归文本、回归文本的话语表征样式，才有可能实现我们的翻译之梦——以忠实的翻译致达"化境"之境界。

第三节　译者人文主体性的认可

人是认识世界和诠释世界的唯一能动要素，是自然界的内在组成部分。我国古代哲学思想体系中，"天人合一"一直是贯穿古今文化历史的主线之一，它重视人与自然的和谐发展，也体现了浓厚的人本思想，弘扬人作为主体意识的觉醒，突出人的个性发展。但我们不能以西方哲学主客二分式的方式将人看成是天地万物之外独立的存在，而应将人与自然当作整体统一的关系来加以认识，人与自然万物若能达到合一境界，也就是实现了"天人合一"。

人与自然是同源同构的统一体。庄子在《庄子·逍遥篇》提出如若在"与道冥合"中达到物我两忘、主客合一的境界，必须通过"心斋"而后实现"坐忘"，从而消除"我与物的隔阂"，走入认识对象的内部，与天地万物一体、物我两忘，以致"与道冥合"。庄子用如下的方法阐释了人在体道、识道中的作用，指出"听止于耳，心止于符。气也者，虚而待物者也。唯道集虚。虚者，心斋也"（《庄子·人世间》），意在言明，人的修为是一个循序渐进、摒除杂念的过程，唯有凝心静气、专执一处，用心去感受宇宙、去体察事物，才能与天、道大通，进入"唯道集虚"的境界，实现"心斋"。庄子主张以忘我、忘名、忘利之举，来贯彻世间大道、宇宙天道相融相合，从而进入天人合一的圆满境界。可见，中国传统文化的主流思想体系——"天人合一"认识观，能有力地证明，哲学之谓就是人与天地万物合为一体，决非像西方古典哲学主客二分式所设想的那样，即从来就是主体对外部事物的综观性认识、思辨和归纳。但即便如此，人的能动要素仍不可缺乏，人仍是分析与综合认识对象本质的施动者。由此可以推导出：翻译活动中的施动者、行为者——译者，是整个翻译活动中的中心环节和能动要素。翻译以把握"天人合一"之整体生态关系意义为己任，但这一翻译的终极目标却又只能通过译者用人和人的语言去间接地烘托出"天人合一"之文本整体生态关系意义。它在整个

"烘托"文本整体生态意义过程中，依据文本表征样式和意象，做出人文、主体、能动的整体、多维、和谐、动态、致一的考量与调整，在承认译者主体性的同时，对译者的主体性和对作者的趋附性进行最佳调和，在易与化中求中庸和谐，从而致达与原文"合一"的"化境"。

翻译将最终回归人本身，回归个体的人以及由个体的人所体现的独特的文化或语言状态，这与生态翻译学所倡导的"译者中心论"相符。而无数翻译实践已证明，人才是翻译实践活动中的中心力量，译者主体的文化修养与艺术感悟能最大程度上决定翻译的质量。可见，译者肩负着重大的责任——除了在翻译实践中发挥出自身的智慧以维持人与生态链之间的平衡关系，还需将优秀的中国传统文化融入到多彩的世界文化中，在不同的语言生态环境中去检验、去弘扬我国的经典文化作品，使全球语言文化生态系统更为丰富、和谐。

因此，将译学视角回归到对"译者人文主体性的认可"是对两级对立偏颇理念的一种平衡，也是对译学本体论概念的全新考量。"天人合一"关照下的翻译思想要求译者在发挥创造力和自由度时，注意考虑译入语的文化价值生态体系，对整个翻译生态环境做到有效的适应和选择，以兼容并蓄之姿译出整合适应选择度最佳的译文，使译文能与原文在形与质的层面上互相对话、和谐共存。唯有此，译文与原作之精神本质才能互融互现，源语文化也才能得到目标语读者的理解、尊重和推崇。

第四节　翻译内外要素整体关系论的综合动态考量

"天人合一"翻译观就是基于原文本语言知性内关系和外要素这一整体生态系统，将人的主体智慧参与一并融入对原文本语言意义知性内关系之中，进行整体、综合、动态、多维考量，致达"合一"的、重现文本整体意义的理想境界，即"翻译之梦"。

从"天人合一"思想产生的哲学背景和渊源来看,其思想范式彰显出中国传统哲学和文化中重视物我和谐、讲究动态平衡、致达整体合一的思维特征,故其范式下的翻译实践行为也应综合动态地考量文本的生态知性体系,以臻至翻译内外诸要素的圆满境界为根本诉求。在很大程度上,"天人合一"思想所蕴含的生态义理和翻译生态知性体系与法则具有同构性和类比性,正如生态翻译学理论体系的哲学思想滋渊于我国古典哲学命题中所蕴含的如"道常""自然""生命""中庸""人本""尚和""整体"等生态思想。因此,以"天人合一"整体认识体系去重新构建生态翻译学的理论体系,可以说,比起达尔文的适应与选择学说,更具合理性和阐释力。

"天人合一"这一诗性的思辨知性体系讲究平衡、和谐、统一,折射到翻译层面即要求译者追求人(作者、译者、读者)与整体翻译生态关系之间的和谐与统一,以天、人整体生态关系合一为最终目的。在翻译研究中注重运用生态翻译学蕴含的中国古典生态智慧,在实践中将其与话语实践活动嫁接与同构,使译文尽量在译者不断地对话语实践进行适应与选择后,符合当下社会整体文化诗学价值体系,这既能有利于整体翻译生态系统中相关元素之间进行互联互动,从而创设出译文的整体和谐美——这是生态翻译观本旨所在,又可以为翻译理论研究注入新鲜血液,使其走向多元统一。但与胡庚申所提出的生态翻译学不同之处是,"天人合一"翻译观虽强调译者的主体性,但同时更认同"原文"的"至上"义理,在此基础上,与其他言语活动关系要素互为一体,在翻译生态环境系统下,进行有度地适应与选择,诉求译文与原作达致和谐合一的最佳状态。具体的翻译生态知性体系可以说是一个意义体系的集合,它包括显性意义——语义与隐性意义——历史、文化、语境、主体性、诗性、文体、风格以及整体意义等。语义一般可以认为就是词句所承载的、相对恒定的历史传承和群体认知共核,而隐性意义则与文本外部要素如主体性、历史性、文化性的社会主流诗学意义相关。翻译生态环境和自然生态系统一样具有复杂性,要受到历史条件、文化背景、风俗习惯、语言风格、原作者、译者、读者、赞助人、译评家等要素的影响和制约。可以说每一个组成元素都是平等的，都在翻译生态环境中占据着独特的地位。而译者作为这一环境中唯一的主动者，只有认真对翻译内外要素进行综合动态考量，才能在不断的失衡、致衡这一循环中达到翻译生态系统各元素之间的动态平衡，从而实现翻译生态环境的整体和谐。

"和也者，天下之达道也"（《礼记·中庸》），"天人合一"思想范式下的生态翻译学就是要考量"达道"，就是追求这些生态意义能臻至和谐，处和谐为取向、标准、目标及归宿。生态翻译学关注的是翻译生态系统的整体、关联、动态、平衡、和谐，自觉地"协道"，达致"合一"状态，因而在翻译实践中，译者要尽量遵循其思维范式指导下的整体合一思想，运用天人合一哲学义理来重构生态翻译学的理论基础，从而实现中国古典知性生态智慧认识范式在翻译领域里的一种探索和思考。

第五节　"合一"整体性建构旨归与求索

"一"是世界的本质，"合一"是人世间的终极旨归。中国传统文化价值观念中的"天人合一"精神格局具有一种先天的整体观、综合观、生态体系观和动态观。生态整体观历来是中国文化的主流思想，也是生态哲学体系中的核心部分。老子的"万物负阴而抱阳，冲气以为和"表明万事万物都是阴阳调和的，在对立统一中达至平衡进而共生共长；孟子的"上下与天地同流"认为人性的最高境界应与天地本性保持一致，即追求自我价值与社会价值的契合；庄子的人"无所逃于天地之间"阐述了人与天地之间彼此依存、不可割离的关系。古人的慧言具有本质同一性：天、地、人、万物是一个不可分割的有机整体，所谓唇亡齿寒，人类若是破坏自然，等于是在扼杀自己。这一"天人合一"思维范式下的生态整体观认为，主客体在认识事物、改造事物的过程中一直是参与者，而非观望者。因此，人类在对自然进行改造时，需要考虑生态环境的承载能力和接受能力，以生态系统的整体利益出发，维持生态系统的整体运作发展。可以说，生态整体观所体现的德性智慧对于解决当今生态困境、构建全球化生态理念具有重大意义。

受"天人合一"哲学认识范式的影响，中国文学的翻译理论也呈现出整体观倾向，关注对文本意义的综合感悟。美籍知名学者成中英曾从方法学的视角将中国哲学和文化归纳出三个方法论原理，其中第一个就是"整全性原理"(principle of wholeness)①。国内的传统翻译理论中也体现了"整体观"的思想指征，如北大知名学者辜鸿铭先生践行力求"统一"的有机整体翻译观；著名美学家、翻译家朱光潜先生在翻译理论和实践研究中一直恪守"和谐翻译观"；北师大郑海凌教授构建了文学翻译的"和谐说"理论等，这些研究都可以佐证，中国传统翻译理论的精髓之一就是整体性、综合性建构致一思维，它强调的是对事物综合的把握和体悟，隐含着万物平衡且动态的运行规律，它既能有利于翻译生态系统中各类活动因子相互融合、形成整体性和谐，又可以影响翻译理论研究走向多元统一、最终致达建构样态的天人合一境界。

生态翻译学视角下的翻译行为，实质上是翻译主体与翻译生态环境之间的有机互动，其适者生存的法则是要求译者整合考量翻译中所涉及的所有文本内外要素关系，激发灵性体验，追求神似而非恪守字面意义，注重整体效应而非仅仅关注机械式的细节对应。这与"天人合一"翻译范式讲求语言生态知性体系中各种元素的整体协调、动态平衡是相一致的。中国的翻译理论崇尚整体感悟的艺术审美境界，文学翻译如诗词翻译等更是要求译者除了基本的语言技能之外，能具备一定的艺术审美思维和审美感受能力，能以综观全局的视角体悟原文语言生态环境所营造的意义世界之韵味。综上所述"天人合一"这一多元、整合的整体认识格局与生态翻译学的联姻，即审视翻译各环节中各种因子与它者之间的关联互动

---

① 成中英. 从中西互释中挺立：中国哲学与中国文化的新定位[M]. 北京：中国人民大学出版社，2005：140.

性，旨在营造翻译生态系统中相关元素的合一整体美，推动翻译理论的跨学科发散性研究，使其逐渐形成多元统一的视域融合。

第六节 "天人合一"范式下的三维转换翻译法重构

"天人合一"哲学思维范式是中国思想史上最为重要的一个命题，蕴含着人类最高层次的生态智慧。而生态翻译学之理论依据——"达尔文学说"中所呈现的"生态"并不能真正体现"生态"之要义，因其命题与立论相悖、认识论与方法论相左，体现的仍然是后现代多元、解构、去中心的认识范畴，缺乏对本体论的承诺，且过于强调译者的中心作用，不利于生态多样性的发展。而"天人合一"认识范式则不同，它在尊重译者主体性的基础上更推崇原文的至高性，强调译者应与翻译生态环境中的各类要素（包括对文本内部和文本外部各种关系的平衡以及相应的变化规律）互为一体，从原作文本话语表征出发，赋予并包容译者有度的人文诗性、灵性思维权利，主动作出适度的适应和选择，使译文与原作达致和谐合一的最佳状态。相比较而言，"天人合一"思想范式下的"生态翻译学"才是东方智慧体系下以生态观为指向所构建的的本土化翻译理论。

翻译活动是两种文化体系跨越时空的一次交流，而翻译理论中的翻译方法作为具体翻译实践的指导，是翻译得以顺利进行的关键所在，其重要性不言而喻。因此，用"天人合一"整体观义理重构生态翻译学的翻译方法，是十分必要的。值得注意的是，生态翻译学的三维转换翻译方法自诞生之日起，就成为了学界的研究热点，关于三维转换的理论和实践研究更是比比皆是。从生态翻译学的释义上看，语言维、文化维、交际维这三个维度在整个翻译过程中的适应性选择和选择性适应是同时进行、相互交织的，且呈现出联动效应。在"天人合一"生态整体观范式下，三维转换翻译方法强调的是对文本整体把握和体认，使译者能在适应翻译生态环境系统的基础上，观照译入语当下整体文化诗学价值体系，对译文进行有度的、多维度的考量，变通与选择，综合而致达"合一"和谐境界。

不难发现，无论是从认识论还是方法论来看，"天人合一"生态智慧下"三维转换翻译法"的理论支撑比起达尔文学说更为坚实，其语言维重心在于文本内部关系知性体系，体现的也是其本身生存关系和生态状态；文化维关注文本外部诸要素如文化精神格局、主流诗学价值形态等内容活性摄入后的有效呈现；交际维着眼于翻译言语实践诸主体有机互动后所营造的、视域融合后的意义世界。三维转换翻译法所要实现的译文效果，也是翻译本体论所要追索的最高理想。如图 2-1 所示，这三个维度依循以语言为体、文化为灵、交际为用的原则，呈现层层递进、互融互通之态势，从源语生态知性体系这一个意义恒定的本体世界出发，经过整体考量、诗性整合等过程，将译语生态知性体系构建成一个视域融合后的意义世界。

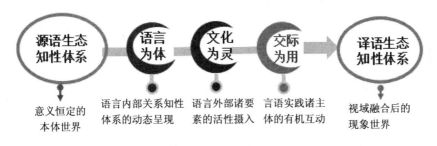

图 2-1 "天人合一"生态范式下的三维转换模式图

源语生态知性体系经由语言维（语言内部关系知性体系的动态呈现）、文化维（语言外部诸要素的活性摄入）、交际维（言语实践诸主体的有机互动）的适应与转换进入了译语生态知性体系，使意义恒定的本体世界和现象世界得以融合成一体之境。译者作为创造这一意义世界的中心人物，必须要调节并实现各个维度之间的平衡，熟悉译语和源语在文化构因、语言形式和意识形态上的区别，在不断的失衡、致衡这一循环中达到翻译生态系统各元素之间的动态平衡。

一、语言为体——文本内部关系知性体系的动态呈现

语言因人类社会的产生而存在，随着人类社会的发展而丰富，可以说，没有语言，人与人之间深达灵魂的交际互动就不会实现，各色各样的文化积淀也难以形成，政治、经济、社会各层面的发展也无法长久。人类存活在语言这个精神家园中，谁拥有语言，就拥有了智慧。世界上的语言繁复多样，光已查明的就达五千多种，还有很多未被识别、认可，甚至因无人继承使用而濒临灭绝。

每一种语言都代表着一种独特的艺术，代表着民族的特征。语言并非是零碎的、随意的、无序的、无意义的堆砌，而是按一定规则列而成的、有着特定意义的复杂符号系统。由此可以得出，不同语言之间的意义关联，是有迹可循的，即使是不同语系，仍是可以意义互通的，这就为实现翻译层面源语与译语所呈现的意义世界的和谐致一提供了有力的保障。

文本意义的存在是恒定的、客观的，"天人合一"认识范式认同"原文"的"至上"义理，因而其视域下的语言维转换需要从宏观和微观层面关注原文文本内部关系知性体系的有效呈现。文本内部关系知性体系指的是语言内部一切要素，包括语音层面（如重音、押韵等）、文法层面（如字词句的排列、组合及变化规律等）、辞格层面（如比喻、拟人、夸张、借代等修辞的运用），也涵盖了艺术流派、语言风格、文体风格等重要元素。

在文本体系中，语言是最根本的、最内在的。回归语言本体，将语言视为最本质的元存在是译者在翻译实践所要遵循的一大准则。翻译生态环境是一个呈开放式的动态体系，语言维的转换就要求译者必须尊重语言的多样性、多变性及复杂性，不要纠结于语言的表层结构，而要深入了解两种语言生态体系中的语音、词汇、句法、辞格、文体风格等要素，并从整体适应度出发，忠实地传达出原文语义，以求对源语生态环境的语言形式作出最佳适应性选择。简言之，即要求译者做到文本内部关系知性体系的动态呈现，这在具体操作上是有难度的，但并非

不可为之，优秀译者仍是能够凭借自身的语言素养和翻译技巧来实现文本内部关系知性体系所涉及的一切要素的有效呈现。

二、文化为灵——文本外部诸要素的活性摄入

文化是一个城市的缩影，一个国家的根基，更是一个民族的精神纽带，它具有坚而不催的灵魂，展现出无穷的生命力。"文化"这一概念来之已久，早在我国西汉时期的典籍中就有所记载，但当时对于文化的定义和阐释和现在的文化内涵相去甚远，在此不多赘言。

谈到文化，不得不提及语言。语言与文化的关系如此之密切，语言若没有文化作为基础，就难以衍生出多种丰富多彩的语言形式，而文化正因有了语言的助力，才具备传播性和交际性，得以记载和延续。简言之，语言是文化的载体，文化是语言的灵魂。

璀璨的文化仿如一条长河，唯有他方新鲜活水的注入方能使这一历史长河久流不息，而不同文化的注入需要依靠翻译来实现。翻译活动必然涉及两种语言以及两种语言背后所折射出来的生态知性体系，语言和文化的紧密关系就决定了翻译和文化同样密不可分。

世界各国各族文化之间不断地进行着交流、吸收、同化及异化，使文化的灵魂在翻译过程中不断地扎根、成长、蜕变以致重生。不同语言生态体系之间的翻译，尤其是对于经典文学作品的翻译，给本土文化带去了第二次生命，确切的说，文化因翻译活动的开展和深入而发散出或曾不为人知的、抑或是更为夺目的光芒。但许多译者在翻译时一味重视语言内部知性体系诸如语言形式等的传达，而忽视了文化深层意义的有效导入，导致了文化误读、文化失真现象时有发生。

而在"天人合一"认识范式下，翻译实践中文化维的适应性选择转换更多关注于文本外部诸要素的活性摄入。在这里，我们把文本外部诸要素全都界定为文化维度，它是广义的、包罗万象的，涵盖了文化特性、文化价值、文化生态体系

等一切宏观和微观要素。这就需要译者在处理文化维的转换时，在尊重原文旨意、把握原作生态体系的整体特征及审美取向的基础上，突破语言层面，合理发挥灵性思维去解读原文本文本意义之外的文化诗性意义，主动贴近目的语读者的文化规约和习俗，实现原作文本意义和文化诗性意义的双重传承与传递，维护文化生态体系的完整和平衡。可见，"天人合一"生态整体理念给出了文化维适应性转换的标准：唯有适度顺应目标语读者的文化认知，满足他们对异质文化的期待，才能将作品超乎言语表征结构之外的、文本外部诸要素的整体风韵传达出来，以达到语言文本内外部诸要素和谐致一的境界。

三、交际为用——翻译言语实践诸主体间的视域融合

交际是一种重要的、普遍的社会功能，它指的是人与人之间相互接触、传递及共享信息的过程，在此过程中，语言担任着极为关键的角色。众所周知，语言和文化的关系乃是密不可分的，再加之交际，就形成了完整的语言、文化、交际为一体三环的重要关系链。交际的目的是为了文化的传播，而交际的方式离不开语言，"任何信息若不起交际作用，都是毫无用处的"①。彼得·纽马克提出的交际翻译法也十分重视译文在读者群体中产生的效果。毋庸置疑，交际是一切语言活动的必要手段，交际效果的好坏是译作的最佳检测标准，翻译作品如果不能被目地语读者所理解、接受及欣赏，就无法实现交际效果。语言、文化之间的关系并不是唯一的、固定的，而是多变的、复杂的，因此，在跨文化交际中，译者必须要尊重源语和译入语两方的文化语用规则，以动态的视角去深入认识和理解两种不同的文化生态知性体系，从而培养交际意识，形成全球化视野下的跨文化交际能力。

翻译是原文文本意义在多样化语言生态体系下的移植、转换和融合过程。交际维的适应性选择转换同样是译者对翻译生态环境进行适应和选择的重要一环，

---

① Eugene Nida. Language, Culture and Translating[M]. 上海：上海外语教育出版社，1993：61.

而生态翻译环境和自然生态环境一样具有复杂性和多变性，它不仅有此时此境的历史条件、文化背景、风俗习惯、语言风格等语言文本内外部诸要素，还包括原作者、译者、读者、赞助人、译评家等翻译言语实践诸主体。翻译活动从本质上来说，是翻译言语实践诸主体所进行的信息之间的交际行为，而"天人合一"整体认识范式下的交际维适应性选择转换，关注的是翻译言语实践诸主体之间有机互动后的视域融合，提出处于能动地位的译者除了要适应"语言生态环境""文化生态环境"，更要适应"交际生态环境"，使译文总体的交际意图在形上、形下层面均能得以实现。

这就意味着，译者在进行翻译时，除了要考虑语言形式、文化诸要素等因素，做到恰到好处的适应与选择外，为了让读者理解译入语所呈现的生态知性环境，还必须实现原文本交际信息的准确传递，让目的语读者了解源语生态体系下的总体交际意图（包括原文语言形式和文化内涵等显性及隐性要素的有效传递），尽力实现源语生态体系和译语生态体系在交际效果上的等值效应，使译文能与原文中的义、象、境达致"妙合无垠"的合一境界。

第三章 唐诗宋词——东方智慧知性体系的呈现

中国古典文化日益受到世界关注。在漫漫几千年流淌的历史长河中，中国古典文化不断地发展创新，从诗经楚辞到唐诗宋词，再到元曲明清小说，呈现出百花齐放的向荣姿态，且各具魅力，令世人难忘。而古诗词作为中国古代最具浪漫色彩的文学体裁，一直被视为是中国古典文化宝库中的精粹，是巍巍中华东方智慧知性体系的完美呈现，具有无可比拟的审美价值和情感体认，给人以美的艺术享受。正如王国维所言："诗之境阔，词之言长。"在光辉璀璨的中国文化史上，古诗词可谓是占据了极为重要的地位。如今在全球化趋势下，各国文化互通互融、各采所长，因而古典文化的外译不仅仅是一种单纯的语言交际行为，更是关乎保持文化个性品格、构建具有华夏知性体系的话语形态和认识范式、传扬东方智慧知性体系、提升我国整体文化软实力的一个战略目标。

唐诗宋词乃一代之文学，此等绝艺足以流传千古。古诗词本身对遣词造句的要求就非常高，要做到辞意俱新、情韵宛然及意境阔然，且题材无所不包、风格各异。古往今来，众多学者在唐诗宋词孰优孰劣这个问题上争论不休。所谓诗言志、词缘情，唐诗宋词有着同等的艺术审美价值，两者也是区分度较为明显的两种文体。钱锺书在《谈艺录》中论到："唐诗多以丰神情韵擅长，宋诗多以筋骨思理见胜。"缪钺先生在《诗词散论·宋诗》中也曾说："唐诗以韵胜，故浑雅，而贵蕴藉空灵；宋诗以意胜，故精能，而贵深折透辟。"可见，唐诗宋词这两种文体风格迥异，各有千秋。下文将从唐诗之境阔和宋词之言长这两大特点对唐诗宋词中的不同流派、重要元素及国内外英译研究现状等展开探讨。

第一节 唐诗——诗之境阔

唐朝作为中国历史上的鼎盛时期，因其开明的政治、繁荣的经济、昌盛的文化为世人赞誉，中国古体诗的创作也在这个时期发展到了顶峰。诗人如云、歌潮似海，可以说唐诗昭显着中国古典诗歌的黄金时代，具有极高的美学价值。唐诗语言精妙、文字隽永、情感真挚、意象丰富、意境深远，且题材广泛，小到个人感受、旅居情思、生活琐事，大至自然风貌、政治动荡、社会风俗、家国情怀，均能成为诗人创作的主题元素。唐诗之不可及处在于气象之恢宏、神韵之超逸、意境之深远、格调之高雅①。据记载，《全唐诗》收录的唐诗共有近五万首，有姓名可考的诗人逾两千人，有个人专集传世的就多达六百九十一人。可见中国古典诗歌至唐代已经愈渐成熟，释放出夺目的光彩。

一、唐诗的发展阶段

总体而言，唐诗的发展大体上可分为四个阶段，即初唐、盛唐、中唐、晚唐，且不同时期的唐诗风格、内容亦有差别，或慷慨激昂、或绮丽奢靡，或抒发家国情怀、或描叙男女情思。但值得肯定的是，无论处在哪个阶段，唐诗都给当时的达官贵人、文人墨客、寻常百姓带去愉悦和享受，其地位乃是不可撼动的。

（一）初唐之兴起

初唐诗歌早期大多受南朝浮艳雕琢的宫体风格影响，因而题材狭窄、辞藻华丽却显空洞，时人评之"绮错婉媚"，缺乏真情实感，作品大多难以传世。后由被世人称为"初唐四杰"的王勃、杨炯、卢照邻、骆宾王以及陈子昂突破并改变了这种局面，扩大了诗歌的题材内容，显示出刚健的才调和宏阔的视野。他们革新了初唐靡丽不正的诗风，创造了唐诗创作的全新气象，为盛唐诗歌的蓬勃发展打

---

① 袁行霈. 中国文学概论[M]. 香港：三联书店，1999：166.

下了基础。请看骆宾王的作品《在狱咏蝉》：

> 西陆蝉声唱，南冠客思侵。
>
> 那堪玄鬓影，来对白头吟。
>
> 露重飞难进，风多响易沉。
>
> 无人信高洁，谁为表予心。

"初唐四杰"之一的骆宾王仕途不顺、久不得志，因多次讽谏武则天而入狱，这首诗便是诗人于狱中所作。这是一首成熟的五言律诗，全诗措辞明快流畅、用典浑然天成、情感真实充沛，诗人善用对偶及双关，借咏物寄情寓兴、达至物我合一的境界，艺术美感宛然而现。此诗首二句巧用对偶起兴，以蝉声勾起狱中诗人对于家乡的遥思，仿佛闻声知愁。诗人经历过种种磨难，已是双鬓斑白，暗自回首往昔，一世零落，尚不如秋蝉的高鸣。所处的政治环境"露重""风多"，而政局官场已是"飞难进"，诗人伤感凄恻的情绪皆蕴含于此。最后一句"无人信高洁，谁为表予心"更是以蝉作比，展现了作者高洁纯粹的报国诚心。短短数字，便能做到物我融合、境界全出，不愧为唐诗的卓荦名篇，凌越于初唐诸宫体艳诗之上。

（二）盛唐之鼎盛

及至盛唐，经济繁荣、国力日盛，唐诗的发展进入了鼎盛时期，产生了众多流派，且优秀之作和奇伟之才层出不穷。开元盛世下的诗人们大多胸怀天下、热心功名，充满济世的理想与抱负。因而诗歌创作内容题材丰富广泛、用词精丽华美、兴象雄健超妙，显现出明朗磅礴的基调和慷慨高昂的气魄，代表人物是伟大的浪漫主义诗人李白和现实主义诗人杜甫，他们的诗歌雄视千古，所取得的艺术成就为一代之冠，韩愈所言"李杜文章在，光焰万丈长"，正是对李杜文学造诣的最佳褒奖。除此之外，极负盛名的山水田园派诗人王维、孟浩然及边塞诗人岑参、高适、王昌龄等的作品同样是大唐盛世中的至美瑰宝，令后世人引颈追望。请看李白的作品《少年行·其二》：

> 五陵年少金市东，银鞍白马度春风。
>
> 落花踏尽游何处，笑入胡姬酒肆中。

李白，无论人品还是作品均潇洒如"仙"，被誉为唐代最具影响力的浪漫主义诗人，其艺术成就震古烁今，乃后人难企。李白性格豪爽洒脱、胸怀广阔，诗歌风格雄奇飘逸、简洁明快，善用比喻、夸张、拟人等写作手法，创境奇妙、抒情宏阔，以"笔落惊风雨，诗成泣鬼神"来形容他诗歌作品的艺术魅力再为恰当不过。此诗采用七绝形式，三言两语便描摹刻画出一个豪爽倜傥的少年形象，真可谓栩栩如生、情态毕露。全诗语言流转自然、风格豪放雄浑，浑然天成。"五陵年少金市东，银鞍白马度春风"一句意指少年出身显贵，家世不凡；"落花踏尽游何处，笑入胡姬酒肆中"一句彰显了少年潇洒、倜傥、率真、无拘的性格魅力，完美地呈现了谪仙人豪迈奔放、飘逸洒脱的诗歌艺术风格。

（三）中唐之多元

中唐之初，国力渐衰，诗坛也不再如盛唐般辉煌，因而此时的诗歌作品多以反映现实、针砭时弊、体现民生艰苦为主，风格多有创新，极富个性，如韦应物寄情山水，诗歌风格清丽流转、高雅淡然；韩愈以奇险峭刻见长，豪情万丈；白居易诗歌语言精练含蓄，叙事严谨、舒徐坦易，多用来揭示唐朝由盛转衰的无奈局面。另一些诗人如刘禹锡、元稹、柳宗元、李贺的作品也别具一格、颇有成就。请看韦应物的作品《秋夜寄邱员外》：

> 怀君属秋夜，散步咏凉天。
>
> 空山松子落，幽人应未眠。

韦应物属于山水田园诗派，是"王孟韦柳"的四大代表人物之一。韦应物善于描绘山林幽景及隐士生活，其山水诗恬淡高远、清新自然、富有深意。他的五言绝句，更是受到众多诗论家们的广泛认可。此诗是其代表作之一。清代诗人施补华在《岘佣说诗》中赞此诗"清幽不减摩诘，皆五绝中之正法眼藏也"。这是一首怀人诗，诗人以诗寄怀，于微凉秋夜遥想与友人邱丹的惺惺相惜而徘徊沉吟。

整首诗风格古雅恬淡、语浅情深、韵味无穷。作者运用虚实相生的写作手法，将眼前之景与心中之景同步展现，所怀之人与怀人之人亦心意相通，进而抒发了友人相隔异地的浓浓思情，给人以玩绎不尽的审美享受。

（四）晚唐之颓靡

晚唐宦官专权、藩镇割据、牛李党争，使得兵连祸结、社会动荡，是唐朝由盛转衰的时期。这一颓朝末世虽有大量咏史诗人涌现，但他们大多都忧时嗟生，因自知无法改变朝代颓势，便只好沉醉于男女艳情之事。因而诗歌词采富艳、典赡华靡，充满感伤颓然，尽显哀怨深沉。代表诗人有杜牧、韦庄、李商隐、温庭筠、皮日休等。李商隐推崇深婉蕴藉之风，是晚唐成就最高的诗人；而温庭筠诗开沉迷绮艳一派；杜牧尚清丽淡远、空灵飘逸的感伤诗风；韦庄、皮日休则多以抒发乱世悲慨与怨刺讥弹见长。由于社会境况急转而下，晚唐诗中已无法窥见诗人开阔高昂、富于理想的精神气局，唯有清丽感伤的诗风弥漫着整个晚唐诗坛。请看杜牧的作品《江南春》：

> 千里莺啼绿映红，水村山郭酒旗风。
>
> 南朝四百八十寺，多少楼台烟雨中。

晚唐时的唐王朝已是将倾之势，樊川居士杜牧受时代风气影响，作品多咏史怀古，议论警拔，在晚唐获得颇高成就。这首《江南春》便是其代表作，历来素负盛誉。寥寥四句二十八字，便生动形象地描绘出一幅绚丽多姿的春日画卷，呈现出深邃悠远的意韵，别开妙境，给人以无限遐思。尤其是名句“南朝四百八十寺，多少楼台烟雨中”，那筒瓦红墙、金碧辉煌的重重佛寺掩映于朦胧的烟雨之中，一切如烟如雾、如梦如幻，更添迷蒙，与“千里莺啼绿映红，水村山郭酒旗风”的艳丽明晰交相辉映，令这幅“江南春景图”更富生机，使读者得以从中窥见诗人对朝代兴亡更替的无奈和对晚唐颓败国运的忧思。全诗语言含蓄精炼、情景交融、意境幽美、韵味无限，读之，亦仿佛身处烟雨朦胧的春色丽景之中，遥望那风中屹立的高伟寺庙，同诗人一起发出忧国忧民的喟叹。

二、唐诗的不同流派

唐诗可划分为不同流派，可谓是千姿百态、异彩纷呈。这些流派均产生了无数伟大作品，令世人读之恋之、难以忘怀。

（一）山水田园诗派

以王维、孟浩然为代表的山水田园诗派产生于盛唐时期，其特点为：语言多朴素清丽，形式多为五言、五律、五绝、五古，题材多为青山白云、幽人隐士，风格淡雅恬静，昭显诗人闲适、退隐的情怀。例如王维《终南山》中"欲投人处宿，隔水问樵夫"的游山雅兴；孟浩然《宿桐庐江寄广陵旧游》中"风鸣两岸叶，月照一孤舟"的深远清峭及王湾《次北固山下》中"客路青山外，行舟绿水前"的悠然惬意等，意境清新、深远，宛若一幅收卷自如的山水画。山水田园诗派的代表作有王维的《山居秋暝》《汉江临泛》《鸟鸣涧》《竹里馆》；孟浩然的《宿建德江》《过故人庄》《江上思归》《望洞庭湖赠张丞相》；韦应物的《观田家》《滁州西涧》《西塞山》；柳宗元的《江雪》《溪居》；储光羲的《野田黄雀行》；常建的《题破山寺后禅院》等。请看孟浩然的作品《秋登兰山寄张五》：

> 北山白云里，隐者自怡悦。
>
> 相望始登高，心随雁飞灭。
>
> 愁因薄暮起，兴是清秋发。
>
> 时见归村人，平沙渡头歇。
>
> 天边树若荠，江畔洲如月。
>
> 何当载酒来，共醉重阳节。

孟浩然，世称孟襄阳，身处盛唐时期，经历仕途困顿的不济遭遇后，当初的抱负早已不在，终以隐士自居、归隐山林。其诗多为五言，描绘山水田园之幽景和隐居羁旅之雅兴，风格冲淡自然、超妙自得。清代诗人沈德潜评其诗为"语淡而味终不薄"。此五言古诗乃孟诗代表作之一。诗人写诗寄意，于秋日登览兰山，遥怀好友张五，凝望由远及近的南飞雁群、暮归村人、平沙渡头、天边树影及江畔沙洲，心亦随这些恬静的自然之景飘然远去，深深的思友之情由此呼之欲出。情随景生，而景又衬情，景物疏淡而自然，所含情思朴素而真挚，创造出一番天人合一的淡远境界。孟浩然的这首山水诗虽没有绚丽多姿的描绘，也无激切的情意抒发，但这淡然中却显真章，着实令人回味无穷。

（二）边塞诗派

以岑参、高适、王昌龄、王之涣为中心的边塞诗派同样产生于盛唐时期，其特点为：题材多为边塞风光及边疆战事，语言雄浑壮美、情调悲壮沉郁、意境壮阔苍凉，抒发诗人保家卫国的爱国情怀及对和平的向往。例如王昌龄《凉州词》里"但使龙城飞将在，不教胡马度阴山"的慷慨激昂、于濆《戍卒伤春》中"为带故乡情，依依藉攀折"的乡愁遥思等，都是边塞诗里的经典名句。边塞诗派中优秀的作品繁多，如高适的《别董大》《燕歌行》；岑参的《白雪歌》《走马川行奉送出师西征》《轮台歌》；王昌龄的《从军行》《出塞》《凉州馆中与诸判官夜集》；王之涣的《凉州词》；李颀的《古从军行》等。请看岑参的作品《送李副使赴碛西官军》：

> 火山六月应更热，赤亭道口行人绝。
>
> 知君惯度祁连城，岂能愁见轮台月。
>
> 脱鞍暂入酒家垆，送君万里西击胡。
>
> 功名祇向马上取，真是英雄一丈夫。

作为著名边塞诗人，岑参与高适齐名，并称"高岑"，两人又与王昌龄、王之涣合称"边塞四诗人"。岑参居于边塞六年，写的边塞诗数量最多、成就也最高。他善作七言歌行，题材丰富、视角新颖、语奇体峻，诗风沉雄淡远、新奇隽永，擅以慷慨激昂的语调和浪漫绚丽的写作手法将边塞荒漠的奇人异景生动地刻画出来，想象独特、情感奔放、境界开阔，别具豪放奇绝之美。此诗意在送别，然而并不见诗人缠绵悱恻的难舍离情，也没有欢然开怀的歌舞盛宴，作者只是将前行路上的种种磨难与困境娓娓道来，与其他送别诗常抒依依不舍之情全然不一。语言简单直白、明快奔放，声调悠扬流畅、跌宕有致，将叙事、抒情、议论融于一体，勾勒出炽热艰苦的边塞环境，彰显出一种豪迈无畏的气势。诗起句"火山""赤亭"描绘出六月酷暑、行人稀少的状态，从侧面烘托出李副使无谓艰辛、毅然前行的英勇气魄；"岂能"一句又表达出李副使驰骋沙场的英勇无畏、豪气万丈；诗末"功名祇向马上取，真是英雄一丈夫"两句直言胸中之意，酣畅淋漓，表面勉励李副使奋战沙场、建立功绩、扬名万里，实则彰显诗人自身的理想和壮志，真是气贯长虹，将诗的气韵推向巅峰，其抒发的豪情壮志令人赞叹。

（三）浪漫主义诗派

以青莲居士李白为首的浪漫主义流派，在继承了楚辞、乐府派抒情浪漫的基础上，开创了奇幻绚丽的艺术风格。诗歌大多语言自然、想象奇幻、意境雄奇、情感奔放，如李白"两人对酌山花开，一杯一杯复一杯"的豪放不羁、李贺"衰兰送客咸阳道，天若有情天亦老"的辽阔高远等，都是浪漫主义诗歌的经典名句。浪漫主义诗派代表作有李白的《静夜思》《梦游天姥吟留别》《行路难》《将进酒》《望庐山瀑布》；李贺的《雁门太守行》《李凭箜篌引》《梦天》；李商隐《无题》《巴山夜雨》；杜牧的《山行》《秋夕》等。这些诗作因风格彰著、意境悠远得以传颂至今。请看李贺的作品《南园十三首·其五》：

男儿何不带吴钩，收取关山五十州。

请君暂上凌烟阁，若个书生万户侯？

中唐也产生了不少杰出的浪漫主义诗人，如被世人誉为唐代"三李"之一的诗人李贺，他个性独特、才华横溢，以浪漫主义诗风见长。李贺诗内容多慨叹命途不济、民生哀怨、壮志难酬，抒发内心苦闷及济世胸怀。诗作想象丰富，常以神话传说比兴、讽古喻今，因而被世人誉为"诗鬼"，世有"太白仙才，长吉鬼才"之说。此诗带有两个设问句，第一个是反问，也是自问，"男儿何不带吴钩"去"收取关山五十州"，作为男子汉大丈夫，身处烽火连天、战乱不已的局面，若是能身佩军刀、奔赴疆场、奋勇杀敌、建功立业以报效国家是何等荣耀之事。这十四字直抒胸臆、一气呵成、节奏明快、顿挫激越、气势磅礴，显示出诗人急切昂扬的救国之情。而后一个设问，由昂扬激越转为沉郁哀怨，在诗情回荡中进一步抒发了诗人怀才不遇的不甘和愤懑。全诗寥寥数语，却将家国之痛和个人悲怀表达得淋漓尽致，可谓是浪漫主义派艺术风格的完美呈现。

（四）现实主义诗派

以少陵野老杜甫引领的现实主义流派，注重写实、因事立题，语言平易通俗，叙事流畅浅切，意到笔随、沉郁顿挫，多抒发悲天悯人、忧时伤世的情怀。例如杜甫"露从今夜白，月是故乡明"的思乡愁情、皮日休"肮脏无敌才，磊落不世遇"的无奈喟叹，均是直白写实、直抒胸臆。代表作有杜甫的《春望》、"三吏""三别"；白居易的《长恨歌》《赋得古原草送别》《琵琶行》《忆江南》；张籍的《寄远曲》《征妇怨》《白纻歌》；元稹的《菊花》《春晓》《遣悲怀三首》等。请看白居易的作品《夜雪》：

> 已讶衾枕冷，复见窗户明。
>
> 夜深知雪重，时闻折竹声。

白居易，字乐天，号香山居士，现实主义派诗人，其佳作良多、成就卓越，后人将他与元稹并称为"元白"。白居易的诗歌题材千变万化、语言平白通俗、音调和谐流婉，具有强烈的讽刺意味。白居易为后世人留下了近三千首诗及成熟的诗歌理论，对于诗歌创作，更是有独到的见解，在《与元九书》中，他提及"根情、苗言、华声、实义"，认为"情"才是诗歌创作的根基。此诗为诗人因政治异见而被贬江州，于寂静寒雪夜有感而发之作。全诗语言通俗晓畅、朴实自然、清新淡雅、立意不俗，是白居易特有的风格特征，并采取侧面描写，烘托悠然境界。前两句"已讶""复见"几字，从人的感觉和视觉映衬出寒冷夜雪之境，表面句句写人，却处处点出夜雪。颔联和尾联"夜深知雪重，时闻折竹声"中的"重"与"闻"字用得巧妙万分，"折竹声"因"夜深"而"时闻"，转而从听觉角度生动揭示了冬夜的宁静安谧，透露出诗人谪居江州时彻夜难眠的孤寂心情。如此真情实感令此诗别有情致、含蓄清丽、韵味悠长。

我国的文化经典浩如烟海、繁如星辰。唐诗作品能穿越千年而历久弥新，自是有它独特的魅力。所谓"诗必盛唐"，唐诗是"诗化到极点的诗"，唐诗的"风神"即为内在特质的外现，具有高层次的"艺术感悟"①。对于中华民族而言，唐诗不仅仅是中国文学史上的瑰宝，更是代代相传、呈现民族精神及文化品质的重要媒介，是不可忽视的文化事业。

三、唐诗的重要元素

诗歌之美有音美、形美和意美，音美得以吟咏流传，形美得以令人过目不忘，而意美是诗歌的灵魂和核心。宋代诗人姜夔认为诗包含"气象、体面、血脉、韵度"，好的诗歌应该韵度飘逸、气象浑厚、血脉贯穿、体面宏达。明代诗人高启认为诗包含"格、意、趣"三个要素，"格以辨其体，意以达其情，趣以臻其妙也"。诗人通过语言文字塑造万千意象，展现美好生动的画面，传达深刻感人的思想感情。中国古人最初追求形式统一之美，在汉魏晋南北朝时期，五言、七言诗便已固定字数及规范划一的形式，书之读之均呈现一种整饬之美。形式上的规矩让唐诗具有了美妙的声音和工整对仗的精妙词句，可谓言少意多，更耐吟咏和思索。

（一）句式齐整合一

唐诗具有多种多样的形式，分为古体诗和近体诗，后者包括律诗和绝句，两者均有五言和七言之不同，因而总体可分为五言古体诗、七言古体诗、五言绝句、七言绝句、五言律诗、七言律诗。

1. 五言古体诗

唐代的五言古体诗，又称为五古，是汉、魏时期形成的一种新诗体，其形式与汉代乐府歌谣及唐代的近体律诗和绝句有所不同，它并不刻意模仿因袭旧诗体，

---

① 袁行霈. 唐诗风神[J]. 北京大学学报（哲学社会科学版），2004（9）：74-82.

而是带有明显的独创特色。五言古体诗无规定的格律，因而押韵自由；平仄和句数也没有规定，但要求全篇每句五个字，不可多也不可少。初唐时期涌现的诗人陈子昂、王勃、张九龄等，盛唐时期大展才风姿的诗人李白、杜甫、王维、孟浩然等，中唐时期继续发挥创作才华的诗人韦应物、柳宗元等都是写作五言古体诗的高手。他们或寓乐于山水中，清谵婉约；或直抒胸臆，寄托规讽；或追古思今，忧国伤时，均以自己的诗风启迪后人。五言古体诗的代表作有王维的《鹿柴》《竹里馆》、孟浩然的《宿建德江》、李白的《怨情》、杜甫的《八阵图》及裴迪的《送崔九》等。请看王维的作品《送别》：

> 下马饮君酒，问君何所之？
>
> 君言不得意，归卧南山陲。
>
> 但去莫复问，白云无尽时。

这是诗人王维的一首五言古诗，主要描写与归隐山林的友人作别之情。全诗共六句，每句五字，无特定押韵，以一个设问"问君何所之"引领全诗，牵引出作者厌倦俗世、期盼归隐的飘逸自由之心。表面看似平淡无奇，却语浅情深、诗意无限，蕴含悠然不尽的禅学意味。

2. 七言古体诗

七言古体诗，简称七古，和五古一样，无特定的格律，押韵自由，且平仄、句数均不限，全篇每句七字或以七字句为主。可以说，七言古体诗是古典诗歌中体裁最多样、形式最宽泛、韵脚最自由的艺术形式，篇幅通常较长，因而无论是叙事还是抒情，都极富表现力。七言古诗从整体上来看，推崇端正典雅、大气恢弘，诗行结构婉转流畅、纵横多变。对七古的发展贡献最大的是诗仙李白，他将句式多变和韵律结构多变的七古艺术美表现得淋漓尽致。七言古体诗的优秀作品有李白的《蜀道难》《梦游天姥吟留别》、杜甫的《兵车行》《丹青引赠曹霸将军》、白居易的《琵琶行》《长恨歌》以及张若虚的《春江花月夜》等。请看杜甫的作品《观公孙大娘弟子舞剑器行并序》：

昔有佳人公孙氏，一舞剑器动四方。

观者如山色沮丧，天地为之久低昂。

霍如羿射九日落，娇如群帝骖龙翔。

来如雷霆收震怒，罢如江海凝清光。

绛唇珠袖两寂寞，晚有弟子传芬芳。

临颍美人在白帝，妙舞此曲神扬扬。

与余问答既有以，感时抚事增惋伤。

先帝侍女八千人，公孙剑器初第一。

五十年间似反掌，风尘涸洞昏王室。

梨园子弟散如烟，女乐馀姿映寒日。

金粟堆南木已拱，瞿塘石城草萧瑟。

玳筵急管曲复终，乐极哀来月东出。

老夫不知其所往，足茧荒山转愁疾。

这首七言古诗是杜甫的代表作之一。全诗共二十六句，句句七字，句式整齐合一，语言艳丽却不浮夸，音节跌宕而多变。此诗描述的是作者回忆年少时观赏公孙大娘舞蹈的盛况。遥想公孙氏当年的神采飞扬，抚今思昔，不免感慨万千。曾经开元盛世的繁荣景象，如今已荡然无存。物是人非，当年的人事早已蹉跎，留下的只有后世人的无限追忆。在今朝与往昔的强烈对比中，诗人抒发了对王朝衰败之势的怅惘与无奈。此诗风格气势雄浑、沉郁悲壮，齐整的句式不断将诗意递进，增加了诗歌的抒情效果，确实是七言歌行中的杰作。

3. 五言绝句

五言绝句是中国传统诗歌体裁之一，简称五绝，是绝句的形式之一，属于近体诗范畴。它起源于汉代乐府小诗，在六朝民歌的影响下，于唐代逐渐发展成熟。所谓五言绝句，句式固定，要求做到五言四句，共二十字；音律上要符合律诗规范，即有仄起、平起二格。因篇幅短小，抒情达意更为简练，"短而味长，入妙尤难"，较之其他体裁，五绝在创作时对诗人的遣词造句和表现手法要求更高、创作难度更大，但也因此成为盛唐诗歌中最璀璨的一抹色彩。初唐时，五言绝句有了较好的发展，"初唐四杰"、沈佺期、宋之问等诗人都创作了不少佳作，王勃的五绝更是被沈德潜誉为"正声之始"，而盛唐的诗人如孟浩然、王维、李白等，更是增加了五绝的题材内容，扩大了五绝诗在诗坛的影响，使五绝的发展达到了顶峰。五言绝句中名篇佳作众多，代表作品有李白的《静夜思》、杜甫的《春夜喜雨》、祖咏的《终南望余雪》、王维的《相思》、柳宗元的《江雪》、白居易的《问刘十九》、王之涣的《登鹳雀楼》及刘长卿的《逢雪宿芙蓉山主人》等。请看刘长卿的作品《逢雪宿芙蓉山主人》：

> 日暮苍山远，天寒白屋贫。
>
> 柴门闻犬吠，风雪夜归人。

此诗是刘长卿的五言绝句代表作，全诗仅着五言四句共二十字，以极其凝练的笔法，描绘出一幅旅客暮夜投宿山家、静待主人风雪夜归图。全诗语言平白朴实、音律圆美流转、叙事简单直接，却内涵深蕴，每一句都构成一幅意境辽阔的画面。茫茫夜色中的寂寥归客与柴门外的喧叫家犬动静结合、交相辉映，仿如人在画中行。诗境可谓浑然天成，意在言外，启人深思。

4. 七言绝句

七言绝句简称七绝，同属于近体诗范畴，是传统古典诗歌体裁之一，最早可追溯到西晋时期盛传的民谣，于南北朝乐府民歌成型，在唐代有了更广阔的发展空间。全诗四句，每句七言，句式不一，构写无碍畅然；篇幅较短，文字简洁精炼；押韵严格，宜于低吟高诵；题材广泛，涵盖出塞、征战、咏古、惜别、宫怨、佛道等，呈现出盛唐的时代特征，是最受欢迎的诗歌样式之一。李白、王昌龄、王维、王之涣、高适、岑参、常建都善于作七绝诗，其中以李白和王昌龄成就最高。代表作品有李白的《早发白帝城》、杜甫的《江南逢李龟年》、杜牧《清明》、王之涣《凉州词》及王昌龄的《芙蓉楼送辛渐二首》等。请看刘禹锡的作品《乌衣巷》：

> 朱雀桥边野草花，乌衣巷口夕阳斜。
>
> 旧时王谢堂前燕，飞入寻常百姓家。

此诗是刘禹锡七绝诗的代表作之一。全诗四句七言共二十四字，字字精炼、句式齐整，韵味十足。全诗意在怀古，作者借怀念昔日金陵城秦淮河畔朱雀桥和乌衣巷的繁华喧哗来感慨世事易变，领悟到富贵荣华不过是过眼云烟。语虽极浅，却凝聚着诗人非凡的艺术匠心和宏阔的想象力，寓意深刻，给人以无限回味。

5. 五言律诗

五言律诗，简称五律，同样属于近体诗范畴，发源于南朝时期，至初唐基本成型，于盛唐时期发展至顶峰。全篇共八句，五字成句，两两一组，合乎律诗规范。五律的基本形式可分为仄起和平起，同时增加了对仗的规则。对五律有杰出贡献的诗人有沈佺期、宋之问等人，他们在南朝新体诗的基础之上，将五律诗的形式固定下来，使创作五律诗有规则可循。而盛唐五律成就最高的，一致公认是杜甫的作品，另李白、王维、李商隐的五律诗也广受好评。五言律诗中李白的《送友人》、杜甫的《春望》、王维的《山居秋暝》、孟浩然的《临洞庭》、王湾的《次北固山下》、张九龄的《望月怀远》及李商隐的《夜饮》等都很著名。请看王维的作品《秋夜独坐》：

> 独坐悲双鬓，空堂欲二更。
>
> 雨中山果落，灯下草虫鸣。
>
> 白发终难变，黄金不可成。
>
> 欲知除老病，唯有学无生。

此诗是王维五言律诗的代表作之一。全诗五言八句，言简意赅、浅显易懂，对仗句式使得诗歌流畅婉转、形象生动。那在细雨中飘然落下的山果、昏黄灯光下扑闪的草虫……每一个独立又不可或缺的意象都能体现出作者的细微情思——对自然万物有着超乎常人的体悟，对生命有着十足的敬畏。此诗从情入理、以情晓理，表达诗人期盼皈依佛门、摒除七情六欲、脱离人间苦海的美好愿望。

6. 七言律诗

七言律诗简称七律，同属于近体诗，与五言律诗一样，发源于南朝时期齐梁新体诗，至初唐基本成型，于盛唐杜甫手中成熟。其讲究格律精严、押韵严格，平仄亦是。七言律诗对于字数有严格要求，字数需保持一致，即七字形式，八句成句。全诗共分首联、颔联、颈联和尾联这四联，其中，颔联、颈联要求对仗。七律较五律来说，题材内容较为狭窄，后经盛唐的李白、高适、王维、岑参等诗人进一步扩大体裁，创造出不少传世名篇。但当时七言律诗的内容仍局限于宴饮酬赠，直至杜甫，其潜力才被挖掘出来。可以说是诗圣杜甫凭借高超的艺术造诣开拓了律诗的境界，提升了七律诗体在诗坛的地位。后至晚唐，温庭筠、李商隐、杜牧等诗人又不断完善七律诗的形式和体裁，将律诗艺术升华到了新境界。七言律诗的代表作有杜甫的《蜀相》、李白的《登金陵凤凰台》、崔颢《黄鹤楼》、王维的《积雨辋川庄作》、刘禹锡的《酬乐天扬州初逢席上见赠》、李商隐的《锦瑟》、杜牧的《早雁》及白居易《钱塘湖春行》等。请看李商隐的作品《安定城楼》：

迢递高城百尺楼，绿杨枝外尽汀洲。

贾生年少虚垂泪，王粲春来更远游。

永忆江湖归白发，欲回天地入扁舟。

不知腐鼠成滋味，猜意鹓雏竟未休。

此诗是李商隐的七言律诗代表作之一。全诗八句七言，颔联和颈联对仗齐整、结构严谨精炼、语句变化灵活、文字含蓄犀利、笔力遒劲健举、用典工丽典雅、境界阔大、意味深长，生动刻画了一位胸怀大志却又饱受压抑的少年志士形象，抒发了诗人虽时运不济、遭人谗伤，但并无丝毫患得患失的消极情绪，表达了诗人敝履功名利禄、淡泊宁静的宽广胸怀。

（二）韵律和谐婉转

上文已提及，唐代的古体诗，文字精炼、句式整齐、风格优美，可分为五言、七言。一首之中句数不限，可多可少、可长可短，有无押韵皆可，也可转韵，没有平仄和用词对应的要求，对音韵格律的要求比较宽松。随后，近体诗在隋唐之时形成，令当时的文人墨客着迷万分、争相追仿。这种诗歌样式沿袭前朝诗歌的特点，句式更为整齐清晰，且对音韵格律的要求比较严，因而也称格律诗。其一般循平声韵，不允许换韵或出韵。每首诗句数、字数有限定，可分为绝句四句、律诗八句；每句诗按规定的韵部押韵，通押一韵，中间不可转换韵脚，两句一韵，偶句押韵，首句可以入韵，也可以不入韵；上下句之间要求平仄对立，某些句子之间词性需要对仗。因格律诗语词灵活优美、婉转悦耳、意境超凡、浑然圆满，及至唐朝时，格律诗便成为了影响后世文学和主导诗坛的主要形式。

音乐与诗都是由语言这一感性元素作为媒介来表现的，唐诗中的音韵如同音乐的华美乐章，音节对称、旋律和谐、平仄相间、跌宕错落，创造出余味无穷的听觉效果。声调和语调的交替起伏营造出诗歌作品回环反折又抑扬错落的动态感，给人以美的艺术享受。音韵美涉及的层面太多，在此微作略述。请看张九龄的作品《望月怀远》：

> 海上生明月，天涯共此时。
>
> 情人怨遥夜，竟夕起相思。
>
> 灭烛怜光满，披衣觉露滋。
>
> 不堪盈手赠，还寝梦佳期。

此诗是张九龄五言古诗的代表作。诗人于月夜怀人，因思念过浓而难以入眠，足见其情感真挚、细腻入微。全诗五言八句共四十字，句式齐整划一。三四两句，采用流水对，以"情人"与"相思"呼应、"遥夜"与"竟夕"呼应；五六两句相互对仗，以"灭烛"对"披衣"、"怜"对"觉"、"光满"对"露滋"，一气呵成、自然流畅，富有古诗气韵。二、四、六、八句押韵——"时""思""滋""期"均押支韵，属一韵到底。本诗是仄起不押韵式，具体平仄为：仄仄平平仄，平平仄仄平。平平仄平仄，仄仄仄平平。仄仄平平仄，平平仄仄平。仄平平仄仄，平仄仄平平。整体论之，全诗语言明快流畅、典雅精致，读之铿锵有力、余韵袅袅、回味无限，且诗的构思奇妙、意境清幽。首句"海上生明月，天涯共此时"更是寓情于景、虚实结合，意境雄浑阔达、情意缠绵深厚，令人遥思万里，不愧为千古佳句。

又如杜甫的名作《阁夜》：

> 岁暮阴阳催短景，天涯霜雪霁寒宵。
>
> 五更鼓角声悲壮，三峡星河影动摇。
>
> 野哭几家闻战伐，夷歌数处起渔樵。
>
> 卧龙跃马终黄土，人事音书漫寂寥。

这首七律诗，是杜甫在战火纷乱之时，流寓于荒僻山城、面对壮丽夜景所作，是诗人伤乱思乡、慨叹国运、又不失豪情壮志的真实写照。全诗七言八句，句式结构整齐清晰。二、四、六、八句押韵——"霄""摇""樵""寥"均押"ao"韵。颔联和颈联对仗——"五更"对"三峡""鼓角"对"星河""声"对"影""悲壮"对"动摇""野哭"对"夷歌""几家"对"数处""闻"对"起""战伐"对"渔樵"。此诗为仄起不入韵式，其平仄错落有致、协调有序，读之抑扬起伏、舒缓绵长。全诗语言精炼，内容和情感随着富有节奏的韵律感层层铺开、步步推进，读之铿锵有力、激越沉郁，气势宏阔、意境辽远，堪称是唐代七言律诗的千秋鼻祖。

（三）修辞千变万化

唐诗的修辞手法独具特色，较为常见的有比喻、夸张、对偶、设问、反问、拟人、互文、双关、叠词、顶真、通感等，展现了唐诗语言艺术的精髓。唐诗的修辞在诗歌修辞史上也占据着重要席位，具有独特的艺术价值和学术价值。

研究唐诗修辞学的学者不在少数：段曹林教授在其著作中从微观和宏观两个层面探讨唐诗修辞艺术，将唐诗的修辞分为语音修辞、语义修辞、语法修辞、语篇修辞和风格修辞这五大类；朱雯雯从修辞学的角度来研究诗歌的空白现象，着眼于语言现象本身，认为只有在读者接受的基础上，空白结构的修辞价值才能真正得到实现。以下选取常见的唐诗修辞以简作例析。

1. 比喻

比喻是唐诗中高频出现的修辞方式，对比喻手法的灵巧运用是众多诗人创作经典佳作的一大法宝。比喻可分为明喻、暗喻、借喻、倒喻等，意指以彼物比此物，将两物在性质上和形态上的某个相似点作为连接点。运用比喻可以揭示本体的内在属性，突出事物特征，化抽象为具体，使表达更为生动形象。唐朝的很多诗人如李白、杜牧、刘禹锡等，都在作品中运用了大量比喻手法。请看杜牧的作品《叹花》：

自是寻春去较迟，

不须惆怅怨芳时。

狂风落尽深红色，

绿叶成阴子满枝。

这是杜牧创作的一首七绝诗。全诗通篇叙事赋物，采用比喻手法，构思新颖巧妙，情意婉曲隐晦。全诗仅寥寥二十八字，却意象丰富、表意自然，给人无限回味。诗人借自然界的花开花谢、子满枝头暗喻少女妙龄已过、芳华已逝，委婉地表达了时不再来、寻思已晚的懊丧惆怅之情，于不露痕迹中以情抒怀，十分耐人寻味。

再看刘禹锡的《望洞庭》：

湖光秋月两相和，潭面无风镜未磨。

遥望洞庭山水翠，白银盘里一青螺。

此诗描写了秋夜渺渺月光辉映下，洞庭湖一带的天然美景，表达了诗人对自然界湖光山色的钟爱之情，展现了诗人高洁不凡的审美情致。月夜遥望，千里洞庭收入眼帘，"白银盘里一青螺"运用了比喻手法，想象新颖奇特，将那视野里的君山比作是在皓月千里、波平如镜的洞庭湖这一巨大银盘上一颗苍翠玲珑的微小青螺，这一句只是轻轻着色，却可见自然山水浑然合一。这一独出心裁的精妙比喻彰显了诗人深厚的艺术功底，使洞庭美景仿如被注入了灵性般，一一跃然于纸上。

2. 拟人

拟人，即赋予某事物以人的动作、行为和情思，把物当作人来写，将意境人格化。运用拟人可使描写的物体更生动形象，准确切合地表达出作者的情感，让读者感到亲近活泼。在浩如烟海的唐诗作品中，诗人们将拟人手法运用得诡谲纵逸、诙谐风趣。请看李白的作品《与夏十二登岳阳楼》：

> 楼观岳阳尽，川迥洞庭开。
>
> 雁引愁心去，山衔好月来。
>
> 云间连下榻，天上接行杯。
>
> 醉后凉风起，吹人舞袖回。

此诗是一首五律诗，为李白流放夜郎后遇赦所作，描写诗人登岳阳楼放眼远眺之景，抒发了诗人无忧无虑、闲适旷达的襟怀。全诗语言婉转流畅、笔力遒劲有力、气势豪放恢宏、境界阔大无边。拟人修辞方式的活用更是点睛之笔，如"雁引愁心去，山衔好月来"一句将自然景物赋予人的情思，雁儿知人心，带走了诗人的愁苦忧闷，高山亦能领会分别之苦，衔来了彰显团圆之明月。两句互相对仗、映衬，想象新颖，生动别致、情趣盎然。一"引"字、一"衔"字使得意境飘然而出，宛若天成，不露斧凿痕迹。

又如刘禹锡的《石头城》：

> 山围故国周遭在，潮打空城寂寞回。
>
> 淮水东边旧时月，夜深还过女墙来。

这一首七言绝句意在咏叹石头城，即六朝古都南京。金陵怀古向来是咏史诗的热门主题之一。刘禹锡写此诗时，唐朝牛李党争、宦官专权，已入衰颓之势。作者的目的是借六朝兴亡抒发国运衰微的慨叹，以期统治者能引以为戒。全诗气氛苍莽悲凉，诗人描写了众多荒凉的景象，如山、水、明月和城墙。而"潮打空城寂寞回"是点睛之句，潮水拍打着空落的古城，似乎也感知到了此境的荒凉萧条，选择默默退去。诗人在此采用拟人修辞，赋予潮水以人的浓浓情思，展现了昔日繁华已逝、只剩无限寂寞堆砌的空城之景，传达出诗人对六朝兴亡、物是人非的无限感慨，虽含蓄蕴藉，但寓意深刻。

3. 夸张

夸张，也称夸饰或铺张，是古诗词常见的写作手法。夸张是运用丰富的想象力，在客观现实的基础上有目的地对事物的形象、特征、作用、程度等方面着意夸大或缩小，以增强某种表达效果的一种修辞手法。夸张在《诗经》中就已出现。运用夸张，可以揭示本质、烘托气氛、增强感情、激发联想。夸张往往带有幽默感和哲理性，在古诗词中将夸张手法运用至炉火纯青境界的诗人有李白、李贺、杜甫等。请看李白的代表作《秋浦歌》：

> 白发三千丈，
>
> 缘愁似个长。
>
> 不知明镜里，
>
> 何处得秋霜。

这首诗意在抒愤，诗人以浪漫夸张的笔触，牵引出其生不逢时、命途多舛的愁闷。众所周知的名句"白发三千丈"采用了夸张手法，充满奇思妙想，一个人七尺身躯却有三千丈的头发，似乎荒谬至极，但读到下句"缘愁似个长"便自然能够理解，白发绵长只是因为愁思满布。这有形的三千丈白发象征着内心无形的愁绪，而这愁思似大潮奔涌而来，难以抵挡。可见夸张这一手法增强了诗人奔放的情感，将积埋极深的愤懑和愁绪倾泻出来，不能不使人惊叹其过人的气魄和笔力。

又如李贺的作品《雁门太守行》：

> 黑云压城城欲摧，甲光向日金鳞开。
>
> 角声满天秋色里，塞上燕脂凝夜紫。
>
> 半卷红旗临易水，霜重鼓寒声不起。
>
> 报君黄金台上意，提携玉龙为君死。

此诗运用乐府旧题"雁门太守行"进行创作，重在用浓重艳丽的色彩描写兵临城下、败局已定的战争场面。诗共八句,句句表意鲜明、想象奇特。全诗充满悲情色调,意境壮阔茫远、情感强烈浓郁、气势震撼人心。尤其是首句"黑云压城城欲摧"运用夸张和拟人手法,"压"和"摧"字把敌军人马众多、来势凶猛以及守军将士处境艰难等画面惟妙惟肖地揭示出来,强有力地烘托了敌军奔涌而来、四面楚歌的紧张气氛和危急形势。诗人用夸张手法创设的情景栩栩如生,如在眼前,奇妙无比。

4. 叠字

所谓叠字,是用相同的两个字重叠成一个词,因而也称重言词,是文学创作中必不可少的一种修辞方式。唐诗是富有音韵美的诗歌文体,采用叠音、叠韵这一修辞,有助于建构诗歌体系中的音乐美,增强表达的生动性、流动性。汉语是单音节的声调语,通过声音的相似、相异、相间、相错、重言叠字,最能突显诗歌的音韵美。因而叠词是唐诗非常重要的一种修辞方式,运用得好便能强化诗歌意境,使描绘的自然景色和人物形象更为生动出彩。请看唐代高僧寒山的作品《杳杳寒山道》:

> 杳杳寒山道,落落冷涧滨。
>
> 啾啾常有鸟,寂寂更无人。
>
> 淅淅风吹面,纷纷雪积身。
>
> 朝朝不见日,岁岁不知春。

寒山是唐代的诗僧,一生富有神话色彩。此诗描绘寒岩景色,通过自然界的景物抒发诗人落寞、寂寥的心情。全诗采用单叠式叠字,句句都有叠字,且句式对仗、形式整齐。这八组叠字"杳杳""落落""啾啾""寂寂""淅淅""纷纷""朝朝""岁岁"的接连使用,烘托了寒山的深暗幽远、寂寥冷落,增强了诗歌的音乐美之余,又使全诗充满野趣,将高山深壑中孤寂而清闲的僧人形象生动地呈现出来。正是叠词的巧用,把本来四散分离、毫无关联的山、水、风、雪、人等意象拉至一个空间,营造出一个和谐的整体,意境浑然天成,读之又朗朗上口,是唐诗中一首不可多得的妙品。

又如唐朝著名诗人王建的《宛转词》：

> 宛宛转转胜上纱，红红绿绿苑中花。
>
> 纷纷泊泊夜飞鸦，寂寂寞寞离人家。

王建可以说是唐朝较具风格的诗人。在此诗中，叠字手法的妙用同样颇具特色。诗人采用多叠式叠字，句句有两组叠词重复，这种叠字常见于短章，用以造景生趣；重重音节互相交错，使景物更为立体丰满，营造出一番生动情境。反复吟唱，婉转寂寥、徘徊低回，愁情寂寞弥漫而来、经久不散，只觉余味无穷。

5. 顶真

顶真，亦称联珠、蝉联，是用前一句的结尾作为下一句的起头，使上下句间头尾相接、衔接自然，用以修饰两句子声韵的方法。顶真的作用是起到如行云流水般的艺术效果，使诗文回环跌宕、一气呵成。顶真这一修辞十分考量诗人遣词造句的能力。李白的《送刘十六归山白云歌》便是顶真诗中的一首经典之作，全诗如下：

> 楚山秦山皆白云，白云处处长随君。
>
> 长随君，君入楚山里，云亦随君渡湘水。
>
> 湘水上，女萝衣，白云堪卧君早归。

此诗八句共四十二字，采用歌体形式，句式上巧用顶真修辞手法，蕴含民歌复沓歌咏的风味，体现了行云流畅般的韵律感。诗人奔放的感情亦如白云流水般倾泻而下，思想内容和艺术形式达到了和谐统一。诗人以白云这一自由不羁、洁白脱俗的高洁形象来隐喻清逸潇洒的境界。白云似人"长随君"同渡"湘水"这两句的顶真用法，令声韵流转、情怀摇漾，运笔极为自然，而自然中又包含匠心，可谓蕴意丰厚、意境深远。

6. 对偶

对偶作为诗歌的独特体式，指的是句中字数相等、结构形式相似、平仄相对、意义相关的两个词组或句子构成的一种修辞方式。对偶注重内容与形式的统一，包括正对、反对和串对。正对这一形式在古诗词中较常出现，指上下句句意、形式相近或相称，如"气蒸云梦泽，波撼岳阳城"（孟浩然《望洞庭湖赠张丞相》）、"树树皆秋色，山山唯落晖"（王绩《野望》）、"风鸣两岸叶，月照一孤舟"（孟浩然《宿桐庐江寄广陵旧游》）等；反对是指上下句之间意义相悖或相对的对偶形式，如"少壮不努力，老大徒伤悲"（郭茂倩《长歌行》）、"远看山有色，近听水无声"（王维《画》）、"黑发不知勤学早，白首方悔读书迟"（颜真卿《劝学》）等；串对用于表达两句之间的顺接、递进、因果等逻辑关系的对偶形式，如"即从巴峡穿巫峡，便下襄阳向洛阳"（杜甫《闻官军收河南河北》）、"野火烧不尽，春风吹又生"（白居易《赋得古原草送别》）、"欲穷千里目，更上一层楼"（王之涣《登鹳雀楼》）等。诗歌中的对偶修辞这一艺术形式凝练集中、音节和谐，甚至讲究平仄，具有很强的概括力，能让诗歌整体看之整齐亮眼、读之铿锵悦耳，便于记忆、传诵，尽显艺术特色。

7. 用典

用典这一修辞手法，又称"用事""援引"，意为引用古代的历史事件或古人的言论、俗语、成语等，来增加词句的含蓄和典雅，印证自己的论点或表达特定的思想感情。用典的功能在于能使诗歌显得更加言简意赅、庄重典雅，且令诗歌内容和思想的传达更为深刻。例如王维近体诗《山居秋暝》的尾联"随意春芳歇，王孙自可留"巧用《楚辞·招隐士》之典（原文为"王孙游兮不归，春草生兮萋萋……王孙兮归来，山中兮不可以久留"），此句本意为招王孙出山入仕，而王维反用之，春芳虽已消散，但秋色同样醉人，"王孙"自可不必离去了。看似劝人，实则自勉，借用典故巧妙地表达了诗人喜归自然、甘心隐居山林、远离官场的悠然闲适之心。又如唐代诗人李商隐的代表作《锦瑟》中的"庄生晓梦迷蝴蝶，望帝春心托杜鹃。沧海月明珠有泪，蓝田日暖玉生烟"便用到了"庄周化蝶、望帝化鹃、沧海珠泪、良玉生烟"这几个典故，构思新奇、风格绮丽，暗含隐晦迷离的深切情思，具有极高的艺术价值。

唐诗中修辞手法的运用，让诗歌这一艺术形式更为简练、生动、形象、传神，让诗人得以在有限的篇幅内传达更多、更深刻的内容，抒发更为丰富的情感。其他如对比、借代、反复、设问、反问、互文、双关、通感等修辞方式同样占据重要地位，因篇幅有限，在此就不再赘述了。

四、国内外唐诗英译研究之生态现状

回顾近百年的唐诗英译研究历程，不难发现，唐诗英译研究主要呈现出两种翻译流向：一种侧重意象，以自由体译诗，旨在传达诗歌的整体风韵；一种侧重声韵，用传统律诗来翻译唐诗，以突显唐诗的音韵美。但无论哪种流派，都对唐诗英译研究作出了巨大贡献。

（一）国内研究

在唐诗英译领域里涌现了很多优秀的中国翻译家，代表人物有许渊冲、龚景浩、翁显良、孙大雨、杨宪益、戴乃迭、卓振英、汪榕培等，他们均翻译了一定数量及质量的经典译作，且独具风格，是古诗翻译的极大成者。据王峰博士统计，在 1980—2015 年期间，中国译者所著的唐诗译著达五十四部之多。[①]

国际翻译界的顶级荣誉——"北极光"杰出文学翻译奖获得者许渊冲老先生毕生致力于中西方经典文学作品翻译，其英、法文译著多达百余部，且部部质量精良。许老先生尤其钟情于古诗词曲的译介，译有《唐诗》及《李白诗选》。许渊冲提出诗歌翻译的"三美"原则，并将中诗英译分为三个流派，即格律派、自由派、仿译派，而他本身主张以诗译诗，着重唐诗的意象呈现，所译的诗歌工整押韵、典雅淡然、极富古意、境界全出，令读者在感受异质文化的同时，能体会到中国古典文化的精妙之处，因而许老的译作认可度、流传度也最广。他在前人的经验基础上，逐渐形成了一套完善的中国学派文学翻译理论，为中国文学翻译研

---

① 王峰. 唐诗经典英译研究[M]. 北京：中国社会科学出版社，2015.

究做出了巨大贡献。翁显良先生同样致力于古诗英译研究,译有《古诗英译》等作品,旨在传播中国文化。翁老对于古诗英译有别样的理解,并做了不同风格的尝试,提倡以散文译诗,注重意象的再现,他认为译诗只有真真切切体会了诗人的感情,了解了诗人的所思、所想、所作,才能"转而施于人"①。译诗要做到形神兼备太难,翁老的翻译只求神似,不拘泥于形式对应,提倡进行创译。《英译唐诗名作选》的作者龚景浩虽已年逾古稀,但仍坚持默诵唐诗的习惯,并将古诗翻译作为平生一大消遣,可谓境界奇高。他采用英诗中的近似韵进行翻译,译文通俗流畅,读之亦朗朗上口。《英译唐诗选》收录孙大雨先生晚年所译的一百多首唐诗,让国外读者得以零距离地感受中国文化的魅力所在。其他作品如杨宪益和戴乃迭合译的《唐宋诗文选译》、吴均陶的《杜甫诗英译》、文殊的《诗词英译选》、卓振英的《英译宋词集萃》及徐忠杰的《唐诗两百首选译》等都在国内大量出版发行,受到读者的喜爱。

在中外交流日益增强的全球化背景下,唐诗英译呈现出欣欣向荣之态。有相当一部分的中青年学者同样进行了唐诗的翻译尝试,视角新颖且成果颇丰。例如俞宁所著《绿窗唐韵:一个生态文学批评者的英译唐诗》从生态学视角,翻译《全唐诗》中精选出的一百一十五首唐诗,并配以极富特色及文化内涵的注解,为有志于翻译研究的青年学者和读者提供了新的研究视角。香港大学何中坚教授的力作《一日看尽长安花:英译唐诗之美》选取了二百零三首家喻户晓的唐诗,首创按原诗押韵方式来进行翻译实践,用英文的优雅音韵展现中国的文字之美。《古韵新声——唐诗绝句英译一百零八首》精选唐朝一百零八位诗人的一百零八首诗歌,其作者都森和陈玉筠从绝句入手将其译为英文,并加入了简洁的注解以便读者阅读、欣赏。《英译唐诗三百首》的作者唐一鹤先生耗时八年,将脍炙人口的三百首唐诗翻译成韵文诗,读之抑扬顿挫、意韵深远。此外,用中英文"评注"来解释诗文中的难点、典故、背景和主旨,乃此书一大特色。

---

① 翁显良. 本色与变相:汉诗英译琐议之三[J]. 外国语,1982(1):24-27.

从目前研究来看，2000 年以后，国内唐诗英译研究真正进入了鼎盛发展阶段，足以窥见学界对中国古典文化向西方传译这个领域的重视程度。唐诗英译研究不只像以往仅针对名家如李白、杜甫等人的诗歌译作进行分析鉴赏，更体现在研究的多角度多学科上，其中以语言学视角进行唐诗英译研究的文献资料最多，另如阐释学、美学、文体学、文化及其他跨学科研究数量也在不断攀升。

众多学者将研究视角转向许渊冲先生的翻译理论及其译作，且研究角度多维新颖，研究内容独到而全面，包括对他诗词翻译理论的应用、翻译风格的鉴定，以及将他与孙大雨、庞德、宇文所安等翻译家进行对比的研究。顾正阳运用"三美"理论对许渊冲的《出塞》（王昌龄）、《浪淘沙》（李煜）等经典诗词译作进行了细致的解读，认为许译之大多作品能呈现"意、音、形"三美的理想境界。陈奇敏在其博士论文中，采用了对比、描写、分析、推导等一系列研究方法评析许渊冲英译《唐诗三百首》一书，着力探讨译者所选择的翻译策略，对其译作给出了较为公正的评价。

在唐诗译作对比中，学者们侧重于选取较为耳熟能详的名人名作进行译本的对比分析。《春望》《江雪》《春晓》和《枫桥夜泊》是研究频率最高的作品。据统计，光孟浩然的《春晓》一诗就有四十一个英译本。段奡卉选取许渊冲、威廉·弗莱彻（William Fletcher，1879—1933）和路易·艾黎（Rewi Alley，1897—1987）所译的《春望》的三个译本，分别从音律、句式、修辞等方面比较分析各个译文的得与失，得出汉诗英译的关键在于对格律难度的认识和把握。辛红娟和覃远洲以许渊冲和威特·宾纳（Witter Bynner，1881—1968）两人的《江雪》译本进行对比分析，发现外国译者的译文仅仅做到了形式对应，缺少对原诗文字之外意蕴的关注，而许渊冲先生的译文显然更高一筹，充分发挥了自身的审美感知这一心理机制，不仅把握了原诗的语言风格，体现了译文的音律、形式之美，还对原诗的意象进行升华再造，构建了完整协一的艺术境界。唐诗译作对比分析研究能帮助读者了解不同译家的翻译技巧与风格，为古诗词翻译译本赏析与比较研究探索出一条富有建设性的道路，并助力于为唐诗英译设定一个较为有效的评价标准。

从研究角度来看，正如上文所提到的，语言学角度的研究在唐诗英译研究领域一直以来都占据着首要位置。从语言学视域出发，对唐诗翻译进行定性与定量分析的文献和著作不在少数。有从语言学家加利·帕尔默（Gary Palmer）文化语言学视角出发，阐释意象、语言、文化三者之间的关系，探讨唐诗英译中的意象翻译研究；也有将语篇语言学引入到唐诗英译中，提倡用语篇语言学方法去指导具体的翻译实践，准确地传达原诗的情景语境、文化语境和交际功能，从而更好地推广中国的古典文化。这些研究均证明语言学视角在唐诗英译研究中具有十分重要的地位，可为古诗翻译研究奠定颇具新意又行之有效的理论基础。

唐诗是中国文学美的体现，从美学角度对唐诗英译进行研究也同样具有一定的价值。学者在这一领域主要着眼于诗歌美学价值，探讨译作是否符合唐诗意象及意境等审美元素的有效呈现，并分析译文在意义、音韵和形式上与原诗的对等之美。朱小美、陈倩倩将接受美学这一新兴的文学批评理论引入唐诗翻译研究，认为接受美学可以启发读者更好地审视译者的主体地位。在这一理念的指导下，她们对经典古诗《江雪》的两种译文进行对比分析，着重围绕韵律传达、意象传达、意境再现三要素，旨在为唐诗英译研究寻得翻评方式的有效途径。从美学角度来看，唐诗本身就是美的载体，蕴涵多样的美学元素，具有鲜明的语言审美和音乐审美的艺术特征。对于译者而言，最难的就是如何保持诗歌原有的美感，而这些美感在其英译中绝不能丧失，译者唯有尽全力体现，方能使读者获得更深层次的审美体验。

在跨文化大背景下，唐诗英译作为文化交流中的重要一环，地位不言而喻。因而文化观研究视角同样是唐诗英译历年来研究的着重点。国内学者中，长于研究古诗英译文化维度的当属顾正阳教授。其著作《古诗词曲英译文化探幽》从离情文化、隐逸文化、梦文化、动物文化等方面对唐诗英译进行分析，探讨其英译层面是否做到了文化内涵的同等转换。学者张瑜从文化缺省角度研究唐诗中典故的英译，提出了对唐诗中典故翻译的文化缺省进行补偿的原则，并据此列出了"文化移植、文化加注、文化解释、文化释义、文化代替"[①]这几种具体的补偿手段，意图让译文读者获得文化探索般的异质享受。文化观研究关注文化和身份认同，唐诗作为一种艺术化的文化传播方式，需要帮助译语读者克服文化障碍，使译文真正能起到传播文化的作用，让中国优秀的古典文化走向世界。

（二）海外研究

同时，唐诗这一重要文学体裁也很早就引起了海外汉学家的关注，唐诗的西传也是中西文化交流史上的盛事。十九世纪到二十世纪初，从英国远道而来的一些传教士和外交官员成为了唐诗译介的先行者，奠定了古诗词英译的实践基础。其中，英国传教士罗伯特·马礼逊（Robert Morrison，1782—1834）于1815年所译的杜牧《九日齐山登高》被认为是海外最早的唐诗英译作品。而英国学者理查德·普滕汉（Richard Putenham，1520—1601）所著的《英文诗艺》（*The Arte of English Poesie*）成为了西方学者向外宣介中国古诗文化的第一本书籍，为中国古诗词走向世界开启了门扉。

1898年英国汉学研究专家赫伯特·艾伦·翟理斯（Herbert Allen Giles，1845—1935）所译的《中国诗词》（*Chinese Poetry in English Verse*）选取了杜甫、李白等著名诗人的经典作品，收录总量多达一百零一首。选集中的译文严格恪守了"信、达、雅"的翻译标准，可读性较强。他被学界称为是"第一个通过英译将唐诗整体化、系统化地介绍给西方英语世界，并对唐诗在英美的传播与研究造成巨大影响的汉学家"[②]。除翟理斯外，另一位大力推广唐诗英译研究的是十八世纪英国汉学家、诗人梭米·詹尼斯（Soame Jenyns，1704—1787），后人将其译作整理汇编成《唐诗三百首选读》（*Selections from the 300 Poems of the Tang Dynasty*），成

---

① 张瑜. 从文化缺省及其翻译补偿看唐诗中典故的英译[D]. 成都：四川师范大学，2008.

② 江岚，罗时进. 早期英国汉学家对唐诗英译的贡献[J]. 上海大学学报（社会科学版），2009（2）：33-42.

为系统性地介绍唐诗英译的重要书籍之一。

弗莱彻在其著作《英译唐诗选》（*Gems of Chinese Verse*）中翻译了一百八十一首唐诗，但大多为李白、杜甫的名作。他惯以英诗格律体来翻译古诗，全书英汉对照且随附详细注解，是第一本断代唐诗英译本。

日本留美学者小畑薰良（Shigeyoshi Obata，1888—1971）的《李白诗集》（*The Works of Li Po，the Chinese Poet*）于 1922 年在纽约出版发行，是最早的英译唐代诗人专集，在西方世界引起了不小反响。

1929 年，威特·宾纳（Witter Bynner，1881—1968）出版了《中国诗选》（*A Chinese Anthology*），此书是美国最早的《唐诗三百首》英译本，在西方世界的影响较为深远。

著名的英国汉学家和文学翻译家阿瑟·韦理（Arthur Waley，1889—1969）一生致力于汉学典籍研究，除典籍翻译外，他翻译了一百七十首包括唐诗在内的中国古典诗词，代表作有《汉诗一百七十首》《中国诗选》等，在西方世界大受欢迎、影响至巨。韦理同样提倡格律译诗，以齐整的押韵显现诗歌节奏的和谐性。他的译作彰显了中国古典诗歌的精妙绝美，令西方读者为之痴醉。韦理被西方学界认为是二十世纪前半叶最优秀的汉学家、诗人，他的翻译方式使中国经典诗词作品更易于被西方读者所接受。

英国外交官兼汉学家约翰·弗朗西斯·戴维斯（John Francis Davis，1795—1890）潜心研究唐诗的创作手法及风格，尤其喜爱李白、杜甫的诗歌，在《汉文诗解》（*Poeseos Sinensis Commentarii*）一书中翻译了大量李、杜之诗。除诗歌译作外，戴维斯还对李白及杜甫的诗歌风格进行了对比研究。

杰出的美国诗人埃兹拉·庞德（Ezra Pound，1885—1972）也对中国古诗词翻译有着浓厚兴趣，他认为中国古典诗歌是一个宝库，曾翻译过李白、王维和孟浩然等诗人的不少唐诗作品。他深受唐诗独特艺术风格的影响，认为唐诗艺术的真质在于意象，且敏锐地意识到中国古典诗歌中含蓄简洁的意象呈现方式与西方意象派理念不谋而合，这一思想也影响了其诗歌创作实践及翻译理论，使他将意象派诗歌推向了美国新诗运动的高峰，促进了英美现代诗歌的发展，也使自由体派成为了西方世界里唐诗英译的主流方式。然而，因为只忠实于意象的再现，庞德的译作对原文存在很多曲解和误读，被世人批评为完全不像中国诗的翻译。

学者江岚在其著作中如此评价汉诗英译在英语世界的延伸与发展："一百多年来，唐诗译介和研究在英语的文化语境中，走过了一条由随意、零散、宽泛到系统化、专门化的道路。"①自上世纪末以来，其他著名的翻译家、学者，如庄延龄（Edward Harper Parker，1849—1926）、艾米·洛维尔（Amy Lowell，1874—1925）、洪业（William Hung，1893—1980）、阿塞·怀特（Arthur Wright，1913—1976）、伯顿·华岑（Burton Watson，1925—2017）、劳恩斯勒·克莱默·宾（Launcelot Cranmer Byng，1872—1945）、宇文所安（Stephen Owen，1946— ）等，均对唐诗英译研究饱含热忱，且出于对唐诗的尊崇以及对唐诗独特形式的感悟，试图保持原诗中的生态要素及生态智慧，尽力将唐诗之艺术美介绍给西方世界。他们的唐诗英译作品，虽然大多并非是国内认可的名篇佳作，且翻译方法未成体系、译作质量瑕瑜不等，甚至因中西方文化背景差异而出现误译漏译，但仍在国外诗歌翻译出版市场上占有一席之地，受到外国读者和华人的欢迎。全凭他们对中国古典诗歌的钟情与奉献，唐诗这一凝聚着中华人民智慧的古典文学宝藏得以进入西方人的视野，令英语世界的读者和学者们得以领略东方文化的至真至美。

第二节 宋词——词之言长

宋词又名曲子词、诗余、小词、歌词、乐府、近体乐府、长短句、琴趣等，作为宋代文学的最高成就，宋词是中国古代文学宝库中不可或缺的瑰宝。宋词所取得的突出成就引起了古今中外众多学者的兴趣，他们关注于词人的生平轶事，

---

① 江岚. 唐诗西传史论——以唐诗在英美的传播为中心[M]. 北京：学苑出版社，2009.

词作的风格、措辞、用韵、修辞格等元素，不断完善、深化研究体系，形成了一门专门的学问——词学。沈谦云："词不在大小深浅，贵在移情。"①可见宋词之美，足以令人心旌荡漾、醉心不已，那清丽雅致的语言宛如桃花源头的一泓清水，涤荡着众多孤独漂泊的心灵，使人们得以寻获心灵和精神的归宿。

关于词的起源众说纷纭，也非本书研究重点，故而在此不作赘述。

据记载，公元1900年发现的敦煌曲子词是现存最早的词。盛唐出现了文人词，随至晚唐和五代时期，词的数量不断增多，进入了稳定发展时期。南唐李璟、李煜和花间派词人温庭筠已在文坛享有一定地位。随着时代的发展变迁，柳永、苏轼等词人展现出了惊人的艺术才华，使词的题材范围得以大幅度扩展，影响力不断扩张，至辛弃疾一代达到高峰，与诗歌平起平坐。至宋代，词的体制逐渐完备，艺术风格千变万化，可谓臻至鼎盛时期。宋词之意蕴，仿如白莲那般淡雅清幽，读之品之能使人豁然开朗，了悟到古人独有的高洁气韵。清代著名学者王国维也是一位爱词之人，他肯定了词在宋代文学的重要地位，对宋词的成就给予了极高的评价。

一、宋词流派

宋词的词派大体有二，一曰婉约派（包括花间派），一曰豪放派。明代张綖在《诗余图谱》中首次明确提出，就词的风格而言，可划分为婉约派和豪放派这两种流派。婉约派是南宋士大夫消遣娱乐之作，长期占据着宋代词坛的重要地位，曾有"繁声淫奏""艳科"之污名，但名篇佳作仍流传不衰；豪放派则是宋代文人义士爱国情怀的最佳咏调，在抒情叙事、写景用典上都具有鲜明的特色，涌现的经典作品更是历久弥珍。

（一）婉约派

婉约派词人中，成就颇丰的有柳永、周邦彦、晏殊、秦观、晏几道、李清照、

---

① 唐圭璋.《词话丛编》[M]. 北京：中华书局，2005：629.

姜夔、吴文英、李煜等，较为出名的作品有柳永的《雨霖铃·寒蝉凄切》、李煜的《相见欢·无言独上西楼》、秦观的《鹊桥仙·纤云弄巧》、李清照的《声声慢·寻寻觅觅》和晏殊的《浣溪沙·一曲新词酒一杯》等。宋词尚婉转绵丽，多以描写男女情爱、闺情绮怨、离愁别绪及抒发生不逢时、壮志难酬的慨叹为主。其结构缜密无间、语言清丽含蓄、句式工整和谐、音律谐美圆润，可谓是情韵兼具。婉约词的浮艳柔美词风曾长期影响当时的词坛，大批词家如南宋姜夔、吴文英、张炎等人的创作风格均在很大程度上受其影响。请看婉约词的代表作——晏殊的《浣溪沙·一曲新词酒一杯》：

> 一曲新词酒一杯，去年天气旧亭台。夕阳西下几时回？

> 无可奈何花落去，似曾相识燕归来。小园香径独徘徊。

此词是宋代词人晏殊最为脍炙人口的一篇。此词借伤春惜时为名，实则为词人抒发感慨之用。从上阕复叠错综的句式、流畅明快的语调中可以体味出，词人初始的心态乃是洒脱豁达的，他醉心于往昔的宴饮涵咏之乐。而下阕意念忽转，巧借眼前落花、归燕等景物，即景兴感，流露出景物依旧而人事全非的伤怀之感。全词语言流畅而含蓄、工巧而浑成，声韵和谐、意蕴深沉、巧思真情，宛如天成。词人对于时间和人生开启了哲理性的追索，时间永恒存在而人生却有限期，启发人们推思宇宙人生的广袤，尤其是尾句"无可奈何花落去，似曾相识燕归来"夹杂着无限眷恋和怅惘，似冲澹又似深婉的人生感慨，读之声韵天然、寓意深远，似有道不尽的哀怨缠绵。

（二）豪放派

豪放派的代表人物有苏轼、辛弃疾等，另陆游、张孝祥、李纲、张元干、叶梦得、陈亮、刘过、陈与义等也颇有建树。豪放派尚纵横驰骋，创作风格恢弘雄放，突破了词产生以来以婉约为主、惯写"惜春伤怀"的题材桎梏，创作视野广阔，内容丰富，可以说是"无言不可入，无事不可入"。从宏观上来看，豪放词可抒发朝代兴亡、历史更替之叹，又可探究宇宙人生奥秘之所在；从微观个体层面出发，豪放词可表达鸿鹄浩远之志，叙尽人生悲喜离合之情。豪放词虽侧重于描绘家国情怀、人生百态，但也不乏描写花前月下男女情爱的清丽秀婉之作。豪放词语词宏博、不拘音律，意境雄浑、气势豪纵。一代巨擘辛弃疾和伟大词人苏东坡的作品均是豪放词的典范，引后人膜拜效仿。豪放词派扩大了词作传统的抒情功能，得以屹立于宋代词坛，并卓绝千古。

豪放派的经典作品——苏轼的《念奴娇·赤壁怀古》是苏轼的代表作，可以说是广为人知，在词学界具有极高的文学价值。在此词之前，词的功能主要用于描写男欢女爱之缠绵情思与羁旅行途中的悠然闲适，而词人创造性地运用词这一文体形式将历史上著名的英雄人物形象栩栩如生地呈现在读者面前，不仅开拓了词的题材，还升华了词的内容。词分上下两阕，上阕以咏赤壁之景入手，描绘了万里江河的汹涌澎湃；下阕追怀忆周瑜，表达了词人对于出色英杰的钦佩之情。作者之所以称颂周瑜，正是借其抒怀——自己空有一腔报国疆场的热血豪情，却因身遭诬陷而壮志难酬。全词平仄入声，短促有力，融抒情、写景、叙事、咏史为一体，意境恢弘、旷达，被誉为宋金十大名曲之一。

二、宋词的重要元素

宋词关注于意境的营造，注重格律的统一性，无论形式、音韵或意境，都彰显出才华横溢的词人们非同一般的审美取向。因宋词在形式上有其独特之处，须与诗区分开来，在此主要从句式、韵律、修辞特色、词牌名来作概述。

（一）句式错落有致

时代在变迁，人们的审美情趣亦会随着时代的变迁而不断变化、升华。当整齐划一、一成不变的唐诗格律诗已无法发挥其魅力，吸引文人再进行激情创作时，一些富有远见的文人们已把目光投注于其他形式，开始改造格律诗，将其更改为长短交错的曲子词。曲子词这一文体虽形式长短不一，但错落有致，别有韵味。这种独具魅力的新型诗体渐渐流行，最终成就了宋词如今的地位。词打破了格律诗凝重刻板的结构、扩大了中国古体诗歌单一的范畴、丰富了汉文字的形式美。清人对于词的形式美有如此评价——词之为体如美人，表达出对宋词形体特征的赞誉。

论及诗和词最显而易见的区别，一言以蔽之，在于形式是否统一。诗由整齐的五言、七言（齐言）句构成，而词则是由长短句（杂言）组成。从现存的宋词来看，若按字数划分，宋词可分为小令、中调、长调；若按原本的乐曲类型划分，宋词可分为令、引、近、慢。但无论何种分类，词句形式上的长短错落，是其最典型的特征。因为词最初是用来和曲演唱的，所以字数无法固定，需依据不同的词谱来定字数。词的句数相对自由，从一字句可到十字句，但基本句式为一字句到七字句。八字句可是四加四结构，也可三加五成句，余可类推，但全篇字数、平仄均有严格的规范。若词唯有单独一段，称为"单片"或"单调"；大多数词分为两段，即"双叠"或"双调"；也有词多达三、四段，即"三叠""四叠"。

有一部分词保留了上下阕的形式统一，呈现出建筑般的对称之美。譬如《江城子》一调，按照词谱规定，总字数为七十个字，上下阕皆三十五字，句式为：上下阕皆七、六、九、七、六，呈对称状。一阕之内也以第三句为轴自然对称，如上阕上半部分一、二句的字数是七、六，四、五句也是七、六，呈轴对称形制，下半阕亦然。若能以书法作品呈现，便能看出其错落有致的动态美，其他如《玉楼春》《蝶恋花》《采桑子》《临江仙》《浣溪沙》等词都在形式上保持着严格的对称统一。正如苏轼的悼亡词名篇《江城子·十年生死两茫茫》，句式齐整合一、押韵自然流畅，意蕴深远，对于亡妻王氏的浓烈情思沉痛感人，令人扼腕长叹。

当然，也有一部分词词调有稍许不对称，上下阕字数也不尽相同，但仍能显现出整体合一感。例如《鹧鸪天》，该词牌共五十五字，上阕二十八字，句式为七、七、七、七；下阕二十七字，句式为六、七、七、七，从整体上看仍是较为齐整，读之给人以绵长未尽之韵味。《探春令》《念奴娇》《霜天晓角》也如是。比如李清照的《鹧鸪天·寒日萧萧上琐窗》，全篇共五十五字，上下阕各三平韵，读之跌宕起伏、绵长婉转，虽以悲秋起诗，但以醉秋结尾。立意新颖含蓄、婉曲蕴藉，将境遇孤苦、流离失所的女词人形象刻画得生动别致。

还有一些词的词调完全不工整，但这类词所占比例较少。例如柳永的名作《雨霖铃》，上阕句式为四、四、四、六、四、四、六、五、七、七；下阕句式为七、八、六、七、四、八、七、五，看似毫不对称，在形式上也不具有以上几例的对称之美。但细看便知，这首词的上下阕字数分别是五十一字和五十二字，仅差一字，从整体上看，这种长短错落的句式分布，更能给人一种独特的异质审美体悟。较为冷门的词牌名如《金人捧露盘》《江城梅花引》也如是。句式的或长或短，往往能体现所蕴含情感的强烈程度。词人柳永的代表作《雨霖铃·寒蝉凄切》，虽各句字数不一，但遣词造句直白流畅、声情并茂，将别离的凄楚、悲痛、无奈尽情描绘、肆意挥洒，读之令人产生浓烈的共鸣。

长短句相间出现，能使词体形式得以多变灵活、语言流畅婉转，读之抑扬顿挫，充满韵律感，因而表情达意也更为强烈有力。例如五代词人冯延巳的《南乡子·细雨湿流光》，全词文字清简雅丽、笔法离合自然、声调柔美流畅、韵律快慢有致，读之绵长久远，呈现出一种参差错落之美。

（二）韵律畅若流水

汉语是一种语素音节语言，音节是构成汉语文学作品的最基本要素。中国古典诗词中呈现的节律则是对汉语本身的节律高度提炼后加以运用的集中体现。宋词依照乐曲的节拍而填制，即所谓"倚声填词"，再经由歌儿舞女吟唱而广泛流传。由此可见，音乐性是宋词的一大特色。

宋词的格律变化取决于句式的长短和字数的多寡，与之对应的是，宋词中的韵数、韵位和平仄也会随之而变。词的押韵比起唐诗来说相对复杂，因此不要求刻意做到每一句都押韵，隔句或隔多句押韵也可，有时还会出现换韵的情况，以体现参差多态之美。无论平韵仄韵，皆具有声情之美，可使节奏跌宕起伏、富有变化。一般来说，平声声调绵长，平稳定然，宜于慢声吟唱，所体现的情绪也是委婉而来，有润物细无声之效；而仄声音短压抑，较为有力，所呈现的情感也是热烈充沛，极富感染力。《词说》有云："声音之道，本乎天籁，协乎人心。"若韵律顺于人内心的节奏，平仄能相间有序，方是一首和谐好词。早期词牌句式与结构皆较为齐整，如秦观的《鹊桥仙·纤云弄巧》：

纤云弄巧，飞星传恨，银汉迢迢暗度。金风玉露一相逢，便胜却人间无数。

柔情似水，佳期如梦，忍顾鹊桥归路。两情若是久长时，又岂在朝朝暮暮。

全篇共五十六字，上下阕呈对称轴分布。上下阕句式皆为：四字、四字、六字、七字、七字，从古音的平仄来分析，上下片各两仄韵，具体如下：平平仄仄，平平平仄，平仄平平仄仄。平平仄仄仄平平，仄仄仄平平仄仄。平平仄仄，平平平仄，仄仄仄平平仄。仄平仄仄仄平平，仄仄平平仄仄。此词乃是传情名作，词人借牛郎织女的感人故事来颂扬坚贞如一、纯洁无瑕的美好爱情。尤其末尾两句，更是千古流传。全篇立意新奇、想象恢弘，表达的情思深沉蕴藉、连绵流畅，且读来琅琅上口，有一唱三叹、回环往复之效。

再看一例柳永的《望海潮·东南形胜》：

东南形胜，三吴都会，钱塘自古繁华，

烟柳画桥，风帘翠幕，参差十万人家。

云树绕堤沙，怒涛卷霜雪，天堑无涯。

市列珠玑，户盈罗绮，竞豪奢。

重湖叠巘清嘉，有三秋桂子，十里荷花。

羌管弄晴，菱歌泛夜，嬉嬉钓叟莲娃。

千骑拥高牙，乘醉听箫鼓，吟赏烟霞。

异日图将好景，归去凤池夸。

此词咏叹当时杭州的富饶繁华之景，用词高雅、铺叙晓畅、音调婉转、情趣宛然，是柳永的经典名作之一。词共一百零七字，从词牌格律来看，属于双调。前阕十一句为五平韵，后阕十一句为六平韵：平平中仄，平平中仄，平平仄仄平平。平仄仄平，平平仄仄，平平仄仄平平。中仄仄平平，仄仄仄平平，平仄平平。

仄仄平平，仄平平仄，仄平平。平平仄仄平平，仄平平仄仄，中仄平平。平仄仄平，平平仄仄，平平仄仄平平。平仄仄平平，仄仄平中仄，平平平平。中仄平平仄仄，平仄仄平平。从用韵来看，词人的用字"华、家、涯、嘉、花、娃、霞、夸"同属一韵，直接贯穿到底、一气呵成；而从字数上来看，长短句交错出现，穿插于词行间，不仅给词增添了几分形式之美，音韵美也油然而现。

由此可见，宋词之美，不仅在于独特的形式、雅丽的文辞，还在于那如暗涌般流动着的音乐美。正是这一特性使宋词极富节奏感，吟诵之如行云流水，韵味深长，个中情思百转千回，更显隽永。

（三）修辞灵巧精妙

修辞两字，"修"为"修饰""辞"为言辞，修辞之意即运用多种手段来修饰文辞，使语言表达效果达到最佳状态。修辞的目的，是为了能更准确地描绘事物的形态，更生动地重现事件的情境。唯有情景协一，才是遣词造句的最高境界。

宋词是我国古代诗歌中语言锻造的极品，因宋代词人深谙文辞之道，创作出的精品之作可谓是浩如烟海。宋词中常见的修辞手段包括：比喻、比拟、设问、反问、夸张、对偶、借代、互文、双关、反复、隐括等。这些修辞方法的运用使宋词的章句之中无不渗透着别样的艺术美感，使词增添了别致雅艳的生动韵味。

1. 比喻

比喻这一修辞的运用是宋词的一大特色，诗人抒发情感、写人状物、绘形传神，皆需倚靠比喻这一辞格。请看南唐后主李煜的名作《清平乐·别来春半》：

别来春半，触目愁肠断。

砌下落梅如雪乱，拂了一身还满。

雁来音信无凭，路遥归梦难成。

离恨恰如春草，更行更远还生。

相传这首小令词是亡国之君李煜在国运维艰时所创作的，全篇抒发郁结于心的离愁别绪。词的结拍二句"离恨恰如春草，更行更远还生"，仿佛可以照见词人眼望着那遍地滋生、一望无际的萋萋春草时内心无限的悲伤。词人选用浅显生动的比喻，用绵延不尽的春草比喻离别的哀怨与不舍，把抽象的、难以捉摸的愁情描绘得栩栩如生，使得意象新奇、贴切。词人连用两个"更"字与一个"还"字，使这个六言句一波三折，读之连绵不断、余味犹存，既巧妙地描绘出了春草蓬勃蔓延滋生之态，又将离恨之情重重渲染、层层递进。结拍二句"中仄中平中仄，中平中仄平平"，平仄交替，且以两个平声字收尾，读之宛如片片春草因风而动，连绵不尽，暗示着内心的愁思亦绵长如斯，无休无止、无穷无尽。

再看范仲淹的《御街行·秋日怀旧》中"年年今夜，月华如练，长是人千里"一句。此词层深曲折，巧用比喻令词人的满腔愁思表达得畅快淋漓。寂静夜空下，词人孤眠难安，唯听得秋叶飘落声；卷起珠帘环视夜空，看那天色清淡如洗、星河如瀑；在这广渺又寂静的天宇下，月亮的光芒如同光滑柔软的丝带般缠绕人心，绵延至千里未绝，令词人内心的幽邈情思一触即发。在这里，比喻的妙用清晰地展现了词人那辽无边际又无处安放的怀人情思，可谓精妙绝伦。

2. 夸张

夸张同样是宋词创作中经常运用的一种修辞手法，一代文豪苏轼的豪放词中高频率地使用夸张这一艺术手法来增强作品的感染力和表现力。词人在客观现实的基础上，展开丰富的想象，创造出相互关联又别具一格的意象，增强作品的艺术表达效果。

请看王国维的《蝶恋花·窈窕燕姬年十五》中的"窈窕燕姬年十五，惯曳长裾，不作纤纤步。众里嫣然通一顾，人间颜色如尘土"两句。词中这位美丽窈窕、亭亭玉立的少女拖曳着华美长裾，光彩照人、气韵天然，真正是美艳绝伦。词人这一句"众里嫣然通一顾，人间颜色如尘土"的夸张手法用得恰到好处。美人在人群中嫣然回首，人间那所有倾城倾国的美貌女子便都显得黯然失色，仿如尘土一般丝毫不值得在意。有美一人，清扬婉兮，何谓倾城倾国的佳人貌，何谓如初见般的一见倾心，正如此词所言。

再看辛弃疾的名作《鹧鸪天·送人》：

> 唱彻阳关泪未干，功名馀事且加餐。
>
> 浮天水送无穷树，带雨云埋一半山。
>
> 今古恨，几千般，只应离合是悲欢？
>
> 江头未是风波恶，别有人间行路难！

此词乃作者中年所作，彼时他已在仕途上历经了不少挫折磨难，词表面虽刻画送人离别之忧思，但蕴含在内的却是词人对世路艰难之慨叹。《阳关三叠》自唐以来便是离人之歌，作者的"唱彻""泪未干"五字，令人顿感哀怨绵长。词人运用夸张手法，更显无限伤感。"浮天水送无穷树，带雨云埋一半山"一句，写景生动、用笔雄厚，描绘出这样一幅画面：水天相连，向远方飘去的流水仿佛带着岸边的树共同离去，夹杂着雨水的乌云也好似遮掩了半座高山。这一派凄凉昏暗的景象令词人懊丧不已。"今古恨，几千般"，而古往今来令人愤懑生恨的憾事，又岂止千件万般。篇幅虽短，却包含了词人深厚的思想感情，将触及人心的艺术境界展现得淋漓尽致。

3. 叠字

叠字手法亦是词的一大艺术特色，最令人印象深刻的当属李清照词作《声声慢·寻寻觅觅》中的"寻寻觅觅，冷冷清清，凄凄惨惨戚戚"这七组叠字连用，构思精妙、用词独特，诵之徘徊低迷、凄楚伤怀，另如欧阳修"庭院深深深几许"也是耳熟能详的经典叠字句。但值得一提的是，运用叠字是一种很大胆的艺术方式，如若过于生搬硬套，就会流入文字游戏，显得有点造作。将叠字手法运用得精妙的宋词作品有很多，请看《菩萨蛮·霏霏点点回塘雨》（作者不详）：

> 霏霏点点回塘雨，双双只只鸳鸯语。
>
> 灼灼野花香，依依金柳黄。
>
> 盈盈江上女，两两溪边舞。
>
> 皎皎绮罗光，青青云粉状。

全词共四十四字，其最大特点便是句句都用叠字开头，自然贴切、妙语天成。这一艺术手法效仿诗歌的创作方式，开启了两宋之后运用叠字进行宋词创作的先河，可以说意义非凡。全词描写春景丽人，情景相谐，浑然天成，大自然的美与少女们的美合为一体，相互辉映。上片的"霏霏"细雨、"灼灼野花""依依金柳"等意象全在于烘托"双双只只鸳鸯"，而下片的"两两"舞动、"皎皎绮罗""青青云粉"则是为了衬托"盈盈江上女"的美好动人姿态。读之声调抑扬谐婉，音韵和谐、言简意丰，极具音乐美。

又如南宋诗论家葛立方的作品《卜算子·袅袅水芝红》：

> 袅袅水芝红，脉脉蒹葭浦。
>
> 淅淅西风淡淡烟，几点疏疏雨。
>
> 草草展杯觞，对此盈盈女。
>
> 叶叶红衣当酒船，细细流霞举。

古人自有泛船饮酒赏荷的雅兴，此词便是词人在赏荷席间所作。水芝是荷花的别称，全词意在描写荷花的美态。全词共四十四字，其中叠字多达十八个，它们穿梭句内，连绵而下、一气呵成，彰显了词人精巧独特的艺术构思。"袅袅""脉脉""盈盈""叶叶"几个叠字生动地刻画了荷花柔丽妩媚、婉转清丽的高洁姿态。其他的景象如"淅淅"西风、"淡淡"炊烟、"疏疏"细雨从侧面烘托了一池清莲在袅袅风雨中飘荡的动态美。而"草草""细细"又巧妙地摹写了词人安谧而洒落的动作情态。词人频繁而有规律地使用叠字，展现了非一般的艺术表现力，不仅活灵活现地传达了荷花盛开时的娇艳之美，又显露了词人心胸广阔、闲然自得的生活情趣，营造出和谐、圆融的合一情境。读之如行云流水般流畅、协调，确如南宋词人周密评价的"妙手无痕"。

4. 拟人

拟人手法在宋词中的运用十分常见。词人若想做到移情入景、移情于物，达至物我情融之境界，便要运用到拟人手法。拟人的灵活运用能赋予自然万物生命和性情，将所拟之物描摹得形神兼备，愈益新奇灵动。词人借所拟之物抒发内心含蓄婉转的种种意绪，情思深远、诗意弥漫，突显了宋词高妙的艺术张力。宋代著名词人辛弃疾、吴文英、史达祖、张炎等皆能笼万象于笔端，以自我心灵感应万物，将拟人手法运用到极致。因而他们所描绘的诗歌意象自然生动，表达的情感亦是真切感人。

南宋词人吴文英在其词创作中，善于运用拟人手法，融情于景，其名作《点绛唇·试灯夜初晴》中的上阕"卷尽愁云，素娥临夜新梳洗。暗尘不起，酥润凌波地"将拟人手法运用得恰到好处。此词描写元宵节前灯夜怀旧之情，上片写的正是词人灯夜遇雨时看到的景色，"愁云"中的"愁"字已带有人的情思，比拟精巧别致，毫无雕琢之迹。而"素娥"代指明月，"新梳洗"三字形容雨过后的明净月色，愁云卷尽，月明如洗，仿佛将美人临夜梳妆打扮的姿态生动映现出来，相当精巧传神。全词文字端丽温厚、想象丰富新奇、意境清新悠然，十分耐人寻味。

又如张先的享誉之作《天仙子·水调数声持酒听》的名句"云破月来花弄影"，同样尽显了拟人修辞的妙处所在。初时无月，天空阴云密布、暮色昏沉，周遭也已群动渐息，词人无景可赏，只觉意兴阑珊，正思忖着不如归去。忽而云开天际，清亮的月光穿透云隙，逐渐摇曳生辉，随着风的助力，花儿也竟自在月光临照下婆娑弄影。一个"弄"字，各种景象的动态美顿然显现，灵动万分，可见词人修辞炼句的高妙。

5. 重复

在宋词研究中值得注意的修辞还包括重复这一修辞。词的重复用法中较为出名的有辛弃疾的《丑奴儿·书博山道中壁》：

> 少年不识愁滋味，爱上层楼。爱上层楼。为赋新词强说愁。
>
> 而今识尽愁滋味，欲说还休。欲说还休。却道天凉好个秋。

此词通篇以"愁"字贯穿始终，上片是少年涉世未深却故作深沉之愁，而下片则是报国无门、忧国伤时之愁。词人运用叠句的重复，连用两个"爱上层楼"，自然婉转地引出了下文，尔后"欲说还休"四字的重复出现，在结构上与上片交相呼应。词人用叠句回环的形式深刻地表现了这般愁苦矛盾的心情，艺术效果顿然立现，可谓构思巧妙、情致天然，令人回味无穷。

又如贺铸的《情调相思引·送范殿监赴黄岗》一词中，共出现了三处重复，分别为"临水驿，空山驿""动管色，催行色"和"梦咫尺，勤书尺"，这些三字短句各末尾的字都保持着一致，随着诗行回环反复、层层推进，音调愈渐急促、情感也愈渐强烈，更深刻地衬托出了离人内心百转千回又无奈赠别的悲凉情思。

6. 对仗

词的对仗相较于诗更为自由，且形式多样，依词调而定。例如晏几道《鹧鸪天·彩袖殷勤捧玉钟》中的"舞低杨柳楼心月，歌尽桃花扇底风"、岳飞《满江红·怒发冲冠》中的"三十功名尘与土，八千里路云和月"、辛弃疾《西江月·夜行黄沙道中》中的"明月别枝惊鹊，清风半夜鸣蝉"、蒋捷《一剪梅·舟过吴江》中的"红了樱桃，绿了芭蕉"均体现了宋词对仗之美，视觉和听觉上均颇具美感。

（四）词牌名意蕴深远

每首词都有其特定的词调，即词牌。词牌"调有定句、句有定字、字有定声"的原则千古不变。词的格式和律诗的格式不同，词谱种类繁多，多达上千种，仅《钦定词谱》记载在案的词牌就有八百二十六调，其中一调数名或异调同名等情况还未被包括在内。可见宋词的词牌名是个很宏大的范畴，具有特别的研究意义。

从一般意义上看，词牌仅表明作者用于填词的曲谱，与词的内容并无太大关联，但却能让人产生丰富的联想，具有独特深厚的文化内涵和朦胧的审美意境。例如《踏莎行》这一词牌名，又名《踏雪行》《喜朝天》等，多描写离别愁思，尽显哀婉伤感的心绪；《夜半乐》，又名《还京乐》，多抒写羁旅行役之感，风格雄浑奇丽；《调笑令》，又名《古调笑》《调啸词》《三台令》等，多为歌舞筵席上的劝酒曲，语调婉转有力；而《鹊桥仙》，又名《鹊桥仙令》《广寒秋》，多咏牛郎、织女七夕相会之事，多抒发缠绵悱恻之思。

每一首词牌名都有深远的典故，是古典文学中特有的"文化负载词"。词牌起源与词的起源一样，莫衷一是。有的词牌来自乐府古题，如《子夜歌》《长相思》《乌夜啼》等；有的来自民间，如《虞美人》《临江仙》《酒泉子》等；有的取自五言七言诗中的名句，如《满庭芳》《鹧鸪天》《点绛唇》《武陵春》等；有的源自教坊乐曲，如《菩萨蛮》《清平乐》；还有的由文人启创或是与文人相关的词牌，如《望海潮》《卜算子》等。纵观词牌起源，不难发现，词牌名的由来与中国古代人民的社会生活是密不可分的。可以说，宋词的词牌名是当时社会生活习性、风土人情、民间轶事的缩影。

中国人的传统思维方式重归纳和抽象，具有整体性、意向性、直觉性、意象性、模糊性、求同性、后馈性①。这一东方智慧哲学体系强调整体统领全局的思维模式和内心体验，借助直觉体悟，讲究"设象喻理"，言辞简洁却不失真意。而词牌名的确是言简意深，甚至有些词牌本身即可成诗，如"江城梅花引"之绮丽、"巫山一段云"之缠绵、"烛影摇红"之低回和"潇湘夜雨"之惆怅，寥寥数字便可勾勒出绝美意境，也正符合了中国人"以象喻理""道象互为"的思辨模式。

学界对于宋词词牌名的英译研究也不在少数，如从视觉化框架角度或从接受美学角度等对宋词词牌名的不同英译进行对比分析，以求文化内蕴的有效传递。但不可否认的是，词牌翻译后文化韵味的流失是不可避免的，但翻译家能做到的，便是尽最大心力还原古词的文化知性生态体系，让西方世界读者能产生独特的异质回味。

三、国内外宋词英译研究之生态现状

学术界对唐诗的翻译研究起步较早，相比而言，对词的翻译研究较为滞后。据考证，词的英译研究从二十世纪五六十年代才开始兴起，但词的影响并不仅限于中国，它已被翻译成英、法、日等多种语言，受到了众多外国读者的喜爱。

---

① 连淑能. 论中西思维方式[J]. 外语与外语教学，2002（2）：41-47.

（一）主要译家和译作

词的英译作品方面，在国内有文殊所著的《诗词英译选注》、许渊冲的《宋词三百首》《苏东坡诗词新译》、初大告的《中华隽词一零一首》、徐忠杰的《词百首英译》、龚景浩的《英译中国古词精选》、杨宪益和戴乃迭合译的《宋词选》以及茅于美《漱玉撷英——李清照词英译》等；在国外，主要有朱莉叶·兰道（Julie Landau）的《春之外：宋词选集》（*Beyond Spring: T'zu Poems of the Sung Dynasty*）、王红公（Kenneth Rexroth，1905—1982）和中国台湾诗人钟玲合译的《李清照全集》（*Li Ch'ing-chao: Complete Poems*）、白润德（Daniel Bryant）的《南唐词人：冯延己、李煜》（*Lyric Poets of the Southern T'ang: Feng Yen-ssu, 903-960 and Li Yu, 937-978*）、詹姆斯·克莱尔（James Cryer）的《梅花：李清照选词》（*Plum Blossom: Poems ofLi Ch'ing-chao*）以及傅恩（Lois Fusek）的《花间词》（*Among the Flowers*）等，其中值得一提的是，朱莉叶·兰道的《春之外：宋词选集》是西方世界第一部宋词英译本，它作为一部综合性的宋词译本，选取的宋词以唐圭璋编辑的《全宋词》为主要底本。兰道按照历史时间顺序，翻译了起于南唐李煜、止于南宋姜夔的十五位词人的一百五十八首词作。苏轼共入选二十八首，位居首位，其余词作也皆具代表性。在翻译策略上，朱莉叶·兰道充分认识到宋词中文化意象的重要作用，在前言处花大篇幅对特有的文化典故和文化意象一一作了解释说明，且以更易令西方读者理解的形式——英文歌谣来翻译，将宋代经典之作译介给西方世界。国内外译家们如林语堂、许渊冲、孙大雨、龚景浩、阿瑟·韦理、王红公、唐安石（John Turner，1909—1971）等均在词的英译研究领域作出了一定的贡献、取得了一定成就，特别是许渊冲先生将古诗词翻译成英文和法文，译作自成体系，质量和流传度较高，在学界影响力较大，并在一定程度上提升了词在国际社会上的影响力。从整体看来，译作水平参差不齐，但这种情形的出现不能过于苛责译者，因古诗词英译除了要求译者具有较高的语言综合运用技巧，也需要译者拥有熟悉两方文化内涵的转换能力，而并非每一位译者都能具备通晓两方语言及文化的能力。

词的英译，从一个侧面反映出文学翻译范式的流变过程，如叶嘉莹、王红公等人采用自由诗形式翻译词，而伯顿·华岑善于运用自由体译诗，且习惯于在译文后附上与词相关的背景介绍，以帮助西方读者了解词这一特殊形式，避免将诗和词混为一谈。克莱尔在翻译李清照词时，摒弃了以往译者将汉语译成对应的英语自由诗这一流于俗套的翻译模式，创造性地将汉语中的短语或词组译成一行英文，不再追求时态和主谓宾等成分，只需将两者的词组对应即可。这种译文是对中国诗词形式的模仿，虽然词组的对应仍未能在达意上令人接受，但一种新颖的形式美仍是令当时的读者耳目一新。可以肯定的是，东西方的翻译家们在词作翻译方式及策略上有着明显的区别，可以说各有千秋。西方学者更侧重于在译文中反映出原作独有的诗意境界，更愿意用自己的语言来诠释和研究中国文化，而中国学者在翻译过程中更注重反映出中国文化背景中的确切含义，并尽量能将原文中的言外之意在译文中得到一定程度的体现。例如黄立提到了中西方学者在中国词翻译宗旨和方法上存在的四个差异：译本编排的宗旨不同；对词的音韵美的不同要求；对词体形式的不同反映；术语译文的差异[①]。

（二）研究内容

从以上论述得知，已有相当一部分国内外翻译大家对宋词进行了英译。当然，同样有很多学者潜心于宋词译作的分析研究，但大部分研究都围绕词人名作，如李清照的《声声慢》《如梦令》、苏轼的《念奴娇》《江城子》、陆游的《钗头凤》、晏殊的《踏莎行》、柳永的《雨霖铃》等展开英译研究。这些研究表明，对于译作的评析有助于促进对不同译者翻译风格的了解，可为宋词英译提供更完善的理论范式和评价模式。

在译家研究方面，学界的目光主要聚焦在宋词领域有杰出贡献的几位大家上，国内有许渊冲、卓振英；国外有朱莉叶·兰道、阿瑟·韦理等。刘猛以许渊冲的

① 黄立. 英语世界的唐诗宋词研究[M]. 成都：四川大学出版社，2009：241.

宋词英译本为例，运用风格标记理论对其译本进行具体化分析，探讨许渊冲英译宋词的风格传达技巧和方式，并通过译本比较评价其在风格再现方面的得与失。朱莉叶·兰道的《春之外：宋词选集》是西方世界第一部宋词英译文集，这一译本流传极广，已成为中国古典诗词走向世界的经典译著。葛文峰将目光聚焦于朱莉叶·兰道这一经典作品，剖析宋词英译策略和特点，以及在翻译实践中译者将宋词的语言意义、文化内涵与文学特质有效传译给读者的方式，从而探讨中国文化走向世界之途径。虽然宋词译家方面的研究也未算冷门，但关于不同文化背景下译者翻译方法和风格的研究仍有所欠缺，还需再作深入、认真梳理。

在译作对比研究中，学者们侧重于选取许渊冲、林语堂、伯顿·华岑、唐安石等人的译文对宋词译作进行对比分析，且所选译文也大多围绕于名家名作。例如程元元基于韩礼德的系统功能语言学（Systemic Functional Linguistics），选择了许渊冲、许明以及杨宪益和戴乃迭的宋词译本做对比分析，从几位译者的译文中集中选取了具有代表性的作品对译文进行功能语篇分析，旨在探索功能语言学在古诗词英译研究领域中的适用性。李正栓教授通过许渊冲和徐忠杰的译作《钗头凤》比较两位译家的翻译风格，并指出翻译宋词时应形神具备、忠于原作。通过这些关于译作对比分析的研究，我们得以更进一步地了解不同译家的翻译风格，不断完善古诗词翻译理论，实现文学翻译的效果，即在忠实原文的基础上，追求形意美的结合，达至古典之美的有效传递。

（三）研究视角

从研究角度来看，语言学和翻译研究一直以来并驾齐驱、相辅相成。近年来语言学在宋词英译中的运用为古典文学翻译研究构建了新的理论框架。王凯华在其论文中运用加利·帕尔默的文化语言学视角来分析宋词英译中文化意象的有效传递，通过对宋词英译不同翻译文本的比较分析，验证了帕尔默文化语言学意象理论在宋词英译研究中应用的可行性和解释力，旨在为宋词英译提供新的理论基础。杨贵章、曾利沙提取语篇语言学中的"语境参数理论"来解读宋词英译，探讨《江城子·记梦》的意美阐释与建构，以求为宋词翻译研究寻求操作性强、应用性广的理论基础。亦有学者从认知语言学角度，对宋词的不同英译文本进行了语言分析和语篇分析，试图揭示一些翻译者应注意到的问题，构建一个符合于原作者所勾勒的现实世界和认知世界的体系。这些语言学领域的有效尝试为宋词英译研究提供了新颖、可行的视角。

不少学者关注于宋词译作研究的文化观层面。在跨文化交际背景下，译者的研究能力依赖于他们对本国文化和目标语言的了解程度。国内从文化角度切入来对宋词英译作品进行分析的代表人物是顾正阳教授，其著作《古诗词曲英译文化视角》从天气文化、婚姻文化、哲理文化等方面对宋词英译进行分析。文化观视角的研究表明：因东西方文化存在差异，翻译过程已不再是简单地追求与原作形式对等，更重要的是意义上的忠实对等，如此才可传达宋词英译中的文化审美。

修辞学是古诗词翻译领域的研究重点之一。宋词作者善于运用比喻、夸张和移情等修辞方法，因而英译研究也应从这个层面入手。顾正阳在《古诗词曲英译理论研究》一书中选取大量宋词译作，从比拟、夸张、拟声等修辞方法进行探索。王丹凤从词汇重复、隐喻、拟人、夸张等修辞手段来探讨苏轼词作英译，认为准确传达原作词汇特点就是要灵活采用各种翻译策略，传达原文的音美、意美和形美。这些研究都旨在说明在翻译时译者应注重原诗的语言风格，尽力将原文的修辞效果表达出来，从而忠实地反映原作中的意境，以使读者获得更深层次美的感受。

宋词是中国文化的瑰宝，是中国文化美的象征，因而从美学角度对宋词英译进行研究也是一大突破。刘宓庆以美学角度评析宋词经典译作，并指出苏轼明确提出的"辞达"说成为了文艺美学的基本原则。刘君从接受美学视角分析了宋词译作，着重讨论目标语读者地位、译者的作用和再现原作美学特点的翻译策略。从美学角度而言，对宋词译作的研究即是解读美、传递美的过程，译者应在适当发挥主体客观性的前提下，遵循一定的翻译原则，译出符合原词语言风格、思想内涵的佳作。

不可否认的是，国内外众多汉学家和学者对词的英译研究作出了难以磨灭的巨大贡献，使词这一独立文类在研究领域里取得了很大的成果，然而宋词研究所面临的问题仍然存在，词的英译研究仍不够成熟，虽然有关词的英译研究不少，但总体而言，宋词英译总量并不大，且大多集中于单个词家及名作上，没有形成一个合理健全的体系。就目前来看，词的英译研究还不足以扩大词和词学研究在西方世界的影响，因此翻译家和研究学者的任务仍然相当沉重，需大量普及及完善宋词英译研究，将词这一具有独特地位的文化体裁尽快推广到英语世界。

第三节　古诗词英译的意义——中国文学走出去

文化是一个国家、一个民族的本源所在。打造文化强国，展现文化自信是全球化时代下各国必要的政治战略。文学经典作品对于中国传统文化的传承及传播，起着至关重要的作用。中国古诗词作为中国经典文库中的瑰宝，其独特的魅力和夺目的风采已经被越来越多的人所发现。人们或因"行到水穷处，坐看云起时"中淡然超脱的禅意而心生向往；或因"一鞭直渡清河洛"中旷达无畏的气魄而击节赞叹；或因"才下眉头，却上心头"中温婉绵长的柔情蜜意而吟咏回味……可以说，中国古典诗词的对外翻译，对于传扬东方智慧知性体系、重塑中国文化精神魅力以及促进提升中国文化软实力，起着举足轻重的作用。

然而，诗歌翻译难是国内外所有翻译家和翻译理论家的共识。罗伯特·弗罗斯特（Robert Frost，1874—1963）曾说过，诗歌从理论上来说是不可译的。若非要译诗，那么译者最好也是个诗人，才能领悟诗人内心充沛的感情。而中国古典诗词翻译，更是难上加难，历来是翻译界的一大挑战。古人讲究"诗为乐心，声为乐体"，在语言层面上需用字精炼、押韵严格、平仄相辅；在审美层面上需风格迥异、意象别致、意蕴高妙。无论内在外在，古诗词都具有无法比拟的艺术价值，因此很难译到尽善尽美。总结看来，古诗词英译的方法无外乎三种：一为直译，二为意译，三为创译。三种方法都各有利弊，不可妄下定论，只是译文与原文的距离有所不同而已。

高质量的翻译能够使文学作品的伟大得以延续。文学作品的翻译，尤其是对于古诗词翻译，逃离不开可译性与不可译性的争辩，古诗词究竟是否可译一直是学术界争执不下的一大话题。很多学者并不赞成将古典诗词译成外文，认为诗词不可译，勉强译之会失去原作的美感和意境。吕叔湘先生在《中诗英译比录》序中指出，诗体翻译，"即令达意，风格已殊，稍一不慎，流弊丛生"①。以此可窥见，古诗词英译要求极高，但凡译者的翻译技能及文化内涵有一处略显薄弱，便难以做到传递神韵、达至化境的效果。但也有很多译家支持诗词可译论，文人成仿吾和朱自清均认为译诗也应当等于创作，译者要尽全力发挥主体性，展现语言义、象、境之和谐美。语言的不可译其实是个相对概念，会随着语言词汇的不断扩充和译者渐增的翻译技能而改变，因此诗词的难译局面并非一成不变。中国古诗词翻译理论也有不少，如许渊冲在《新世纪新译论》一文中提出"三之论""优势论"和"竞赛论"，提倡创造性译法，而诗歌翻译需遵循本体论即三美、方法论即三化及目的论即三之。另一翻译家卓振英也从诗论框架下研究古诗词英译，提出"借形传神"一说，并从翻译原则、翻译方法、评价体系、译者素养等方面进行分析，为古诗词英译构建一个比较完善的理论框架。德国著名语言学家威廉·冯·洪堡（Wilhelm von Humboldt，1767—1835）对于语言的可译与否有着独特的见解。他认为每一种语言都有着独一无二的精神实质以及特殊的结构，这些特殊性就其翻译原则来看，是无法翻译出来的。而同时，他又指出，"任何语言，包括最高的，最低的，最强的，最弱的东西，都能加以表达。"②大多支持古诗词英译的学者皆认为中国古典诗词的英译本最有可能产生国际影响，是知其不可而

---

① 吕叔湘. 中诗英译比录[M]. 北京：中华书局，2002：序.
② 谭载喜. 西方翻译简史[M]. 北京：商务印书馆，1991：138.

为而必须为之的文化传播事业。

古诗词翻译的第二个热点议题便是，"信"与"美"的取舍，究竟是宁信而不美，或是为求神似而弃形式。"信"，意为忠实于古诗词原作的语言形式，尤其是格律一致、句式相对、语意相符；"美"，是指译文需传递原诗词中只可意会不可言传的独特美感和神韵。中国古诗词英译在面临"信"与"美"这一两难处境时，首先需明确古诗词英译的目的在于弘扬中国文化在西方世界的传播，既然翻译本身就是再创造的过程，且由于中西方文化背景及中英文在语言形式、思想意蕴上的差异，译者的审美情趣和期待视野自然会有所区别，那么对同一文本的理解必然不尽相同，汉学家们对于唐诗宋词在西方世界的诠释必定会与他们所属的文化背景、文化习俗互相融合，概莫能外。因而对于中国古诗词的英译就不必再执着于统一的翻译标准而继续深陷"信""美"之争的泥淖，只要译者译出的作品能够传递出本国文化精髓之美，便可说翻译实现了传介的目的。

对古诗词进行翻译研究，一来是语言本身的需要。全球化大一统趋势下，要想让英语世界的人民了解古诗词的独特美就必须用英译的方式来呈现，唯有通过语言这一交流纽带，才能让西方世界认识并领略中国古典文化的浪漫情怀，让语言成为国与国之间认识彼此、产生共情与理解的重要媒介。二来是文化交流的需要。在中国对外文化传播大战略的历史背景下，将富有东方特色的古典文化精髓和生态智慧样式外译是让世界了解中国、让中国文化走向更广阔的发展平台去参与到世界多元文化建设中去的重要途径之一，能在西风渐兴的大环境下为中华文明和东方智慧样式立言。

总而言之，古诗词翻译是传播中国古典文化精髓的有效途径。所幸我国古诗词英译理论研究历经了从无到有、从模仿到创新、从单一范式向多种范式过渡、从实现简单的翻译技巧探索到跨学科翻译理论构建的过程。这一领域的研究者和实践者应谨记弘扬中国古典文化这一重任，在已有理论支撑的基础上，结合外延学科的不同视角，创造一个多元互补、中西一体的古诗词英译理论体系，为我国精粹文化向外传播奠定扎实的理论基础。诚然，中国古典诗词的对外翻译，不仅能给译文读者带来东方异质美的艺术享受，在当今全球化背景下，更是向西方世界传递中国文化精神魅力、提升中华民族文化软实力、实现世界文化建设的重要途径。因此，即使我们遭遇暂时的困境，也不可轻言放弃。可以预见的是，古诗词英译研究将会在未来有着更广阔的发展空间，中外译者可通过合作的方式协力提高翻译质量，译出富有文学价值和交流价值的的艺术精品，在与西方文化平等交流的基础上，促进多元文化的互补共生。

第四章　古诗词英译中的生态智慧

巍巍中华几千年的文化大体系中蕴含了许多经典的生态智慧，对于生态思想如对生命和自然的体悟一直是中国哲学思维范式的主流价值取向。我国古代的文人墨客们关注人与自然，在诗篇词作中介入了生态环境的各个核心要素，融入了深邃广博的生态哲学智慧，如中国文化讲究平衡、致达中和、圆融共生的思维认识，可谓寓意深刻、情理交融。所以说，中国古典诗词作为中国宏大文化中不可或缺的一部分，本身具有独特的谋篇布局、语言生态关系和审美艺术，是我古典文化"天人合一"精神格局所蕴含的生态智慧形态和思维样式的有力体现。

生态学是一种哲学，在此基础上衍生的生态观是一种思维方式。生态学义理是一个具有永恒意义的哲学命题，其强调整体性（wholeness）。生态学以人为本，关注生态系统的完整、和谐、稳定、平衡和持续，将翻译活动与自然生态环境进行类比，是翻译学理论研究的一个全新视野。生态翻译学正是生态学与翻译学跨学科研究的产物，其滋渊于中国古典哲学理念中的"天人合一"与"圆融适中"等理念，是从生态学视角出发，着眼于翻译活动的整合综观性研究。它将翻译实践活动置身于相当于自然生态环境这样一个更为广阔的空间领域来探讨和分析整个翻译过程。生态翻译学理念中含有"自然""生命""整体""和谐"等生态思想，关注的是生态翻译系统的整体、关联、动态、平衡、和谐，因而在翻译过程中注重生态翻译学蕴含的中国古典生态智慧，使译文尽量在译者不断地对译文进行适应与选择后，符合社会整体文化诗学价值体系，亦是生态翻译观的本旨所在。

正如上文所提及的，生态翻译作为一个跨学科性的研究途径，是从生态理性、生态视角、生态义理对翻译活动进行综观研究的理论，它所产生的哲学渊源与中国古典诗词中的生态智慧不谋而合。中国古典诗词中所蕴涵着的"天人合一""道法自然""适中尚和""惜生爱物""泛爱亲仁""动态平衡"等这几大要素高度体现了中国生态智慧的精髓所在，是华夏精神本质和思维范式的彰显，并历经了时间的考验，代代相传至今。因而中国传统文化观照下的中国古典诗词文化与生态翻译学之间具有本质共性，其英译也应当遵循生态翻译所体现的哲学智慧，译者要做到的便是，去感知诗心，重现诗意。

第一节　古诗词中的生态元素

古诗词是中华文化的瑰宝，是慰藉百味人生的文化滋养。作为中国古代独特的文学形式，古诗词以其最精炼含蓄的语言抒发着人们最为炙热深厚的情感。千百年来，古诗词带给华夏儿女的文化传承、审美体悟和精神气度，早已融入人们的血脉基因中，成为中华民族不可或缺的价值判断和精神追求。古代文人墨客懂得自然生态对人类的重要意义，他们关注并由衷热爱着自然环境，因而所作的诗词，大多带有生态学义理，如描绘自然景色的美态，反映生态伦理关系，体察人类生存哲理等，揭示出人生有限、宇宙无垠的审美体悟，既充满诗意，又蕴意深远，闪耀着古代先贤的生态智慧。

一、追求天人合一的至高境界

中国传统生态思想以和谐为重，和谐即为"天和""人和""地和"的总和，是天地间主客关系的圆满体现。中国传统思想体系中的综合整体观源远流长，主要体现在"天人合一"这一基本儒家生态理论。

"天人合一"思想，作为我国传统文化的思想核心与精神实质，是至上精神与真理的融合，天道与生命的融合。儒、道、释均有关于"天人合一""天人相应"的具体阐述。"致虚极、守静笃、万物并作、吾以观复"以及"天乃道，道乃久"

（《道德经·十六章》），大意便是人心本静，回复内心清明，知晓天地之大道、大德，方能与天地共长久，与万物共繁荣。孔子亦十分重视"天人合一"的思想，认为世间万物都按既定的自然规律衍生发展，人类理应顺应自然。"天何言哉？四时行焉，百物生焉，天何言哉？"（《论语·阳货篇》），提出要尊重自然规律，保护自然生态，不可逆势而为；"克己复礼，天下归仁"（《论语·颜渊》）传达出宇宙万象应与身心汇合，再回归到物我合一的仁境之意。庄子言："天地与我并生，而万物与我为一。天地一指也，万物一马也。"（《庄子·齐物论》）"天地""万物"在此不过是虚指，事物的名皆只是假象而非本质，是与非、善与恶，在道的角度来看，没有绝对意义，"独与天地精神往来，而不敖倪于万物"（《庄子·天下》），一旦不为物役，物我之间的距离若得以消弥，一切世俗、自我的羁绊若能被超越，人与天地便可合为一体，人的精神世界就能豁然开朗，游心于无穷，自由又无忧，心胸就能阔达，心灵就得以安顿。"万物，一物也，万神，一神也，斯道之至矣"（《谭子化书·老枫》），亦揭示了万物存在和发展的根本法则——自由出入太虚而合一，动静自如，任性自然，与大道并之，达致圆融。汉代文人董仲舒提出"事各顺于名，名各顺于天。天人之际，合而为一"（《春秋繁露·深察名号》），认为天、地、人三者为一体，紧密无间，"不可一无也"（《春秋繁露·立元神》）。

可见中国的天人合一观是中华传统文化的主导思想体系，古人认为世间万事万物转瞬即变，唯有天道亘古不变，"天道"即为"真理""法则"，是人应效法的根本人生之道。宇宙万物奥妙无穷，而人生短暂，需回归大道，重唤生命本性，顺应天道，归根复命。所谓"观天之道，执天之行"，对天地万物，无执念、无偏颇，始终心怀敬畏和感恩去善待万物，以达到与天地合其德。这是一种安宁的喜悦状态，忘乎自我，才能聆听世界；顺应天地，才能存在于天地间；乐道却从不逾矩，才能通达得道。

中国的古典诗词是我国传统文化宝库中的瑰宝，它蕴含着物我相合、圆融化生的思想理念以及对自然万物的体恤之情，闪烁着先哲们洞悉天下的睿智光芒，展示了古人多姿多彩的艺术情怀，呈现出与自然生态较深的渊源。咏物诗、山水诗表达了文客们对大自然的真切赞美，反映了人与自然和谐共存的生态主题，如王维《汉江临眺》中的"江流天地外，山色有无中"，以诗人对邈远江水、苍茫山色的钟情反映出其与山水自然和谐相契的清净心境；在李白《独坐敬亭山》的"相看两不厌，惟有敬亭山"中，诗人赋予敬亭山以鲜活生命，虽颇有怀才不遇的孤独，但诗人一旦沉浸于大自然中寻求慰藉和寄托，便可排遣一切忧思；辛弃疾《鹧鸪天·博山寺作》中的"一松一竹真朋友，山鸟山花好弟兄"表明词人宁喜松竹花鸟，不与世俗同流，体现其不附权贵的高洁品质及归隐山田的清境雅趣。怀古咏史诗、叙事诗体现文人们爱国忧民、天下同构的济世情怀，如杜牧《泊秦淮》中的"商女不知亡国恨，隔江犹唱后庭花"，诗人以讥讽的口吻批判晚唐国主不思朝政、绮艳轻荡的生活，表达出诗人对国运渐衰的深深怨念；文天祥《过零丁洋》的"人生自古谁无死，留取丹心照汗青"这一千古名句不知激励了多少有志人士，世人均固有一死，而我们可以感受到的是，诗人愿为国捐躯、光照千秋的坦荡胸怀。辛弃疾《南乡子·登京口北固亭有怀》中的"千古兴亡多少事，悠悠，不尽长江滚滚流"写道，往逝的英雄如同长江水奔涌流去，似无边际，又留不下任何印记，抒发了诗人对国家兴亡、朝代更迭交替的无奈慨叹。无论是咏史怀古、叙事抒情，抑或是俯仰天地间、歌颂自然山水，无一不包涵着文人、士大夫的智慧理性道德品质，表现出古人们以"天人合一"这一哲学本宗为依托的宇宙观、世界观、人生观。所以可以说，"天人合一"这一哲学生态思辨体系不仅可作为中国古典诗歌的审美标准之一，也是华夏古典生态智慧的集中呈现。

我国古典诗词文字精炼、音韵和谐、意境高妙，完美地传达出古人对真理的追求，对宇宙万物、对人生百态的观照思索及深刻体悟。古人知晓唯有将自我融入于茫茫天地之中方能感受自然的美，独具一格的宇宙自然观使他们拥有了俯仰自得的豁达胸怀。文人雅士们素来爱亲近自然、吟咏自然，于大自然的天然生态环境中获取诗歌种种意象的灵感，展现出无可比拟的生态美学意蕴。例如杜甫《望岳》中的"会当凌绝顶，一览众山小"表达出诗人对泰山巍峨雄伟之气势而感到自豪，也流露出他不畏高峰敢于俯视一切的雄心壮志；王之涣《登鹳雀楼》的"欲穷千里目，更上一层楼"中，诗人登高望远，顿悟人生真谛——只有不被自身环境所困囿，才能看清事物的本相，人生境界才得以升华；李白《把酒问月》中的"今人不见古时月，今月曾经照古人。古人今人若流水，共看明月皆如此"，通过描绘明月孤高清冷的形象，表达了诗人对世事变迁的慨叹及对宇宙万物的求索，体现了其旷达飘逸的风雅气韵；向子谌《卜算子》的"心与秋空一样清，万象森如影"中，诗人悠游于大自然的山水林石间，赏自然万物以慰藉心灵、开阔胸怀；苏东坡《水调歌头》中的名句"明月几时有，把酒问青天。不知天上宫阙，今夕是何年？"以咏月为名，惊叹造化巧妙的同时，亦探寻着宇宙人生的真谛所在，体现出对旷达自适、圆满人生的赞美与向往。睿智的古人们一次又一次地叩问天地，寻索生命的本源，向往着天人合一的理想境界。

将自然与人的和谐统一作为精神归宿，是古典诗词的一大特色。在古代诗人眼中，自然万物都如人一样，有着独立的审美意义，即使微至尘埃，亦具有十足灵性。山水自然中的花鸟虫鱼、飞禽走兽，甚至于风霜雨露、日月星辰，皆通人性，可拟作人化，用以传达文人特有的品格和情怀。

唐诗中有很多关于摹写自然、对话万物的名句，如杜甫《春望》"感时花溅泪，恨别鸟惊心"，因国运衰败，诗人见物伤情，眼见花开却潸然泪下、耳闻鸟啼却胆战心惊，仿佛人与花鸟有了心灵感应一般，达到物我相融的境界；又如韩愈《早春呈水部张十八员外·其一》里的"天街小雨润如酥，草色遥看近却无"，将初春小雨的细腻柔滑和青草沾雨的朦胧形象生动地描绘出来，呈现了早春的自然之美，表达了诗人对自然的喜爱之情；武元衡《春兴》中的"杨柳阴阴细雨晴，残花落尽见流莺"，描绘即将悄然退去的美好异乡春景，从而牵引出诗人羁泊异乡的情怀，引发他对故乡的悠悠思念之情。从以上经典名作来看，不难得出这一结论，即只有将自然万物视为与人类同样具有生命的本体，方能体悟到自然之天趣，创作出人与自然和谐为一的上乘之作。

值得一提的是，唐诗中的山水田园诗最有代表性，其以清新婉丽的风景、淡然雅致的气韵传承中华民族文化精神的心源之美，是天人合一生态意境的绝美呈现。诗人脱离喧嚣的大千世界，凝神静观，体察山水，返本归真，坚守心灵的宁静，与自然融为一体，达到妙悟天成的境界。陶渊明和谢灵运等南北朝诗人的诗歌，对于天地神灵和自然万物具有独特的感知，他们关注自然万物的灵性，尽力创造人与自然对话交流的合理空间。陶渊明《饮酒·其一》里的诗句"衰荣无定在，彼此更共之……寒暑有代谢，人道每如兹"，揭示出宇宙万物，皆循天道，衰荣无定，世事亦难料，因而做人应当达观豁然，不必悲天悯人。可以说，陶渊明、谢灵运奠定了山水派诗歌格局阔大、气韵生动的品格气度。

叶燮云："天地之生是山水也，其幽远奇险，天地亦不能自剖其妙；自有此人之耳目手足一历之，而山水之妙始泄。"①天地之美虽是客观的存在，但仍需有"神明才慧"之人去发现、去体验、去阐述才能使美得以流传。王维作为山水田园诗派的代表人物，其诗历来被世人所称道，被苏轼誉为"诗中有画，画中有诗"（《东坡题跋·书摩诘蓝田烟雨图》）。元代辛文房亦称赞道："维诗入妙品上上，画思亦然。至山水平远，云势石色，皆天机所到，非学而能。"（《唐才子传·卷二》）王维的山水诗无论是从题材内容，抑或是艺术风格来看，都具有重要的美学欣赏价值，对后世诗歌影响深远。如王维《戏赠张五弟堙》的"入鸟不相乱，见兽皆相亲"中，诗人通过描绘好友张諲自在安逸的山水田园生活，表达出对清幽宁静的隐居生活的向往，在物我两忘的境界中寻得了一种回归自然的本真状态。又如其《终南别业》中的名句"行到水穷处，坐看云起时"中，诗人想跳脱烦嚣的尘世，过上纵情山水的闲适生活，随心坐看云起云落，无关天下是是与非非，尽情享受自然的无端美妙，深刻哲思与谐趣禅机顿然立现，可谓诗人对自然的妙悟；再看《鹿柴》中的"空山不见人，但闻人语响"，诗人妙在以动显静，以静致动，空谷

---

① 叶燮. 原诗[M]. 北京：人民文学出版社，1979：73.

闻人语，愈显其空；人语过后，愈添空寂，将人这一主体隐没在整个山林之中，与其共虚化为合一整体，人的精神心境与大自然相交融，更觉空山的杳无人迹、空寂清冷。诗中禅意尽显，耐人寻味。

宋代词人同样关注于对自然生态的有机呈现，对天地众生的呵护关怀，对"天人合一"境界的至高追求，其词作大多蕴含着深厚的生态美学价值，能唤起广义上的人文关怀。杰出的词人如欧阳修、苏轼、辛弃疾、黄庭坚、米芾、贺铸等人，不仅在词中描绘秀丽多彩的自然风光，令人读之赏心悦目、醉心难忘，更在作品中注入了向往自由的闲适和超脱，如苏轼《西江月》中的"可惜一溪风月，莫教踏碎琼瑶。解鞍欹枕绿杨桥，杜宇一声春晓"，词人将月色比作"琼瑶"，微风、明月、清溪互相映衬，而他安卧于这宁静婉丽的大自然中，惬意地仿佛忘却了烦嚣尘俗。因着杜鹃的一声啼叫突而惊破这万籁俱寂的空山春景，传达出词人以顺处逆、超然物外的开阔胸襟；又如黄庭坚《念奴娇》中的"断虹霁雨，净秋空，山染修眉新绿。桂影扶疏，谁便道，今夕清辉不足。万里青天，姮娥何处，驾此一轮玉"，词人对于自然景物的描绘极为精妙生动，雨后初晴，天空一如水洗般明净，彩虹高悬，青山如同美人长眉般夺目。而嫦娥亦不再孤栖明月，她驾着一轮玉盘，驰骋翱翔，暗示着词人即使在人生逆境，仍能拥有不在意荣辱、不丧失斗志的豪迈、乐观心态；向子谭《减字木兰花》中的"无穷白水，无限芰荷红翠里"和米芾《西江月》中的"溪面荷香粲粲，林端远岫青青"都同样写荷，且写得十分之美妙。词人纵情山水间，只见那荷花荡漾在清水中，散发出清香阵阵。青山隐没在云烟间，而词人或闲然安卧、或信步昂首，静静欣赏大自然的旖旎风光，思绪澄渺悠然，旷达高洁的人生态度赫然而现。在这些词篇中，词人们以自己独特的视角，对自然美景进行了凝练和升华，呈现出现实生态世界的水色山光，或冲淡平和、或恬静宁谧、或空远缥缈、或壮阔瑰丽，所写之景以其勃勃生机融入词人的内心世界，净化和启迪他们的精神空间。词人沉醉于间，人世的兴衰荣辱、功名利禄便早已消散而去，剩下的，唯有对自然的敬意、对生命的善待。唯有天地万物同享其乐，才能达到人与自然和谐共处的"天人合一"之境。

真正的大道、至美存在于人与天地、与万物荣辱共生、生生不息的和谐循环中。古代诗人、词人们能体悟到这种至美之道，只因他们对天地万物的赞美和欣赏并非以旁观者视角，而是融入天地间，与自然对话；怀抱旷怀，方能达到超越自我、物我两忘的圆满境界。

二、寻获道法自然的体悟

老子在《道德经》里解释万物起源时言及："道生一，一生二，二生三，三生万物。"道是天地万物的自然法则，它涵盖生命的起源、生命的形态、生命的价值、生命的理想、生命的意义等，它的存在先于世间万象。老子又云："人法地，地法天，天法道，道法自然。"其深刻揭示了整个宇宙天地起源发展的生命规律和人类社会发展变化的真谛，道家的这四字箴言——"道法自然"，为整个人类提供着源源不断的人生智慧。道法自然，即天地间万物皆需顺循着道这一自然规律而行，不可违背常理。

"道法自然"的基本理念带有明显的生态学指征，自然界的无常变化及循环往复是不可抗拒的。《黄帝阴符经》里言及："圣人知自然之道不可违，因而制之。"《易传》也提出，人要与自然的"四时合其序"，自然天道的运行规律，对于宇宙中普遍存在的万物都具有决策力和支配力，人们不可强制性地违背也无法违背这一规律。只有顺应自然规律而行，人的主观能动性才能起到积极作用。"夫物芸芸，各复归其根"，万物皆会回归到自己的本原。落实到生态环境上来看，即人类要知晓自然之道，顺应事物的自然发展规律，尊重并保护万物生长变化过程的自然本性，不强作、不妄为，将妄想主宰和控制自然界的意念转换为顺应天道的态度，顺势而为之、自然而有为，这样就能顺则通变、顺则通达。

从大量的古典诗词中可以发现，大自然作为不可或缺的诗歌咏颂内容，自千百年前就进入了中国人的精神世界。在古人看来，世间万物皆受固有的、稳定的、本质的秩序支配和控制，自然节律如昼夜节律、气象节律、季节节律、地质节律等客观存在于生活的各个层面，影响着人类的生息。古代圣贤具有非凡的洞察力，他们深知大自然里的花鸟虫鱼、日月星辰、风霜雨露、江河山川等都具有灵性，循着特定的发展规律而生而灭、而起而落。他们在自然界的循环变化中获取宇宙人生和万物生命的感悟，因而古典诗词中有大量体现尊重自然规律、道法自然且蕴含生态哲学思辨的佳作。

古诗词中体现"道法自然"的名句众多，如白居易《大林寺桃花》中的名句"人间四月芳菲尽，山寺桃花始盛开"，意为在四月份的时候，大地上的鲜花都已凋谢，而深山古寺之中的桃花此时正欲含苞盛放，这种气象出现的原理可以用地理学的理论知识来阐述：在山地地区，气温随着海拔升高而呈递减趋势，山越高，气温的垂直差异就更为明显。我们都知道，植物在生长过程中，需要摄取一定的热量才得以迅速成长，诗中的深山古寺地处长江与郡阳湖之间，因海拔高，气温较平原地势要低，与外界环境几乎相差一个节气，且水汽郁结，造成云雾弥漫，日照不足，山中的桃花因光照少、温度低，发育较慢，所以盛开得晚。由此可见诗人作诗时观察细致入微，充分尊重大自然的规律。

杜牧《山行》里的名句"停车坐爱枫林晚，霜叶红于二月花"，同样体现着有趣的自然科学规律。此诗描绘深秋景色，第二句是全诗的中心句，读者读之不禁要思考，为何秋天的枫叶会"红于二月花"？根据生物学原理，植物叶子中含有大量叶绿素、花青素、类胡萝卜素等元素，叶绿素在植物生长季节会呈现绿色；而在霜秋季节，光照减少，气温下降，昼夜温差较大，叶绿素因合成受阻逐渐消退，取而代之的是花青素、类胡萝卜素等颜色，在酸性条件下会使枫叶呈现红色。可见，随着季节更替变化，叶片中所含有的色素成分也会相应作出改变，这是大自然神奇的规律之一。而诗人用"红于"二字将枫叶与春叶作比，更是突显了枫叶斑斓夺目的色彩，烘托了极具韵味的迷人秋景。

贺知章《咏柳》中的"碧玉妆成一树高，万条垂下绿丝绦。不知细叶谁裁出，二月春风似剪刀"是人们耳熟能详的佳篇，此诗生动地描绘了艳丽春景，早春的杨柳已经长出了嫩绿的枝叶，如同美人一般，亭亭玉立。枝条蔓长披拂，丝丝下垂，仿佛美人裙摆上的腰带，在春风吹拂中，呈现出婀娜多姿的迷人体态。而正因是二月，冬寒未退，根据时节规律来看，杨柳尚呈"碧玉"色，十分贴合现实。诗人将乍暖还寒的二月春风这一无形之物以比喻为连接点，将其化为有形的剪刀，裁制出了婉转有形的树叶，带给大地全新的自然活力，显示了春风滋润万物的美好神奇以及大自然的工巧精妙。诗篇虽用词浅显、着墨不多，却清丽淡雅、生趣宛然，可见诗人艺术构思的精妙源自于对自然的细致观察。

北宋大文豪苏轼《惠崇春江晚景》中的名句"竹外桃花三两枝，春江水暖鸭先知"，一读便知其描绘的是初春美景。首句中，三两枝桃花点缀在翠竹中，可见竹林很疏落，并不茂密，否则无法看见桃花，这说明春天才刚刚来到，桃花虽还未怒放，但已经暗示着春天的无限生机和潜力。而第二句"春江水暖鸭先知"，视觉从江岸转到了江上，嬉闹的鸭子在江水中感知着春意。那么为何鸭子能"先知春江水暖"，而别的动物却无法敏感地得知春天的到来呢？这就要考虑到鸭子的生活习性了。其长年于水中生活，若是冬去春来，江水化冰，它就会跳入其内凫水嬉戏。鸭子与河水的关系如此之密切，必然能首先感应到季节的变幻规律。这句诗反映了这个时节大自然的节气变化特点，体现了苏轼对自然生态的知微见著，蕴含着诗人深刻的哲理思辨。

词人宋祁《木兰花·东城渐觉风光好》中的"绿杨烟外晓轻寒，红杏枝头春意闹"两句家喻户晓，而词人更是因后一句而名扬词坛。此词描写春日踏春的明媚景色。远处杨柳如烟，一个"烟"字仿佛告诉读者，杨柳自冬眠而醒，芽嫩枝轻，呈现一片浅绿；清晨的寒气轻微，风吹来犹如一片轻烟薄雾笼罩在枝头，飘荡自如。而杏花树属于蔷薇科多年生落叶乔木，十分耐寒，花期在每年的二至三月，气温越低，开花越早。词人深晓杏花开放的规律，知道轻寒阻挡不了杏花的盛开，且着一"闹"字，以杏花的竞相盛放烘托春意之浓，将大好春色描绘得生动活泼，引人入胜。词人运用艳丽动感的笔触描绘出了一幅原汁原味的盎然春景，体现了词人对自然美景的体察入微、对世间美好万物的无限热爱之情。

又如辛弃疾《鹧鸪天·陌上柔桑》中的"陌上柔桑破嫩芽，东邻蚕种已生些。平冈细草鸣黄犊，斜日寒林点暮鸦"，描写了乡村的春景。正值春日，在春风的吹动下，柔软的桑树开始抽芽成长，终于，破膜而出，一个"破"字表现了嫩芽强而有力的生命力。东面邻居家养的蚕种也开始蜕变成蚕。黄牛在牛栏里关了一冬，在平坡上看到细细的春草，自然是欣喜万分，一个"鸣"字极富乐感，将黄牛吃草时的悠然自得展现出来。早春天气还微寒，树林里的树木尽是秃枝，树叶还未长，因而当黑色的乌鸦飞栖而来，正如同一团两团墨点，点缀在丛林中，十分写实。桑芽、蚕儿、黄犊、寒林、暮鸦这些意象都昭示着春天的到来，符合自然规律。一幅天然的乡村春意图在词人的笔下宛然立现，有情有调，极富生气。

子曰："天何言哉？四时行焉，百物生焉，天何言哉？"世间万物的成长变化，皆有律可循，人作为大自然的审美主体，应学会欣赏大自然的固有特性，随自然之意、顺自然之美。诗人、词人们在辽阔无边的大自然中，体察物情、含味入境，既了悟了自然的节律和节奏，又引发了对生命价值的思索——唯有道法自然才能融于自然，而后才有此诗心诗笔，留后人膜拜诵读。

三、融入惜生爱物、泛爱仁民的理念

保护生态平衡、守卫地球家园是当今世界的全球性主题之一。生态伦理，又称为环境哲学，强调自然万物皆有一定价值，人应该尊重生命、热爱自然。"仁爱万物"是中国数千年以来传统生态伦理思想的体现。"仁"是中国古代思想体系中最为重要的道德范畴，本指人与人之间相互关爱、帮助，后延伸为将宇宙生态的可持续发展作为人生使命的大无畏精神。

孔夫子将"仁"作为儒家思想的最高道德原则和道德境界，提出了"志于道，据于德，依于仁，游于艺"（《论语·大学篇》）、"一日克己复礼，天下归仁焉"（《论

语·颜渊篇》)等经典名言,创造了以"仁"为核心的思想伦理体系。作为一个道德高尚的人,所体现的仁义是爱人爱己、天下归仁,带给后世深远的影响。之后的儒家学者紧跟孔子的步伐,孟子提倡"仁者以天地万物为一体"(《孟子·梁惠王上》)、"亲亲而仁民,仁民而爱物"(《孟子·尽心上》),尊重自然、爱惜万物,就是尊重自己、爱惜生命,所谓一荣俱荣,一损俱损。荀子亦云"万物各得其和以生,各得其养以成"(《荀子·天论》),主张万物均源自于"和",对自然万物应泛施以仁。"仁者,谓其中心欣然爱人也"(《韩非子·解老》),仁爱之人从心底尊重、关爱他人。董仲舒"质于爱民,以下至于鸟兽昆虫莫不爱,不爱,奚足以为人?"及天地有"无穷极之仁"(《春秋繁露·天循之道》)均主张将"爱物"作为人的道德伦理内容之一,将"仁"之爱人外延扩大化,推向"无穷"之"爱物"。《易经》中提出"天地感而万物化生",人作为万物中的一份子,应仿效大自然的厚德载物、博爱众生。

中国古典思想的重要一环——传统佛教,其核心思想之一就是敬畏生命,渗透着以生命为重的生态学理念,体现着慈悲为首的人文情怀。佛教戒律里要求世人做到"不杀生""不轻一切众生",自然界的所有生物都具有与人一样平等的生存权、生命权,有理性、有思想、有道德的人都会尊重生命,泛爱万物。且佛教推崇"无缘大慈同体大悲"之理念,释义为对众生万物,包括无情识之体,如砖瓦墙石等,都要抱着慈悲之心,尊重且关怀,与其和谐共生。

"生生"(尊重生命、热爱生命)是人之"大德",而如今社会,人类往往沉迷于驯服自然、控制自然,为私欲最大限度化地攫取自然界的资源,使得环境污染、生态破坏、资源枯竭这些问题层出不穷,人与自然生态的矛盾日益激化,亟待化解。在整个宏观生态体系中,人作为主体,自当对宇宙一切生命怀有博爱之心、包容之心及仁爱之心,去赞美生命、呵护生灵,以惜生爱物、泛爱仁民的圆融之智慧对待芸芸众生。

仁者爱人,也爱宇宙万物。古代文人们先进的生态意识不仅仅包含对大自然秀丽风光山色的赞美与感叹，还蕴含着对自然界各种生物的亲昵与关爱之情。人类以外的自然也有生命，也具有人类一样的情思，在文人眼中，春夏秋冬、日月星辰、江河湖水、花鸟虫鱼……几乎世间的一切，都可视作人类的知心朋友。四季更替、春华秋实、风和日暖、莺歌燕舞等景象，都呈现出自然界生生不息、万物竞相成长之貌以及人与自然和谐共生的欣欣向荣之态势。

我们先来看看唐诗中有关于诗人爱物惜生的作品。例如李商隐的《初食笋呈座中》："嫩箨香苞初出林，於陵论价重如金。皇都陆海应无数，忍剪凌云一寸心。"这是一首咏竹笋诗，"嫩箨"指鲜嫩的笋壳。初生之笋，新鲜可口，食客趋而求之，自是到处"贵如金"。"皇都陆海"是皇城里应有尽有的山珍海味，初出竹林的竹笋本能"凌云一片心"，成为一棵凌云的高竹，昂扬九霄，却在成长初期就被减去笋芽，供人食用，诗人借此诗讽刺一些达官贵人肆意破坏竹林生态、饕餮终日的浪费行为，表达了对嫩弱春笋的惋惜之情。同时，诗人也借竹抒意，抒发了自己虽才华满腹、怀有济世天下的大志，但却因时运不济、社会动荡，无奈壮志难酬、一生困顿的忧愁苦闷。

又如白居易《杨柳枝词八首之七》中的"叶含浓露如啼眼，枝袅轻风似舞腰。小树不禁攀折苦，乞君留取两三条"这四句也同样体现了诗人对于自然之物的爱惜。春天伊始，柳树开出了翠绿的新叶，柳枝轻柔低垂，在微风中如袅袅云烟般起舞，充满生机，呈现出春日的明媚和清丽。而人们却不爱惜这天然的美景，随心所欲地攀折伤害它。诗人爱惜春光，不忍心看见新生的杨柳变成零落的秃枝，因而着诗劝诫人们不要轻易攀折柳枝，要懂得怜惜大自然的馈赠，如若人为干扰，生态系统的平衡就会被打破。此诗体现了诗人对自然取之有时、亦取之有度的生态观念。

王建《寄旧山僧》中的"猎人箭底求伤雁，钓户竿头乞活鱼"两句语言虽浅显易懂，意义却十分深刻。猎人打猎，仅仅一箭就会射伤大雁；而钓鱼者垂钓，轻易一竿便能钩住好几条活鱼。大雁和河鱼都是自然界的一份子，拥有生存的权利，自私的人类却已给它们带去了太多伤害。诗人用"求"和"乞"两字，愈发表明了诗人对于动物的满满爱心，意在唤起人们对动物的怜爱，从而拯救动物的生命，维持生态环境的可持续发展。他的另一首诗《题金家竹溪》中"山头鹿下长惊犬，池面鱼行不怕人"两句，同样关注于对自然生物的保护，探讨如何平衡、协调人与野生动物之间的关系。

白居易七言绝句《鸟》中的"谁道群生性命微，一般骨肉一般皮。劝君莫打三春鸟，子在巢中望母归"这四句描写诗人对于鸟的怜爱之情。诗人深受儒、道、佛的影响，提倡生灵皆平等，将自然万物摆放在与人同等重要的地位，人应该去珍爱自然界的生命，而不该随意伤害生物、干扰生态平衡。鸟类和所有的生物一样，有血有肉，有情有感，它并不微小低贱，在自然界也有着自身的价值。诗人劝诫人们不要去打枝头鸟，劝导人们爱惜鸟类、尊重生命，因为他们的幼鸟仍在巢中嗷嗷待哺，等待母鸟归来。人类有家人的关爱，鸟亦如是，读者读之便会产生同理心。从这样感人的诗句中，我们能窥见诗人那一颗善良、博爱之心。

宋词中也有大量表达尊重生命、怜惜生命的名篇。例如晏殊《浣溪沙》中的"满目山河空念远，落花风雨更伤春"。此词是词人参加宴会时的即兴之作，寄寓着词人对人生哲理的思索和探寻。语词明净修洁，风格闲雅温婉，意境辽阔深远。花落月残、季节更替之景象，总会令人感触颇多、黯然神伤。词人在宴席上突然感怀，登高望远，虽是大好河山尽收眼底，但一转念想到自己远方的亲友，便顿觉空洞。美好的春天总是易逝，眼见那风雨吹落繁花，不禁令人惋惜嗟叹。词人因花落春去而感到伤怀不已，表达了对春日美景的珍爱之情。而我们所能得到的启示就是，生命短暂无痕，年华有限、世事无常，美好事物总是无法长久留存，唯有尽力捉住眼前的一切，珍惜大自然的馈赠，方不愧对时光。

再看秦观《好事近·梦中作》的"春路雨添花，花动一山春色。行到小溪深处，有黄鹂千百"，这是词的上片，词人以白描手法描绘梦境中的雨后出行图。一场春雨润物细无声，使得鲜花迅速含苞绽放，缀满了整条山路。山花烂漫、姹紫嫣红，明艳的花朵在风中轻舞、争奇斗艳，给整座山带来了盎然春意，呈现出一派动人春光。词人散步到小溪边，只见无数黄鹂在此间鸣叫盘旋，与春色自然地融合成一体。词人在美景中感受到了春天的滋润，以细腻平实的笔触，刻画出了一个生趣盎然、气象万千的春天，在这幅富有生机的春景生态图里，有着色彩缤纷的花朵、春意弥漫的深山、潺潺流动的小溪、嬉戏喧闹的群鸟，动静之景，交相辉映，美妙动人。此词语言浅显却显工巧，音律如行云流水般谐美，而最难得的，是词人对自然美景的深刻感知，唯有尊重生态、珍爱万物，才能写得出如此清新醉人的经典作品。

再看辛弃疾的《水调歌头·盟鸥》："带湖吾甚爱，千丈翠奁开。先生杖屦无事，一日走千回。凡我同盟鸥鹭，今日既盟之后，来往莫相猜。白鹤在何处，尝试与偕来。"带湖是词人喜爱的景致，词人直接用"甚爱"言明胸臆。带湖那千丈湖水碧绿如镜，宽阔无边，呈现出一片清澈透亮。而词人每日手执竹杖，脚着麻鞋，将钟爱的带湖走个千百遍，如此闲然自适，令人生羡。词人愿与鸥鸟缔结盟好，多频繁来往，互不猜测，甚至期盼鸥鸟能带着白鹤一块尽情嬉游，互相作伴。这一上阕围绕爱湖铺展而开，词人如此爱湖，甚至爱到欲与湖中之鸟，不仅是与眼前所见的鸥鹭，还与那未曾谋面的白鹤，结盟为友，愿终日与鸟儿为伴，共栖湖边，同享美景。词人绝无害鸟之意图，将鸥鹭、白鹤等鸟类拟人化，说明在他眼里，自然生物具有人类一样平等的生命权。大自然是万物的栖息所，人们不可肆意驱赶，而应与之和谐共存。在词人对带湖之美及带湖之爱的描绘中，能发觉他对自然景物的尊重及怜爱之情，在受尽了官场的尔虞我诈、互相倾轧后，词人终于在自然界的宁静中找到了灵魂的栖息地。

自然不仅是古人的游憩之地，也是灵魂的寄托之所。在环境保护日益受到世人重视的今天，以以史为鉴、古为今用的角度来解析古诗词中的生态意境，从而强化人类共同关爱自然生态、合创美好家园的意识，具有不言而喻的重要意义。在古人细腻多情的笔触下，自然及其周遭的一切都弥漫着秾丽的诗意，昭显着古人体物细致的人文情怀。《增广贤文》提及"惜花春起早，爱月夜眠迟"，只有对自然界的一切怀着虔诚的天地仁心，以善良天性体察入微，才能拥有与自然光辉同享的权利。这些言简义丰的古诗词所体现的生态理念和生态智慧有助于全世界的可持续发展建设，值得我们借鉴。总之，人类唯有懂得尊重人类以外的任何生灵，树立生态伦理、爱护自然万物、保护生态平衡，才能最终获得自我人生价值的提升。

四、致达各元素的动态平衡

生态系统的互联性、动态性、平衡性向来是生态学研究的一个重点。自然界这一生态系统是一个开放的整体，其中的各种元素，如江河、湖泊、草原、森林等，皆是由动物、植物、微生物、有机物等生物成分以及空气、阳光、水、土壤等非生物成分所组成的一个整体生态空间，各个元素之间并非是孤立存在的，而是相互联系、相互依存、相互制约的关系，自然界万物也并非一成不变，而是通过相互作用、以平衡—不平衡—平衡的状态不断发展演变、并持续进行内部优化调整以达到动态的生态平衡。生态平衡指的是一定时间内，生态系统中的生物（包括动物、植物、微生物、有机物）与生物之间、生物与非生物环境（包括空气、阳光、水、土壤等）通过相互作用，在生态系统组成结构、功能和能量输出输入上均能达到协调稳定的状态，是一个相对稳定的运动状态，是促进生物正常成长、进行生殖繁衍的基本条件，是维持整个生物圈正常运转及发展的重要因素。

生态平衡的显性特征是具有动态感。变化是宇宙万物赖以存在的最根本属性，生态系统作为自然界中的复杂实体，同样处于永恒的变化之中，如同生物的成长进化、群落的演化交替，都是在不断打破旧的平衡基础上创建新的平衡的过程。生态系统的发展依赖于自身的内部调节能力。当生态系统达到最稳定、最和谐的平衡状态时，它能够维持自身的结构和功能，不断进行自我调节，克服和消除外来干扰，保持生态的可持续发展。而当生态系统内部调节能力因自然灾害或人为外力等因素受到破坏时，各种生态因子不再互依互助，而是分崩离析，此时，生态平衡就会被打破，生态危机就会到来。

如何保持生态系统的动态平衡是全世界人民关心的重要主题之一。一旦生态平衡被打破，生物有可能会濒临灭绝，后果不堪设想。富有智慧的古代圣贤很早就意识到了保持生态平衡的重要性，"畋不掩群，不取麛夭；不竭泽而渔，不焚材而猎"（《淮南子·主术训》）及孟子的"苟得其养，无物不长，苟失其养，无物不消"（《孟子·告子上》），就是告诫人类不要仅为了一时之利、一己私欲而肆意打破自然界的生态平衡，使生态环境遭到不可挽回的破坏。人类作为大自然中具有主观能动性的一大主体，应懂得人与自然正如唇亡齿寒般的依附关系，不要试图对生态平衡造成威胁，而应正确发挥主观能动性，去维护万物赖以存活的生态环境，创建更为合理、更为宜居的生态结构，使宇宙万物达致最完美的均衡状态。

唐诗宋词中也有大量体现生态界动态平衡重要性的作品。例如王维《桃源行》里的"渔舟逐水爱山春，两岸桃花夹古津。坐看红树不知远，行尽青溪忽值人"。王维是写山水诗的高手，寥寥数语，就生动地勾画出了一幅美妙的桃源春景图，十分引人入胜。诗句中，逐水而行的悠悠渔舟、碧绿蜿蜒的层山、缀满粉红桃花的江岸、宛如明镜的澄澈溪水，这一帧山水画布满了各种生态元素，有山有水、有人有物、有动有静，这一切达到了生态体系的动态平衡，因而才能呈现出满满的诗意和美感，读之令人回味无穷、意犹未尽，真可谓到达了"悠然心会，妙处难与君说"的境界。

再看杜甫的《漫成一首》："江月去人只数尺，风灯照夜欲三更。沙头宿鹭联拳静，船尾跳鱼拨刺鸣。"此七绝诗为诗人在巴蜀地区流亡时所作，意在描写夜泊江边之景。首句描写月夜，但非空中之月，而是只离人"只数尺"的水中月影。碧波微荡，月影摇曳，反衬了江水的清澈静谧。次句描写舟中悬挂着的夜灯，随着江风飘荡，透出冲淡而柔和的光芒。接着，诗人将视角转到江岸之景，屈身卧躺在沙滩上的一群白鹭，恬静安逸，而末句突然传来鱼儿在船尾跳动的声音，以鱼跃之声打破了月夜的宁静，更显其幽。明月、静江、风灯、白鹭、鱼儿这些意象，共同存在于江间陆上这一生态环境里，动静相谐，相映成趣，逼真传神，勾画出景物平衡相融的天人之境，令读者也沉浸在这谐和柔美的夜色之中，传达出诗人对自然的热爱、对平静生活的向往。

再看词人秦观的《行香子·树绕村庄》："树绕村庄，水满陂塘。倚东风、豪兴徜徉。小园几许，收尽春光。有桃花红，李花白，菜花黄。远远围墙，隐隐茅堂。飏青旗、流水桥旁。偶然乘兴、步过东冈。正莺儿啼，燕儿舞，蝶儿忙。"词人以浅显流畅的语言、简明切要的叙事手法，勾勒出一幅春意盎然、万物繁荣生长的田园风景图。上阕描写春天之景的静态美，绿树、村庄、春水、河塘、东风以及园内色彩缤纷的娇艳春花，组成一幅诗情画意的静态春景图，色彩鲜明，生机勃发；而下阕，词人的视野由近及远，围墙、茅堂、青旗、流水、小桥，画面中又加入了莺歌燕舞、蝶影翻飞，可谓动静相生，和谐共存，将春的生命活力表现得更加淋漓尽致。在这一个农家生态体系里，各种生物和非生物元素皆相互映衬、相互依存，既有静态美，又有动态美，且两者达致稳定和谐的平衡美感，因而读之只觉风光无限，诗意亦无穷。

辛弃疾《鹊桥仙·赠鹭鸶》里的"溪边白鹭，来吾告汝，溪里鱼儿堪数。主人怜汝汝怜鱼，要物我、欣然一处。白沙远浦，青泥别渚，剩有虾跳鳅舞"中，词人采用人鸟对话的形式，对白鹭说理，大意是：溪里小鱼已经所剩不多，你不能再捕食了。就像主人对你的怜爱般，你也该体谅鱼的生命，如果你想果腹，在"远浦""别渚"，自有大量虾、鳅可供你食用。鸟与鱼均是自然界的重要元素，并非对立，而是相互依存，过量的捕食鱼类导致鱼类减少最终会导致生态系统的失衡，体现了词人注重生态平衡的理念，与古人所提倡的"不竭泽而渔，不焚材而猎"的思想不谋而合。他《西江月·夜行黄沙道中》中的又一名句"稻花香里说丰年，听取蛙声一片"，同样体现了维持生态圈动态平衡的重要意义。水稻是大自然中的食物补给者，害虫以水稻为食，而青蛙以害虫为食，水稻—害虫—青蛙构成了一条紧密相连的食物链，青蛙的数量决定了害虫的多寡，也决定了农作物是否可以免受害虫滋扰而繁茂生长，可谓环环相扣，体现了农家生态系统的动态平衡。词中"蛙声一片"显示出青蛙的数量很多，因而人们才可以收获水稻的"丰年"，用一片蛙声牵引出丰收的景象，不得不感叹词人的独到匠心。

在古诗词勾勒出的诗意世界里，世间万物处在不断的变化之中，各元素相互促进、相互制衡，维持着整个生态系统的稳定、平衡。现实世界的和谐发展同样需要尊重生物多样性，追求生态系统的完整统一和动态平衡，唯有如此，才能拥有崔颢《舟行入剡》一诗中"青山行不尽，绿水去何长"所描绘的生态胜境。

第二节　古诗词中的生态系统

在 1935 年，英国著名生态学家坦斯利首次提出了"生态系统（ecosystem）"这一名词，之后这一概念得到了学界广泛的传播和认可，如今已发展为一个重要的研究领域。生态系统是指生物与环境在自然界的一定空间内形成的合一整体，它们相互依赖、相互制约，不断地进行着能量输入、传递、转化、消耗等过程。

生态系统作为一个广义的概念，其范围可大至一个城市、一个地区、一个国家乃至整个地球宇宙生态圈，也可小至一片森林、一方土地、一条小溪、一口空气、一滴水等。简而言之，任何生物群体与其所在的非生物环境相互作用、相互制约而形成的一个整合统一体都可成为生态系统，且各个生态系统之间也并非是独立封闭的，而是相互交错、彼此制约的，各类基础物质在生态系统中不断循环、发展，并适时作出适应、改变，输入、输出各种能量，通过兼容差异、优化协调来维持自身的稳定平衡，并达到共同进化的目的。

生态系统分类较多，简单来说，一般可分为自然生态系统和人工生态系统，前者又可进一步划分为水域生态系统和陆地生态系统，如海洋生态系统、淡水生态系统（包括湖泊生态系统、池塘生态系统、河流生态系统等）、森林生态系统、草原生态系统等，而后者主要指农田生态系统和城市生态系统等。自然生态系统和人工生态系统是密不可分的统一整体，人工生态系统依赖于自然有机体所提供的各类生活资源进行实践活动，而反之，自然环境也需要人类的实践活动来恢复并优化自身的发展空间。生物群落通过各身的发展变化反作用于其所处的生态系统，改变着这个有机体的周边环境面貌与进化方向。可以说，人类依存于各类生态统一体中，生态系统是人类生存和发展的唯一空间，是人与自然和谐共存的根本基础。生态系统有多种属性，如有序性、和谐性、多样性等，但其中最根本的属性就是整体性，因为只有整体性才能维持人与自然共生共存。

作为生态学研究范畴中的一个主要概念，生态系统是生态研究学中的一个重要分支，也是最受学界关注的最高层次之一，它为生态学领域的研究与发展夯实了新的理论基础，从一定程度上推动了生态学的全方位发展。为数众多的学者对生态学的跨学科研究做出了探索，如从经济学领域研究城市打造创新生态系统的举措；从教育学领域探讨智慧课堂中的生态系统构建；从生态文学角度研究文学生态系统构成要素的嬗变等。鉴于此，有学者曾提到："生态文学的价值取向主张不是人的法律，而是大地来设定伦理的界限，去直面生态主体性和生命主体性。"①而古诗词这一独特的文学体裁中包涵着深刻的生态学哲理，也体现了各个生态系统的有机融合与动态发展。

一、海洋生态系统

海洋生态系统指的是海洋中的生物群落与其所在的无机环境相互作用所构成的自然系统。海的神秘莫测，令人心之神往；海的瞬息万变，令人望而生畏；而海的包纳百川，又令人倍感亲切。海洋是中国文学里常见的意象，甚至已诞生专门研究文学中的海洋形象——中国海洋文学这一研究主题。在浩如烟海的中国古诗词中，描写海洋生态系统的作品也不胜枚举。壮阔瑰丽的大海之于古人，不仅

---

① 范建华. 生态文学研究的价值取向及其逻辑架构[J]. 湖北社会科学，2010（11）：128-130.

仅是自然地理中的一种生态系统，更是文人心中寄托豪情壮志、追求快意人生的精神之所。江海对于中国古代文人墨客具有巨大的感召力，大海的深邃辽远为他们提供了广阔的想象空间，不断激发他们的创作文思。

唐朝经济繁荣、商业兴盛。因造船业的发达，唐朝的海上贸易在当时几乎可以说是垄断了整个东亚地区，甚至还衍生出了一批专门的"海客"（即探险的航海者），往返于日本、西洋、南洋等地，贩卖海货海珍以赚取利润。海贸行业的发达也直接影响着文学创作，唐诗中出现了很多描写海洋盛景或借以抒情感怀、表达人生哲理的佳作。每一位诗人笔下的海洋形象和意蕴都不尽相同。例如谪仙人李白《行路难》中的"乘风破浪会有时，直挂云帆济沧海"表达了诗人终有一日会施展心中抱负、到达理想彼岸的坚定信念，而《将进酒》中的"君不见黄河之水天上来，奔流到海不复回"描写黄河奔流到海的壮阔景象，以河水入海不返感叹人生易逝的无奈；而《江上吟》中的"仙人有待乘黄鹤，海客无心随白鸥"表达了诗人对于功名利禄的嘲弄，劝诫自己还不如忘却机心，以平和淡然的心态俯仰于海天间，与白鸥一起自由翱翔，达到物我两忘，与自然和谐相处的优雅境界。杜甫《破船》中的"平生江海心，宿昔具扁舟"流露出的是对失意人生的慰藉；而《追酬故高蜀放人日见寄》中的"遥拱北辰缠寇盗，欲倾东海洗乾坤"尽显诗人的广阔胸襟与超人的想象力，竟想以东海之水去荡涤天地。孟郊《寄崔纯亮》中的"百川有馀水，大海无满波"借以百川与大海作比，意在言明胸怀博大的人才能包容万物，有深厚涵养的人永不懈怠。王之涣《登鹳鹊楼》中的名句"白日依山尽，黄河入海流"以气势磅礴的壮观景象表达诗人积极进取、高瞻远瞩的人生态度。张九龄《望月怀古》中的"海上升明月，天涯共此时"同样是千古传诵的名句，以皓月悬升于东海这一广阔壮丽之景衬托诗人对于遥隔天涯的友人的思念之情。钱起《送僧归日本》中的"浮天沧海远，去世法舟轻"以海面之阔、海路之远表达了人海泛舟、归途渺茫之意蕴。这些诗句都借海这一浩阔的意象来传达诗人独有的情思，读之百感涌升，回味无穷。

宋代经济鼎盛时期，海上贸易也相当繁盛，因而描写海洋的词作同样也层出不穷。从词人角度看，苏轼的词作中有较多借用了海这一意象。例如《临江仙》中的"小舟从此逝，江海寄余生"表达了词人在受尽官海沉浮后只愿归隐江湖、过闲适人生的余愿；而《鹊桥仙·七夕送陈令举》中的"客槎曾犯，银河波浪，尚带天风海雨"说的是天河仿佛与大海相通，作者想象自己在天风海雨中来去自如，勾画出一派飘逸超旷的景象；《鳆鱼行》中的"东随海舶号倭螺，异方珍宝来更多"出自苏轼一篇较为冷门的词，主旨便是表达对蓬莱海中盛产的珍宝——美味鳆鱼的喜爱之情。刘辰翁《浪淘沙·大风作》中的"卷海海翻杯，倾动蓬莱"以生动形象的笔触描绘了海面波涛汹涌、极具破坏力的浩荡气势。向子䛥《阮郎归·绍兴乙卯大雪行鄱阳道中》中的"天可老，海能翻，消除此恨难"中，"天可老""海能翻"是不可能发生之事，词人借这一夸张的比譬反衬自己对金人灭国的仇恨将永刻于心，难以消除。潘阆《酒泉子·长忆观潮》中的"长忆观潮，满郭人争江上望，来疑沧海尽成空。万面鼓声中"运用听觉与视觉、比喻和夸张结合的方式，形象地描绘了钱塘江水澎湃奔涌的壮观景象以及倾城而出前来观潮的人山人海之浩荡气势；朱敦儒《好事近·渔父词》中的"拨转钓鱼船，江海尽为吾宅"两句尽显词人的俏皮和洒脱，江海之上，虽以渔船占为一隅，但整个广阔天地难道不正属于我么？在这恣意浪迹江湖的自由与潇洒中，足可窥见词人恢弘的气魄；张元干《水调歌头·追和》中的"元龙湖海豪气，百尺卧高楼"描绘一个浪迹江湖的奇士形象，表达了作者纵是有如大海般远大的万丈豪情却只能埋葬于胸，任光阴白白流逝的无奈与落寞；秦观《千秋岁·水边沙外》里的"春去也，飞红万点愁如海"一句也是充满妙义，飞红万点点出了春已归去之意，而作者转而续上"愁如海"这一比喻，飘零如落花般的苦意自现，真正做到了以景结情，耐人寻味；吴文英悼念亡妻的名篇《莺啼序·春晚感怀》中的"殷勤待写，书中长恨，蓝霞辽海沉过雁"凄凄述道，词人想让蓝天大海上飞过的鸿雁来传达对于所思之人的满满情愫，以细腻深情的笔触描绘出一位睹物感怆、受尽相思之苦的人物形象，令人心生怜惜。

文人们将个人的气韵风格毫无保留地投射在自己的作品中，创作出飘逸洒脱、雄壮奇绝的诗词歌赋，阐释了深邃的人生哲思。由上可见，唐宋诗词中但凡是涉及海这一元素的作品，大部分都蕴含着更深一层的意义，文人们或感怀身世，慨叹人生沉浮；或是追求俯仰广阔天地、浪迹江湖之畅达；或是借海抒情，追忆往昔的如花美眷、似水年华。这些咏海名篇无一例外地呈现出丰满的意象、深厚的寓意、空阔的境界、浪漫的格调，仿佛瀚海明珠般光彩绚丽，在数不尽的艺术作品中营造出了一片世人与天地同息同存的碧海蓝天。

二、淡水生态系统

淡水生态系统是指淡水中的生物群落与其非生物环境相互作用而形成的自然系统，它既包括淡水湖泊、江河溪流、沼泽、池塘、水渠等，也涵盖了居于其中的动物以及微生物如鱼、虾、蟹、蜉蝣等。淡水生态系统对人类的生存和发展至关重要。水资源作为大自然最宝贵的物质，代表着生命的源泉，离开水源，人与生物便无法存活。可见，水与人类生活的各方面息息相关，其重要性不言而喻。

古人乐水，善赏水、论水。在中国的古诗词中，水是不可或缺的重要意象和景致之一。不同地域的水、不同性质的水、不同品性的水，只不过被文人的妙笔轻轻一点，便油然生出了不一般的巧妙意蕴。浪漫主义诗人们常将水化作爱情的象征，以水之深、流之远传达着爱意的隽永不息。唐诗如白居易《浪淘沙》中的"借问江潮与海水，何似君情与妾心"、李商隐《暮秋独游曲江》中的"深知身在情长在，怅望江头江水声"、孟郊《烈女操》中的"波澜誓不起，妾心井中水"；宋词如秦观《鹊桥仙·纤云弄巧》中的"柔情似水，佳期如梦"、晏殊《清平乐·红笺小字》中的"人面不知何处，绿波依旧东流"、柳三变《雨霖铃·寒蝉凄切》中的"念去去，千里烟波，暮霭沉沉楚天阔"、李之仪《卜算子·我住长江头》中的"日日思君不见君，共饮长江水"皆以水喻情，抒发了诗人们如水般的深情；水因具有柔性，也可用以表达人们内心绵绵不绝的离愁别意，唐诗如岑参《西过渭州见渭水思秦川》中的"渭水东流去，何时到雍州"、崔颢《黄鹤楼》中的"日暮乡关何处是？烟波江上使人愁"、李白《赠汪伦》中的名句"桃花潭水深千尺，不及汪伦送我情"；宋词如王观《卜算子·送鲍浩然之浙东》中的"水是眼波横，山是眉峰聚"、南唐后主李煜《虞美人·春花秋月何时了》中的"问君能有几多愁？恰似一江春水向东流"、欧阳修《踏莎行·候馆梅残》中的"离愁渐远渐无穷，迢迢不断如春水"及其《千岁秋·罗衫满袖》中的"离思迢迢远，一似长江水。去不断，来无边"、王安石《桂枝香·金陵怀古》中的"六朝旧事随流水，但寒烟、芳草凝绿"等句中水的意象都蕴含着诗词人缠绵悱恻、难以排解的离情愁思。江水奔流入海，一去不返，时间和历史皆如是，因而古人常以水来指代难以挽回之事物，这类诗词也是数不胜数。唐诗如李白《将进酒》中的"君不见，黄河之水天上来，奔流到海不复回"、杜甫《登高》中的"无边落木萧萧下，不尽长江滚滚来"、罗邺《叹流水》中的"却最堪悲是流水，便同人事去无回"；宋词如李煜《浪淘沙·帘外雨潺潺》中的"流水落花春去也，天上人间"、欧阳炯《江城子·晚日金陵岸草平》中的"晚日金陵岸草平，落霞明，水无情"、杨慎《临江仙·滚滚长江东逝水》中的"滚滚长江东逝水，浪花淘尽英雄"、辛弃疾《南乡子·登京口北固亭有怀》中的"千古兴亡多少事？悠悠，不尽长江滚滚流"皆以连绵不断的滚滚江水比作逝去的繁华和往昔的辉煌，世易时移，读之令人扼腕长叹。除此之外，水这一意象又可被借以抒发文人们的壮志豪情和英雄气概。唐诗如韩愈《条山苍》中的"浪波沄沄去，松柏在山冈"、张蠙《登单于台》中的"白日地中出，黄河天外来"；宋词如陈亮《念奴娇·登多景楼》中的"一水横陈，连岗三面，做出争雄势"、赵鼎《满江红·惨结秋阴》中的"便挽取、长江入尊罍，浇胸臆"、柳永《八声甘州·对潇潇暮雨洒江天》中的"唯有长江水，无语东流"皆以烟波浩渺、江河奔涌之景表达出了士大夫们的万丈豪情。而水清净如玉之特性，又被古人借来抒发隐逸情怀，体现着文人们高洁傲岸、光风霁月的襟怀。唐诗如储光羲《采菱曲》

中的"义不游浊水，志士多苦言"、杜甫《自京赴奉先县咏怀五百字》中的"非无江海志，潇洒送日月"；宋词如晁端礼《满庭芳·天与疏慵》中的"无限沧浪好景，蓑笠下、且遣余生"、晁补之《满江红·华鬓春风》中的"便江湖、与世相忘，还堪乐"、范成大《朝中措·长年心事寄林扃》中的"一棹何时归去，扁舟终要江湖"等诗词，都将文人墨客们逍遥江湖的美好夙愿寄托在了水这一清明灵动的意象上。

老子云：上善若水。水的至真至纯，恰能温暖那些仕途偃蹇、壮志难酬的文人墨客，抚慰被世俗所累所伤的悲凄心灵。在诗词人的巧妙构思和细腻笔触下，水仿佛被赋予情思，变得灵动婉丽，颇具艺术感染力。唐诗宋词中关于淡水生态系统的作品数不胜数，且涌现出较多佳作。例如白居易《忆江南词三首》中的名句"日出江花红胜火，春来江水绿如蓝"意为晨光映照的江边红花红过烈火，春风吹拂的江水绿胜青草。这些形象生动的比喻，把江南春天的秀丽明艳烘托得更为出彩、迷人，从而表达作者对美好江南的深深追忆之情；曹豳《春暮》中的"林莺啼到无声处，青草池塘独听蛙"描写暮春景物。莺歌已歇，池塘中处处蛙鸣，可知虽明媚春天已不在，但暮春的生动与热闹仍在池塘这一淡水生态系统中显现了出来；孟浩然《望洞庭湖赠张丞相》中的"八月湖水平，涵虚混太清"描绘了洞庭湖在秋季盛涨期时湖水暴涨后水天相接、迷离难辨的景色，烘托了洞庭湖的涵浑浩阔；李白《渡荆门送别》中的"仍怜故乡水，万里送行舟"将流经故乡的涛涛江水比拟为人，仿佛也恋恋不舍般一路送诗人远行归去，从而衬托出诗人缠绵婉转的思乡之情。其想象瑰丽大气、意境高远壮阔，充满了浪漫色彩；又如张志和《渔歌子·西塞山前白鹭飞》中的"西塞山前白鹭飞，桃花流水鳜鱼肥"两句描绘了春汛期太湖流域水乡的风景。南方二月桃花盛开，春汛到来春江水涨，烟雨迷蒙中见空中白鹭、两岸红桃、清澈流水、肥美鳜鱼，甚是欢欣。在秀丽宁静的水乡风光中，作者融入了热爱自然的高洁情怀，呈现了高远、冲澹的艺术境界。再如苏轼《蝶恋花·春景》中的"燕子飞时，绿水人家绕"一句似宛然可见燕子在空中盘旋来去，绿水环绕着人家而流的生动春景图，一个"绕"字活泼有趣，意境皆现，凸显了春景的清新俏丽；又如辛弃疾《菩萨蛮·书江西造口壁》中的"郁孤台下清江水，中间多少行人泪"中，词人抚今忆昔，将清江的流水与四十年前逃难的百姓在颠沛流离的逃亡生涯中流下的眼泪相类比，深刻揭示了战争给人民带来的磨难。词人眼前所见的是一脉清江水，心里挂念着的却是处于危境下的国运，可见词人对于所失国土的深情萦念及对国家命途的沉痛忧虑。可见，水这一意象在古代文人心中占据着十分重要的位置。

三、森林生态系统

森林生态系统是以乔木为主体的森林生物群落（包括动物、植物和微生物）与非生物环境（光、热、水、气、土壤等）之间相互作用，并进行能量转换和物质循环流动的综合生态体系。森林对于人类的生存作息同样有着至关重要的作用，它可以涵养水源、阻挡风沙，可提供万物生长的基础，是生物钟爱的栖息地，也是文人墨客隐逸闲居、激发诗情的佳所。

古诗词中亦不匮乏关于描写森林生态系统的作品，且佳作层出不穷。唐诗如孟浩然《过故人庄》中的"绿树村边合，青山郭外斜"、李白《夜泊牛渚怀古》中的"明朝挂帆去，枫叶落纷纷"、崔颢《黄鹤楼》中的"晴川历历汉阳树，芳草萋萋鹦鹉洲"、韦应物《滁州西涧》中的"独怜幽草涧边生，上有黄鹂深树鸣"、杜牧《山行》中的"停车坐爱枫林晚，霜叶红于二月花"、陈子昂《晚次乐乡县》中的"野戍荒烟断，深山古木平"；宋词如苏轼《满庭芳·过余》中的"疏雨过，风林舞破，烟盖云幢"及《定风波·三月七日》里的"莫听穿林打叶声，何妨吟啸且徐行"、辛弃疾《鹧鸪天·陌上柔桑破嫩芽》中的"平冈细草鸣黄犊，斜日寒林点暮鸦"、寇准《书河上亭壁》中的"萧萧远树疏林外，一半秋山带夕阳"、朱淑真《卜算子·咏梅》中的"竹里一枝斜，映带林逾静"、朱熹《忆秦娥·雪、梅二阕怀张敬夫》中的"千林琼玖，一空莺鹤"、刘过《六州歌头·寄稼轩承旨》中的"香山居士，约林和靖，与坡仙老，驾勒吾回"等全是描绘森林中各色美景的诗句，体现了幽幽山林对于古人纵情山水、逍遥天地的重要意义。

众所周知，古代的文人墨客热爱青山绿水，向往返璞归真的隐逸生活，巍峨苍山、林间溪流、万兽生灵、百花群芳中留下了太多他们流连忘返的印记，可以说，森林生态系统对于他们来说，是精神皈依的宁静之所。王籍《入若耶溪》中的千古名句"蝉噪林逾静，鸟鸣山更幽"描写会稽若耶山下若耶溪的美景。晚霞在远山中隐约而现，阳光随着清澈的溪流游荡，仿佛有知有情，趣味盎然。而空林里的"蝉噪""鸟鸣"更渲染了山林的寂静深沉，表露出了诗人的归隐之心，可谓是"文外独绝"。全诗文辞清婉、情景相谐、旨意高妙，营造出一番安然恬淡的艺术境界。王维名作《竹里馆》中的"独坐幽篁里，弹琴复长啸。深林人不知，明月来相照"描写了诗人独居幽林的悠然闲趣。全诗亦是人景交融，相互映照，景物"幽篁""深林""明月"本身就显出清幽澄净的特点，而诗人"独坐""弹琴""长啸"这些动作虽自然平淡，但与清新幽静的月夜竹林相衬，更突显了诗人内心的寂寥空旷。全诗看似简单随意却是匠心独运，具有超然的艺术魅力。王绩《野望》中的"树树皆秋色，山山唯落晖"描写了山野的清幽秋景，由近及远地举目所望，层层树林都被染上了秋色，重重山岭在夕阳的余晖中静默如斯，一幅光与色融合得恰到好处的林间秋晚图宛然呈现，美不胜收。刘长卿《逢雪宿芙蓉山主人》中的"日暮苍山远，天寒白屋贫"意为苍茫夜暮之中，连绵的群山仿佛显得更为深远，而寒冷的天气，令这破败的茅屋更显落魄，从而突显了雪夜人独归的深深寂寥。苏轼《腊日游孤山访惠勤、惠思二僧》中的"水清出石鱼可数，林深无人鸟相呼"两句也是素来被人称道。溪水清澈，方能看见水中的石头和鱼儿；深林幽静，便可听得鸟儿们此起彼伏的呼叫声。这清幽空林，飘逸出迷人脱俗的画意与诗情，令人动容。蒋捷《少年游·枫林红透晚烟青》中的"枫林红透晚烟青。客思满鸥汀"用自叙性的文字，在诗人逍遥山水的豁达情怀中寄寓了对往昔盛事的追忆。词人见景思情，枫林红透表明将要落叶，而烟青已晚，更显历经风霜，这些意象的背后，仿佛让读者照见一个饱经世事沧桑、凄恻迟暮的老人在抒发旅居江湖的飘泊之愁。辛弃疾《贺新郎·把酒长亭说》中的"何处飞来林间鹊，蹙踏松梢微雪"同样十分具有动态美。此诗为作者抒写与友人陈亮的真挚情谊，这两句中作者回忆了某日与他在林间雪地中畅谈交心的情景，而林间那几只不知何处飞来的喜鹊，似也在偷听他们的对话，调皮地踢落了树上的飞雪，为他们的交谈增添了更多趣味。全诗笔触活泼生动，呈现了诗人和友人愉悦的交流过程和他们之间深厚的友情。朱熹《水调歌头·不见严夫子》中的"爽气动心斗，千古照林峦"更是放达恢弘，气韵非凡。词人离开临安，途径桐庐，邂逅了当地甲天下的富春山水，在心怀对前朝隐士的仰慕之情下，写下了这两句佳句，传达了他对隐逸生活的向往和追求。陆游《破阵子·看破空花尘世》中的"蜡屐登山真率饮，筇杖穿林自在行"中，词人脚踏"蜡屐"、手持"筇杖"，在山林中悠游而上、自在穿行，似已完全忘却了现实世界的机心四伏、利益纠葛，于他而言，浮名皆可弃，唯有太平闲心最为珍贵。晁补之《忆少年·别历下》中的"罨画园林溪绀碧，算重来，尽成陈迹"描写的是历下城昔日的繁华美景。风光如画，水色青青，园林里的一切都令人回味不已，只可惜物是人非，就算是故地重游，当日的景象也不复存在，因为人已苍老，更何况尘世间的万物呢？作者在无限殇别之情中，表达了年华易逝、世事无常的慨叹。

可见，森林生态系统中的各种元素，如苍山、远林、落叶、飞花、清溪、旷野，都可以被诗人、词人借以艺术创作，其所托之情蕴涵丰富，或是游艺山水之乐、或是畅发漂泊忧思、或是寄托归隐之望。在森林这一整体生态系统中，各种情思皆是有迹可循，展现出古代隐士们"纵情山水迹，无心自逍遥"的迷人风骨。

四、草原生态系统

草原生态系统指居于草原地区的生物群落（植物、动物、微生物）和非生物环境（光、热、水、气、土壤等）之间相互作用、不断进行物质循环与能量交换而构成的生态综合体。草原生态系统是畜牧业的主要生产基地，辽阔的草原养育着大量家畜，如牛、羊、马等，这些生物丰富了草原的生态环境，给草原带来了无尽生机。此外，草原还是大自然重要的生态屏障，具有调节气候、滋养水源、防止风沙侵蚀等功能。

草原生态系统给人辽阔、浩瀚的视觉冲击，绿草代表着生机蓬勃，昭示着新生生命；而衰草、微草则是给人荒凉、颓靡之感，因此草也是诗词人讴歌生命的最佳意象之一。古人通过描绘草原生态系统中的各类元素，表达出别致的、多样的思想情感。

以萋萋芳草暗示绵绵不尽、难以割舍的离愁别绪的诗词属最多，如王维《送别》中的"春草明年绿，王孙归不归"、顾况《赠远》中的"故人一别几时见，春草还从旧处生"、杜牧《代人寄远六言二首》中的"剩肯新年归否？江南绿草迢迢"、李白《灞陵行送别》中的"上有无花之古树，下有伤心之春草"、江淹《别赋》中的"闺中风暖，陌上草熏"、刘翰《石头城》中的"离离芳草满吴宫，绿到台城旧苑东"、卢纶《李端公/送李端》中的"故关衰草遍，离别自堪悲"、范仲淹《苏幕遮·怀旧》中的"芳草无情，更在斜阳外"、晏殊《玉楼春·春恨》中的"绿杨芳草长亭路"、李重元《忆王孙·春词》中的"萋萋芳草忆王孙"、李清照《点绛唇·闺思》中的"连天衰草，望断归来路"、秦观《八六子·倚危亭》中的"恨如芳草，萋萋划尽还生"、钱惟演《木兰花·城上风光莺语乱》中的"绿杨芳草几时休？泪眼愁肠先已断"以及欧阳修《洞仙歌令·楼前乱草》中的"楼前乱草，是离人方寸"等。

草这一意象虽看似柔弱，却能不畏风霜、不惧严寒，给人刚劲、顽强之感，与之相契的古诗词有孟浩然《春中喜王九相寻》中的"林花扫更落，径草踏还生"、杨万里《寒食上冢》中的"宿草春风又，新阡去岁无"、杨师道《奉和夏日晚景应诏》中的"薙草生还绿，残花落尚香"、曾巩《城南》中的"一番桃李花开尽，惟有青青草色齐"、洪咨夔《卜算子·芍药打团红》中的"芍药打团红，萱草成窝绿"以及赵鼎《行香子·草色芊绵》中的"草色芊绵。雨点阑斑"等。

诗词中也有以荒凉的杂草、残草抒发古人对于国家盛衰兴亡之感慨，如杜甫《春望》中的"国破山河在，城春草木深"、李白《登金陵凤凰台》中的"吴宫花草埋幽径，晋代衣冠成古丘"、刘禹锡《乌衣巷》中的"朱雀桥边野草花，乌衣巷口夕阳斜"、韦庄《台城》中的"江雨霏霏江草齐，六朝如梦鸟空啼"、刘长卿《春草宫怀古》中的"君王不可见，芳草旧宫春"、李煜《临江仙·樱桃落尽春归去》中的"别巷寂寥人散后，望残烟草低迷"以及王安石《桂枝香·金陵怀古》中的"六朝旧事随流水，但寒烟衰草凝绿"等。

借以茵茵青草表达惜春伤春爱春之情怀，如林滋《春望》中的"气暖禽声变，风恬草色鲜"、李世民《元日》中的"草秀故春色，梅艳昔年妆"、苏轼《减字木兰花·莺初解语》中的"微雨如酥。草色遥看近却无"、黄庭坚《水调歌头·游览》中的"瑶草一何碧，春入武陵溪"、晏几道《临江仙·浅浅余寒春半》中的"浅浅余寒春半，雪消蕙草初长"、刘将孙《踏莎行·闲游》中的"荷花芳草垂杨渡"、黄庭坚《菩萨蛮·半烟半雨溪桥畔》中的"疏懒意何长，春风花草香"以及晏殊《踏莎行·细草愁烟》中的"细草愁烟，幽花怯露"等。

古人善以微微细草的柔弱易衰寓意人类的渺小卑微、生命无常，如李白《妾薄命》中的"昔日芙蓉花，今成断根草"及《白马篇》中的"杀人如剪草，剧孟同游遨"、杜甫《旅夜书怀》中的"细草微风岸，危樯独夜舟"及《兵车行》中的"生女犹得嫁比邻，生男埋没随百草"、李白《姑孰十咏·谢公宅》中的"荒庭衰草遍，废井苍苔积"、刘克庄《忆秦娥·梅谢了》中的"炊烟少。宣和宫殿，冷烟衰草"、周邦彦《霜叶飞·露迷衰草》中的"露迷衰草"以及吴文英《莺啼序·春晚感怀》中的"危亭望极，草色又天涯，叹鬓侵半苎"等。

又因草的生长处常常人迹罕至来表达诗人们对归隐生活的向往，这在唐诗的山水诗中得以体现。例如孟浩然《留别王维》中的"欲寻芳草去，惜与古人违"及《江上寄山阴崔少府国辅》中的"草木本无意，荣枯自有时"、贾岛《题李凝幽居》中的"闲居少邻并，草径入荒原"、韦应物《滁州西涧》中的"独怜幽草涧边生，上有黄鹂深树鸣"、王维《杂诗三首/杂咏三首》中的"心心视春草，畏向阶前生"以及丘为《寻西山隐者不遇》中的"草色新雨中，松声晚窗里"等。

在边塞诗中，诗人们还擅长以草的坚忍不拔来衬托西北边塞的气候风光，如岑参《白雪歌送武判官归京》中的"北风卷地白草折，胡天八月即飞雪"及《走马川行奉送封大夫出师西征》里的"匈奴草黄马正肥"、高适《燕歌行》中的"大漠穷秋塞草腓，孤城落日斗兵稀"、王昌龄《塞下曲四首》中的"出塞入塞寒，处处黄芦草"以及王绩《登垅坂二首》中的"转蓬无定去，惊叶但知飞"等。

在描写草原生态系统的古诗词中，较为有名的有白居易《赋得古原草送别》中的"离离原上草，一岁一枯荣。野火烧不尽，春风吹又生"，形象生动地揭示了春草生命力的旺盛。野草春荣秋枯，年年循环、生生不已，循蹈着大自然客观的成长规律。即使野火燎原，枯草被烧尽，也灭不了深埋地底的根须。来年只需春风化雨，野草就会恢复生机，到时便可以迅猛之势蔓延。草原一望无际，连绵不绝，而野草的形象既壮烈又顽强，表达了作者对烈火中欣欣向荣的古原草的钦佩与赞美；又如王维《出塞作》中的"居延城外猎天骄，白草连天野火烧。暮云空碛时驱马，秋日平原好躲雕"四句喻象空泛，描绘了居延关外边境动乱、战争将至的紧迫局势。熊熊烈火在白草密布的辽阔草原上蔓延，可见边关正处于剑拔弩张之势。暮云低垂的空旷平原上，塞外的猎手们盘马弯弓、策马奔腾，这两幅图景极其生动传神，描绘出了塞外边境的辽阔动荡，刻画了边塞健将们勇猛、粗犷的伟岸形象；再看曹邺《寄刘驾》中的"一川草色青袅袅，绕屋水声如在家"，这两句描绘了春日草原的生机和浩瀚，芳草连天、流水环绕，既豪阔又温婉，平常人家那浓浓的生活气息也在此中可闻。这草原生态之美美得漫无边际，令人回味；王维《赠裴十迪》中的"春风动百草，兰蕙生我篱"两句更是动静结合，恬淡自在，仿佛诗中带画。试想那和煦的春风吹拂着连绵攀生的百草，而诗人屋外的篱笆之中，开满了清新素雅的兰蕙，这一幅春景图色彩缤纷、意境幽雅，充满了盎然生机，形象地刻画出一位醉心自然、乐归园林生活的隐士形象；杜牧名作《金谷园》中的"繁华事散逐香尘，流水无情草自春"意在咏春吊古，曾经金谷园奢靡繁华，而如今如香尘飘散，再无踪迹，流水依旧潺潺流去，春草也仍然顾自生长，它们无法感知到人世间的种种沧桑变迁。此两句表面看似写景，却是景中寓情，抒发了诗人对往昔繁华难再的感慨，营造出哀伤凄凉的情境。宋词名作中，李煜《清平乐·别来春半》中的名句"离恨恰如青草，更行更远还生"以连绵不绝、随处滋长的青草比喻离恨难止、永无绝期，委婉深沉，引人共鸣，可见词人离情之深、之痛；词人柳永《蝶恋花·伫倚危楼风细细》中的"草色烟光残照里，无言谁会凭阑意"中以"草色烟光"表露自己的愁思。词人登高远眺，碧绿的春草铺地如茵，飘忽缭绕的云雾在落日余晖中不定闪烁，景色极为凄美、迷蒙，表达了词人对春愁的辗转难离，当中情思影影绰绰，百转千回，读之只觉意蕴深远、余味不尽；贺铸《青玉案·凌波不过横塘路》中的"一川烟草，满城风絮，梅子黄时雨"将散不尽的愁思比作一片平川的秋日衰草、满天飘飞的扰人花絮以及梅雨季节那连绵不休的雨，它们无处不在，难止难休，足以窥见词人愁思之深、之广、之久。

五、农田生态系统

农田生态系统是指农业生物群落与农业无机环境构成的生态整体。农田生态系统是人类赖以生存的基础，在其中，生物与环境共生共长。农田是繁衍生息、养育人类的土地，农田生态系统中的各个元素都与古代人民百姓的生活劳作息息相关，因而也是古诗词中常常出现的意象。

古诗词中有大量关于农田生态系统的作品，文人们在对田园风光的生动描绘中表露了对闲适田园生活的喜爱之情，表达了对归隐山田、做个闲然自得人的向往。李白《秋浦歌十七首》中的"秋浦田舍翁，采鱼水中宿"、白居易《村夜》中的"独出前门望野田，月明荞麦花如雪"、李贺《南园十三首》中的"柳花惊雪浦，麦雨涨溪田"、颜仁郁《农家》中的"时人不识农家苦，将谓田中谷自生"、孟浩然《田家元日》中的"田家占气候，共说此年丰"，以及宋词中张炎《渡江云·山阴久客一再逢春回忆西杭渺然愁思》中的"一帘鸠外雨，几处闲田，隔水动春锄"、周邦彦《虞美人·疏篱曲径田家小》中的"疏篱曲径田家小，云树开清晓"、秦观《踏莎行·晓树啼莺》中的"山田过雨正宜耕，畦塍处处春泉漫"和欧阳修《渔家傲·荷叶田田青照水》中的"荷叶田田青照水"等皆是描写田园风光的佳句。

古诗词中描写农田生态系统的名篇不在少数，多数集中在山水派诗人笔下。

请看王维的《渭川田家》：

> 斜光照墟落，穷巷牛羊归。
>
> 野老念牧童，倚杖候荆扉。
>
> 雉雊麦苗秀，蚕眠桑叶稀。
>
> 田夫荷锄至，相见语依依。
>
> 即此羡闲逸，怅然吟式微。

此诗细致生动地描写了乡村的农家生活。初夏傍晚时分，夕阳斜照着村落，牛羊徐徐而归，老人倚杖等待牧童归来。麦田里的野鸡动情欢叫，树上的桑叶也已疏落，蚕儿在慢慢地吐丝作茧。农夫们背着锄头从田野里归来，偶然相遇在田间小路上，便只听得絮语连连，亲昵万分。可见这一片宁静闲逸的田园风光中透露着一抹温馨的人情味，令人徒生羡情。全诗语言直白浅显，不见雕琢，清新自然，意蕴深远，将农田生态系统中各元素之静态美、动态美均衡完美地呈现了出来，艺术美感尽显，不愧是山水田园诗中的良品。

请看张籍的《野老歌》：

> 老农家贫在山住，耕种山田三四亩。
>
> 苗疏税多不得食，输入官仓化为土。
>
> 岁暮锄犁傍空室，呼儿登山收橡实。
>
> 西江贾客珠百斛，船中养犬长食肉。

此诗采取老农本人的自叙口吻，意在抒发诗人对封建剥削的抨击。家贫的老农即使终年辛苦劳作，土地上长出的粮食除了交税也所剩无几，家中也已家徒四壁，只能上山吃橡子充饥；而与之形成鲜明对比的是，官宦人家却可轻易把粮食"化为土"，丝毫不珍惜，仍旧过着极度奢靡的生活。这首诗揭露出老农辛勤劳作的粮食被封建统治阶级残酷剥夺的黑暗现实，语极平易，但读之字字饱含血泪的控诉，令人为贫苦百姓的遭遇愤懑不已。

再看韦应物的《观田家》：

> 微雨众卉新，一雷惊蛰始。
>
> 田家几日闲，耕种从此起。
>
> 丁壮俱在野，场圃亦就理。
>
> 归来景常晏，饮犊西涧水。
>
> 饥劬不自苦，膏泽且为喜。
>
> 仓廪无宿储，徭役犹未已。
>
> 方惭不耕者，禄食出闾里。

此诗同样描写了农民辛苦劳作的场景。田家工作几乎让人不得闲，农民终年终日在田野间辛勤劳作，从早到晚，片刻难休，既有田地需耕耘，又有场圃、涧水需要打理灌溉，生活朴素，万分艰辛。然而悲哀的是，他们的艰辛劳动并未能换得饱食生活，反而要受徭役之苦，食不果腹，饥寒交迫，而官吏们却能轻易地享受他们的劳动果实。可见诗人对封建社会迫害劳动人民的强烈不满和谴责。

总体而言，宋词中描写田家生活的作品虽没有唐诗多，但也别有一番情致。

请看宋代词人王炎的《南柯子》：

> 山冥云阴重，天寒雨意浓。
>
> 数枝幽艳湿啼红。莫为惜花惆怅对东风。
>
> 蓑笠朝朝出，沟塍处处通。
>
> 人间辛苦是三农。要得一犁水足望年丰。

此词同样描述了农民的田园劳作生活。在春日的田园里，天寒雨密，花朵仿似朱泪盈盈，于风中而立，尽显娇柔之姿。而与之作了鲜明对比的，是在风雨中仍然身着蓑衣笠帽、在田间辛勤耕耘的农民们，他们不畏风雨、不辞辛劳，将整个农田生态系统整理得井井有条，准备迎接收获满满的丰年。在此，词人忘却了风花雪月的娇柔作态，关怀起了农村生活和农民劳作，言辞中所流露出的质朴向上的品质，是中华民族最为宝贵的精神财富，值得我们现代人珍视。

再看卢炳的《减字木兰花》：

莎衫筠笠。正是村村农务急。绿水千畦。惭愧秧针出得齐。

风斜雨细。麦欲黄时寒又至。馌妇耕夫。画作今年稔岁图。

此词描绘了四月农忙时节的景象，四月正值多雨之际，也是农耕农忙之时。农民们身着蓑衣、头戴笠帽，匆匆忙忙地来到田里干活，水田千亩已作翻耕，只需等待插秧。而连日的风雨又使得将熟的小麦遇上了寒日，引得耕夫们抢着去田间收种，而他们的妻子则送饭至田头，连绵的绿水、广阔的农田、金黄色的小麦以及耕夫与妻子们的辛勤劳作，勾勒出一幅丰收在望的繁忙景象，表达了诗人对于劳动人民的由衷赞美。

六、城市生态系统

城市生态系统是一个由自然环境、社会政治经济和文化艺术结合而成的综合生态体系，具有开放性、动态性和包容性。与自然生态系统不同的是，城市生态系统中，人起着主导性作用。古诗词中有大量描绘城市生态系统的作品，其中以吟咏扬州的古诗词数量为最多，历代共计两万首，另描写洛阳、长安、南京、杭州、成都等风景胜地的古诗词亦不少。这么多才华富赡的文人墨客们，在这些引人流连忘返的城市，度过了艺术生涯的鼎盛期，用生花妙笔为古城增添了无数诗情画意，将这些城市的美妙渲染得风姿传神、令人神往。

扬州地处江南一带，是古代一座历史名城。咏颂扬州的名篇中，唐诗如众所周知的杜牧《寄扬州韩绰判官》中的"二十四桥明月夜，玉人何处教吹箫"两句描绘了如诗如画、如梦如幻的扬州美景，表达了诗人对江南风光的无限赞美和心之向往；张祜《纵游淮南》中的"人生只合扬州死，禅智山光好墓田"两句中，诗人用夸张手法侧面烘托了扬州的秀美，甚至愿意将之选为死后身葬之所，可见诗人对扬州的喜爱程度。宋词如秦观《望海潮·广陵怀古》中的"星分牛斗，疆连淮海，扬州万井提封。花发路香，莺啼人起，珠帘十里东风"，赞誉了扬州城的绝佳地理位置，描绘了它的繁闹与风姿，读之如身临其境，尽心感受着扬州古城一路的花香扑鼻、人潮涌动；而姜夔《扬州慢·淮左名都》里的"二十四桥仍在，波心荡、冷月无声"将昔日扬州城的繁华景貌与今日的颓废破败作对比，牵引出词人对于古城盛景不再的哀怨忧思。

　　洛阳同样是历史名城，是古都中建都时间最早、朝代最多、历时最长的城市，它因牡丹花而久负盛名。著名诗词有刘克庄《莺梭》中的"洛阳三月花如锦，多少功夫织得成"，描写了烟花三月，洛阳城百花斗艳、犹如锦绣的艳丽春景，表达了诗人对春天万物欣欣向荣的赞美之情；李贺《洛阳城外别皇甫湜》中的"洛阳吹别风，龙门起断烟"描绘诗人从洛阳到龙门这一路送别友人的情景，因心中愁懑难消，风、烟都仿佛带有人的情思，一个"别"字，一个"断"字，皆流露出作者的凄凉心绪，令人神伤不已；白居易《牡丹芳》中的"花开花落二十日，一城之人皆若狂"两句生动描绘了洛阳开花时节的热闹非凡，这短短二十日的牡丹花期令全城万人沸腾，百姓兴奋若狂，可见国人对牡丹之钟爱；而陆游《登城》中的"惶惶祖宗业，永怀河洛间"则肯定了洛阳作为中国古代文化最厚重的城市之一，对于中国文化具有开源发端的重要影响；王奕《贺新郎·决眦斜阳里》写于南宋之前，其中的"品江山，洛阳第一，金陵第二"直抒胸臆，表达了作者对洛阳的赞誉，当时的洛阳与华夏渊源极深，不仅保留着魏晋风韵，更承启着汉唐雄风。从无数诗词中都可窥见，洛阳城曾盛极一时，比金陵城要繁华得多。

　　长安即古时的西安，据考证，它是历史上第一座被称为"京"的都城，也是历史上第一座真正意义上的城市，可见其特殊地位。李白《子夜吴歌·秋歌》中的"长安一片月，万户捣衣声"描写了征夫之妻对于驻守边陲的丈夫的思念与担忧，其深情令人动容；白居易《登观音台望城》中的"百千家似围棋局，十二街如种菜畦"形象地描绘了长安城的齐整布局与雄伟壮丽的城市风貌，令读者对当时的长安风貌有了更为直观的了解；再看柳永《少年游·长安古道马迟迟》中的"长安古道马迟迟，高柳乱蝉嘶"中，"长安道"意指古人对于功名利禄的追逐，表现了词人对于名利的淡泊无谓但又壮志难言的愁乱心绪；辛弃疾《水调歌头·落日古城角》中的"落日古城角，把酒劝君留。长安路远，何事风雪敝貂裘"抒发诗人对一心追求功名利禄的友人的劝诫及对友人将行之路的担忧；而苏轼《蝶恋花·别酒劝君君一醉》中的"回首长安佳丽地。三十年前，我是风流帅"表达了词人对往日流连长安城风花雪月之所的追忆和自豪，从侧面烘托了旧时长安城的绮丽繁华。

再来看看描写其他城市的古诗词。李白《金陵三首·其二》中的"地拥金陵势，城回江水流。当时百万户，夹道起朱楼"赞誉了六朝兴盛时期，金陵城依山环水的绝佳地理位置，且描绘了其人口鼎盛、高楼林立、一片富丽繁华之景象；林升《题临安邸》中的"山外青山楼外楼，西湖歌舞几时休"抒发了诗人对当政者一味纵情声色、只求苟且偏安的愤慨之情；张籍《成都曲》中的"锦江近西烟水绿，新雨山头荔枝熟"描写了成都市井的风土人情和繁华盛象，看似用笔寻常却满得妙义；又如辛弃疾《八声甘州·把江山好处付公来》中的"把江山好处付公来，金陵帝王州。想今年燕子，依然认得，王谢风流"借飞燕寄托对金陵城帝王之风的赞美，表达了词人崇高炽热的理想抱负和英雄豪情；欧阳修《采桑子·群芳过后西湖好》中的"群芳过后西湖好，狼籍残红，飞絮濛濛"以轻快平实的风格展现了西湖的暮春之景，虽繁春已过，却无半点伤春之感，只觉清静恬淡；仲殊《望江南·成都好》中的"成都好，蚕市趁遨游。夜放笙歌喧紫陌，春邀灯火上红楼"写出了成都蚕市里热闹、繁华的景象，表达了词人对烟火人间之情味的热爱。

中华文明经过上下五千多年的传承，沉淀了古代圣贤们丰富且深刻的生态智慧。古诗词这一独特而重要的文化载体，虽不过占据着中华广博文化渊源中的小小一角，但这一小角，风光旖旎、绿意盎然，令生态意境的无穷美感悠然而现。

第三节 古诗词翻译观的生态呈现

对于生态思想如对生命和自然的体悟一直是中国思维范式的主流价值取向。生态一词，如今已泛指"自然健康""保持平衡"以及"和谐共生"①。中国古典诗词作为中国宏大文化的有力代表，亦是体现着这样的精神本质和思维范式。上文已论证，古诗词中涵盖着丰富的生态智慧，因而古诗词的翻译，作为具有重要价值的文化输出，为了让源语读者和目的语读者拥有相同的感受和情怀，同样需要遵循原文旨趣，体现出原诗具备的文本及文本外各要素的特征，即相应的生态智慧知性体系。翻译艺术的真谛在于源语和目的语各种因素之间达到"圆融无二""返璞归真"的境界，唯有此，才算是进入了最佳状态。

关于诗歌翻译理论与研究历来不缺乏关注的目光，各种理论和观点层出不穷，且各有千秋。从国内看，许渊冲提出的三美理论，从传统诗学维度阐释古诗词的翻译认识论和方法论，关注文本语言编制关系，力求意美、音美、形美的和谐体现，为中国古典诗词英译实践作出了很大的贡献。吕淑湘先生不认同许渊冲的"以诗译诗"，认为诗体译诗具有不少弊端，主张以散体诗译诗；国外如比利时教授勒弗菲尔（Lefervere，1946—1996）在多年诗歌翻译实践的基础上，提出了诗歌翻译七项原则，其囊括了音素翻译法、韵体翻译法和诗律翻译法等翻译方法，在翻译诗学界产生了重要影响。英国翻译家赫伯特·艾伦·翟理斯（Herbert Allen Giles，1845—1935）和许渊冲一样，同样主张以英诗的格律体来翻译诗歌。这些翻译大家们身体力行地进行古诗词翻译实践，给诗词翻译指明了方向和理据，但每个理

---

① 胡庚申. 生态翻译学解读[J]. 中国翻译，2008（6）：11-15+92.

论各有优缺点，因而亟需建立一套完善的诗词翻译理论体系。

从 20 世纪 80 年代开始，翻译理论研究出现了一个新的转向：文化翻译观。翻译开始侧重文化各要素如文化价值、文化特性、文化理念的有效传达，翻译活动也不再被视为静止不变、纯粹语言转换的行为，而是反映特定文化信息的互动交际过程。文化翻译观的倡导者、英国翻译理论家苏珊·巴斯奈特（Susan Bassnett）直截了当地指出："翻译就是文化内部与文化之间的交流。翻译中的等值最根本的是源语和译入语在文化功能上的等值。"①因此，翻译实践作为跨文化交流的互动活动过程，不再以语言为主要的操作形式，应以突破语言障碍为目的，有效地传递社会文化信息，以恰当的译语重现原作的精神主旨，实现文化的生态化移植和共融互生。

翻译中的文化观要求译者在翻译中除了做到语言形式的对等统一外，对文化信息和交际功用都提出了一定的要求，古诗词翻译属于特殊的文学形式翻译，其形式、韵律等元素的准确传达显得尤为重要。胡庚申教授以达尔文的"适应/选择"说为理论基础，以译者为中心视角，开创了生态翻译学理论，开拓了翻译研究的视野，为诗歌翻译提出了有效的理论路线。自生态翻译学产生以来，众多学者运用其翻译原理来解读、分析古诗词英译，证明了其理论对产生恰当译文的翻译实践具有可操作性和解释力。

诗歌翻译是一项艰巨无比的任务，需要译者有超乎常人的耐心及强大的毅力。译者在翻译过程中，要谨记在忠于原作的基础上，尽可能地在形、音、意上展现原诗之诗性美、灵性美。在翻译的过程中，译者不可避免会涉及翻译语言内外部各要素的多维转换、译语与源语语言形式与内容的整体互动和有序关联。上一章已论证过，我国传统"天人合一"思想体系包含着丰富的人生哲理，高度体现了中国生态智慧的精髓所在，因而用"天人合一"整体观义理重构生态翻译学的翻译方法是十分有必要的。而中国古典诗词亦蕴涵着丰富的生态哲学智慧，蕴含中

---

① SusanBassnett. Translation Studies[M]. London &New York: Routledge, 1991: 132.

国文化讲究平衡、致达中和、圆融共生的思维认识，由此可推论出中国传统文化观照下的中国古典诗词文化与生态翻译学之间具有一脉相承的本质共性，其英译也应当遵循生态翻译所体现的哲学智慧。在"天人合一"生态整体观范式下，古诗词的翻译方法强调的是对文本整体把握和体认，要求译者从源语生态知性体系这一个意义恒定的本体世界出发，经过整体考量、诗性整合等过程，将译语生态知性体系构建成一个与源语生态知性体系视域融合后的现象世界。

在进一步归纳综合的基础上，我们不难发现，在中国古典生态智慧思想体系的导向下，滋渊于中国古典生态哲学的古诗词翻译应遵循"天人合一"视域下的生态翻译学中体现的翻译理念，即和谐翻译观、整体翻译观、中庸翻译观和以人为本翻译观。

一、和谐翻译观

天人合一贯穿儒、释、道三大理论体系，可以说这四个字是中华古典哲学的最精华之处，几乎是解决任何问题的最终指向。儒家的天是一个喻指的概念，它存在于内心的道德原则，人若能摆脱外界欲望的束缚，自觉践行道德标准，才可说是人达到了与自然不自觉的、自然的合一，才能实现"天下有道"的社会理想；释家认为人性即佛性，而人唯有领悟到欲望、世俗不过是水中浮花、镜中虚月，才能超脱本我，显现真我，在悟后方得妙道；道家学说讲究太和，主张天地万物由道化生，而人需要将自己解脱出来，复归于自然，不再拘泥于所谓的圣贤智慧、仁义道德，而是回归淳朴善良的天性，做到"绝圣弃智""与道同体"。总体而言，儒释道所追求的和谐合一都需要人类顺道、合道才可符合发展之道，达致和谐状态。

作为中国古典哲学领域中最本质最核心的观念之一，"天人合一"体现了最具智慧的生态学意义。"天人合一"要求人类遵循自然之道，重点在于和谐，和谐乃与自然相通，和谐即为体，也为用。"天和""人和""心和"都是密不可分的，三者总合若能致一，主客关系的和谐圆满就能达成。纵观历史，中国哲学的宇宙人生论历来以"普遍和谐观念"为轴心，追求和谐均衡之美。因而历代翻译家们在进行翻译活动和探索翻译审美的一般规律时，巧妙运用了"信"与"美"（faithfulness and beauty）、"文"与"质"（refinement and simplicity）、"言"与"意"（speech and meaning）、"神"与"形"（spirit and form）、"化"与"讹"（sublimation and misinformation）等对立统一的范畴，在两极对立中寻求和谐共生。玄奘"则意译直译，圆满调和，斯道之极轨也"[1]就是指出了一种兼顾直译和意译的、既求真又喻俗的和谐翻译观。刘宓庆先生认为自玄奘的"圆满调和"后，中国的传统翻译"风格、思想大定，后世的翻译主张均没有脱离圆满调和或和合调谐的传统主旨"[2]。郑海凌首先提出了文学翻译领域里的"和谐翻译观"，并简单地概括了和谐的审美效果，即译作"既要符合本国读者的欣赏习惯，使读者感到亲切自然，得到美的享受，又要让读者看见原作的真面目，认识原作中所表现的一切"[3]。而从文学翻译大家们的翻译方法来看，无论是严复的三元调和论"信达雅"、钱钟书的翻译最高境界——"化境说"、傅雷的审美统一论——"神似"，抑或是林语堂感悟和谐美的"美译说"，都在神似与形似、内容与形式中寻求统一和谐，以获得精准、流畅、优美的"天然"译作。可见，和合谐调始终是我国历代翻译活动的审美追求和指导原则。

可以说，在中国文化大历史背景下，翻译思想从未有偏离圆满调和论这一主轴。无论何种翻译理论，其实质上都要求译者在尊重源语文化的基础上，运用有效的翻译理论和翻译策略技巧，尽力适应整个文化主流价值体系，作出最佳的适应和优化选择，以达到翻译各组成要素之间的"互融"与"平衡"，这样便可与原文译者达成心领神会、和谐一致的默契。

---

① 梁启超. 饮冰室合集·专集[M]. 北京：中华书局，1989：29.
② 刘宓庆. 中西翻译思想比较研究[M]. 北京：中国对外译出版公司，2005：50.
③ 郑海凌. 文学翻译学[M]. 郑州：文心出版社，2000：89.

而传统的翻译实践多以原文和原作者为核心，译者致力于忠于原作，体现原作的思想精髓以"求真"。随着近些年读者地位的逐渐上升，译者开始"创而有度"，在翻译中越来越多地发挥主观能动性，以适应目标读者的阅读习惯和能力。因此翻译陷入了一个窘境：译者究竟是尽全力保持原文的语境和语义，让读者费些气力来认识作者，还是拥有一定程度的自主权，去选择更适应读者的译法？那么多资深翻译家的探索实践证明，作者、译者、读者这三大因素是互相牵制、不可割离的，翻译过程中，译者所承担的任务不仅仅是翻译，更需传播作品背后的文化深意，因而译者必须在透彻理解原文语篇的基础上，用符合目标语语言习惯和风格的翻译方式，在译文中勾画出原作的精神风貌，唯有此，才能更好地了解作者、译好作品、满足读者，实现翻译作品现实世界和认知世界的和谐统一。在胡庚申的生态翻译学的学理中，也论及了翻译各部分达致和谐平衡的重要性，要求译者在平衡翻译生态环境各要素的基础上寻求整体和谐，将译者、译本、译境及翻译的内外因等因素融入到一个整体翻译生态环境中去考量，尽力达到语言、文化、交际等多重维度的适应性选择转换。

因而，不难得出，天人合一的思想同样蕴含于生态翻译学义理中，译者需时刻进行主观能动性的发挥，要自觉"达道"，坚守与原作中翻译生态环境的和谐统一。而对于古诗词翻译来说，保持译者和读者对目标文化环境的统一认知度是非常重要的，译者要以谨慎细微的态度对待原文本，细读之、慢品之，并兼顾读者群体对原文文化生态环境的了解程度。在翻译实践中，译者需尽最大努力贴近并重现原文本中的整体生态系统，实现原作与译作两大张力间的生态动态平衡，达致"妙合无垠"的境界。下文将以古诗词英译例证和谐翻译观在文学翻译中的重要性。

请看柳宗元《江雪》原诗及其译文：

千山鸟飞绝，万径人踪灭。

孤舟蓑笠翁，独钓寒江雪。

威特·宾纳（Witter Bynner，1881—1968）译[①]：

River Snow

A hundred mountains and no bird,

A thousand paths without a footprint;

A little boat, a bamboo cloak,

An old man fishing in the cold river-snow.

许渊冲译[②]：

Fishing in Snow

From hill to hill no bird in flight;

From path to path no man in sight.

A lonely fisherman afloat

Is fishing in lonely boat.

此诗是唐代诗人柳宗元的代表作，全诗仅着20字，以飞鸟绝迹、人踪湮没勾勒出一幅万籁无声、天寒地冻却又雪景苍茫、意境缥缈的寒江独钓图。诗的首联和颔联形式对偶、用字锤炼、意象生动。"千山""万径"是虚指，与下文的"孤舟""独钓"形成了鲜明的对比，而动词"绝""灭"以动态化的方式体现了整个环境极端的沉寂，令肃冷幽静的画面一下活跃起来。随着距离的慢慢拉近，只见一个头戴蓑笠的老渔翁静守在一叶孤舟上，他不畏严寒，独自垂钓，显得孤高又凄清。这些是原词中的主要意象所呈现的意境，翻译时能否呈现出原词充满诗意美的境界是衡量翻译质量的标准。我们来看以上两种译文。对于"千山""万径"的翻译，许老的处理方式是将其弱化，译为"hill to hill""path to path"，而"hill"和"path"均为单音节词，读之带有连绵不绝之意味，且许译遵守了原词的句式，做到了形式齐整，且化原文的动词为否定形容词"no"，体现了原诗的静态感，最

① 文殊. 诗词英译选[M]. 北京：外语教学与研究出版社，1989：162.
② 许渊冲. 唐诗三百首[M]. 北京：高等教育出版社，2000：457.

后再用一个动词 "fish" 的进行时修饰老翁静止不变的钓鱼姿态，为整个庞大浩瀚的画面带去了动态感，加之重复出现的 "longly" 一词，更显凄清、寂寥。且许译在遵守原词的语言系统基础上，还能做到押韵，因而可以说，许的翻译无论是从音韵、形式还是意境，都能体现与原诗的合一，具有无穷的和谐美。诗歌讲究 "留白"，以给读者自由无边的联想，而威特·宾纳以明确的数量词 "A hundred mountains" 和 "A thousand paths" 来翻译 "千山" "万径"，一下就失去了原文中的美感。可见，译诗时不可轻易进行实虚词的转换，以免造成与原文意境之不和谐感，且这两句形式上没有做到对仗，不如许译。再者，"孤" 与 "独" 是全诗的字眼，宾纳将 "孤舟" 译为 "A little boat"，将 "翁" 译为 "An old man" 无法传递出原诗中所蕴含着的深深的孤独感。总体而言，其译文的形式和音韵较为单一，并无太多亮点之处，无法体现与原词语义、语象、语境一致的和谐美。

再看苏轼《行香子·过七里濑》"算当年，虚老严陵" 的两种译文：

许渊冲译①：

> I recall those far-away years:
>
> The hermit wasted his life till he grew old.

任治稷译②：

> Those years frittered away,
>
> As he aged in Yanling.

此句原文的修辞为用典，在此暗含一个历史典故。东汉初年的严子陵，即严光，是辅佐刘秀打天下的良才，当盛年已过，他选择隐居不仕，安心归隐富春山过起垂钓生活。隐士文化是中国古诗词里一个非常重要的部分，有才有德却怀才不遇的古人多半喜欢隐逸山水间，有的避世自休、过着远离尘世的生活；有的以退为进、越隐越出名。而昔人多说严光垂钓实是 "钓名"，东坡在此，也笑严光当

---

① 许渊冲. 宋词三百首[M]. 北京：中国对外翻译出版公司，2007：19.
② 任治稷. 东坡之诗[M]. 上海：复旦大学出版社，2008：65.

年白白在此终老,不曾真正领略到山水佳处。然而原文中的"hermit"这一词仅仅是泛指,其中关于严光这一特定人物的文化意蕴若无法翻译出来的话,会影响外文读者对全诗的理解。许渊冲的译文在文后进行了加注——"the hermit refers to Yan Guang who fished at the Seven-League Shallows for he would refuse the offer of a high post from his former schoolmate, who became the first emperor of the Eastern Han Dynasty."。鉴于英译主要是面向外文读者,所以译者要考虑目标读者所处的文化生态环境以及对中国古诗词的文化认知程度。许渊冲兼顾到了中国文化意象在不同文化环境中呈现出的相异性,运用灵活多变的翻译手法来帮助西方读者了解词中的文化典故,使其对词的背景知识有更直观更确切的把握,更使译文在不同环境背景下保持了文化生态体系的和谐一致性。而任治稷在翻译时,对文中的地点名词"严陵"进行直接音译,并在后注解为"place name, used to be Kuaiji of Yuyao, Zhejiang Province",将本应是人名翻译成了地名,可见犯了一个常识性错误,会令读者误解原义,无法达到读者适应源语文化时互通互融的和谐状态,易造成读者文化理解上的偏差。总之,在翻译认识论层面上和实践层面上,译者无权剥夺读者了解中国古典文化的权利。中国古典诗词讲究辞藻精简,英译亦该如是,当文中不能花大量笔墨去解释文化意象时,可采用这种补译方式,可在一定程度上达到文化传递的作用,使得译文能与原文中的义、象、境达致合一境界。

可见,优秀的诗词翻译都要译者与读者保持对目标文化环境的统一认知度,在原作—译者—读者之间展开有效互动,并在不断的动态平衡中达成翻译和谐的终极目标。

二、整体翻译观

中国传统文化价值观念中具有一种先天的整体观、综合观、有机观,"强调从整体与直观互为的角度去看待、体悟事物,体现人的诗性思辨和体验。这种哲学理念和思维在古代文论、诗论和译论亦有明显反映"①。可见，整体观思维对于中国文学、哲学经典作品研究的意义非凡。

从翻译学角度看，国内外很多学者的翻译理论中都蕴含着一定程度的整体观思想。从西方来看，针对一些西方传教士和汉学家在翻译中国经典文学作品时，只从字面意思出发机械直译，难以从整体的哲学或美学高度去理解原文而导致中华文化精髓在外译过程中缺失严重这一现象，著名汉学家詹姆士·理雅各（James Legge，1815—1897）主张，在翻译中，除了主张语篇的整体转换，还在于认识并转换任何一个语言单位时，应置其于大的氛围即整体中考虑②，唯有此，译文才能在语言形式上做到流畅自然，在内容上做到贯穿统一，原文的内在神韵和思想精华才能有效呈现。德国著名翻译家玛丽·斯奈尔·霍恩比（Mary Snell-Hornby，1940—）从格式塔理论出发，阐释了翻译研究的文化整体观，提出翻译研究与语言学在兴趣领域的转向上是恰恰相反的，翻译研究应从宏观到微观，"关注的是在情境和文化背景中的文本……分析应当自上而下"③，所遵循的路线应该是从整体到局部，整体之和必然大于部分简单相加。而国内持整体观进行翻译理论与实践活动的学者就更多了，如马建忠在《拟设翻译书院议》中提出"一书到手，经营反复，确知其意旨之所在，而又摹写其神情，仿佛其语气，然后心悟神解，振笔而书，译之成文……"，便可看出其在进行翻译时以整体视角来理解原文④；林语堂提出语言文字需要放在实例中去看，句中的字义是互相连贯而成的，"脱离了这些实例，就失了本字的命脉，而仅存一点抓不到痒处的逻辑意义而已"⑤。可见，字义只有放置于整体语篇中才能呈现到位。学贯中西的翻译大师辜鸿铭先生同样

---

① 包通法."天人合一"认识样式的翻译观研究[J]. 外语与外语教学，2012（4）：60-64.

② 理雅各. 汉英四书[M]. 长沙：湖南出版社，1992：209.

③ Mary Snell-Hornby. Translation Studies: an Integrated Approach[M]. Shanghai: Shanghai Foreign Language Education Press，2007.

④ 罗新璋，陈应年. 翻译论集（修订版）[C]. 北京：商务印书馆，2009：192.

⑤ 林语堂. 大荒集[M]//梅中泉. 林语堂名著全集：第十三卷. 长春：东北师范大学出版社，1994：186.

推崇有机整体翻译观，并多次提及"中国典籍乃至中国文学，必须当作一个整体（a connected whole）"[①]。而生态翻译学作为一个生态学角度延伸出来的学说，也关注于翻译过程中各种元素的整合关联性、跨学科的交叉互融性以及多元化思维的整体性。这些翻译理念都表示出，在翻译实践中，译者需具备对原文的整体感应，建立原文的整体认知模型，从综合整体中去认识部分，而非关注部分如何构建出整体。换言之，翻译所要寻求的是语篇整体意义的转换和对应，译文若能做到与原文语篇内容、形式、意境保持一致，整体的美感才会大于部分相加之和。

总的来说，有机整体观作为中国传统文化的精髓之一，关注的是对客观万物的整体感悟，它既能有利于翻译生态系统中相关元素形成合一整体的生态美，又可以推动翻译理论研究，使其逐渐达致多元统一的视域融合。

中国长期以来奠定的翻译理论体系追求宏观体悟的审美境界，而古典诗词翻译对译者的要求更为苛刻，译者不仅需具备高水平的艺术审美修养和思辨能力，还应擅长于从整体上把握诗词的神韵和意境。生态翻译学理论依循生态整体观的中心理念，主张翻译是译者与翻译生态环境之间的整体契合，其适者生存的翻译法则要求译者译而作，激发灵性，着眼于整体效果。古诗词翻译生态环境中，各种元素需要达到综观平衡，以追求整体宏观的审美效应，这与生态翻译学的主旨是并行不悖的。可见，在翻译文学作品时，译者不能专执于一个句子、一个词或是单独意象的机械表达及意义对应上，而要综合衡量译文的逻辑结构、语义连贯、整体意义以及交际效果等，把控整体大局，从小至大、从上至下、由浅入深、由外到内进行全方位宏观建构。译者只有深入融入了原作的生态知性体系，才能掌握原文的整体思想内涵，从而译出整体适应性最佳的译文。

请看张继《枫桥夜泊》及两种译文：

月落乌啼霜满天，江枫渔火对愁眠。

姑苏城外寒山寺，夜半钟声到客船。

---

① 辜鸿铭. 中国人的精神[M]. 北京：外语教学与研究出版社，1996：121.

汪榕培译①:

Maple Bridge Night Mooring

When the moon slants, ravens croak and cold frosts grow,

Bank maple groves and fishing glows invoke my woe.

From the Hanshan Temple outside Suzhou moat,

The midnight tolls resound and reach my mooring boat.

许渊冲译②:

At moonset cry the crows, streaking the frosty sky;

Dimly-lit fishing boats'neath maples sadly lie.

Beyond the city wall, from Temple of Cold Hill

Bells break the ship-borne roamer's dream and midnight still.

历经安史之乱的动荡后，诗人张继路过寒山寺写下了这首著名的羁旅诗，它可以说是写愁的千古佳作了。诗的前两句短短十四字，却汇集着大量意象——落月、啼鸟、满天霜、江枫、渔火、不眠人，情景互融、声色交汇，更烘托出一番幽寂清冷的秋夜氛围。而后两句意象疏宕，曾经繁华绮丽的姑苏城、古雅庄严的寒山寺、孤独旅人所系之船，再加之静夜里划破寂寥的那一次次钟声，营造出一种空旷清远的意境，而诗人躺卧倾听钟声时内心难以言喻的思乡之愁、家国之忧也弥漫于寒冷的夜空中不知所向了。细看汪榕培先生的译文，将"月落"译为"moon slants"，忽视了月落这一在旅人心中独特的伤感符号所能传递的哀愁之感。"霜满天"是作者的夸张写法，月落夜深，寒霜凝结，旨在抒发心中的凄凉之情，而汪将"霜满天"意译为"cold frosts grow"，大大降低了寒冷的程度，虽说是比较符合当时的实际情况，却和原诗所传达的意境相距甚远。再看第二句中"江枫渔火"本应是明明灭灭，闪烁不定，而汪的"glow"一词色彩过于鲜艳，无法体现原诗

① 汪榕培. 比较与翻译[M]. 上海：上海外语教育出版社，1997：284.

② 许渊冲. 西风落叶[M]. 上海：外语教学与研究出版社，2015. 39.

中灯火缥缈不定的意境。而第三句中的"寒山"采取英译手法，在此不佳，使寒冷感和伤感顿减不少。最后的"客"这一意象传达出羁旅之人只能以天地为家、无所依归的悲凄，而在译文中却直接省去了。可见，汪的译文较为写实，也富有音韵美，但没有从整体上把握住原词所折射出的艺术境界，在传情上显然失色不少。再看许渊冲的译文，将"月落"译为"moonset"、"霜满天"译为"frosty sky"，而最妙的莫过于"streaking"一词，将凄楚的乌啼声化为一道闪光，刺破了霜天，也刺痛了羁旅漂泊之人的思乡之心。声与光在此交相辉映，令读者进入了目眩神迷的联想空间。而"Dimly-lit""sadly lie"也传神地表达出了孤舟客子遥望星星点点的江边渔火时萦绕于内心的缕缕愁思。末句中"roamer"一词揭示出漂泊之人的愁苦，而一个动词"break"用得恰到好处，似惊破了客船中游子的思乡美梦，同时也打破了秋夜的寂静，使诗人内心愁之浓度倍增不少。许译不仅做到了音韵美、形式美，更是在达意传情上下足了功夫，可以说是从整体上把握住了原作的意境和风格，具有传神会心的审美旨趣。

又如苏轼《临江仙·一别都门三改火》中"人生如逆旅，我亦是行人"一句的两种译文：

许渊冲译[1]：

Life is like a journey, I too am on my way.

任治稷译[2]：

For the world is but a hostel, and I'm too, a wayfarer like you.

这首词是苏轼任杭州知府期间，为其深交挚友钱穆父而作的一首送别词。作者胸怀开阔、品性高洁，将个人得失、人间聚散看得十分淡然，真正入得了"物我两忘"之境。细看原词，作者淡淡地道出人生的哲理——每个人的一生都匆匆如同旅途，而人只能不停地行走，无法片刻停驻，因而原文读之具有动态美。许

---

[1] 许渊冲. 宋词三百首[M]. 北京：中国对外翻译出版公司，2007：378.
[2] 任治稷. 东坡之诗[M]. 上海：复旦大学出版社，2008：125.

老选用的"journey"一词本身就具有动态性，且囊括了"way"，将自我缩小化，人从而变成了旅途上的一个点，融于整个大自然中，以整体的视角来建构译文的语义框架，且"on my way"与"journey"交相呼应，仿佛可以联想到词人独自一人在旅途中步履不停地前行着，亦十分具有动态感。可见译者已从整体上掌握了原文的内在涵义，努力地适应了原词生态体系中天地万物间的平衡，呈现给了读者们原文的整体风韵。而任译过于直译，"hostel"和"wayfarer"的选词虽力求高雅，但两词之间毫无联系，未有许的简洁、精妙，更无法体现原词中的动态感，在整体意境美的塑造上不如许的译文。

以整体观思维范式指导翻译实践，要求译者在进行翻译活动时，不可机械、被动地去接收信息，而要译而作，即在了解原文背景知识的基础上把握原文整体特征及性质，从而构建出一个完整的、普适性强的语义框架，并尽力使译文适应原词的整体生态环境，将其超乎言语结构之外的整体风韵凸显出来，从而臻至"思理为妙，神与物游"的艺术审美境界。

三、中庸翻译观

我国古代历来有以"中和"为美的思想观念，中和即中庸，源于《论语·雍也》中的"中庸之为德也，甚至矣乎"，孔子认为中庸乃为人处世的最高境界。《尚书·大禹谟》中的"人心惟危，道心惟微；惟精惟一，允执厥中"；汉儒郑玄的"名曰中庸，以其记中和之用也。庸，用也"及朱熹名作《中庸章句》里提及的"不偏之谓中，不易之谓庸"，这些经典思想理论都已清晰地表明了我国先贤圣哲们所秉持的"中和"审美理念，而这一审美理论在文艺和翻译领域同样占据不可小觑的地位。

"中"并非中间之意，也非指两个极端中的平衡点，而是当中最恰当、最合适的部分，中庸即为适合、得体。从中庸的角度来看，有一部分西方的翻译理论虽在一定情境下存在可解释性，但大体上过于偏激，具有明显的片面性，如勒菲弗尔主张"翻译即改写"的翻译改写理论，韦努蒂的等同于直译的"异化"理论等。因而运用中庸翻译观进行翻译实践时，必要遵循"至诚"与"时中"理念，合乎时宜，随时变通，防止片面和极端，以达到"诚""善""美"的统一。杨绛先生在其文章《失败的经验（试谈翻译）》中提出了"翻译度"这一概念，度的有效把握其实就是中庸思想在翻译方法中的折射，翻译度的合适与否直接影响着译文的效果，若过小，则会造成僵译、死译，而过大则会造成胡译、乱译。根据辛红娟老师的解读，杨绛的翻译观要求译者在翻译实践时注意原文的语气与风格，力求做到恰到好处、允执其中，这正蕴含着丰厚的中庸义理①。著名翻译家梁实秋先生同样秉持中庸之道的翻译思想，在翻译莎士比亚作品时，他发现莎氏作品中同样蕴含着中庸观，"莎氏的思想走的是一个中间路线，一个实际可行的路线，很稳当"②，因而把握好莎氏作品的原文旨趣，才能达到译作和原作的适中和调合。杨晓荣提出兼顾二元的"第三种状态"即体现了一种"执中"的哲学观念，是反对死译和胡译，追求和谐、得体、适度的理想境界③，其与中庸翻译观所倡导的"不偏不易、协调致中"这一概念不谋而合。

中庸之道要求译者通权达变、统筹兼顾，译法讲究灵活性。"中庸"平衡之道不仅适用于整个翻译操作过程，对于翻译理论研究也同样适用。翻译中存在的各种缺陷如死译、过度诠释或欠额诠释等都不可取，唯有适中是正途。生态翻译学的翻译方法和原则亦关注于中庸的方法论路径，要求译者从实际出发，在符合原文整体审美取向的基础上，避免"过犹不及"，坚守"执两用中"，于稳中求变、求创、求合，达至"至诚至善"的翻译境界。

请看李白《登金陵凤凰台》中三、四句"吴宫花草埋幽径，晋代衣冠成古丘"的两种译文：

---

① 辛红娟，郭薇. 杨绛翻译观的中庸义理解读[J]. 中国翻译，2018（7）：61-64.
② 梁实秋. 梁实秋文集[M]. 厦门：鹭江出版社，2002：665.
③ 杨晓荣. 翻译批评导论[M]. 北京：中国对外翻译出版公司，2000：408.

许渊冲译①：

The ruined palace's buried under weeds in spring;

The ancient sages in caps and gowns all lie in graves.

大卫·辛顿（David Hinton，1954—　　）译②：

Blossoms and grasses burying the paths of an Wu palace,

Chin's capped and robed nobles all ancient gravemounds.

此诗是李白在登临金陵城的凤凰台时有感而发、起兴而叹的怀古抒情之作，意在表达对历史变迁的无奈感喟与对惨淡现实的深刻沉思，语言流畅潇洒、气势充沛浑厚，天然成韵、寓意深远。原诗中短短两句，就有多达六个意象，而当中的"吴宫""晋代""衣冠""成古丘"等意象具有特定的文化特征。"吴宫"指的是三国时（220—280）孙吴在金陵所建的宫城。"晋代"指东晋（317—420），也曾建都于金陵。"衣冠"指代缙绅、豪门世族，而此特指东晋文学家郭璞的衣冠冢。"成古丘"也暗含一个典故，当时晋明帝为郭璞修建的衣冠冢曾经名噪一时，而到了作者所在的唐朝时，它只剩丘壑一墩而已，可见六朝的繁华也如凤凰台一样荒芜衰颓，表达了作者忧国伤时的愁苦心境。我们再来看译文，许译将"吴宫"译为"The ruined palace"，将"晋代"译为"The ancient sages"，虽是想要表达原文背后的文化深意，但省略掉了文化意象，当中特定的历史背景便无法准确传达给读者，可见许老在此没有很好地把握中庸思想观关照下的翻译度，无法做到与原文的适中与调和。而外国译者大卫·辛顿将"吴宫""晋代"分别译为"Wu palace"和"Chin"，既简洁明了，又能传递出原文的旨意，很好地遵循了中庸翻译观的"执两用中"理念，若能在文后加上补译来解释这几个特定名词，相信会让西方读者更了解中国古典文化中的文化意象，从而达到中国经典文化西传的重要目的。

再看苏轼《江城子·乙卯正月二十日夜记梦》中"千里孤坟，无处话凄凉"句

① 许渊冲，陆佩弦，吴钧陶．唐诗三百首新译[M]．北京：中国对外翻译出版公司，1988：52.

② David Hinton．The Selected Poems of Li Po[M]．New York：A New Directions Book，1996：48.

的两种译文：

许渊冲译[①]：

> Her lonely grave is far, a thousand miles away.
>
> To whom can I my grief convey?

任治稷译[②]：

> A solitary grave thousands of li away,
>
> No place to unpack my forlorn misery.

此句采用夸张手法，"千里"形容距离遥远，而对亡妻王弗的遥思之情却无处可说与人听，"千里"与"无处"这两组词形成一个强烈的对比，凸显了作者思念坟中人的悲凉心绪。原词的意境大气、苍茫，境界凄清却不失开阔。第一种译文中开篇以第三人称"her"开头，似乎能听见诗人在寂静夜中娓娓诉说对她的思念，"to whom"这一句式的使用有一种趋向性，更凸显词人的无处话凄凉，将其对亡妻深沉浓烈的怀念之情淋漓尽致地表达出来，更能引人动容，且"away"和"convey"押韵，读之朗朗上口，富有美感。许渊冲的译文将直译与意译巧妙融合，措辞达意恰到好处，恰能呈现出原词的现实世界和认知世界，符合中庸翻译观理念指导下的适中与调和实践法则。而第二种译文显然略逊一筹，"无处"直接翻译成"no place"，与后文的"unpack misery"搭配较为生硬，过于直译不够灵活，无代入感，意境尽失，无法表达出作者思念的绵长难解之意，总体而言，措辞达意上远不及许。可见就文学翻译而言，译者在翻译过程中所选择遵循的尺度非神似、信达雅，也非化境或等值、等效，而是在某一个特定语境里的适中与得当，达到理解与审美的趋一致合。适中与得当方能使译文符合文化主流价值体系下的读者体悟，以致弥久相传。

文学翻译永远没有最普适的翻译标准，只有最合适的。将中国传统文化的精

---

① 许渊冲. 宋词三百首[M]. 北京：中国对外翻译出版公司，2007：203.

② 任治稷. 东坡之诗[M]. 上海：复旦大学出版社，2008：77.

髓——儒家经典的"中庸思想"引入诗词翻译研究，建构独立的翻译理论体系，可从一定程度上拓展译学理论建设的空间，为诗词翻译探寻新的研究方向。它要求译者统观时代、环境、两方文化、人们的共同认知体验等因素，使源语和目标语能和谐共生，完整地呈现出原作者意图刻画的现实世界和认知世界，不偏不倚、不多不少，正好达到"以中致和"的平衡状态。

四、以人为本翻译观

中国古代政治文化思想很早就关注于"人本"思想，它是贯穿中国从古到今文化历史的主线之一。我国的传统人本主义以宗法伦理为核心，重视人的价值及人与人之间的关系。最早明确提出该理念的是法家先祖——管仲，"夫霸王之所始也，以人为本，本理则国固，本乱则国危。"（《管子·霸言》）尔后孔子的"为仁由己"（《论语·颜渊》）、孟子的"道惟在自得"（《孟子》）、穀梁赤的"民者，君之本也"（《谷梁传·恒公十四年》）再到董仲舒的"超然万物之上而最为天下贵"（《春秋繁露·实性》）都体现了浓厚的人本思想，弘扬人主体意识的觉醒，突出人的个性发展。"天人万物以人为贵"这一人文本思想在当今时代仍然占据最重要的地位，唯有从人的根本利益出发，得民心、得民助，社会才能和谐发展。

以人为本思想投射到翻译理论中，即是对译者的关注，也是"译者主体性"这一理念的本质体现。然长期以来，中国传统翻译理论大多聚焦于语言层面的探讨，而将译者排除在翻译研究的主体之外，忽视了译者这一活动因素的积极能动作用，因而译者经常处于"隐身人"的尴尬边缘地位，这种境况对于翻译文本质量的影响十分不利。而随着时代的发展，翻译理论及翻译实践向更多元化、更人性化发展，且自从西方译学在 20 世纪 90 年代经历了从"语用学转向"到"文化转向"后，译者主体性逐渐被学界所重视。当中值得一提的是，法国语言学家及翻译理论家安托瓦纳·贝尔曼（Antoine Berman，1942—1991）首先提出的"翻译伦理"（translation ethics）这一概念，他认为译者是"有创造力的翻译行为主体"，其主体性应该"允许主动和批判的介入"①。自此，译者不再委屈地居于"幕帘"之后，而是可以大胆"显身"，实实在在地存在于翻译的整个过程，在保证对原作忠实度的基础上，译者要为原作贡献出自己独特的创造力。

从 20 世纪 80 年代开始，国内的众多学者如查建明、袁莉、陈大亮、仲伟合、屠国元、谢天振、许钧、穆雷等都把研究视角投向了译者主体性这个主题，并给出了自己独到的见解。根据查建明的定义，"译者主体性"是指作为翻译主体的译者在尊重翻译对象的前提下，为实现翻译目的而在翻译活动中表现出的主观能动性"②。袁莉基于阐释学的理论视角，提出译者是翻译中的"唯一的主体性要素"③，陈大亮也持相同观点，原作者不是翻译主体，只有"译者是唯一的翻译主体"④。仲伟合则直接将译者主体性等同于"主观能动性"⑤。屠国元进一步提出，译者主体性"具有自主性、能动性、目的性、创造性等特点"⑥。译者唯有尊重原作，适时适度发挥主观能动性才能实现译作和原作信息传达层面的对等，否则只会与"以人为本"的指导原则背道而驰。翻译界公认的三元关系流程为"原文-译者-译文"，可见，译者是其他两者的中枢纽带，原文和译文只是客体的存在，只有译者是生命体，因而也唯有译者才能去主动适应和选择翻译的具体操作方式。美国翻译大家尤金·奈达也曾提到，"翻译的真正问题不在于技术，而在于人"

---

① Berman Antoine, Venuti Lawrence. Translation and the Trials of the Foreign[A]. Venuti Lawrence, The Translation Studies Reader[C]. London&New York：Routledge，2000：284-297.

② 查明建，田雨. 论译者主体性——从译者文化地位的边缘化谈起[J]. 中国翻译，2003（1）：19-24.

③ 袁莉. 关于翻译主体研究的构想[M]//张祖毅、许钧. 面向二十一世纪的译学研究. 北京：商务印书馆，2002：246.

④ 陈大亮. 谁是翻译主体[J]. 中国翻译，2004（2）：3-7.

⑤ 仲伟合，周静. 译者的极限与底线——试论译者主体性与译者的天职[J]. 外语与外语教学，2006（7）：42-46.

⑥ 屠国元，朱献珑. 译者主体性：阐释学的阐释[J]. 中国翻译，2003（6）：8-14.

（The real problems of translation are not technical，they are human）[①]。人才是翻译实践活动中的中心力量，因此，将译学视角回归到对"译者人文主体性的认可"是对两级对立偏颇理念的一种平衡，也是对译学本体论概念的全新考量。

以人为本翻译观强调的是译者主体的文化修养与艺术感悟，即要求译者对整个翻译生态环境做到有效的适应和选择，使译文能与原文在形与质的层面上互相对话、和谐共存。当译者深入了解了原文的主旨与原作者的风格，并掌握了源语与目的语之间的语言转换规律时，译者的表现能力、表现技巧和被表现的对象就融为一体，译文与原作之精神本质也将互融互现。

翻译将最终回归人本身，回归个体的人以及由个体的人所体现的独特的文化或语言状态。在翻译这种超文化的媒介这里，一切都是工具性的，而人才是这些工具的主宰。这正是符合了生态翻译学提出的以译者为中心的观点，点明了人在翻译过程中作为主体的重要性。

生态翻译学中的"译者主导"论主张翻译过程以"译者为中心"，而非传统翻译论中以原文文本为中心。虽说译文质量的高低受到众多因素影响，比如译者所处的历史时代、社会主流意识等这些客观不可变更之条件，但从根本上看，译者本身所具备的语言文化素养、审美领悟水平、对原作的解读能力和译入语表达能力才是决定他是否能够顺利地拉开语言和文化间这一隔帘的关键要素。作为从整体观视角对西方翻译理论进行内化重构的学说，生态翻译学的诞生能让研究者对译者主体性的研究跳脱出传统思维的桎梏，从而以更宏观、深刻的视角来解读翻译文本，尤其是对译者要求极高的中国经典文学作品的英译实践。译者需要具备良好的语言修养和文化素养，综合考量翻译生态环境中的各种互动互联因素，自动调适其翻译行为，平衡好源语和目标语之间的适度转换，使译文达到和美状态。

---

① Eugene Nida& Tabe Charles. The Theory and Practice of Translation[M]. Leiden：E. J. Brill, 1969：118.

请看王维《鹿柴》的原文及两种译文：

空山不见人，但闻人语响。

返景入深林，复照青苔上。

许渊冲译[①]：

I see no one in mountains deep

But hear a voice in the ravine.

Through the dense wood the sunbeams peep

And are reflect'd on mosses green.

王红公译[②]：

Deep in the mountain wilderness

Where nobody ever comes

Only once in a great while

Something like the sound of a far off voice.

The low rays of the sun

Slip through the dark forest,

And gleam again on the shadowy moss.

此诗是山水派诗人王维的代表作之一，描绘了鹿柴周遭的空山深林里幽静空寂的景色。空山闻人语，愈显其空；夕阳之光渗入青苔，更显其幽，无言而见画意，灵趣万分。全诗以动衬静，以小处入大境，声光交错、情景难分，又清新又迷蒙，充满了禅意。

第一句"空山不见人"意思是：空旷寂静的深山中，我看不到一个人。"空山"作为全诗重要的意象，"空山"两字给人视野开阔之感，能传递出诗的整体意境。许译将其译为"mountains deep"，mountain 之意为"a very high hill"，山之高、之

① 许渊冲. 汉英对照唐诗三百首[M]. 北京：中国对外翻译出版公司，2000：56.

② 刘宁. 翻译王维有几种方式[J]. 读书，2004（5）：34-37.

深才能显出人迹罕至，而山之多、之密也能突显环境的空寂幽暗，可以说许译是贴合原文意境的。此句虽无出现主语，但汉语作为意合语言，主语的缺失并不影响语意的有效传达。我们可以得知，诗人是以第一人称的视角进行观察后的客观描述。许渊冲在翻译中进行了创译，自行添入了主语"I"，将动作的施动者代入进来，将"不见人"译为"see no one"更有指向性，仿佛让读者跟随着诗人"I"的脚步慢慢踏入一幅斜晖返照、空古人语的幽林胜景中，具有动态美，也十分贴合原诗中诗人独步幽林的悠然意境。王红公将"空山"译为"mountain wilderness"，"wilderness"一词在字典中的释义为"a large area of land that has never been developed or farmed"，因而能让西方读者联想到荒无人烟的旷野，在此译者对原句进行了主观臆测，但是与原文所透射出来的幽静清寂相比，"荒芜"之义还是略显过度。且将"不见人"译为"Where nobody ever comes"，更是臆测过了头，与原文之义相去甚远，并未做到客观地描述原诗语意。

再看第二句"但闻人语响"的译文，一个"但"字仿佛突然有了转机，低低的人语声与上文深林的空寂形成了对比，一静一动、交相辉映，为幽静的山林带来了几许生机，因而"但"的翻译，需要体现出来，许译使用了"but"来打破这个平衡，王红公的"only"在体现动静之别上还不够铿锵有力。本句另一个字眼"响"也非常重要，很多读者甚至翻译家都将其理解为回响，但即使山林十分空旷，低声的"人语"应该也无法做到产生回声，诗人其实是想要通过清浅寥寥的人语声，去反衬深山的寂静，而正是因为这"人语声"寻不得踪迹，才更能呈现原诗的意境。许渊冲的"but hear a voice in the ravine"，用了"ravine"一词做了模糊处理，给出了人语声的大致出处，给人迷蒙交错之感，和原文最为贴切，王红公的"Something like the sound of a far off voice"能基本达意，但过于累赘，且"like"一词充满了不确定性，与原文之义有所出入。

本诗的最后两句同样是脍炙人口的千古名句，诗人在深林里逗留了许久，不知不觉中傍晚已来临，斜阳徐落，丝丝余晖透过茂密的深林投射到了幽暗处的青苔上，为空寂的山林带来了斑斑驳驳的光影之舞。原诗中的返景实则是夕阳的光辉返影，并非是反射的光影，试想下，微弱的阳光透过树叶间的缝隙洒落下来，给空山带去了一丝暖意和生机。而许在此译为"reflect"就并不妥了，容易产生语义偏差。而"peep"一词本指窥视，在此指阳光从间隙中照射进来，许巧妙地将阳光拟人化，给人以生机感，符合原文中的动静相宜之意境。再来看王红公的译文，他将"返景"译为"low rays of the sun"，而低斜的阳光并不能表达出夕阳余晖之意，后又加"gleam"一词，显得拖沓冗余，给人以突兀感。但之后用"shadowy"一词来修饰苔藓，和原诗天色渐暗、青苔也因此显得幽暗的现实情况相吻合，可见译者在了解原诗句的语义基础上进行了创造性的发挥。

总的来看，秉持"三美"原则的许译，可以说是握合有度地发挥出了译者的主观能动性，无论从诗歌形式的保留上、语音美的再现上，还是诗歌整体意境的传达上，都与原诗所差无几，给读者创造出与原诗相同的现实世界和想象世界，足见其深厚的语言功力。而王红公的译文采用了英美自由诗的形式，诗行多达七行，虽自由体无押韵要求，但是他译文的"aaba"韵脚却是古体诗中最常见的，可见，译者虽无法做到再现原诗精炼整齐的形式美，但想在原文的意境美和音韵美的传达上尽力贴近原作。即使出现了较多不完善之处，他作为译者需要发挥主观能动性和创造性的意识已经觉醒，在这点上仍是值得认可的。

再简单地来看苏轼《昭君怨•送别》中"飞絮送行舟，水东流"一句的译文：

许渊冲译[①]：

> They will see your boat off, laden with sorrow,
>
> But still the stream will eastward flow.

此句描写了离别送行的一幕画面：离别的人即将飘然远去，小船也已离岸西行。送行的人伫立江边，遥目相望，而流水却不知人之情思，依旧漫漫东流，惹人愁怨。唯有随风飘荡的柳絮，好似解人风情，代人随行舟追去。因而译者所选

① 许渊冲. 宋词三百首[M]. 北京：中国对外翻译出版公司，2007：147.

用的"see off"较为生动，也保留了原词的拟人修辞，以"流水无情"反衬人之有情，将原文暗含的离别情思巧妙托显。因原文欲借"飞絮送行舟"表达人的深厚情意，因而在翻译时，译者除了译出原文的字面意思，还创造性地加了一句"laden with sorrow"，直接赋予了飞絮和行舟以生命，将离愁那飘忽不定又沉重无比的感觉体现得淋漓尽致，且"sorrow"和"flow"做到了韵律的统一，很好地体现了译者在翻译中的主体创造性思维，使整个诗句译文增添了几分人性化，整个画面顿时灵动了起来。可见，译者的各方面素养都要达到很高造诣，才能翻译出如此极富美感和动感的文字。

中国古典诗词和生态翻译学均与"天人合一"思想关照下的中国传统文化要素密不可分，因而两者在思维范式和翻译方法上有着共通的精神本质，即译者与读者在不同文化生态环境下所共享的和谐翻译观、整体翻译观、中庸翻译观以及以人为本翻译观。不同版本诗词英译的例证分析可以证明"天人合一"思想范式下的"生态翻译学"可为古诗词翻译提供有效的方法途径，亦可作为评估古诗词英译作品的一个有效理论依据。

综观而言，中国文学翻译者在翻译汉语文化作品时应树立翻译生态观，即把翻译看作一个整合一体、和谐统一的系统，要意识到全球语言文化生态系统具有多样性，求同存异是最佳应对方式，且要对中国翻译理论和文化翻译实践的现状和未来发展脉络有个清晰、客观的认识，致力于发掘更具针对性的翻译方法和原则，创造出更多尽善尽美的译文。但必须注意的是，文化传统固然要坚守，但不该死守，经典文化若只是原封不动地存留，也只会蒙灰生尘罢了。中国的文化经典要想在世界范围内保持活力和生机，需要一代一代人的尽心传承，因而译者的责任在于将优秀的中国传统文化融入到世界文化大体系中去，使全球语言文化生态系统更为丰富、和谐，使整个大环境下的翻译生态体系达至圆满谐和的理想境界。

第四节　古诗词翻译名家——许渊冲之生态翻译思想探析

　　许渊冲（1921—　）是我国乃至世界译坛上享有盛誉的诗词翻译翘楚，他的翻译实践和翻译理论引起了学界广泛关注和重视，大量的学者以其为研究对象，探讨、研究他的翻译理论体系、翻译思想和翻译风格。但许老的翻译思想体系庞大、意义非凡，若仅从语言学、文化学、诗学、美学等角度去探析和诠释并不足以形成完整的框架。许老的诗词翻译理论蕴含着"和谐统一、着眼整体"的生态境界，因而从生态学角度进行剖析亦十分必要。

　　许老将全身心投入于翻译创作，时间长达七十余年，较为全面、系统地将中国历代经典文学诗词作品翻译成了英、法韵文，形成独有的韵诗英译理论体系，被誉为"诗译英法惟一人"。许老热爱传统的中国经典文化，在他看来，唐诗宋词所描绘的和平世界和对和平世界的渴望与向往也是人们应当追求的理想境界。他所翻译的作品不仅数量惊人，质量也是上乘。诺贝尔文学奖评委将他所译的《中国古诗词三百首》称作"伟大的中国传统文学的样本"，足见许老的作品在国外的认可度和影响力。在 2010 年，许渊冲荣获"中国翻译文化终身成就奖"，更于 2014年荣获国际翻译界最高奖项之一的"北极光"杰出文学翻译奖，成为亚洲首位获此殊荣的翻译家。这些奖项均属实至名归，许渊冲以杰出的成就为祖国在世界文坛上赢得了至高荣誉。

　　许渊冲从事诗词翻译时来已久，他不仅是一位才华横溢的优秀翻译家，还是一位勇于创新、敢为人先的翻译思想家。在翻译实践过程中，他善于总结和反思，在吸收了前人翻译思想的基础上，进行整合、完善及发展，并在他的多部论著及论文中，不断优化自己的翻译理论，形成了较为系统化的、有着中国特色的诗词翻译思想体系。他的翻译理论主要可概括为"美化之艺术，创优似竞赛"

这十个字①。诗词翻译需要遵循三美（意美、音美、形美），三化（深化、浅化、等化），方能令读者感受到三之（知之、好之、乐之）境界。在翻译实践中，译者要发挥自我能动性，进行合理创译，优化原作之美，并和原作竞赛以求达到创优、神似的翻译境界。

先来看"美化之艺术"这五个字，许渊冲的意美、音美、形美源自鲁迅的三美论，意美就是译诗要和原诗一样能感动读者的心；音美要做到和原诗一样有动听悦耳的韵律；形美要求译作尽可能保持原诗的形式②。许渊冲提出翻译诗词应该入"化"，"化"来自于钱钟书的化境说，具体翻译时要采用"深化、浅化、等化"的译法。"之"即为孔子的知之、好之、乐之。知之就意味着理解、达意，形似而意似的翻译能使人知之；好之就能钟意、传情，翻译能传达意美才能使人好之；乐之，自是欢欣、感动，三美在译作中的有效传递更能使人乐之。"艺术"一词源于朱光潜的艺术论，其提到艺术的成熟境界是"从心所欲而不逾矩"。而许老的翻译作品中，有很多可以说是已达到了朱光潜所勾画的艺术境界。

至于"创优似竞赛"同样是继承了许多文学理论家和翻译家的思想，如"创"字取自于郭沫若的创作论。许渊冲看来，译作要有美感，正如用译语来写作，具有"创"的意味③。只要译者充分发挥了创造力，翻译过程便可重现诗歌原作的美，而因此造成的得与失便无需过多地在意。在严复的翻译思想基础上，许渊冲提出发挥优势论，"优"就要求译者做到发挥译语优势，在翻译实践中尽可能采用最佳的译语表达方式，"优"其实就是"美"。"美化"就是"创优"，"创优"就是"竞赛"，取决于原作和译作哪一方更能体现原作主旨。许渊冲在傅雷"神似"说的基础上提出了"三似"论，即形似、意似、神似，形似是最低层次，而神似属最高层次。"竞赛"二字取自叶君健的竞争论。许渊冲指出文学翻译是两种语言，甚至

---

① 许渊冲. 中国学派的古典诗词翻译理论[J]. 外语与外语教学，2005（11）：41-44.
② 许渊冲. 文学与翻译[M]. 北京：北京大学出版社，2003：85.
③ 许渊冲. 文学与翻译[M]. 北京：北京大学出版社，2003：243.

是两种文化之间的竞赛，看哪种文字能更好地表达原作的内容①。为使译文能久经时间考验，适者能生存、甚至长存，译者往往会在翻译过程中自动"择优"，译出符合原作整体风格的作品，这正是许老翻译理论中生态思想的有效体现。

许老践行自我创造的翻译思想，重视发挥译者主体性，以译者为中心进行翻译实践，其译论可归纳为四论，即本体论——"求美"，认识论——"竞赛"，方法论——"创译"和目的论——"乐之"，它们共同构成了许老翻译思想中有机和谐的合一体系，从总体上实现了中西方文艺作品情感审美角度的契合，体现了生态学理论中追求整体合一的思想义理。

生态学义理关注人本、尚和、动态、平衡等元素，将生态思想融入翻译实践中，即从整体观出发，界定了翻译是一个整合统一、和谐圆满、在互动中不断达至平衡的系统，这一理念适用于翻译活动的各个环节。许渊冲对于译作的态度相当严格，坚持达到形、意、美三美的整体合一，并反复推敲、坚持修改，不断创新存精，以求译作与原作之间达到最和谐、最平衡的状态。用生态学术语来阐释，翻译实践实质就是"求存择优""弱汰强留"的过程。以许老作品在海内外流传的广度来看，又是"适者生存"这一生态理念在翻译学界的极佳例证。综上不难看出，许渊冲诗词翻译思想的本体论、方法论、目的论和认识论之间呈现环环相扣之态，讲究圆融一体、和谐平衡，具有生态学的义理旨归。

皮特·纽马克曾提到，文化对等是把发出语的文化词转化为目的语的文化词的一种近似的翻译。（"Cultural equipment is an approximate translation where a SL cultural word is translated by a TL cultural word."）②。译者的思维判断和语言选择，会不同程度地受到译语文化接受状态的影响，进而作出相应的适应和选择。从语言中可以识辨出每一种文化状态，因此，译者必须对两方文化具有深层次的了解

---

① 许渊冲. 文学与翻译[M]. 北京：北京大学出版社，2003：242.

② Peter Newmark. A Textbook of Translation[M]. Hertfordshire: Pretice Hall International (UK) ltd, 1988: 102.

和体会才能下笔翻译。文化内涵的适度取舍、综合考量、趋一整合，是建构译作意蕴美不可或缺的要素，若是忽视文化因素，则会加深读者与原作者、甚至译者之间的隔膜，造成不可弥补的文化误读。因而译者还需承担的重要任务，便是尽全力去适应目标语言所属的整个生态文化体系，所作译文应该符合目标读者群体的主流文化价值观，并关注到翻译的最终主旨在于双语文化内涵的有效传递。为了给西方读者传递和原文同等层次的审美享受，许老可谓是煞费苦心。请看许渊冲翻译的李白《静夜思》。原文：

> 床前明月光，
>
> 疑是地上霜。
>
> 举头望明月，
>
> 低头思故乡。

译文①：

A Tranquil Night

Before my bed, a pool of light,

I wonder if It's frost around.

Looking up, I find the moon bright;

Bowing, in homesickness I'm drowned.

译文与原文中的意象有所不同，在中国，月亮的阴晴圆缺具有特定的含义，圆月代表团圆，"望明月"代表"思故乡"，是中国人都能心领神会的文化象征。而西方世界里并没有相对应的文化概念，如果直译，会让西方读者群体产生困惑。因而许渊冲先生考虑到了西方读者们的生态文化思想价值体系，选择用"水"这一西方人常用来表达思乡之情的意象来作替换，在译文的开头用"a pool"先将月光喻为流水，为下文的"drowned"沉浸在思乡之情中埋下伏笔，如此一来便将水与月光和乡愁巧妙地联系起来，许老在此灵活地运用了比喻这一修辞手法，在忠

---

① 许渊冲，陆佩弦，吴钧陶. 唐诗三百首新译[M]. 北京：中国对外翻译出版公司，1999：108.

实原文的基础上进行"以创补失"，尽力追求整合适应选择度的最佳状态，真正达到了意美境界。另，诗的情趣"见于声音，寓于意象"，离不开诗的音美和形美，此译文押韵流畅，读之具有连绵起伏的动态美，浓浓的思乡之情如水奔涌，来去自如。

许老虽然早已臻至常人无法企及的高度，但九十高龄的他仍旧豪情满怀，笔耕不止。在央视的《朗读者》节目中，经过岁月洗礼的九十六岁高龄的许老先生依然对生命、对翻译工作饱含热爱、初心依旧。即使人生所剩时日许已不多，许老先生依然期望能"偷得"片刻时间，沉醉在钟爱的翻译事业里，兢兢业业，笔耕不辍，享受着凡人永无法体会的无限乐趣。这份对于翻译的真挚感情令无数人动容。

许渊冲教授具有高瞻远瞩的世界文化视野，他认为二十一世纪是全球化的世纪，自然应有全球化的文化，作为世界文化中极为出彩的一部分，中国文化应昂首走向世界，使世界文化更加丰富多彩、光辉灿烂。而走出去进行世界文化交流的重要路径就是翻译，尤其是翻译中国优秀文化——中国古典诗词，唯有译出符合原文和译文两方生态价值知性体系的作品才能令我国的优秀文化被世界文化所采纳、所重视，实现我国文化强国的战略目标。这样一位心怀天下、谦和大善的翻译界巨匠着实令人敬佩，而他所企及的高度，也将会令后世人仰望。

第五章　古诗词英译方法论——三维转换翻译法之和合美

中国古典诗词和生态翻译学均与中国传统文化要素密不可分，因而两者在思维范式上有着共通的精神本质。在全球化趋势下，各国文化互通互融、各采所长，因而古典文化的外译不仅仅是一种单纯的语言交际行为，更是关乎保持文化个性品格、构建具有华夏知性体系的话语形态和认识范式、传扬东方智慧知性体系、提升我国整体文化软实力的一个战略目标。

从宏观上来看，"天人合一"范式下的生态翻译学的翻译原则为整体性统辖、多维度综合与诗性人文性选择，但所有的一切，诸如翻译问题的提出、翻译认识论的给予，最终皆需落实在翻译过程中实际问题的解决方案上，即方法论的提出以及在其指导下的案例论证分析，由此归纳出具有一定理论价值和指导意义的、能够解决一些翻译问题的结论来。翻译方法论是进行翻译实践的具体方式，它的合适与否直接决定着翻译文本最终的质量。众所皆知，"天人合一"认识观关照下的生态翻译学是一个侧重于整体关照、综合考量的知性体系，从其所呈现的形式看，它属于多维度综合与诗性人文性互兼的复杂体系。前文已论述，在其认识论基础上，生态翻译学翻译方法仍可集中于语言维、文化维、交际维的转换，从而设计出一种可共享的语法、语意和语用环境关系上的翻译方法论。这就是说，在文本意义解读和翻译实践过程中，我们可以把复杂性意义关系描述分成三个层次：语言维（文本内部关系知性体系体现的是其本身存在关系和生态状况——如语词意义、语句意义、语法意义和语用意义等的复杂性描述）、文化维（文本外部诸要素——如文化特性、文化精神格局、主流诗学价值形态等活性摄入后的有效体现）、交际维（翻译言语践行诸主体间有机互动所营造的、视域融合后的意义世界）。而就三维度而言，在以语言为本体的前提下，语言、文化、交际三维度并非是互相割裂的样态，而是互相渗透、交融，呈现层层递进、互融互通之态势。从源语生态知性体系这一个意义恒定的本体世界出发，经过整体考量、诗性整合等过程，将译语生态知性体系构建成一个视域融合后的意义世界。因而，三维转换翻译方法论在本质上亦体现了译者对于整体和谐合一的翻译追求。

从翻译实践角度看，语言、文化、交际一直是翻译领域里的关键元素，语言是文化的载体和本体，而文化又是主体间交际活动的社会历史沉淀，因而三者有着内在的逻辑关联，相辅相成、不可或缺。而在理论上，基于语言学、文化学、交际学的翻译方法论是根植于翻译实践的生态知性体系系统化研究。

语言、文化、交际之间环环相扣、缺一不可，是实现翻译终极目标和宗旨的重要组成因素。三者在翻译言语实践中体现的是互为共生的关系：翻译需以语言作为本体和载体，需以文化为依托，需通过交际来实现，而反过来，翻译又促进了语言的创新，是文化价值的一种传播途径，也是交际活动中的重要手段。

针对古诗词翻译研究，诗歌文本意义生态体系可以简化为"语言、文化、交际"三维切入点，而其中的语言维就包括了意美、韵美和形美，"意美以感心，一也；音美以感耳，二也；形美以感目，三也"[①]。而其中鲁迅先生所说的音美不如改为韵美，它包含的美学内涵和范畴要比音美更丰富、更宽泛；语言三维和合美的实现又以本源文本的文化主流诗学价值体系为地基，体现和观照的其实就与文化知性体系和精神品格息息相关；交际维则通过语言三维关系的互作和谐美以及参与交际的主体间性而得以实现。所以三维转换翻译理论与方法论的包容性更广，对译者提出的要求也更高。总体而言，三维转换翻译方法论指导下的古诗词英译需遵循以下几个步骤：

第一步：译者首先要理解原文的文本内部关系知性体系，如词句意义、语法意义和语用意义等。这就需要译者在翻译古诗词时，先查阅与原作有关的文献资

---

① 鲁迅. 汉文学史纲要[M]. 北京：人民文学出版社，2006：126.

料、文本赏析评鉴等，了解原作在押韵、结构、主题、意义、风格上的特色，从微观、中观、宏观层面上把握好翻译的质量，使译文尽量呈现出原作的语言生态体系。

第二步：译者应尽力挖掘原作的文本外部诸要素，如文化特性、文化精神格局、主流诗学价值形态等，理解原作的文化内蕴，明确翻译文本的文化目的。古诗词文本的翻译实践，不是纯粹的翻译认知活动，更是文化传承和交流的活动。因此，必须要以尊重原诗的文化内涵为中心去翻译，才能最准确地传达出原作背后的文化生态空间。

第三步：译者完成译作后，还需结合语言维和文化维的适应和转换，关注翻译言语践行诸主体间的有机互动是否有营造出视域融合后的意义世界。古诗词文本的交际目的在跨文化传播过程中是非常重要的，三维的有机整合能使各言语主体间的交流变得更为顺利、通畅。

总之，语言维、文化维、交际维应该是翻译过程三个层面互作共生的整体知性生态体系，而非相互独立的、割裂的操作样式。古诗词属于表达型文本，因而其翻译首要遵循语言维层面，兼顾文化维和交际维的适应与选择，方能译出圆融整合度高的、趋向"天人合一"之境的译文。

第一节 语言维之适应性选择转换

在"天人合一"思想范式的关照下，语言维（文本内部关系知性体系体现的是其本身存在关系和生态状况，如语词意义、语句意义、语法意义和语用意义的复杂性描述）关注的是整体的翻译文本语言表达样态。在宏观层面上，是将原文本语言整体生态关系迁移到翻译文本中来，这要求译者在这两种语言知性体系之间做出整体考量；而在微观层面上，译者需要对原作语言形式的各个层面即结构层面、阶级层面、单位层面和语内体系进行相应的适应和转换。诚然，语言形式除了包括语音、语法、词汇、修辞等要素之外，还应涵盖与语言形式相辅相成的文体风格（文本整体知性生态系统）。翻译时更要形成这一自觉意识，注意到语言维这一维度对于实现翻译文本终极目标属性的重要性。

在翻译生态研究中，语言维关注字、词、句等语言要素和其语用意义、修辞风格及音韵形式的有效传递。音韵和修辞在古诗词语言表征、谋篇布局和意蕴境界构建中举足轻重，极具代表性。古诗词英译由于涉及两种不同的语言知性生态体系间的转换，在做言语翻译时，译者在忠实于原文的本体论承诺基础上，应首先考虑语言层面的适应性选择。这就是说，语言维的转换在遵循忠实传达原作的内容、言语方式和风格基础上，也需考量符合译入语的语言特点和习惯，即译入语的主流诗学形态，译者需在这两种语言知性生态体系之间做出整体考量、选择和整合，以保证目标读者既感到某种偏离自己的主流诗学，但又可理解该语义、要旨（尽管存在难度或需读者做出一定努力），从而最大限度再现原文语言生态整体美的所有元素。

古诗词文本体现着我泱泱华夏"天人合一"精神格局所蕴含的生态智慧，而古诗词文本美的感受首先应该表现在语言知性生态关系之中，通过语言知性生态表现形式在读者的脑海中形成审美意象，并产生美的体验。有学者提出，中国古典诗词与英国诗歌的区别在于，中国诗歌以"委婉、微妙、简隽胜，而西方诗歌以直率、深刻、铺陈胜"[①]。因此，翻译时译者要摆脱形式流于凝滞的束缚，将源语语言生态体系融化到译语中，形似服务于神似，方能形神互为，实现译语生态体系和源语生态体系的和合之美。

一、语音层面

众所皆知，音韵形式是一切诗体文学的必要形式，是诗体文学美学的一个重要载体，没有其形式约束和形式要求，大抵诗歌文学的文类属性亦会随之消失。

———————————

① 朱光潜. 诗论[M]. 合肥：安徽教育出版社，1997：65.

诗歌音韵美的组成元素有音律、语调、节奏等。优秀的古诗词作品除了能传达微妙动人的情思之外，必然是能歌之畅也。作为单音节语言，汉语所作的古诗词呈四声调式，读之抑扬顿挫、句浑音圆。而英语诗歌以音步来作节奏单位，一个音步大多包含两到三个音节；且英语格律诗侧重语调和轻重音的变化来体现节奏的起伏多变，包括扬抑格、抑扬格、抑抑扬格等。国内古诗词翻译名家许渊冲和徐忠杰，国外如翟理斯、弗莱彻等汉学家，都提倡以韵体译诗，因而其译文能在一定程度上体现古诗词独有的音韵之美。

多年以来，格律诗派和自由诗派在翻译具体操作实践上一直存在分歧，主要矛盾体现在诗歌翻译是否要有格律？如果需要，究竟是遵循源语还是译入语的格律？诗歌英译应以押韵为重，还是以内容为重？针对这些问题，笔者认为，在翻译本体论意义上，首先必须对原作意义做出本体论的承诺，假定所翻译文本具有恒定意义，才能使源语生态体系和译语生态体系拥有视域融合的可能性。因而在对古诗词进行翻译研究时，我们首先必须假定原词的音韵形式可用另一种语言知性关系形式来替代与表达，并坚信其有可能产生同等或相似的美学效果。

唐诗的特色在于简短凝练、押韵严格、节奏鲜明。唐诗的英译中，音韵美的传达也是评判译诗质量高低的关键要素。请看元稹《行宫》的原文和两种译文：

寥落古行宫，宫花寂寞红。

白头宫女在，闲坐说玄宗。

翟理斯译[①]：

Deserted now the Imperial bowers

Save by some few poor lonely flowers—

One white-haired dame,

An Emperor's flame.

Sit down and tells of bygone hours.

[①] Hebert Giles. Chinese Poetry in English Verse[M]. London：B：Quaritch, 1898：124.

许渊冲译①：

At an old Palace

Deserted now the Imperial bowers

From whom still redden palace flowers?

Some white-haired chambermaids at leisure

Talk of the late Emperor's pleasure.

原诗的"宫""红""宗"押[ong]韵，韵脚为"aaba"，平仄交错、韵味十足。翟理斯将原诗的形式作了改动，由四句变为了五句，虽然在表意上与原诗有所出入，但在用韵上还是下了一些功夫的，句尾词"bowers""flowers""dame""flame""hours"呈现的韵格是"aabba"式，读之舒缓婉转，富有节奏感，呈现了诗的音乐美；在许渊冲的译文中，"bowers""flowers""leisure""pleasure"依循"aabb"韵式，同样读之朗朗上口，且句式更为齐整、意境更为贴切。无论是翟理斯的译文还是许渊冲的译文，均属于格律诗，且每行的抑扬格轻重相间，与原诗的平仄起伏基本对应。可见，这两位译者在翻译古诗词的过程中遵循了语言维语音层面的适应性选择转换，尽力让异语读者拥有与原文相等或类似的审美体验。

再看王维《杂诗·其二》的原文及英译：

> 君自故乡来，应知故乡事。
>
> 来日绮窗前，寒梅著花未?

翟理斯译②：

A Rencontre

Sir, from my dear old home you come,

And all its glories you can name;

---

① 许渊冲. 翻译的艺术[M]. 北京：北京对外翻译出版公司，1984：290.
② Herbert Giles. Chinese Poetry in English Verse[M]. London: B.Quaritch, 1898: 55.

Oh, tell me,—has the winter-plum

Yet blossomed o'er the window-frame?

原诗以第一人称视角，如叙家常般抒发了游子浓浓的思乡之情，字句虽平淡无奇，却真挚感人、含情无限。原诗属于古体诗，虽没有押韵，但咏颂仍具有抑扬顿挫的节奏美。作为提倡格律诗反对直译的外国译者，翟理斯仍选择采用格律诗来译这首诗，遵循四音步抑扬格，将句尾词"come""name""plum""frame"押"abab"叶韵，升华性地建构了原诗的声律，令译文读之平易近人、朗朗上口。在用词上，他选用与原诗一样通顺平实、不加修饰的文字，符合原诗的整体语言知性风格体系。可见，翟理斯的翻译是归化的韵体翻译，他的翻译策略灵活多变，且能主动对翻译生态环境作出张合有度的适应和选择，合理发挥灵性思维去挖掘原文本独有的诗性意义。

而宋词比起唐诗，音乐性更强、更丰富。众所周知，宋词有其特殊的押韵格式，区分宋词与其他文学体裁的重要方式便是宋词独有的格律与平仄，因而在翻译宋词时，音韵美的再现是译文成功适应翻译生态环境的关键之一。请看苏轼《江城子》中"十年生死两茫茫，不思量，自难忘"的两种译文：

杨宪益、戴乃迭译①：

Ten years parted,

one living, one dead;

Not thinking,

Yet never forgetting;

A thousand li from her lonely grave，

I have nowhere to tell my grief;

---

① 杨宪益，戴乃迭. 宋词[M]. 北京：外文出版社，2003：55.

华岑译[①]：

> Ten years, dead and living dim and draw apart.
>
> I don't try to remember,
>
> But forgetting is hard.
>
> Lonely grave a thousand miles off,
>
> Cold thoughts, where can I talk them out?

此词寥寥数语，却生动地揭示了因思念亡妻而辗转难安的词人形象。其韵式与主题相辅相成，读之令人动容。而译文在音韵效果选择和设计上也应尽量服务于原文之妙思，在译语生态体系和规范的允许下，从功能效果入手。如原句押"[ang]"韵，开口度较大，读之如人发出深长的感慨，娓娓道出词人寂寥的心境，抒发自己对亡妻的深情。而杨译依照"aabbcc"韵式，在韵式上，遵循了原文的整齐有致。"one living"与"one dead"之间没添加"and"这一连接词，从独立化的表征结构上生动形象地传达了这"十年"将生者和死者生生隔离、分居两处的痛苦，突出"生"与"死""两""茫茫"的凄凉心境，词的意蕴亦油然而生，使读者展开广阔的联想。读此一句，音韵上短促委婉，仿似柔肠百转，令人回味不已；措辞上简洁精炼，无一赘言；句式上简洁明晰，突出了词人真切绵长的深情。可以说，译文真正体现了整体和谐之美，较好保留了原词整体语言生态体系。而华岑的译文无论在韵味上，句式上以及整体语言生态系统的迁移和保留上都不及杨译。

再看李清照《声声慢·寻寻觅觅》中的"寻寻觅觅，冷冷清清，凄凄惨惨戚戚"的翻译：

许渊冲译[②]：

---

① Burton Watson. Selected Poems of Su Tung-P'o[M]. Minneapolis：Consortium Book Sales & Dist，1993：79.

② 许渊冲. 中诗英韵探胜[M]. 北京：北京大学出版社，1992：301-303.

I seek but seek in vain,

I search and search again!

I feel so sad, so drear，

so lonely, without cheer.

林语堂译①：

so dim, so dark, so dense, so dull, so damp, so dank, so dead.

原词由七组叠字组成，文字看似平淡朴素，无一愁字，却是如泣如诉地传达出了词人的凄凉心境。那两字一顿的二节拍以及先重后轻的抑扬格使得全词的音韵效果一气呵成，烘托了凄苦悲凉的气氛。李易安的这首词甚至被称为是世界上最难翻译的古诗词之一，许多名家都有翻译过这首词，笔者选用了林语堂和许渊冲的翻译。在许渊冲的译文中，他以第一人称视角"I"作为每句的句首，既做到了押头韵，又点明了行为的主体。以重复"seek"和"search"一词来体现原词叠字的特殊形式，且连用八个以辅音"[s]"开头的单词，实现了行内押韵，且句尾的"vain""again""drear""cheer"呈现"aabb"韵式。精巧的韵律展现了原词音韵之美，将"凄凄惨惨"的情绪渲染得恰到好处。林语堂的翻译采用单音节词，在押韵上亦十分讲究，共押头韵和尾韵，连用八个辅音"[s]"，一气呵成，不见刻意雕琢。且词意层层递进，读之不自觉地便生出低沉落寞之感，体会着词人孤单无着的心情。从整体语言知性体系上看，两位译者均能运用灵活的翻译策略去建构原词语言生态体系中的音乐美，完美重现了原词所折射出的和谐合一的艺术境界。

在诗词英译中，韵律是语言维关注的重点。中国诗韵早已具备，无韵诗、自由诗无法体现原文的美。因此，在古诗词英译实践过程中，若能做到不因韵害义，把原文的语言音韵生态体系融化到译语中，体现语言知性生态系统整体之美，仍当属上乘。

---

① 潘家云.《声声慢》翻译赏析与试译[J]. 外国语言文学，2003（03）：53-55.

二、句式层面

诗歌的语言文字符号通过巧妙的排列能引发与众不同的艺术审美效果。汉字是表形文字，笔画富于视觉美，能在读者头脑中映照出生动逼真的图画，给人以外观齐整的美感。而英语是音素文字，读音决定词的意义和功能。一言以蔽之，汉语是形、意结合而英语是音、意结合，汉语语言的句法特征体现了中国人强调整体顿悟的思维习惯，是"天人合一"哲学认识观在国人文化心态上的内化，而英语语言特征呈现出的是西方"主客两分"的认识样式。

中国古诗词具备汉语言微言大义的文体功能，其句式更为凝练传神，特别是宋词，更注重形式之美，句式可谓是长短交错、灵活多变，词行的起承转合皆有序可循。而英语中词语并不属于句法单位，英译诗词的重点仍是句式，因而把握好古诗词中句式的翻译仍是十分重要的。必须承认的是，鉴于中英文的句法区别，中国古典诗词字短情长的深厚内蕴是很难从英译中实现完全的对应的，但一定程度上的形式等值仍是有望达成的。且看王之涣《登鹳雀楼》中"白日依山尽，黄河入海流"的两种翻译：

宇文所安译[1]：

> The bright sun rests on the mountain, is gone.
>
> The Yellow River flows into the sea.

王守义、约翰·诺弗尔（John Nover）译[2]：

> The pale sun is sinking behind the mountain,
>
> And the Yellow River is running toward the sea.

原诗语言朴素却气势阔大、意境深远，富含人生哲理。这两句的句式更是工整

---

① Stephen Owen. An Anthology of Chinese Literature: Beginning to 1911[M]. New York: Norton，1996：408.

② 王守义，约翰·诺弗尔. 唐诗三百首英译[M]. 哈尔滨：黑龙江人民出版社，1989：6.

对仗，白日"与"黄河"相对，"山"与"海"相对、"依、尽"与"入、流"也相对。读之仿能亲身感受山海景象的壮观。且看宇文所安的翻译：外国译者的译文用词直白浅显，符合原诗的语言特征，但句式上显然与原文不构成对应。第一句共有九个单词，呈现主谓表结构，并在句内采用定语从句来修饰主语"the bright sun"，"rest"对应"依"字，而动词"尽"则用"be 动词+gone"这一形式来表达，在语义上并无不妥；第二句有七个单词，字数上与前句相差无几，但句式结构较为单一，采用的是英语句式中最为简洁的主谓宾结构。虽说译文能大体上传达原诗的语义，但原文句式齐整合一的特征荡然无存，不免令人遗憾。再看王守义等人的翻译，可以看到，最明显的特点在于其句式与原诗一样，做到了一一对仗：以"pale sun"译"白日"、以"Yellow River"译"黄河"皆是遵循原诗中形容词加名词这一结构；以"sink"和"run"的进行时态来表达动词"尽"和"流"之意，更能体现身临其境之观感；以介词短语"behind the mountain"和"toward the sea"来对应"依山"和"入海"，也是符合原诗的语词结构。总结来看，译文二既齐整对称又简洁直白，体现了古诗词独有的形式之美。可见，译者顺应了原作的翻译生态体系，尊重了原作的内容主旨及语言风格，创造出了理性、得体、富有知性美的译文。

再看宋词名作柳永《雨霖铃·寒蝉凄切》"今宵酒醒何处，杨柳岸晓风残月"的翻译：

裘小龙译[①]：

> Tonight, where shall I find myself, waking from a hangover—
>
> Against the riverbank lined with weeping willows,
>
> the moon sinking, and the dawn rising on a breeze?

闫朝晖译[②]：

---

① 裘小龙. 中国古典爱情诗词选[M]. 上海：上海社会科学出版社，2003：105.

② 闫朝晖. 古典诗词里道家哲学在英译中的传达——以柳永长调《雨霖铃》中两句的英译为例[J]. 郑州轻工业学院学报，2010（3）：125-128.

Where is sobering place?

Willow trees, river bank, morning breeze, waning moon.

原词以凄凉萧索的秋景衬托词人的离别愁绪。此句乃是全词中最脍炙人口的一句，描写的是词人酒醒后的内心感受。虽然此句描写的是词人为第一人称的心理感受，但句中没有出现主语，"柳"是"留"的谐音，即是词人对情人难舍难分的眷念；晓风泠泠，暗示着分别是那么得寒彻人心；一轮孤独的残月更是代表着重聚之梦难圆。短短几句，表面写景，实则传情，情景相合，更是将分离的痛苦与忧伤描绘得真实感人，可谓是字短情长、意境超绝。裘小龙的译文从整体形式上看，显得较为累赘、复杂，不如原词语言生态体系的简洁、精炼。译者加入了主语"I"，使得主体介入感太强，读者只能从旁观者的角度去解读、去揣摩词人的心境，而不能完全地、自由地融入词所营造的意境中去，大大损害了原词环境的空灵美。且在"杨柳岸晓风残月"一句的翻译中，译者在每一个意象前都加上了定冠词，给人以特定之感，仿佛画面只聚焦到这几棵柳树、这片河岸、这阵风等，破坏了原词的空间感，令读者的想象空间瞬间变得狭小，与原词创造出来的广阔意境相去甚远。另，原词的疑问落在第一句，而译文却设置在第二句，所要呈现的重点亦有所差别，原词的意味便难以显现。闫朝晖所译的版本中，我们可以看到主语的缺失，这与原句中主体的虚位是相对应的。"今宵酒醒何处"是词人酒醉迷蒙中发出的问句，因而译为"Where is sobering place?"，句式亦与原文相符，译者特意忽略了主语，只询问了哪里是酒醒之处，把主语虚化，将自我置身物外去感受客观世界。可见，译者充分尊重了词人想要抽离自我既视感的意愿，只简单地呈现出自然物象，任由读者去想象、去体会当中的深意。从本质上看，这种译法符合道家"以物观物""任物自然"的思维特征，它深受"天人合一"认识范式的影响。此外，译者用四个独立的短语来表达"杨柳、岸、晓风、残月"更是工整对应，符合原词的句法特征。可以说，第二位译者更能从整体上把握原作的语言生态体系，符合原文的整体审美旨趣。

三、修辞层面

古诗词的修辞手法是一大特色，在修辞史上占据着重要席位，具有独特的艺术价值和学术价值，因而其英译转换也是古诗词外译中一个重要的关注点。深谙文辞之道的古人善用比喻、拟人、夸张、借代、对偶、互文、双关、叠词、顶真、通感、反复、用典、隐括等修辞方式，展现了古诗词语言艺术的精髓，增添了别致雅艳的生动韵味，使表达效果达到最佳状态。

修辞风格与语言形式、主题意境、诗作要旨是紧密相连的，这就意味着在翻译时，为适应并体现原词语言知性生态系统，译者应把原文的语言生态体系融化迁移到译语中，关注原作语言风格的整体传递，译文应尽量向原词作者的修辞风格靠拢，最大限度地再现原词修辞之精妙，以使读者获得更深层次的审美感受。

请看唐诗杜牧《赠别·其二》"蜡烛有心还惜别，替人垂泪到天明"两句的翻译：

宾纳译[①]：

> Even the candle, feeling our sadness,
>
> Weeps, so we do, all night long.

许渊冲译[②]：

> The candle grieves to see us apart,
>
> It melts in tears with burn-out heart.

此诗表达了诗人与恋人依依惜别的感伤之情，这两句是全诗的亮点，不见"悲""愁"等字眼，却能感到愁煞人心。诗人采用拟人手法，借宴席上的蜡烛来表达自己的离情别绪。蜡烛有心即为有烛"芯"，译者将烛芯燃烧后的烛油比作是

---

① Witter Bynner，Kiang Kang-hu. Jade Mountain：Chinese Anthology；Three Hundred Poems of T'ang Dynasty[M]. New York：Alfred A. Knopf，1929：89.

② 许渊冲. 唐诗三百首[M]. 北京：高等教育出版社，2000：245.

离人因悲愁而彻夜流到天明的眼泪，可谓是匠心独运，意境天成，更凸显了诗人告别恋人时的伤感惆怅。我们主要关注这两种译文在修辞层面上的适应和转换。宾纳在翻译时，关注到了原诗的修辞风格，他采用拟人手法，将蜡烛化作是为情伤怀至整夜伤心流泪、辗转难眠的离人，其译文体现了对原作语言生态体系的适应。许渊冲的译文不仅做到了押尾韵，也同样还原了原词的拟人手法，"grieve"一词是具备主观情思的主体发出的动作，而"tear"一词与烛泪互相呼应，如此，原文中蜡烛垂泪的意象便宛然而现，读之有一种凄凉、压抑的沉重感，令人心生悲戚。许老的译文可以说是成功地将原文的语言生态体系融化迁移到了译语中，达到了音美、意美、形美妙合无垠的境界。

又如范仲淹《御街行·秋日怀旧》中的"年年今夜，月华如练，长是人千里"的译文：

许渊冲译[1]：

Each year this night, in bright moonlight,

we are a thousand miles apart.

此句描写的是词人于秋夜之际对远方之人的思念之情。月色皎洁如白绸，但相隔之人却未必能千里共赏，因而无论物境还是心境，都显得那么得寒冷、苍茫。原词中的"千里"并非是实际距离，而是词人有意以夸张这一修辞方式来表明距离的遥远，从而牵引出其深切浓烈的相思之情。如果翻译不能体现这一语言特色，定会使全词的效果失色不少。当然，"千里"对应的英译应该是"thousand li"，但许渊冲在此用"mile"替换了"li"，笔者觉得他在细节处把握得非常巧妙。我们都知道，英文中的长度单位"mile"大约是"li"的三倍多，这就意味着"thousand mile"在语义上比中文的"千里"更长，时空感更足，更能凸显词人那飘渺无着的离情别绪。因此，许译不仅还原了原词的修辞特色，更是强化了语言的表达效果，做到了对原词语言知性生态系统的适应。

---

① 许渊冲. 中国古诗词六百首（中英对照）[M]. 北京：新世界出版社，1994：194.

再看苏轼《西江月•照野弥弥浅浪》中"照野弥弥浅浪，横空隐隐层霄"的两种译文：

许渊冲译[1]：

Wavelet on wavelet glimmers by the shore,

cloud on cloud dimly appears in the sky.

任治稷译[2]：

Moon-lit wilderness and brimming shallow waves,

Across the sky, clouds upon clouds distant and faint.

原词的语言生态环境如是：春夜之时，醉酒后的诗人于月色中骑马徐行，在明月清晖下望见那一脉清流正在广袤的旷野中奔流，可以说是情景相合、意境恬淡。原文中出现了"弥弥"和"隐隐"这两组叠字，"弥弥"二字极具动态美，形象地描绘出了春水丰盈、潺潺而流的景象。"隐隐"这一叠字又生动呈现了云层的隐隐约约、影影绰绰，衬托了明月之清辉。因而翻译时要注重这种叠字手法所包含的审美形态，尽可能地适应原词的语言知性体系。许渊冲在英译时采取了重复的修辞手法，用"wavelet on wavelet"来表示"弥弥"，将春水波澜起伏之态描摹得恰到好处；以"cloud on cloud"来表示"隐隐"，将云层在天空中若有若无、似幻似真的状态展现得十分惟妙惟肖。这些可看作是英文式的叠字，且句式齐整、上下对应，读之连绵有韵感，在语言维的转换上煞费心思，很好地迁移了原词的语言生态体系，取得了很好的效果。而任的翻译后句较好，亦采用重复和押韵，但与前句无法对应，显得句式杂乱，在韵感和美感上有很大的欠缺。可见语言维生态系统的关注、选择当否决定着译文的效果。

在翻译过程中，翻译本体论的承诺为翻译行为给出了翻译的旨归和追求。语言维度就囊括了形美和音美，因而对译者行文遣词提出了很高的要求，这也是翻

① 许渊冲. 宋词三百首[M]. 北京：中国对外翻译出版公司，2007：16.
② 任治稷. 东坡之诗[M]. 上海：复旦大学出版社，2008：94.

译本体论承诺下翻译言语行为的微观描述。在以上的分析中可见，译家们都在努力地将原文本语言整体生态关系迁移到翻译文本中来，重现原作的语言形式和风格，最大限度再现原文语言美的所有元素，使译文与原文旨趣相通、合二为一，为读者提供一个耐人寻味的和谐审美空间。

第二节　文化维之适应性选择转换

每一种语言，代表一种文化、一种适应该文化生态系统内物质与精神生态环境的路径与格局、一种独特的世界观的存在。因此，关注文化知性生态系统的迁移和重现，就是表达了原文本在文化、思维方式与情感表达方面的样态和格局。

文化维（文本外部诸要素，如文化精神格局、主流诗学价值形态等）的适应性选择转换，是文学文本翻译实践中不可忽视的一个环节。文化维度的合理保留、迁移与转换，能使译文读者更好地适应译者所要展现的原文语言知性生态环境，更高效地摄取文化信息，从而达致译文的整体和谐。相反，译者若没有很好地考虑到或是直接忽视了文化因素，则会加大读者与原作者、读者之间的隔膜，造成不可避免的文化误读。

东西方文化差异会导致翻译生态环境中独特文化信息的不可译性，而中国的古典诗词从本质上来说，是由无数个富含深意的文化意象融汇而成，因而文化因素的正确传达是古诗词英译研究的重心。文化维视角要求译者能深层次地适应整个翻译生态环境，以原文本文化维为体，"恰恰调和"为用，既关注到源语与译语的有效调和，又要适应原文整体文化价值取向，达到较为理想的翻译境界。"天人合一"思想范式重构下的文化维适应性选择转换主要关注于文本外部诸要素，如文化精神格局、主流诗学价值形态等，体现到古诗词翻译则主要集中在诗词文化意象和文化典故的有效性传递。

一、文化意象的英译

意象是一个美学概念，意即人的主观情思、审美体验和人格情趣，象即客观物象。主观之意与客观之象相融合，即成意象。古典诗词离不开文化意象，对于文化意象的正确理解，是成功进行诗歌翻译的关键之一。在《译介学》中，谢天振以"烟花三月下扬州"中的"扬州"为例，首次提出了"文化意象"①这一新名词，受到翻译界极大重视。

文化意象不仅可以丰富诗词的内涵、营造更宏大的意境，更能超越语言内部诸要素如音韵、句法、修辞等元素，去传递古诗词精神，即华夏民族的精神格局和审美形态。在翻译古诗词中的文化意象时，译者不可避免地会遇到些文化障碍，造成翻译中的文化错位，严重时还会引起不必要的文化误解。因此，译者应仔细考虑原诗文化背景，作出适当的文化补偿，只有这样才能在最大限度上达到源语生态体系与译语生态体系的融合贯通，让译语读者获得与原诗所具有的同等审美享受。

文学翻译最基本的原则应是文化传真，文化意象的如实传达乃译者之职责所在。翻译本体论的承诺要求我们在翻译古诗词要以原文本文化维为体，尽可能保留原词语言生态系统中的文化意象，并将其有效迁移并融入译文生态体系内，最大限度达到意义上的准确传达，踏上文化共享这一终途。因此，我们分析各译本时应关注译者对文化意象是否做到了保留和再现以及保留、再现了多少的问题。请看杜牧《遣怀》"十年一觉扬州梦，赢得青楼薄幸名"的译文：

宾纳译②：

> I awake，after dreaming ten years in Yangzhou，
>
> Known as fickle，even in the Street of Blue Houses.

---

① 谢天振. 译介学[M]. 上海：上海外语教育出版社，1999：175.

② Witter Bynner，Kiang Kang-hu. Jade Mountain：Chinese Anthology；Three Hundred Poems of T'ang Dynasty[M]. New York: Alfred A.koope, 1929: 59.

  "青楼"因楼房外漆是青漆而得名，是"妓院"的雅称，在古代主要是指供达官显贵、风流才子们消遣娱乐、声色犬马的风月场所。古代文人常常流连于青楼之间，为才华满溢的青楼女子写诗作词，可以说，"青楼"是中国古代独有的文化意象，它的存在丰富了古典诗词的题材，为它增添了艳丽绰约的韵味。宾纳将"青楼"译为了"blue houses"，"blue"一词含有"不体面""色情"之意，因而除了能表示青楼外墙的青色，还能传达青楼的情色意味，宾纳为了能让外国读者加深对青楼这一文化意象的理解，在后文加注为"the quarters of the dancing-girls"，在英语中，"dancing-girls"暗含"妓女"之意，因而宾纳的翻译总体来说，是以原文文化维为体，保留并再现了原词生态体系当中的文化层面。

  关于"天人合一"认识范式下文化维的有效传递，我们还能从苏轼《洞仙歌·咏柳》"又莫是东风逐君来，便吹散眉间，一点春皱"的译文来更好地诠释这一认识论的思辨和方法论的运用。请看译文：

许渊冲译[①]：

If you come again with vernal breeze now,

It would dispel the vernal grief on your brow.

  此词以借对垂柳不幸遭遇的慨叹来表达词人对命途多舛、品性高洁的女性深切的同情与赞美。垂柳境况清寂、身世凄苦，尽管叶茂枝繁、骨相清雅，却如同柳絮飘零，无人一顾。唯待东风的吹拂，方可消解愁思，使弯如纹路的柳叶，得以应时舒展。值得注意的是，"东风"是我国传统文化中特有的文化意象，"东风"即"春风"，古人常云"春风化雨""如沐春风"，即是借着"东风"来传递心中蕴藉的丰富感情，透射出诗词广阔的社会文化背景。在中国，东风指是温和的春风，而在西方则不同。在欧洲，向东吹的风应该是冷风，因而直译为"eastern wind"会造成文化误读，而此处许译为"vernal breeze"，不仅考虑到了不同地理环境观念差异所引起的不同的文化认知，也将春风那种温暖和煦又万分轻柔的感觉描绘

① 许渊冲. 宋词三百首[M]. 北京：中国对外翻译出版公司，2007：66.

了出来，符合客观的文化地理环境，给读者无限的想象和回味空间，既保留了原词整体知性生态环境，又很好地遵守了文化维度的适应性选择转换。总之，文化维度的合理性转换，能使译入语读者更好地理解译者所要展现的语言生态环境，更高效地摄取文化信息。

文化内涵的适度取舍、综合考量、趋一整合，是建构译作意蕴美不可或缺的要素，在认识论层面上和实践层面上，译者都没有被赋予任何去剥夺译入语读者知晓中国古典文化的权利。翻译的一般意义存在于文化维度的考量和趋一性翻译，这可以认为是翻译的深层旨归。因此，译者在翻译过程中要主动参与了解自己所处文化环境和目标文化环境之间的异同性，时刻保持文化自主自觉意识，将文化维视角，结合到古诗词中文化意象的翻译中去，有助于拓宽古诗词英译的研究视野，促进源语文化与译语文化的交流与相融，从根本上实现文化的共通共享。

文化维度的合理保留、迁移与转换，能使译文读者更好地适应译者所要展现的原文语言生态环境，更高效地摄取文化信息，从而达致译文的整体和谐。若没有很好地考虑到或是直接忽视了文化因素，则会加大读者与原作者、译者之间的隔膜，造成不可避免的文化误读。请看李白《送孟浩然之广陵》中的"烟花三月下扬州"这一句的译文：

庞德译[①]：

The smoke-flowers are blurred over the river.

古代的扬州是江南一座历史文化名城，极尽繁华绮丽。古人吟咏扬州的古诗词数不胜数，而此句可以说最为出名，令得扬州的美更广为人知。诗句中提到了两个文化意象，"烟花三月"以及"扬州"。作为原诗中重要的文化意象，"烟花三月"中的"烟花"并非是真的烟花，而是指绮丽的春景。"烟"字在此，可以看作是修饰"花"的形容词，试想在迷蒙如烟般的细雨中，丝丝柳絮随风飞舞，朵朵花苞锦簇而开，是一幅多么清新雅丽又充满生机的春日美景图。可见，

---

① Ezra Pond. Poems and Translation[M]. New York: The library of America, 2003:199.

在诗人心中，三月暮春的扬州，是充满无穷魅力的。再看庞德的翻译，将"烟花"直译为"smoke-flowers"，目的是希望能让读者体会到离别之情如同烟花的稍纵即逝一样令人伤感、惆怅。译者虽是进行了创译，也的确能营造一种朦胧的美感，但显然传递的意蕴与原文的意象不符，且译文直接忽略了"扬州"这一重要意象，未能点明友人所要前去的地点乃是令人心醉神迷的名城，难以呈现原诗的文化生态体系。不得不说，庞德的译文是极有瑕疵的，未能使译入语读者更好地理解原作所要展现的意义世界，无法达到源语生态和译语生态的趋一致同。

再看苏轼《永遇乐·长忆别时》中"卷珠帘，凄然顾影，共伊到明无寐"的译文：

许渊冲译[1]：

Uprolling the screen,

Only my shadow's seen,

I stay awake until daybreak.

"珠帘"在古典诗词、特别是在描写女子愁思的闺怨诗中是一个极为常见的重要意象，如"散如珠帘湿罗幕""美人卷珠帘，深坐颦蛾眉"等诗句，充满着婉丽的古典风情，可谓是中华民族古典文化中一道亮丽的风景线。而寄寓在珠帘轩榭中的情思更是道不尽的百转千回。"珠帘"，顾名思义，是用一条条串珠所构成的帘幕，虽然国外也有，但在中国古代是一种极为典雅的装饰物，其象征意义不容小觑。许渊冲将"卷珠帘"直接译为"uprolling the screen"，"screen"一词含有"屏风"之意，无法正确展现珠帘晶莹垂透的特征，有偷换概念之嫌。再者，女子慢卷珠帘是极富优雅和美感的动作，这些译文全都无法呈现，文化误读在所难免，未能将原词的原滋原味传递给西方读者，无法有效地适应翻译生态环境所需求的文化价值取向。

---

① 许渊冲. 宋词三百首[M]. 北京：中国对外翻译出版公司，2007：152.

　　中国古诗词中的文化意象，蕴含着华夏民族特有的思维范式和审美体验。因此，翻译古诗词除了有深厚文化底蕴和极高的语言技巧作为基础外，还得形成融理性与诗性为一体的整体翻译认识论义理知性体系，否则，很难翻译出符合读者品味且能在他者文化环境中适应、生存下来的作品。要传达古诗词中的情味，定要尽力呈现出文化意象的内涵，让全世界的文化和文学爱好者共同感受博大精深的中国文化之美，这亦是中国翻译的梦之所在。

二、文化典故的英译

　　古诗词中的文化知性体系除了文化意象之外，还涵括了文化典故。诗人们善以典入诗，来使诗词的表达更为凝练、生动，增添诗词含蓄典雅的意蕴。从广义上看，典故中亦象征着中华民族所独有的精神风貌。例如"长亭"代表着送别之地，"东篱"喻示着归隐后的田园生活，而"比翼鸟和连理枝"象征着夫妻和睦。

　　关于文化典故的英译也是一个重要的研究热点。总体上来说，一些译者，尤其是对中国文化不甚了解的外国译者，经常会误解或是忽视诗词中的文化典故，造成源语文化信息在译语生态体系中的失衡。"天人合一"认识范式要求译者致力于追求与翻译生态环境的和谐统一。文化典故这一重要文化价值体系的正确传译对于保持译者和读者对目标文化环境的统一认知度是非常重要的，译者要对所译文本涉及到的文化背景信息仔细研读，在兼顾读者群体对原文文化生态环境了解程度的基础上实现可译性，尽力保持源语和译语两大生态体系间的文化生态平衡。请看李白《长干行》"常存抱柱信，岂上望夫台"的译文：

　　庞德译①：

　　　　Forever and forever, and forever.

　　　　Why should I climb the look out?

---

① Ezra Pound. Cathay[M]. London：Elkin Mathews：Penguin，1965：100.

韦理译[①]:

I thought you were like the man who clung to the bridge,

Not guessing I should climb the Look-for-Husband Terrace.

这两句诗自然婉丽、情真意切，表达了对爱情的坚定信念，诗中涉及了两个文化典故——"抱柱信"及"望夫台"。"抱柱信"指的是尾生的传说。尾生和心上人约好在桥下的柱子边会面，为信守和爱人的约定，尾生宁愿抱柱被水淹没也不肯离去；"望夫台"起源于古代。旧时男子在奔赴战场时，他们的妻子便会送行至北山（今湖北省武昌市），之后妻子们便会经常驻守于此，望眼欲穿地等待夫君的归来。后来，"望夫台"便意指等待丈夫归来之地。因此，无论是"抱柱信"还是"望夫台"，都代表着对爱情的坚贞不渝。庞德的译文属于自由派，无韵亦不惧形式，连用三个"forever"，简单直白，将妻子等待夫君时那持之以恒的坚毅与至死不渝的忠贞刻画得真挚感人。后文的"look-out"有"眺望、守望"之意，可以表达出妻子翘首以盼夫君归来时的急切心情。总体而言，庞德的翻译虽然没有引入典故，但是在传达原诗的意蕴神味上还是功不可没的。韦理的译文看似十分贴近原文，他在翻译中试图解释文化典故，将"抱柱信"译为"the man who clung to the bridge"，但是仅仅这一句译文无法阐明这一典故的来龙去脉。更糟糕的是，韦理误解了"望夫台"之意，将其直译为"Look-for-Husband Terrace"，会令译语读者以为原诗所指的真的是一处寻找丈夫的天台。虽然说韦理为实现文化生态价值体系的传真所付出的努力是值得认可的，但仅凭一知半解便去生硬地翻译文化典故，所造成的危害远比合情合理的意译来得大。古人用典贵在言简意丰，因而，对于文化典故的翻译，最合适的译法便是，译者在英译中添加注释，适度顺应目标语读者的文化认知，重现原文本中隐藏的文字意义，满足译入语读者对异质文化的期待视野，实现原作与译作两大张力间的文化动态平衡。

---

① Arthur Waley. The Poet Li Po[M]. London：East and West Ltd，1919：19.

宋词中的用典也是十分常见的写作手法。请看苏轼《江城子·密州出猎》中"欲报倾城随太守，亲射虎，看孙郎"的译文：

许渊冲译①：

Townspeople pour out from the city gate

To watch the tiger-hunting magistrate.

此词以出猎开始，辅以天然的艺术构思，巧妙地勾画出了一个志在保家卫国的英雄人物形象，全词可谓是气势磅礴、意境奇伟。许渊冲的译文同样境界恢弘，韵味天然而成，的确是上乘之作。但值得注意的是，原词暗含一个文化典故。"孙郎"即孙权，是三国时期东吴的建立者，曾亲自骑马射虎示勇，豪气万丈，而词人正是想借孙权的英勇无畏来表达自己愿意以身抗敌、报效祖国的雄心壮志。孙权这一人物形象所代表的历史典故对于国人来说，自是再熟悉不过，可是未读过《三国演义》的外文读者是不会知晓也无法理解原词的文化意义的，因此翻译时要做适当补译，而许在此直接译为"magistrate"，此词意为处理轻微案件的地方行政官，与开国皇帝孙权位高权倾的人物地位极不吻合，这种翻译省略了孙权这一人物形象所代表的文化意义，也没有在文后进行补充解释，导致孙权这一特殊人物那少有人匹敌的英雄气概顿时逊色了几分。译者在此没有很好地遵守文化维度的适应性选择转换，易造成文化内涵的流失，导致译语文化生态体系和源语文化生态体系的失衡。

再看王安石《桂枝香·金陵怀古》中"至今商女，时时犹唱，后庭遗曲"一句的译文：

曾冲明译②：

Girl-singers sing still the song of love by this king so far.

---

① 许渊冲. 宋词三百首[M]. 北京：中国对外翻译出版公司，2007：276.

② 引自曾冲明博客. http://blog.sina.com.cn/s/blog_1534238f70102wudy.html. 2016.

许渊冲译①：

> The songstresses still sing,
>
> the song composed in vain,
>
> By a captive king.

王安石的这首词，便是通过对金陵城的朝代兴衰来表达自己牵挂国家之命途的赤诚之心。这几句更是巧妙地借用了杜牧《泊秦淮》中的"商女不知亡国恨，隔江犹唱《后庭花》"的典故。"后庭遗曲"指的就是《玉树后庭花》，是陈朝皇帝陈叔宝所作，文辞极尽哀怨柔婉。传闻这位皇帝昏淫无道、不思朝政，即使在国家将近灭亡之际，仍终日与妃子们过着声色歌舞、纸醉金迷的生活。因而这曲"后庭花"即象征着"亡国之音"。我们来看译文，曾冲明将"后庭遗曲"翻译为"the song of love by this king"，会让人误以为"后庭曲"是传达爱意之歌，与原词的内容主旨不符，破坏了原词所创造的意境，显然违背了原词文化生态体系，打破了两种语言文化生态体系之间的平衡与和谐。许渊冲用"in vain"来修饰"song"、以"captive"来修饰"king"，释义为"一个被掳君王所谱写的靡靡之音"，大致呈现了"后庭遗曲"的时代背景和风格特色，传达出该词背后的弦外之音。且许老的译文押韵自然流畅，句式与原文对照齐整，可以说意美、音美、形美三美齐备。可以看到，译者在此关注到了翻译的最终主旨在于双语文化内涵的有效传递，并尽力贴近及重现原文本整体生态系统中的文化意象，实现了原作文本意义和文化诗性意义的双重传递与传承，从而获得"象外之象""神韵兼具"的整体审美感悟。在翻译过程中，译者需尽最大努力，适度顺应目标语读者的文化认知，满足他们对异质文化的期待。

当然，我们必须得承认这一点：翻译家们所期待的跨语言交流的等义、等值、等价，在同一语言的交际中都是不可能完全做到的，因为任何人的意义理解系统都具有个性化特征。连母语阅读的理解都是开放性的，怎么能要求译者原汁原味

---

① 许渊冲. 宋词三百首[M]. 北京：中国对外翻译出版公司，2007：171.

地保留原作的语义、语旨和语韵？奈达说过："任何翻译都会产生语义内容的丧失，但翻译过程应尽量将其降至最少量。"（In any translation, there will be type of loss of semantic content, but the process should be so designed as to keep this to a minimum.[①]）文学翻译最基本的原则应是文化传真——最大限度达到意义上的准确传达，实现文化共享这一终极目标。

翻译的过程是两方文化双向流动的过程，因此，在如今全球化语境下，文化生态体系的适应和转换可以说是重中之重。面对东西方异质文化的不断碰撞和融合，译者需要具备强大的文化信息处理能力，尽力缩小读者和原作者之间的文化心理差异，克服文化差异造成的交流、理解障碍，以保证不同文化间的畅达流通，实现和道之美。

第三节　交际维之适应性选择转换

翻译功能派学者凯瑟琳娜·莱斯（Katharina Reiss）将语言文本大致分为表达功能文本（expressive）、信息功能文本（informative）、感召功能文本（operative）以及视听性文本（audio-visual）四大类别。莱斯的这一理论建立"在整个文本的交际功能上，并主要用于系统地评估翻译的质量"[②]。

可以说，交际性是衡量译作水平高低的一个重要标准。"天人合一"视域下的三维转换翻译法则要求译者在遵守语言信息的转换和文化内涵的转换之外，还需关注到交际维的适应性选择转换。交际的目的是转换原文本语言知性生态系统，以求能引起读者类似的心理反应和观感。若译语生态体系能体现源语语言知性生态系统中所含有的功能，便可说其言语行为实现了交际功能，亦达到了翻译言语践行诸主体间的视域融合。

---

① Eugene Nida. The theory and practice of translation[M]. New York: St.Martin's Press, 1969: 115.

② Jeremy Munday. Introducing Translation Studies: Theories and Applications[M]. London & New York: Routledge, 2001: 73.

因语言、地理、文化、风俗等因素的影响，中西方在文学翻译作品的理解上一直存在着较大差异。中国古典诗词讲究形神皆备，所谓形即是诗词的句式、音韵、修辞等，而神指的是言外之意境和深韵。将古典诗词翻译成英语，译文中的形神要做到圆融合一、译入语读者和源语读者要达成视域间的融合以适应"交际生态环境"，这的确不是易事，很多翻译家都未能实现源语生态体系和译语生态体系在交际效果上的等值效应。请看杜牧《九日齐山登高》中的"古往今来只如此，牛山何必独沾衣"的译文：

马礼逊译[①]：

Old times have passed away, the present come, and still it is thus;

What's the use of (like the man of Cow-hill*) staining our garments with tears?

*Referring to a Person named Tse-king-kung.

马礼逊是第一位从西方来的传教士，他在推广中国文化方面作出了很大贡献。杜牧的这首七律是为了安慰友人张祜所作，表达了诗人看透人世沧桑变幻的旷达与无奈。且看这首诗尾联的翻译，从语言形式上看，即无格律，也无押韵，可见语言维层面上的适应和转换并不如人意；从文化维上看，此句中"牛山沾衣"是一个典故，指的是齐景公登上牛山因感人生无常而留下悲泪。译者虽在文后加注了齐景公这一人物角色，但并未解释典故的来龙去脉，因而也无法向译入语读者传达原诗中的文化意蕴。更甚者，原文中的"古往今来"指的是"从古至今"之意，而译者将其拆译为"旧的已去，新的已来"，可见译者在理解上与源语生态语境出现了较大偏差，未能准确体现原诗整体的交际效果，更无法实现翻译言语实践诸主体间的视域融合。

外国译者简·沃德（Jane Ward）所译的李白《赠汪伦》更是漏洞百出。且看"桃花潭水深千尺，不及汪伦送我情"两句的译文：

---

① Robert Morrison. Translations from the Original Chinese, with Notes, in The Literary Panorama and National Register[M]. London: the Miltonian Press, 1816: 98.

沃德译①：

> From the Taohua pool, which
>
> Has waters a thousand feet deep.
>
> But less than Wang Lun's feelings,
>
> As she accompanies me.

　　熟悉此诗的读者都知道，这是一首留别诗，抒发了诗人李白对友人汪伦的深情厚谊。桃花潭是汪伦与诗人离别之地，将水之深度与情之深度作比，可谓是无形化有形，凡语显妙境。而译者在此将汪伦幻化作"she"，将李白与男性友人之间的友情错误地理解成了男女之情，可见译者未能准确领会原作者的主观动机或意图，惹出了十分荒谬的笑话。他的胡译完全打乱了原诗的整个基调，使得原文本中的交际信息无法得到有效传递。如此，翻译言语实践诸主体之间的视域便难以趋一，意义恒定的本体世界和现象世界也无法融合成一体之境。

　　古诗词属于表意传情功能文本，对于这种凝练的语言生态形式与体系，其交际目的是向西方传播中国古典文化精髓与审美样态，曲解诗歌之意、无法做到等值交际的译文永远不可能真正被译入语读者所理解、接受。因而译文在迁移过程中若能相应地体现出源语语言知性生态系统中所含有的样态与整体意义，或者说能引起读者类似的反应（功能效果相似），便可说其翻译言语行为实现了交际功能与目的，这其实就是对整个文本知性体系的关注和考量、整合与易化。

　　我们再来看几个宋词的译例，如苏轼词作《临江仙·夜归临皋》中"夜饮东坡醒复醉，归来仿佛三更"的两种译文：

林语堂译②：

> After a drink at night,
>
> Tungpo wakes up and gets drunk again.
>
> By the time I come home it seems to be midnight.

---

① Jane E.Ward. Wang Wei: An Homage to[M]. US: Poet Laureate-Multimedia Artist, 2008: 18.
② 林语堂. 东坡诗文选[M]. 台湾：正中书局股份有限公司，2008：130.

华岑译①：

Drank tonight at Eastern Slope, sobered up, drank again;

Got home somewhere around third watch.

三更即为子时，是古代的时间名词，指半夜十一时至翌晨一时，后来一般用三更指代深夜。林语堂所译的"midnight"意指"午夜"，而"午夜"指深夜零点，与三更在时间上仍存在一些差距，虽然能基本达意，但仍未能精确传达"三更"之意，在原词生态知性环境的呈现上未能如意。再看华岑的译文，他将"三更"译为"third watch"，所译虽艰涩，但确有此说法，且"third watch"这一译法给读者有偏离主流价值观的异质感回味，实现了原词知性生态系统文化维的迁移和交际，可以说是适应了翻译的"交际生态环境"，成功传递了译文总体的交际意图。

再来看看苏轼另一名作《江城子·乙卯正月二十日夜记梦》中"尘满面，鬓如霜"一句的译文是否有实现交际维度的适应和转换。

许渊冲译②：

My face is worn with care, and frosted is my hair.

华岑译③：

Dust on my face,Hair like frost.

苏轼的这首词是悼念亡妻的名作。原词中"尘满面"并非是实指，而是借比喻刻画了一个受尽相思折磨的人物形象，这是原文语境中的整体知性生态系统，翻译时译者应做整体考量，努力实现原词知性生态系统的迁移和交际。许渊冲将其意译为"worn with care"，较好地把这句词的内在深蕴传达出来，能让西方读者产生与中国读者相似的感受，实现了交际效果的等值输出。而华岑将"尘满面"

① Burton Watson. Selected Poems of Su Tung-P'o [M]. Minneapolis: Consortium Book Sales & Dist, 1993: 85.

② 许渊冲. 宋词三百首[M]. 北京：中国对外翻译出版公司，2007：202.

③ Burton Watson. Selected Poems of Su Tung-P'o[M]. Minneapolis: Consortium Book Sales & Dist, 1993: 65.

直译为"dust on face",让人感觉主人公的脸上真的布满了灰尘,与实际情况相去甚远。可见华岑的译文虽是忠实于原文的字面意义,但却未能传递出该句所要表达的意图——原文的生态语境,因而未能很好地实现交际维度的适应和转换,未能达到翻译言语践行英汉文化生态知性样式间的视域融合。

对于古诗词这种凝练的语言生态形式,其交际目的是向西方传达中国古典文化精髓与美,因而译文中应既有对目的语知性体系的相对适应,又有对原文尽可能、选择性的保留。

在一般意义上,翻译的交际维是原文作者与译文作者及读者之间的整体互动,读者能够领悟到作者的表达初衷,继而与作者共通共鸣,简言之,就是翻译功能维度的考量。因此,交际维的适应与选择需从整体宏观的视角出发,既要认同并忠实于原作的全息意义,又要增强其在译入语环境中的可读性和延展性,最终达到翻译言语践行诸主体间的视域融合,实现交际的最终目的。

第四节　整合适应选择度——语言文化价值与
生态文化价值的合一

"天人合一"整体思维范式下的生态翻译学意识到了翻译过程中各种元素关联的重要性、跨学科的交叉互融性以及多元思维的整体性。诚然,在我们进行跨文化、跨语际言语实践时,尽管言语翻译实践过程中的转换涉及多维度、多层次、多方面的考量,如社会、作者、读者、委托者等诸方面,但语言、文化、交际是最主要的三维转换方式。

事实上,每个维度、每个层次、每个方面的考量、转换和迁移又可分解成多个次维度,同时如同自然界生态系统关系一样,又都呈现出相互交织、互联互动互作的关系样态。所以,在翻译实践中,只有在最大程度上满足了本体论的承诺,并在语言、交际、文化等维度上践行"信与原作",最大可能满足社会主流诗学观照整体要求的译品才能被称得上是"整合适应选择度趋一性"的最佳翻译。

且看张九龄的《赋得自君之出矣》中"思君如满月，夜夜减清辉"的译文：

罗旭龢（Robert Kotewall，1880—1949）译[①]：

> For thinking of you,
>
> I am like the moon at the full,
>
> That nightly wanes and loses its bright splendor.

唐朝诗人张九龄的这首五绝意在描写一位独守空闺的少妇对远方丈夫的思念之情。原诗最亮眼之处在于将思妇浓烈的相思巧妙地比作月亮，以月的渐渐亏缺来烘托妻子那日益瘦损的脸庞，可以说比喻含蓄却生动、想象新奇又独特，给人无限遐想。我们都知道，月亮在中国古典诗歌中是一个常见的意象，古人喜欢借月来抒发对家人、对恋人的思念。在西方文化生态体系中，月亮同样是一个十分重要的意象，如象征贞洁、爱情、智慧等，但并没有思乡念人之意。在翻译中，要如实传达原文旨意，使源语生态体系和译语生态体系在语言、文化、交际等多维视角上能达到合一、圆融，并非易事。

关于这首诗，有很多译本，笔者最喜欢外国译者罗旭龢的这一个版本。"思君如满月"，原诗中那忠贞不移的妇人夜夜遥思夫君，如望着满月一样期待着终有一日能与他团圆，情之动人如斯。译者此句的译文遵循了原诗的修辞方式，"I am like the moon at the full"同样以明月来作为思妇的喻体，没有因中西方文化的差异而选择抛弃原文意象，而是作了保留及迁移，可以说是传达出了原诗的语言风格，直白朴实却同样真挚动人。后句的"夜夜减清辉"十分传神，仿佛可以照见女子对月怀人时那辗转反侧的愁思，如同明月清辉的日渐亏蚀黯淡一般，令她逐渐消瘦憔悴，此处的"减"字可谓是传神入化，译者所译的"that nightly wanes"不仅将满月后月亮的亏缺之态呈现出来，更是描绘出了女子因思念过度而逐渐暗淡无光的容颜，和后文"loses its bright splendor"作了照应，充满想象，意蕴无限。总的来说，译

---

① 文殊. 诗词英译选[M]. 上海，外语教学与研究出版社，1989：59.

文保留了原诗语言生态体系所蕴含的风格、特色，又做到了文化层面的保留传真，忠实再现了原诗的"义、象、韵"，使译语读者感受到了异质文化的美，并得以拥有和源语读者一样的视域空间。因此，此译文体现了较高的整合适应选择度。

再看一例，宋代词人晏殊的《蝶恋花·槛菊愁烟兰泣露》下阕及其译文：

昨夜西风凋碧树，独上高楼，望尽天涯路。

欲寄彩笺兼尺素，山长水阔知何处？

许渊冲译①：

> Last night the western breeze，
>
> Blew withered leaves off trees.
>
> I mount thetower high，
>
> And strain my longing eye.
>
> I'll send a message to my dear,
>
> But endless ranges and streams sever us far and near.

晏殊是婉约派的代表词人，此词融情于景，生动地刻画了主人公深秋怀人的伤离之情，语言婉丽清雅，情致深婉凄凉，境界更是辽阔旷远，堪称奇绝。这一阕所要表达的大意就是，主人公思念远方之人，在深秋时节，登上高楼，望穿秋水都寻不得对方的踪迹，即使想要寄书信诉相思，但山高水阔，都不知要寄去何处，体现了离愁别恨之浓烈、之深切。许渊冲的译文，从整体语言形式的适应转换上而言，做到了适度的适应与转换：句式如原词一样，长短句交错出现，排列有致；句尾的"breeze""trees""high""eye""dear""near"依循"aabbcc"之韵式，音韵和谐婉转，读之有如离人的愁绪一般缠绵悱恻、百转千回；译文的措辞精到，如将原词中的动词"凋"字转译为了形容词"withered"，呈现了秋叶之衰败，烘托了初秋的清冷；"strain"一词含"竭力、不堪承受"之意，"longing"一词体现出渴望之热切，因而，以"strain my longing eye"来翻译"望尽天涯路"

---

① 许渊冲. 宋词三百首[M]. 北京：中国对外翻译出版公司，2007：178.

十分传神达意，展现出了凭高望远的辽阔感和主人公望而不见的失落感。再看文化层面是否做到了传真：原词中包含文化意象——"彩笺"和"尺素"，在古代，"彩笺"指彩色的信笺，"尺素"指绢、帛等制成的小幅丝织物，在此均指书信。山水相隔如此之远，锦书亦难寄，译者在理解了原词的文化意蕴后，将其简译为"send a message to my dear"，在准确传达了源语文化生态体系信息元素的基础上，适应了译入语读者的文化习惯和认知方式。从交际层面上看，译者成功地领会了原作者的创作意图，因此原词中的语言信息、文化信息都能被完整保留并在译语生态体系当中得到了有效的迁移，能基本实现翻译实践诸主体之间有机互动后所建构的视域融合之境。可以说，译语生态系统和源语生态系统整体的语言功能和诗意效果相当，呈现出了两种翻译生态体系间一体互融、天人合一的艺术境界。

在古诗词的英译实践中，要实现源语生态知性体系和译语生态知性体系在多种维度上的完全对等几乎是不可能的，译者要做到的，是以整体综合之视角去考量翻译生态环境中的各个元素，并选择合适的翻译策略来适应动态的、发展着的翻译生态环境：在语言维方面关注文本内部关系知性体系，提高语言功底；在文化维方面注重文本外部诸要素，如文化精神格局、主流诗学价值形态等因素对原文知性生态环境原汁原味传输的制约和干扰，尽量保留并突出原文文化和文意内涵；在交际维方面正确领会原作者的主观动机或意图以及对读者产生的客观效果，调整原文的语言与文化生态知性样式，以适应读者的文化习惯、诗学价值观和认知能力，实现翻译言语实践诸主体间的视域融合。只有注重三个维度的有机结合与平衡协调，最大化地对古诗词中的语言形式、文化意象、交际意图等基本元素进行整合，倾力提高其整合适应选择度，才能实现译文与原文最大程度上的语言功能相似和诗意效果相当的目的，使翻译进入到具有"和合之美"的天人合一知性生态状态和艺术境界。古诗词翻译若能达到恰恰调和的境界，既符合原文意境，传达原作语义信息、文化信息，又能符合译入语整体语言文化知性生态环境，就定能涌现更多翻译佳作，引起更多国外读者对中国古典诗词文化的关注。

第六章　"天人合一"范式下的三维转换翻译法研究
——以苏轼词英译为例

极富中国古典生态智慧的"天人合一"认识样态从整体视角出发，对翻译进行了综观性考量，为理论基础不够坚实的生态翻译学提供了丰富的哲学素养，其语言维、文化维、交际维三维转换翻译方法更是整体观思想范式的具体操作模式。它关注译文的整体和谐，体现了译者在翻译过程中对人文合一性的追求。

作为中国文学史上的一代巨擘，苏轼的诗词独开一派，语言豪放、气势恢弘、意境辽阔，尤其是《水调歌头·中秋》更是历代咏颂中秋佳节的千古名作。因而苏词的英译研究有着独特的意义所在。选用苏轼词作的不同英译本来进行分析，以求论证"天人合一"认识范式下的三维转换这一"趋一"重构的翻译方法论对于古诗词翻译具有一定的理论解释力度和实践意义。

第一节　苏轼简介

苏轼（1037—1101）字子瞻，号东坡居士，四川眉山人，是中国古代文学史上一位杰出的文学家、美食家、诗人等，是著名的唐宋散文八大家之一，被认为是豪放派的灵魂人物。苏轼与父苏洵、弟苏辙，合称"三苏"。苏轼曾因反对王安石新法而遭受朝廷排挤，后又因乌台诗案罪贬黄州，可以说一生辗转波折。虽于苍茫人世沉浮，但苏轼仍旧保持着豁然达观的心态，入世积极，出世亦淡然。

苏轼是当之无愧的一代文豪，他一生创作了近三千首诗、三百多首词、八百多封书信以及数以百计的各类文章。可以说，苏轼是对词贡献最大的代表词人之一，他一洗当时北宋诗坛上浓丽深婉、好脂粉气的诗学形态，开创了独具风格的豪放词派，丰富了宋词的内涵，提升了宋词的境界。大多数人都认为豪阔放达是苏词的主要特色，但实际上，苏轼的作品风格是千变万化的，既飘逸豁达，又缠绵婉转；既放达深旷，又隽秀清逸。苏轼善用夸张、比喻、拟人等修辞手段，他所秉持的修辞理念便是顺应自然、追求本心，"既雕既琢，复归于朴"，反对刻意雕琢、故作晦涩、华而不实的文风，以"真""朴"为孜孜以求的本色境界。因而其文风纵横恣肆、收放自如，其作品视野广阔、清新豪健，完全成就了一派豪放天然、超脱豁达的词风。

苏词题材宽广，几乎涵盖了生活的方方面面，用于表达哲学理念、个人情思、历史关照和对全人类的人文关怀。他主张"以诗为词"，使诗庄词媚不再是诗坛文体风格的主导，并"一洗绮罗香泽之态"，在词中"寄妙理于豪放之外"，创作出了无数令人难忘的千古绝唱，成功地增强了词的表现力、拓宽了词的主体、提升了词在文坛的地位。宋人傅干曾评价道："寄意幽眇，指事深渊，片词只字，皆有根柢。"苏轼以浪漫洒脱的个性，创造出空灵飘逸的意境，阐明深刻的人生哲理。尽管苏轼一生并不通畅顺达，但他却对人生的悲欢离合十分释怀，始终抱有一颗赤诚之心，不懈追求着人生价值和自我价值的实现，向世人昭示着"一蓑烟雨寄平生"的旷达胸怀，人生境界何等之高！

苏轼不仅在诗词文章上才华横溢，少堪伦比，在书法、哲学、佛学领域亦造诣颇深，可谓旷古奇才。但了解苏轼的人都懂得，苏轼的魅力更在于他那种涵盖万千而又独具风采的人格，以致北宋以后的清流雅士亦步亦趋，争相效仿。历代众多文人，如宋代的刘辰翁、黄庭坚，近代的王国维和林语堂等，都给予苏轼极高的评价。读苏轼词，便知词中有人、词中有品。苏轼以其一生的实践，为后人提供了一个几臻完美的人格典范，这就是他逝去近千年仍鲜活在人们记忆中的原因所在，也是今天苏轼研究的意义所在。因此，在中国文化走向世界的大背景下，将这一股飘逸着人文与灵秀的"东坡文化"译介于世界，可有助于让世界人民体味何谓真正的中华文化之美蕴。

第二节　苏词英译研究现状

国内外许多学者，如许渊冲、杨宪益、林语堂、伯顿·华岑、阿瑟·韦理等，都翻译过苏轼的一些作品，并取得了一定成就，但从整体来说，译作水平参差不齐，有些译作存在很多问题，其原因一则由于古诗词英译对译者英汉语修为和禀赋有很高的要求，有些译者的学术准备和自我修为皆无法达到标准；二则由于缺乏正确的翻译理论和评价体系的指导。诚然，关于诗歌翻译理论与研究有很多，且各自都尺有所短、寸有所长。例如许渊冲提出的三美理论，关注于意美、音美和形美的有效传递，为中国古典诗词英译实践作出了巨大贡献。但其理论的阐释仅从传统诗学维度认识古诗词的翻译认识论和方法论而已，过于诗性虚化，缺乏系统化论证，例如未曾论证两种不同语言知识体系如何转换的问题，故在实践上不易把握。在另一方面，因该理论只是关注文本语言编制关系，忽略了翻译中文本以外诸要素（诸如因不同读者、译者对译作有不同的角度和目的），此理论未曾对上述问题有任何知性体系的涉猎与构建，故在认识论和方法论二维上仍然存在不足之处。下文将对国内外苏词研究的研究现状和研究趋势进行简单梳理。

一、国内研究现状

国内学者如许渊冲、林语堂、徐忠杰、杨宪益、蔡廷干、初大告等都翻译过苏轼作品。《苏东坡传》的作者林语堂翻译了七首苏东坡词，并于 1947 年将其编入《东坡诗文选》。1950 年，在《诗词译选》一书中，黄文翻译了七首东坡词。许渊冲遵循自创的"三美"理论，译出了苏轼诗词集，并提倡在意、形、音三个层面上尽量保持和传递原诗的神韵，最大限度地使译文达到形美、意美与音美的完美结合。翁显良在《古诗英译》一书中选译了三首苏东坡词进行翻译。杨宪益和戴乃迭也合译了苏轼诗词，并著有《苏轼诗词选》。任治稷采用韵体诗，选译了东坡作品，出版了《东坡之诗》。这些作家基本都关注于苏轼名作，如《水调歌头》《念奴娇》《江城子》《定风波》等的翻译，其中，许渊冲和林语堂的作品认可度较广。这些作品特色鲜明、各具魅力，扩大了苏轼在西方世界的知名度，亦促进了中国古诗词英译研究的蓬勃发展。

相当一部分国内外翻译大家对苏作进行了翻译，然专门立著来评析苏轼译作的研究并不多，而这仅有的一部分研究又主要侧重于苏轼名作鉴赏，如郭正枢在《林语堂英译六首苏轼词赏析》中评析了林语堂的六首词，并探讨其在苏词英译中采取的翻译方法。这类研究表明对于译作评析有助于促进对不同译者翻译风格的了解，旨在为苏作翻译提供更完善的理论范式。

在译作对比中，学者们侧重于选取许渊冲、杨宪益、林语堂、唐安石、伯顿·华岑等人的译文进行对比分析，且所选译文均为苏轼诗词名作，如《水调歌头·明月几时有》《念奴娇·赤壁怀古》《江城子·乙卯正月二十日夜记梦》等。例如戴玉霞在其著作中，从和合翻译理论实践出发，讨论不同英译版本的苏轼诗词对比研究。这类关于译作对比分析的研究，可以更进一步地了解不同译家的翻译风格，不断完善古诗词翻译理论，即在忠实原文的基础上，追求形意美的结合，达至古典之美的有效传递。

关于苏轼作品英译的研究视角较为发散，主要涵盖语言学观、文化观、修辞观、美学观等。

语言学和翻译研究相辅相成，不可或缺。近年来语言学在古诗词翻译研究中的运用也为翻译实践研究构建了新的理论框架。从语言学角度切入研究苏轼诗词英译也开始起步。黄国文教授遵循 M.A.K.韩礼德（M.A.K.Halliday，1925—2018）的系统功能语言学，对苏轼《题西林壁》四种不同译文展开了语篇分析，以功能语言学角度为视角，呈现给译者翻译中可能会出现的一些问题，为翻译研究带来新的启示，并通过不同英译本的分析来探讨功能语言学在文学翻译实践中的适用性和可操作性①。这些在语言学领域的新角度尝试为苏轼译作研究注入了新的活力，也为古诗词英译研究提供了独特可行的视角。

在跨文化交际背景下，译者的研究能力依赖于他们对本国文化和目标语言的了解程度。国内学者从文化角度切入来对苏作进行分析的研究也不少。顾正阳的《古诗词曲英译文化视角》选取苏词译作数首，从天气文化、婚姻文化、北国文化、茶文化等方面进行分析。文化观视角的研究表明：因东西方文化存在差异，翻译过程已不再是简单地追求与原作形式对等，更重要的是交际意义上的忠实对等，从而传达苏作英译中的文化审美。

修辞学是古诗词翻译领域的研究重点之一。苏轼在修辞技巧上独树一帜，善用比喻、夸张和移情等修辞方法。顾正阳在《古诗词曲英译理论研究》一书中选取苏轼译作，从比拟、夸张、拟声等修辞方法对不同的英译版本进行探索。王丹凤从词汇重复、隐喻、拟人、夸张等修辞手段来探讨苏轼词英译，认为译者若要准确传达出原文的音美、意美和形美，就必须要抓住原作的词汇特点，巧妙运用各种翻译策略②。这些研究都旨在说明在翻译时译者应注重原诗的语言风格，尽力将原文的修辞方法表达出来，从而忠实地反映原作中的意境，以使读者获得更深层次的审美感受。

有个别国内学者从美学角度对苏词英译进行了研究。刘宓庆以美学角度评析苏轼译作，并指出苏轼明确提出的"辞达"说成为了文艺美学的基本原则③。刘君从接受美学视角出发来研究苏词译作，提出翻译策略应关注目标语读者，体现出译者的能动作用，并能再现原作的美学特色。苏轼作品是中国文化的瑰宝，是中国文化美的象征，从美学角度而言，对苏轼作品的研究即是解读美、传递美的过程，译者应在适当发挥主体客观性的前提下，遵循一定的翻译原则，译出符合苏

---

① 黄国文. 翻译研究的语言学探索——古诗词英译本的语言学分析[M]. 上海外语教育出版社，2006：2.

② 王丹凤. 苏词英译中词汇特点的传译[J]. 甘肃联合大学学报（社会科学版），2010（1）：95-98.

③ 刘宓庆. 翻译美学导论[M]. 北京：中国对外翻译出版公司，2005：285.

轼风格、思想的佳作。

总体看来，国内苏词英译研究已具有一定的深度和广度，且呈现出广视角、宽学科、跨专业的态势。前人们的实践极大地加快了中国古典诗词向外传播的速度，大大提升了中国优秀经典文化在世界的地位。

二、国外研究现状

从国外来看，中国古典诗词也引起了一部分学者的关注。作为中国历史上一位才华横溢的作家，苏轼精湛的写词技巧及独特的豪放风格吸引了大量国外学者。西方学者的研究相对于国内研究来说，起步稍晚，但由于近年来文化交流的不断深入，此领域也获得了一定的进展。然而这些研究主要围绕于苏词英译本身，很少涉及其他领域。

国外学者对苏轼词作的翻译研究同样取得了一定成就。英国著名的汉学家翟理斯于 1898 年出版的《古文诗选》（*Chinese Poetry in English Verse*）一书中收录苏轼诗词两首。而后李高洁（Cyril Drummond Le Gros Clark，1894—1945）于 1931 年出版的《苏东坡文选》（*Select Works of Su Tung-p'o; Selections from the Works of Su Tung-po*）对苏轼十六篇名作以及前后《赤壁赋》进行了翻译，开苏轼作品英译风气之先河。在国外译者中，翻译苏轼作品量最多的该属伯顿·华岑，他以自由体的形式翻译了苏轼各个时期的诗、词、赋作品共八十多首，形成了著作《东坡居士轼书》（*Su Tung-p'o: Selections from a Sung Dynasty Poet*）。而更值得倾佩的是，他试图通过具体的翻译过程来阐明诗与词之间的区别，使读者对原文的特殊语言形式有所了解。其译笔流畅生动，不受英诗韵脚所限，颇能表现苏诗的精神和独特风格。在著名的书作《中诗金库》（*A Golden Treasury of Chinese Poetry: 121 Classical Poems*）中，唐安石翻译了苏轼的几首词，其中包括《水调歌头·明月几时有》等经典名作。此外，朱莉叶·兰道在《春之外：宋词选集》（*Beyond spring: Tz'u poetry of the Sung Dynasty*）一书中选译了苏轼的二十八首词，这是她在所列的宋代文人作品中所译数量最多的一位。

其他学者如路易·艾黎、王红公、萨姆·哈米尔（Sam Hamill，1943—2018）、大卫·辛顿、梅维恒（Victor H. Mair）等都翻译过苏词的词作，但影响不大，且未形成体系。可见，与国内汉学家所取得的成就相比，西方学者的研究在整体性、创新性上有所不足，在译作分析和译者研究方面仍属空白，有影响的作品寥寥无几，能中西结合自成体系的研究成果更是凤毛麟角。

第三节　苏轼《水调歌头·中秋》英译举隅

作为中国文学史上才华横溢的诗人，苏轼一生创作了无数具有代表性的佳作。除此之外，他倡导以诗入词，开创了豪放词风，词才得以成为文人个体情怀和抱负的抒写，不再是简单地将词纳入到世俗生活中去，而是赋予其一种更为高妙神往的艺术构思与审美意味。因此，翻译苏作，不仅能给译文读者带来东方异质美的艺术享受，在当今全球化背景下，更是向西方世界传递中国文化精神魅力、实现世界文化建设的重要方式。

水调歌头，又作"水调歌""元会曲"等，是一首词牌名。它源自于隋炀帝开汴河时曾制的《水调歌》，后经时人取其中一段，自填歌词而得名。水调歌头有其严格的格律和字数要求，因而在翻译时，词牌名这一文化典故的意义传达同样不可被忽视。

苏轼的《水调歌头·中秋》，是一首脍炙人口的中秋词，几乎人人都能吟诵，因此在此不再列出原文。原词共九十五字，上下阕各四平韵，且格调开阔，属一韵到底的长调。上阕有九句，下阕分十句，上下阕行数基本相当，词句长短交错、排列有致。此词在音韵上的显著特点体现在上阕第二、三、六、八句和下阕第三、四、七、九句押平声韵"an"，分别在以下这几个字上：天、年、寒、间、眠、圆、全、娟。原韵仿如行云流水般一气呵成，读起来铿锵豪放，饶有韵味，重现原词旷达洒脱之意境。

而原词的生态环境所体现的意义世界即是苏轼因官场生涯的不如意，再加之与胞弟苏辙相隔两地的现实境况，在中秋望月时抒发怅惘苦闷之情。然而词人并未一味地深陷于这种消极颓废的思绪中，而是迅即以豁达开朗的心境一扫内心的阴霾，呈现出词人对人生得失的超然洒脱以及对生活的无限热爱。全词以飘逸超然的笔墨营造出空灵瑰丽的月夜之境，使现实主义与浪漫主义水乳交融、浑然天成，呈现出苏轼别然不同的豪放词风。且全词寄意幽渺，情思深切，于富含的哲理中探求人生真谛，堪称中秋词中的千古绝唱。千百年来，该词在无数人心中产生了共鸣，可谓是雅俗共赏，经久不衰。它对于重乡土人情的华人来说意义非凡。宋代胡仔说："中秋词自东坡《水调歌头》一出，余词尽废。"①国内外不少学者也对其有着极高评价，并着力将其译成质量上乘的外文，使国外读者也能够共同欣赏、品味这一中华古典文化之瑰宝。

翻译古诗词除深厚文化底蕴和极高的语言技巧作为基础外，还得形成融理性与诗性为一体的整体翻译认识论义理知性体系，否则，很难翻译出符合读者品味且能在他者文化环境中适应生存下来的作品。以"天人合一"思维范式重构的具有整体关系考量知性样态的生态翻译学义理给予古诗词外译提供了较好的理论识度。重构的生态翻译学义理与翻译方法主要集中于语言维、文化维、交际维的适应性选择转换，以及三维的互为互作、整体合一的言语践行和旨归。基于此认识论，通过运用三维转换翻译法来分析国内外八位译家所译的《水调歌头》，并按 A（较好）、B（尚可）、C（基本达意）、D（无法达意）这一评分标准给各译文打分，以视各译者在语言维、文化维、交际维度上的整合适应和转换程度，试图得出具有一般操作意义的、中外译者有一定参照价值意义的语言维、文化维、交际维的整体优劣程度的评判标准。这样，在翻译实践中，遵循维度要素最多、程度最高的译文，便是最具整合适应选择度的佳作。可以说，译者只有对翻译生态环境的

---

① 胡仔. 苕溪渔隐丛话后集卷第三十九[M]. 北京：人民文学出版社，1962：321.

"语言内部因素"和"超语言外因素"均做到适应和选择,译文才能"生存"且"长存"。众所皆知,在现实的翻译实践过程中,语言、文化、交际等因素是相互联系、紧密交织在一起的,并不可孤立来看,但为其便于论述分析,我们在进行例证分析时将三个维度人为地切分开,依次单独进行分析,最后再对译文作整体性整合适应选择度总结、评析与考量。在此,本人选取《水调歌头》的国内外八个译者的译文进行三维转换下的对比研究,这些译者分别是许渊冲、林语堂、朱纯深、龚景浩、伯顿·华岑、唐安石、罗旭龢和诺曼·史密斯(Norman Smith,1872—1958)以及朱莉叶·兰道。以下是八位译者的译文:

许渊冲译[①]:

Prelude to Water Melody

How long will the full moon appear?

Wine cup in hand, I ask the sky.

I do not know what time of the year

It would be tonight in the palace on high.

Riding the wind, there I would fly,

Yet I'm afraid the crystalline palace would be

Too high and cold for me.

I rise and dance, with my shadow I play.

On high as on earth, would it be as gay?

The moon goes round the mansions red

Through gauze-draped window soft to shed

Her light upon the sleepless bed.

Why then when people part, is the oft full and bright?

Men have sorrow and joy; they part or meet again;

---

① 许渊冲. 宋词三百首[M]. 北京:中国对外翻译出版公司,2007:167-169.

The moon is bright or dim and she may wax or wane.

There has been nothing perfect since the olden days.

So let us wish that man

Will live long as he can!

Though miles apart, we'll share the beauty she displays.

林语堂译①：

To the tune of Shuitiaoket'ou

How rare the moon, so round and clear!

With cup in hand, I ask of the blue sky,

"I do not know in the celestial sphere

What name this festive night goes by?"

I want to fly home, riding the air,

But fear the ethereal cold up there,

The jade and crystal mansions are so high!

Dancing to my shadow,

I feel no longer the mortal tie.

She rounds the vermilion tower,

Stoops to silk-pad doors,

Shines on those who sleepless lie.

Why does she, bearing us no grudge,

Shine upon our parting, reunion deny?

But rare is perfect happiness—

The moon does wax, the moon does wane,

And so men meet and say goodbye.

---

① 林语堂. 东坡诗文选[M]. 天津：百花文艺出版社，2002：175-176.

I only pray our life be long,

And our souls together heavenward fly!

朱纯深译[1]:

Mid-Autumn Festival—To the tune of Shuidiaogetou

How often can we have

such a glorious moon?

Raising my goblet, I put

the question to Heaven.

Which year is it tonight,

in your celestial palaces?

I wish to ride the wind, and

return there, if not deterred

By the unbearable cold that must

prevail at that height.

Aloof there, one could dance

but with a lonely shadow;

So why not

stay on this Earth?

Hovering round my chamber,

Sidling through my gate,

a witness to my sleepless night,

You must bear no grudge,

but why should you turn so full

Every time when somebody's away?

---

① 朱纯深. 名作精译: 汉译英选萃[M]. 青岛: 青岛出版社, 2003: 132-135.

This is, anyway, an eternal flaw—

an uncertain world

under an inconstant moon.

Nonetheless, may all of us remain

long in this world, and share

The immortal moon even though

thousand of miles apart!

龚景浩译[1]:

Prelude to Water Ripple

"When shall we have a bright moon?"

Holding up a wine cup I queried the Blue Heaven:

"Tell me, in the celestial palace up so high

What year in its annals is tonight."

I'd like to ride the wind and go there

But was afraid it would be too cold up on high

In rose to my feet and danced with my own shadow.

'Twas not too bad down here!

The moon turned round the vermilion penthouse,

Casting its beams down through the lattice windows

And shining on the sleepless.

It need not evoke sadness, you know,

But why is it always so bright when the loved one's away?

We all have joys and sorrows, partings and re-unions.

The moon, it's phases of resplendence,

---

① 龚景浩. 英译中国古词精选[M]. 北京：商务印书馆，1999：93 -94.

Waxings and wanings—

Nothing in this world is ever perfect.

I wish a long life to us all.

Then, however far apart we are

We'd still be sharing the same enchanting moonlight.

伯顿·华岑译[①]:

Prelude to Water Music

Bright moon, when did you appear?

Lifting my wine, I question the blue sky.

Tonight in the palaces and halls of heaven

what year is it, I wonder?

I would like to ride the wind, make my home there,

only I fear in porphyry towers, under jade eaves,

in those high places the cold wind would be more than I could bear.

So I rise and dance and play in your pure beams,

though this human world—how can it vie with yours?

Circling red chambers,

low in the curtained door,

you light our sleeplessness.

Surely you bear us no ill will—

why then must you be so round at times when we humans are parted!

People have their griefs and joys, their togetherness and separation,

the moon its dark and clear times, its roundings and wanings.

---

① Burton Watson. Su Tung-p'o: Selections from a Sung Dynasty Poet[M]. U.S: Columbia University Press, 1965: 67.

I only hope we two may have long long lives,

may share the moon's beauty, though a thousand miles apart.

唐安石译[①]:

to the tune of "Barcarole Prelude"

"When did this glorious moon begin to be?"

Cup in hand, I asked of the azure sky:

And wondered in the palaces of the air

What calendar this night do they go by.

Yes, I would wish to mount the winds and wander there

At home; but dread those onyx towers and halls of jade

Set so immeasurably cold and high.

To tread a measure, to support with fleshless shade,

How alien to our frail mortality!

Her light round scarlet pavilion,'neath broidered screen, down streams

On me that sleepless lie.

Ah, vain indeed is my complaining:

But why must she beam at the full on those that sundered sigh?

As men have their weal and woe, their parting and meeting, it seems

The moon has her dark and light, her phases of fulness and waning.

Never is seen perfection things that die.

Yet would I crave one solitary boon:

Long be we linked with light of the fair moon

Over large leagues of distance, thou and I.

---

① John Turner. A Golden Treasury of Chinese Poetry Hong Kong[M]. Hongkong: The Chinese University Press, 2008: 94.

罗旭龢、诺曼·史密斯译[①]:

To "Water song"

Bright moon, when wast thou made?

Holding my cup, I ask of the blue sky.

I know not in heaven's palaces

What year it is this night.

I long to ride the wind and return;

Yet fear that marble towers and jade houses,

So high, are over-cold.

I rise and dance and sport with limpid shades;

Better far to be among mankind.

Around the vermilion chamber,

Down in the silken windows,

She shines on the sleepless,

Surely with no ill-will.

Why then is the time of parting always at full moon?

Man has grief and joy, parting and reunion;

The moon has foul weather and fair, waxing and waning.

In this since ever there has been no perfection.

All I can wish is that we may have long life,

That a thousand miles apart we may share her beauty.

朱莉叶·兰道译[②]:

Shui tiao ko tou

---

① Robert Kotewell & Norman Smith. 苏轼水调歌头英译. http://edu.yjbys.com/biyi/214245.html.

② Julie Landau. Beyond Spring:Tz'u Poems of the Sung Dynasty[M]. U.S:Columbia University Press,1997:109.

The moon—how old is it?

I hold the cup and ask the clear blue sky

But I don't know, in palaces up there

When is tonight?

If only I could ride the wind and see—

But no, jade towers

So high up, might be too cold

For dancing with my shadow—

How could there, be like here?

Turning in the red chamber

Beneath the carved window

The brightness baffles sleep

But why complain?

The moon is always full at parting

A man knows grief and joy, separation and reunion

The moon, cloud and fair skies, waxing and waning—

An old story, this struggle for perfection!

Here's to long life

This loveliness we share even a thousand miles apart!

一、语言维的合一

语言维的重心在于文本内部关系知性体系。语言维的适应性选择转换要求译者具备一定的艺术审美思维和审美感受能力，在尊重原文旨意的基础上，能把握原作生态体系的整体特征及审美取向，合理发挥灵性思维去解读原文本独有的文本意义和诗性意义，能以综观全局的视角体悟原文语言生态环境所营造的意义世界之韵味。

（一）音韵

在对《水调歌头》进行翻译和翻译研究时，我们首先必须假定原词的音韵形式可用另一种语言知性关系形式替代与表达，并有可能产生同等或相似的美学效果。

事实上，中外各翻译大家在进行言语实践时都是这么所思所为的。请看表 6-1 中各译文的韵律等级。如许渊冲的译文则较好地发挥了英语语言和韵律的优势，再现了原词语言知性生态体系的音韵美，在此他采用英诗的韵式 ababbccdd——"appear、sky、year、high、fly、be、me、play、gay"，用抑扬格取代原诗平仄，且多用圆润的元音[ai][ei]，开口度较大，读之更为清晰、圆润，如行云流水般直流而下，符合原词语言生态体系所营造的音韵效果。林语堂在此采用押头韵的形式，具体发音为[f]——"festive、fly、fear、feel；[s]——"she、shine、stoops、silk、sleepless、so、say、souls"；[w]——"why、wax、wane"和押尾韵的[ai]——"sky、by、high、tie、deny、goodbye、fly"。尾韵分布方式基本与原文相同，遵循了原词一韵到底的语言特色，通过极好的押韵技巧和节奏感，达到了音美和形美的和谐合一。朱纯深和罗旭龢、诺曼·史密斯的译文虽整齐清晰，但无严格押韵，读起来平直无起伏，损失了原词的音韵美。龚景浩押辅音韵较多，读起来较短促、模糊，不够清晰流畅，无法产生等同于原文的音美效果。伯顿·华岑全词只押了一个尾韵[a]在"appear、there、bear"上，韵律感不如林、许的译文强，且音节过多，全文的音韵感较生硬，无法体现原文流畅之音乐美。唐安石的译文每行音节数多，显得冗长和累赘，与原词的简洁明快相异，直抒胸臆的特点已荡然无存，虽大体上以韵体翻译，但读起来像是散文分行。朱莉叶·兰道采用自由体翻译，无固定韵律，亦无法有效传达原词语言生态系统中的韵律美，从而使译文在整体美上大打折扣。从表 6-1 中看，许渊冲和林语堂的译文皆整体考量了在它者语言知性生态体系中音韵选择和重构，皆以它者韵体诗的形式译词，尽量重现出能够体现原词的押韵特色与效果，从功能进、从韵体出，与原文铿锵豪放的韵律效果亦颇为接近，因而所得评价最高。

表 6-1　各译文韵律的评价等级

译者	天（tian），年（nian），寒（han），间（jian），眠（mian），圆（yuan），全（quan），娟（juan）	等级
许渊冲	采用韵式"ababbccdd"（"appear、sky、year、high、fly、be、me、play、gay"）；较多使用元音[ai] [ei]	A
林语堂	[f]— "festive、fly、fear、feel"；[s]— "she、shine、stoops、silk、sleepless、so、say、souls"；[w]— "why、wax、wane"；[ai]— "sky、by、high、tie、deny、goodbye、fly"。	A
朱纯深	无严格韵律	C
龚景浩	过多使用辅音	C
伯顿·华岑	仅押 [eə] 韵— "appear" "there" "bear"	C
唐安石	使用过多音节，趋向散文化	D
罗旭龢和诺曼·史密斯	无严格韵律	C
朱莉叶·兰道	采用自由诗形式	D

（二）修辞

苏词善用夸张、拟人、比喻、对偶等修辞方法，其词恢弘雄放、格调高昂。修辞风格、语言形式与主题意境、诗作要旨相辅相成，翻译时要注意修辞风格的整体传递，把原文的语言生态体系融化迁移到译语中，以做到形似服务于神似、形神互为。

请看表 6-2 关于"人有悲观离合，月有阴晴圆缺"一句不同译文的评价等级。原文采取了对偶的修辞方法，句式对应齐整，仅用短短十四个字，便抒发了词人对于漂泊无常的人生所有的哲思和感慨。在翻译时，为适应并体现原词语言知性生态系统，译文应尽量向原词作者的修辞风格靠拢，最大限度地再现原词修辞之精妙。原词中，"悲欢离合"和"阴晴圆缺"是属于四字对称结构，许渊冲的译文遵循了原词中对偶修辞的转换，"sorrow and joy"和"bright or dim"形式对应，形服务于神、神活在形中，再现了原词的语言生态意境，"part or meet again"和

"wax or wane"对照工整、押韵精巧，呈现出"悲欢离合"与"阴晴圆缺"这一对偶形式下词汇意义的失衡样态。林语堂以归化手法为主，但他仅仅表达了"离合"和"圆缺"之意，而"悲欢""阴晴"的原词意蕴已然缺失，且在对偶这一修辞上的适应性选择转换不够理想。朱纯深的版本虽为意译，但"an uncertain world"这一句中的"uncertain"一词暗含着世间难以预料的欢聚与离散，而"an inconstant moon"中的"inconstant"一词又巧妙地表达了月光的倏忽不定，使得"悲欢离合"和"阴晴圆缺"之共意在此交汇。语言简练，意味却无限深长，但从整体上看，译文未能体现文本回归本体论的承诺义理与实践，无法体现原词对偶修辞这一形式美。龚景浩和其他国外译者也采用了异化的译法对称地译出了全部词汇意义，呈现了译文和原文相似的意义世界，表达了词人的创作主题——宇宙瞬息万变，人间离合亦是常态，唯有以平常心共享佳时美景才是人生该有的状态。可见译者们翻译时在两种语言知性体系之间做出了整体考量、选择和重构。但龚景浩、伯顿·华岑、唐安石的译文过于冗长，在句式上不如许渊冲、罗旭龢和诺曼·史密斯、朱莉叶·兰道的译文齐整，有违于原文对偶这一修辞的对称性和简洁性。虽然在两种语言生态知性体系之间进行诗词翻译时，要在句长和行数方面保持相似形式很困难，但这正是诗词翻译魅力之所在。许渊冲和罗旭龢、诺曼·史密斯深知顺应原词知性生态体系不可牺牲原词的风格和形式，在对译语读者审美心理的考量中，以效果为准绳，对以切合译语生态系统为指向的知性生态法则作出调整、选择和重构，尽量达到与原文相似的表达效果。

表6-2 "人有悲观离合，月有阴晴圆缺"各译文的评价等级

译者	人有悲欢离合，月有阴晴圆缺	等级
许渊冲	Men have sorrow and joy; they part or meet again; The moon is bright or dim and she may wax or wane	A
林语堂	The moon does wax, the moon does wane, And so men meet and say goodbye	C

续表

译者	人有悲欢离合，月有阴晴圆缺	等级
朱纯深	This is, anyway, an eternal flaw—an uncertain world under an inconstant moon	C
龚景浩	We all have joys and sorrows, partings and re-unions. The moon, it's phases of resplendence, waxings and wanings	B
伯顿·华岑	People have their griefs and joys, their togetherness and separation, the moon its dark and clear times, its roundings and wanings	B
唐安石	As men have their weal and woe, their parting and meeting, it seems/The moon has her dark and light, her phases of fulness and waning	B
罗旭龢和诺曼·史密斯	Man has grief and joy, parting and reunion; The moon has foul weather and fair, waxing and waning	A
朱莉叶·兰道	A man knows grief and joy, separation and reunion The moon, cloud and fair skies, waxing and waning	A

二、文化维的合一

文化维关注文本外部诸要素如文化价值、文化特性、文化生态体系等一切宏观和微观要素活性摄入后的有效呈现。源语生态体系和译语生态体系在文化维层面上的趋一致同则需要译者在处理文化维的转换时，能突破语言层面，深入了解两种文化体系所呈现的现实世界，把握原作生态体系的整体特征及审美取向，适度顺应译入语读者的文化认知，尽量贴近译语读者群的文化规约和习俗，将其超乎言语表征结构之外的整体风韵传达出来，从而臻至"情与景谐、思与境共"的艺术审美境界，得以真正实现翻译在文化维度上的传承与传递，达到翻译生态环境的平衡。

（一）词牌名

在词中，词牌名亦是十分重要的文化意象，体现出词这一特殊文体的时代背景。对于熟悉宋词的人来说，词牌的意义在于表明作者填词时所依照的曲谱，但若涉及到词牌名的英译，必须要考虑它的历史起源以及特有的格律，才能准确地传达其艺术神韵。

首先，关注下词牌名的翻译，请看表 6-3。词牌是填词用的曲调名。每一个词牌名有固定的字数、平仄等。《水调歌头》来源于《水调》，由当时隋炀帝开凿汴河时所作，这几乎是词牌中最早的来源，有其特殊的历史背景和填词格式。"prelude"为前奏之意，不如"tune"符合原意。若意译为"Water Melody""Water Ripple""Water Music"或是"Water Song"等均不能很好地传达原意，会令国外读者产生文化误解。若只音译为"Shuidiaogetou"，又会让人无法理解。在此，林语堂、朱纯深、唐安石等人用"tune"一词引出后面的词牌名，但唐安石译成"Barcarole Prelude"，较为艰深难懂。显然，林、朱两人的翻译更为恰当，既对具体的词牌名进行了保留，又将词牌名的范畴表达得较为清楚，能让西方读者对于宋词的文体特色有更进一步的了解，实现了原作文本意义和文化诗性意义的双重传承与传递，从而维护了原词文化生态体系的完整和平衡，促进了宋词这一独特文体在西方的有效传递。

表6-3　各译文词牌名翻译的评价等级

译者	水调歌头	等级
许渊冲	Prelude to Water Melody	B
林语堂	To the tune of Shuitiaoket'ou	A
朱纯深	To the tune of Shuidiaogetou	A
龚景浩	Prelude to Water Ripple	C
伯顿·华岑	Prelude to Water Music	B
唐安石	To the tune of Barcarole Prelude	D
罗旭龢和诺曼·史密斯	To water song	D
朱莉叶·兰道	Shui tiao ko tou	C

（二）文化意象

古诗词中的文化意象内涵丰富，是文学翻译中不可忽视的重要内容。在文学翻译中，保持译者和读者对目标文化环境的统一认知度是非常重要的。译者需尽最大努力贴近并重现原文本整体生态系统中的文化意象，适度顺应目标语读者的文化认知，满足他们对异质文化的期待视野，实现原作与译作两大张力间的文化动态平衡，从而获得"象外之象"、"神韵兼具"的整体审美感悟。

《水调歌头》此词共有七个主要文化意象：明月、青天、天上宫阙、琼楼玉宇、朱阁、绮户及婵娟。结合国内外八个英译版本，下文将详细分析上述文化意象是如何在翻译迁移过程中进行整体考量、选择、整合，化作符合译入语的知性生态系统。

先看表 6-4 中词上阕的四个文化意象的选择、考量和整合表征。首先看明月。明月在中国古诗词中一直是很重要的文化意象，极具中国文化色彩。明月千里寄相思，代表着绵绵的思念之情。此词的定位时间为中秋，即是满月，是华夏民族传统中合家团圆的日子，这是原词的文化生态环境。许渊冲译得最好，"full"代表着一种动态的圆满，描写了皓月当空之景及一家团聚的其乐融融之感，揭示了中秋满月代表团圆的中华文化生态蕴意。朱纯深和唐安石将之译为"glorious moon"，"glorious"一词含义丰富，除了"光辉绚丽"，还可表达"极为宜人、令人愉快"之意，因而在描绘出明月绚烂之余，还能准确传达它给人的美好情思，成功地展现了原词这一文化意象所要表达的深意。原词中的明月不光指月光明亮，还暗含着圆满和遥思，因而龚景浩、伯顿·华岑、罗旭龢和诺曼·史密斯所译的"bright moon"仅仅释意，未能表现其背后深涵着的文化感情，林语堂和朱莉叶·兰道的"moon"过于简单，原词文化意象所勾勒的意境无迹可寻，难以给读者营造广阔的想象空间，且源语生态知性体系和译语生态知性体系之间也无法进行架构。

表6-4　上阕各译文意象翻译的评价等级

译者	明月	等级	青天	等级	天上宫阙	等级	琼楼玉宇	等级
许渊冲	full moon	A	sky	A	the palace on high	A	crystalline palace	B
林语堂	moon	D	blue sky	C	the celestial sphere	C	jade and crystal mansions	A
朱纯深	glorious moon	B	heaven	B	your celestial palaces	D	there	D
龚景浩	a bright moon	C	blue heaven	D	celestial palace up so high	B	there	D
伯顿·华岑	bright moon	C	blue sky	C	palaces and halls of heaven	D	porphyry towers, jade eaves	C
唐安石	glorious moon	B	azure sky	C	the palace of the air	C	Onyx towers and halls of jade	C
罗旭龢和诺曼·史密斯	bright moon	C	blue sky	C	heaven's palaces	D	Marble towers and jade houses	B
朱莉叶·兰道	moon	D	clear blue sky	D	palaces up there	D	jade towers	C

再看"青天"的翻译。由词可知，词人创作的背景在夜晚。因而天不可能是蓝色，青天只是为了满足汉语音节的需要，而非指客观事物。因而此意象的翻译要注重忠实性，而非僵硬地对译，令译入语读者生疑。对于这个意象，许渊冲译得最好，其"sky"简洁明了，是在理解原文基础上的翻译，符合原文意境，可激起读者对意境的联想。朱纯深采取异化手法将其翻译成"heaven"，与"hell"相对，具有神话色彩。它不仅仅指客观的天，对于信仰天主教、基督教的西方读者来说，"heaven"更易于接受，符合文化维度的转换。但龚景浩在"heaven"一词前添上"blue"，就不是太为妥当，因为 blue 在英语里有"忧郁"之意，不可用来修饰"heaven"。其余译者不约而同地将青天译成了"blue sky""azure sky"等，

可见他们没有深入地了解原文的生态知性体系，脱离了词的写作背景，违背了原词文本的文化生态系统，故在文化意象的传达上不尽如人意，无法致达与原文"合一"和谐境界。

"天上宫阙"也是中国特有的文化意象，在此指嫦娥居住的广寒宫，是为特指，因而不可用复数，大多数译者翻译成"palaces"，都是因不理解其意蕴而犯的错。也不应如伯顿·华岑般翻译为"hall"，因"hall"显然不如"palace"恢弘壮观，无法勾起与原文相似的联想意义；而唐安石所译的"the palace of the air"有点不知所云，仿佛如海市蜃楼般飘渺。上述诸译皆违背了原文的文化生态知性体系，又不符合译文的文化生态知性体系，而许渊冲译的"the palace on high"最好，较符合英汉文化生态知性体系。"high"一词显示了宫殿的高远，译文给人一种凛然昂立的感觉，符合原文广寒宫给人营造的意境。林语堂译为"the celestial sphere"，"sphere"一词专指圆形状的天体，未能表现宫殿之意，整个译文与原意象相去甚远，未符合原词语言文化生态系统的转换。龚景浩的"celestial palace up so high"，基本能表达出原词所蕴含的文化信息。中国古典诗词讲究辞藻精简，英译亦该如是，原词四字结构，且"high"已可表明在天上，无需用"celestial"重复，因而总体而言，林语堂的译文仍然不如许渊冲的译文简洁，在意境的传达上与原文还有一些距离。

"琼楼玉宇"意指晶莹剔透的美玉建成的楼阁。许渊冲译为"crystalline palace"，"crystalline"意为透明的，虽可表达出楼阁剔透光亮的特点，但不一定是玉做的，可以是水晶，也可以是玻璃，且楼阁不可与宫殿等同。朱纯深和龚景浩两位译家都将其译为"there"，简洁，不明指，与上文的天上宫阙交相呼应，虽可引人遐思，但回避了文化意象的翻译，在文化维度上的适应不够理想，无法保证信息交流的顺利实现。伯顿·华岑的"porphyry"，唐安石的"onyx"，过于晦涩难懂，不能达意。而朱莉叶·兰道译为"jade towers"，过于简单，源语义成分有所流失，无法给读者留下深刻印象。罗旭龢和诺曼·史密斯译的"marble towers and jade houses"为直译，表意尚可。相比之下，林语堂的翻译最好，译文中心词"mansion"意为"a large impressive house"，可体现中国古建筑物的雄伟壮观，对原文中的文化意象做到了有效保留和再现。可见，处于翻译互动环节中心地位的译者，必须要理解文化意象的价值所在，才能较好地掌握译语和源语在文化构因和意识形态上的区别，在不断的取舍循环中实现翻译在文化维度上的传承与传递。

再看表6-5中下阕的翻译：朱阁，顾名思义为红色的楼阁，绮户有两种意思，以丝或纱为帘的窗户或装饰华丽的门户，两者均体现出词人作为达官贵人的身份地位。统观来看，国内外译者对朱阁的理解总体上都较为正确，翻译未有过大偏离，皆符合和适应汉英两种文化生态体系，但朱纯深译为"chamber""gate"，将渲染的细节删去，省略了重要的文化意象，过于简洁，使得意境全失。伯顿·华岑和朱莉叶·兰道都译得循规蹈矩，可基本达意。而关于绮户的译文，许译的"gauze-draped"较好，"gauze"意为薄纱，原词中以纱编织的窗子，透出朦胧的月光，意境非常美，许巧妙地运用了构词法，把中国特有的古建筑文化融入世界文化之中。林语堂译的"mansions red"与"silk-pad doors"短语结构不对应，最好译成"red mansion"，且其"silk-pad"是以纱填充的门户，"pad"有衬垫之意，与原意不太相符。龚景浩译的"penthouse"一般指小棚屋，与装置华美的楼阁意象相去甚远。再来看看外国译者们的翻译，罗旭龢和诺曼·史密斯译得最贴近原意，"silken"一词可体现出绮户朦胧细致的感觉。伯顿·华岑译的朱阁可以达意，而"curtained door"与绮户意象不符，未译出其材质，与原文略有出入。唐安石所译的"broidered screen"，原意为绣花制成的屏风，与绮户的意象相差过远，朱莉叶·兰道的"carved window"亦如是，均未能很好地体现原词语言知性生态体系背后深蕴着的文化内涵。综观而言，许渊冲和罗旭龢、诺曼·史密斯的译文在这两个文化意象的转换上较符合原词语言和文化生态系统。由此可见，译者发挥创造力时需考虑译入语的文化价值生态体系，以兼容并蓄之姿译出最符合原文生态体系的译文，使源语文化得到目标语读者的理解和尊重。

表 6-5　下阕各译文意象翻译的评价等级

译者	朱阁	等级	绮户	等级	婵娟	等级
许渊冲	vermilion tower	B	gauze-draped window	A	the beauty	A
林语堂	mansions red	C	silk-pad doors	C	souls	D
朱纯深	chamber	D	gate	D	immortal moon	A
龚景浩	vermilion penthouse	C	lattice window	C	enchanting moonlight	C
伯顿·华岑	red chambers	B	curtained door	B	moon's beauty	A
唐安石	scarlet pavilion	B	broidered screen	D	light of fair moon	C
罗旭龢和诺曼·史密斯	vermilion chamber	A	silken windows	B	her beauty	B
朱莉叶·兰道	red chamber	B	carved window	B	loveliness	C

　　婵娟，意为美好的样子，此处指明月，是中国古典诗词中极为重要的文化意象。如"绿竹临诗酒，婵娟思不穷""不知何处望婵娟""休笑放慵狂眼，看闲坊深院，多少婵娟""浮生共憔悴，壮岁失婵娟"等皆是借月夜抒怀的佳句。每当中秋佳节，望月怀人是中华儿女的传统习俗，月圆象征着人团圆。此词即为借月抒情，表达了词人对远方亲人的遥思之情。原词生态系统中，婵娟指的是明月，而非每天晚上都会有的忽明忽暗的月光，因而翻译成译文"moon"比"moonlight"显得更为合适。林语堂译为"souls"，过于异化，可见其在此着力于切合外文语境，而忽视了源语文化意象的传递，有点过于夸张，心造成分过大。朱纯深的译文"immortal moon"也是独具匠心，"immortal"一词带有永不消亡的意思，在这里形容月亮，营造出一种恒久的感觉，揭示出人的思念之情亦是千古不变，符合原文意象所传达的文化内涵。龚景浩、唐安石所译的核心词为"light"，忽明忽暗的月光有不恒定感，在此与明月的亘古不变这一特性相连，确是不够妥当。罗旭龢、诺曼·史密斯翻译成"her"，是模糊译法，将月拟人化，更拉近了与人的距离，牵引出月圆人团圆这一文化内涵。朱莉叶·兰道意译为"loveliness"，基本能达意，但指示性还不够明确，应当传达出此文化意象的具体内涵。许渊冲、朱纯深和伯

顿·华岑在此译得最好,他们尊重了源语和译入语两方的文化语用规则,以动态的视角去深入认识和理解两种不同的文化生态知性体系,既保留了原词整体知性生态环境,又很好地遵守了文化维的适应性选择转换。

三、交际维的合一

翻译是原文文本意义在多样化语言生态体系下的移植、转换和融合过程。翻译活动从本质上来说,是翻译言语实践诸主体之间所进行的信息交际行为,关注的是翻译言语实践诸主体之间有机互动后创造的视域融合。因而,为了让读者理解译入语所呈现的生态知性环境,还必须实现原文本交际信息的准确传递,让目的语读者了解源语生态体系下的总体交际意图(包括原文语言形式和文化内涵等显性及隐性要素的有效传递),尽力实现源语生态体系和译语生态体系在交际效果上的等值效应,使译文能与原文中的义、象、境达致"妙合无垠"的合一境界。

在原词中,有一个共性的理解误区是,很多读者会将"起舞弄清影,何似在人间"这一句理解为"在月光下随着清影起舞,天上的生活哪能与人间的快活相比呢?"但事实上,古文中的"何似"二字并无"哪里能比得上"之意,只是纯粹地将两件事物进行比较罢了。可见原文并非鄙弃天上、赞美人间。由于中英文表达习惯的不同和中国古典诗词用词凝练的特点,大多数译者在不知晓原文语境意义的基础上对原文进行了曲解,请看表6-6,外国译者都基本强调天上与人间的巨大差异,译文与原意相去甚远,无法使目标读者产生同等的阅读体验;而林语堂却把"何似在人间"译为"有入仙界之感",有易化原文的文意生态样态。龚景浩所译的"'Twas not too bad down here"虽了解了原文的语义,并未将其误解为"无法比拟",但感情色彩并非很贴切,不甚符合原文的文意生态。相对而言,许渊冲对原文的理解较为正确,所译较为符合原词的意蕴与文意生态样式,设问的设定使形式上与原文保持一致,且押韵自然,读之连绵上口,唯一不足之处在于"rise and dance"有为韵而韵之嫌;如果将该句修改为"To moon I dance with my shadow I play",可能会更好地体现三维互作整体和谐之美。但总体而言,许译能有效地将原词语言文化生态体系融入译语体系中,达到了翻译言语践行诸主体间的视域融合。

表6-6 "起舞弄清影,何似在人间"各译文的评价等级

译者	起舞弄清影,何似在人间	等级
许渊冲	I rise and dance, with my shadow I play. On high as on earth, would it be as gay?	A
林语堂	Dancing to my shadow, I feel no longer the mortal tie.	D
朱纯深	Aloof there, one could dance but with a lonely shadow; So why not stay on this Earth?	D
龚景浩	In rose to my feet and danced with my own shadow. 'Twas not too bad down here!	B
伯顿·华岑	So I rise and dance and play in your pure beams, though this human world – how can it vie with yours?	D
唐安石	To tread a measure,to sport with fleshless shade, How alien to our frail mortality!	D
罗旭龢和 诺曼·史密斯	I rise and dance and sport with limpid shades; Better far to be among mankind.	D
朱莉叶·兰道	For dancing with my shadow— How could there, be like here.	D

在"我欲乘风归去,又恐琼楼玉宇,高处不胜寒"一句中,词人把嫦娥所住的蟾宫和人间作了比较,天宫富丽堂皇,又高远肃冷,而人间虽是劫难重重,却也令人流连不已,可见词人欲去还留的矛盾心理。因此,"乘风归去"可以说是一语双关,表达了词人进退两难的心理状态:既想随风飞去天宫,忘却尘世烦忧,又希冀着能尽早重返官场,为国尽忠。请看表6-7中关于这一句的各种译文。林语堂、伯顿·华岑和唐安石把"归去"看作回归故乡,可见他们对原文生态的选择、整合和适应性考虑不够,只译出了原文中的一层含义,不甚符合原词背后的文意生态体系。罗旭龢、诺曼·史密斯和朱莉叶·兰道的译文没有译出"归去"何方之意,这些译文在整体效果的对应程度上较为欠缺。相比之下,许渊冲、朱

纯深、龚景浩只用了"there"回指上文,并未指明"there"究竟为何处,此模糊译法创造性地再现了原文作者内心矛盾茫然的心境,从整体上营造了与原文相似的文意生态和意境效果,实现了交际效用与功能。此外,许渊冲选用的"fly"这一动词动态感十足,读者读之便能产生身临其境之感,幻想着作者像仙人一样飞入仙境一般飘渺自由的世界,从而引起与原文读者相似的心理反应,最终达到翻译言语践行诸主体间的视域融合。可见许译在交际维度的表情达意层面上适应得更好。

表 6-7　"我欲乘风归去"各译文的评价等级

译者	我欲乘风归去	等级
许渊冲	Riding the wind, there I would fly	A
林语堂	I want to fly home, riding the air	C
朱纯深	wish to ride the wind, and return there	B
龚景浩	I'd like to ride the wind and go there	B
伯顿·华岑	I would like to ride the wind, make my home there	C
唐安石	1 would wish to mount the winds and wander there at home	C
罗旭龢和诺曼·史密斯	I long to ride the wind and return	D
朱莉叶·兰道	If only I could ride the wind and see	D

"但愿人长久,千里共婵娟"一句已经成为了相隔两地的人们表达浓浓相思的美好祝愿。婵娟是个很重要的文化意象,前面文化维已经分析过,在此不作赘述。请看表 6-8 中,林语堂为了顺应西方人的思维模式,作出了抛弃原文文化意象的选择,以符合译语的文化生态样态,把"千里共婵娟"一句异化为"our souls heavenward together fly",意为让我们的灵魂共升天国,与西方基督教文化即相信人死后在天堂灵魂不灭这一价值观如出一辙。这样的翻译无法传递原文的文化生态样态,使译文在整体忠实性上大打折扣。龚景浩、朱纯深所译无功无过,能准确地将文化原意表达出来,大体上能实现文化交际的目的。在国内译者中,当属许渊冲的译文最妙,他充分解读了原文文化意象所含的意蕴,将其译为"we'll share the beauty she displays",成功再现了原文中的文意生态样式和意境美,且句式整齐、押韵有致,真正实现了三维的互作和谐之美。朱莉叶·兰道的译文"This loveliness we share"中省略了重要的婵娟这一意象,所指不明确,抛弃了原文的文化生态意象,交际意图亦无法凸显。唐安石所译的尾句将人称代词转换成"thou and I",符合汉语诗歌的写作习惯,并能较好地引起读者的共鸣,顺利将原词的生态语言知性体系迁移融入到译语中,使译文具有整体建构之美。罗旭龢、诺曼·史密斯的译文较平铺直叙,在表意上倒也恰到好处。伯顿·华岑和许渊冲一样,把它译为"share the moon's beauty",表达了相隔万里的人们共赏同一轮明月的愉悦感,成功体现出源语语言知性生态系统中所含有的功能,取得了与原词同等的交际效果,在翻译言语实践中巧妙地易化了文化生态样式,达致视域融合。

表6-8 "但愿人长久,千里共婵娟"各译文的评价等级

译者	但愿人长久,千里共婵娟	等级
许渊冲	So let us wish that man. Will live long as he can! Though miles apart, we'll share the beauty she displays.	A
林语堂	And so men meet and say goodbye. I only pray our life be long, And our souls together heavenward fly!	D
朱纯深	Nonetheless, may all of us remain, long in this world, and share The immortal moon even though, thousand of miles apart!	B
龚景浩	I wish a long life to us all. Then, however far apart we are We'd still be sharing the same enchanting moonlight.	B
伯顿·华岑	I only hope we two may have long long lives, may share the moon's beauty, though a thousand miles apart	A
唐安石	Long be we linked with light of the fair moon Over large leagues of distance,thou and I.	A
罗旭龢和 诺曼·史密斯	All I can wish is that we may have long life, That a thousand miles apart we may share her beauty	B
朱莉叶·兰道	Here's to long life This loveliness we share even a thousand miles apart!	D

四、整合适应选择度的趋一致同

"天人合一"认识范式重构下的生态翻译学所给出的翻译标准关注于译文的整合适应选择度。这就要求译者把翻译看作一个整合一体、和谐统一的系统，将译者、译本、译境及翻译的内外因等因素融入到一个整体翻译生态环境中去考量，且从实际出发，本着对原文的整体感悟，建立原文的整体认知模型，在注重整体效应呈现的基础上发挥灵性思考，再综合衡量译文的逻辑结构、语义连贯、整体意义以及交际效果等，把控大局，从小至大、从上至下、由浅入深、由外到内进行全方位、宏观建构以追求理性、得体、至善至美的翻译理想境界。

请看表 6-9 中关于《水调歌头》各译文在三维转换上的整体适应选择度等级统计表。由统计分析可见，国内译者获得了 15 个 A、12 个 B、13 个 C 以及 12 个 D，而国外译者总共得到了 6 个 A、13 个 B、16 个 C 以及 17 个 D。可以说，在整合适应选择度上来说，国内译者总体要比国外译者好。国外译者因对不同文化及其背后的知性体系了解得不够深入，对原词的意义领悟得不够透彻，因而在三维转换的适应和选择能力上略显不足。总体而言，林语堂秉持作诗、译诗的关键原则，即"含蓄寄意，间接传神"，可以说，林译在语言维方面成功地再现了原文中的音韵美，但译文所勾勒的意境与原文实在差距太远，个别文化意象的翻译甚至是有失忠实，在文化维和交际维上均有所欠缺，与原词整体的语言生态系统有所出入，无法引起读者同等的心理回应。朱纯深的译文较为简练、直白，强调文化内涵的有效传达。他并不过多关注于原词的语法、句法、结构等，而是选择从宏观出发，舍形求神，但因其省略了原词生态体系里的过多细节，在传达词的蕴意和意境上有所欠缺，丧失了原文的知性生态样式。而龚景浩的译文过于追求与原词的语言形式对应，在文化维度和交际维度的适应和转换上又显不足，使原文的知性生态样式未能得到有效的易化迁移。外国译者中，唐安石的译文虽讲究格律辞藻，但对原文的理解不够充分，其译文与原意差距甚大，原词生态系统中的文化信息无法得到有效传递。伯顿·华岑的译文追求结构和形式对等，不够简洁和直接，使译文过于沉重，有违于原词简洁的语言生态系统体系。罗旭龢和诺曼·史密斯的译文较为逊色，缺乏对于中国文化意象的正确认知，译文在三维层面的适应与转换上都表现得不够理想。朱莉叶·兰道的译文总体不错，传达了音韵，保持了简洁的形式，但她不了解原文，有些语义无法准确传递，同样没有做到源语与译语知性生态样式的有效调和。就该词的语言、文化、交际维而言，许渊冲的译文最接近原词语言与文化生态体系，在对原文意境的把握上更胜一筹，也很重视原文音美、形美的再现，真正体现了三维相互交织、互联互动的关系样态，因而其译文整合适应选择度最高。他在翻译中经过酝酿与内化，充分考虑到了读者群体对于陌生的原词生态知性体系产生的理解障碍，在三个主要维度上做到了适应性选择转换，使译文具有同原文相近的语境效果，从而可更持久有效地担负起文化传输的作用。可以说，若译文能做到与原文语篇内容、形式、意境保持一致，整体的美感就会大于部分相加之和。

表6-9　各译文整合适应选择度的评价等级统计

译者	A	B	C	D
许渊冲	10	3	0	0
林语堂	3	0	6	4
朱纯深	2	4	2	5
龚景浩	0	5	5	3
伯顿·华岑	2	4	5	2
唐安石	1	3	5	4
罗旭龢和诺曼·史密斯	2	4	3	4
朱莉叶·兰道	1	2	3	7

第七章 诗词·翻译·文化——学生古诗词英译作品赏析

以"天人合一"思维范式重构的语言维、文化维、交际维三维转换翻译方法是整体观思想范式下翻译实践的具体操作模式。在"天人合一"生态整体观范式下，古诗词的翻译方法强调的是对文本整体的把握和体认，要求译者从源语生态知性体系这一个意义恒定的本体世界出发，经过整体考量、诗性整合等过程，将译语生态知性体系构建成一个与源语生态知性体系视域融合后的现象世界。为了验证"天人合一"认识范式所重构的三维转换翻译方法在古诗词英译研究中的适用性，本人在教学过程中引入"天人合一"范式指导下的三维转换翻译方法，以指导学生进行古诗词英译翻译实践。本章选取《雨中对湖感》及《题龙阳县青草湖》的学生英译作品进行赏析，从语言维（文本内部关系知性体系的动态呈现）、文化维（文本外部诸要素的活性摄入）、交际维（翻译言语实践诸主体间的视域融合）这三个层面来探讨翻译实践过程中源语生态系统与译语生态系统是否达到了视域融合，从而验证三维方法论对指导古诗词英译实践及作为古诗词翻译评判标准的可行性与合理性。

第一节 《雨中对湖感》英译赏析

《雨中对湖感》这首诗作者不详，笔者深感此诗言简意丰，较适合翻译初级学者，因此在授课过程中让学生尝试进行了翻译实践，以下选取了学生习作中较有特色的两个译本进行分析解读。以下是原文和两种译文：

云自水中生

波上无舟横

镜湖映凡尘

任雨乱纷争

译文一①：

Rain, lake, feeling

From the water the cloud generates,

Above the ripple no boat floats.

In the mirror the secular world reflects,

From the air the rain rushes.

译文二②：

Feeling about lake in the rain

Cloud emerges from the water

While boats resting in the harbor.

Lake mirrors the mortal world

Where the rain is in disorder.

这首诗描绘的是诗人雨中望湖之景，抒发的是诗人淡泊名利、超脱世俗的思想，意蕴丰富高洁、境界浑然天成，品之只觉诗中有画、画中有诗，颇有王维诗歌之意境。

原诗的生态知性体系囊括了语言知性体系和文化知性体系。先看语言知性体系，原词中的"生、横、尘、争"全押韵，读之音韵流畅、连绵起伏，且文辞精炼，仅用四个动词"生、横、映、乱"便勾画出了一幅平和、冲淡的雨中湖景图，动静相谐、形神兼备，呈现出画卷般如梦如幻的诗意世界。可以说，用字虽看似

① 为浙江越秀外国语学院汉语国际教育 1501 班舒燕乐同学所译
② 为浙江越秀外国语学院汉语国际教育 1502 班韩颖怡同学所译

平淡不经雕琢，却是字字珠玑、毫无赘言，显露了诗人深厚的语言功底。

再看文化知性体系，原诗中包含了"云、水、波、舟、镜湖、凡尘、雨"等意象，而这些意象都是山水诗派诗人经常用到的元素。比如"水"这一意象，蕴含丰富的情致，既灵动、纯净，又变化万千、绵长不息。在唐代山水派诗歌中，水是高雅淡远、清净无声的，"行到水穷处""近听水无声"，脉脉清流即象征着诗人们澄静的心怀。又譬如"云"这一意象，"坐看云起时""孤云独自闲"，古人认为云具有禅意，善以"云"的洁白无暇、悠然自得来比喻闲适无忧的隐逸生活，表达与世无争、超凡脱俗的人生态度。再看"雨"这一意象，"一灯夜雨故乡心""身世浮沉雨打萍"，古诗词中的雨，诸如秋雨、夜雨、急雨等经常与愁闷苦痛联系在一起表达诗人忧伤惆怅、悲苦失意之情绪。原诗中，除了"雨"这一意象是动态的，其余意象均呈现出静态感，因而这些意象组合在一起，形成了一种视觉和听觉的强烈冲击感。我们仿佛可以想象出这样一幅画面：云水相生，真假难分。湖面平静无波，不见舟楫亦不见渔人，这清明如镜的湖面不仅倒映着天上的白云，更是折射出了凡尘世俗之万象，而湖水的清净无暇亦似乎暗示了诗人彼时彼地恬静淡雅的心境——即使是纷乱大雨滂沱而下，依旧淡然闲适，不被名利迷途，仍忘我于物外去寻求本心安逸的淡泊境界。寥寥数字，诗意尽显。

先看译文一。译文最明显的特征是运用单数人称的优势通押[s]韵，但不免给人强行押韵之感，稍显矫作，读之也较为单调、累赘。诗歌具有无可比拟的音韵美，虽说译为无韵的自由体不符合大众审美取向，但因韵害义就不太可取。译文的句式结构非常齐整，将方位介词短语前置，可突出后文的重点，也是译诗中常用的一种方式。再看点睛之笔——四个动词的译法，"generate"一词有"make sth exist or happen"之意，虽说可以表意，但过于生硬，无法将白云从湖水中悠然而现的过程呈现出来，不如译文二的"emerge"一词来得生动。我们都知道，舟和船的区别在于舟比较小、比较轻，远远望去，仿佛飘浮在湖面上的一片树叶，因而古人经常会将其形容为"一叶扁舟"。译者在此用"float"一词来表达漂浮在湖面上的小舟之轻巧之姿，可以说十分精准地抓住了舟这一意象的特点。又如 "reflect" 一词，含 "show an image of sth" 以及 "reflect deeply on a subject" 之意，表达出湖水之镜能清晰地折射出现实世界、勾勒出尘世万千样态之意，因而以此来呈现 "镜湖映凡尘" 的 "映" 这一富含深意的动作，还是十分贴合原文语义生态体系的。"凡尘" 一词起源于道教或神话故事，指的是人世间，与 "仙界" 相对，用 "world" 一词，显然不够达意，未能表达出它的宗教色彩，而 "secular" 一词意为 "现世的" "世俗的"，凡尘俗世在西方语境中的对应词即为 "secular world"，它可准确传达出原文文化意象之意。但用 "mirror" 一词来译 "镜湖" 过于简单，会让人产生疑惑，若译为 "mirror-like lake" 更为恰当。末句中 "rush" 一词表 "仓促、匆忙"，但搭配的主语一般为人，以其描写落雨的状态似有不妥。"天人合一" 整体观下的翻译实践强调整体把握和诗性整合，总的来看，该译文能做到基本达意，但译句之间相对离散，呈现的是一个个独立的画面，平静无波的湖面与雨中纷乱繁嚣的现实世界仿佛毫无关联，无法体现出诗人那超然物外、淡泊高雅的隐逸风骨，因而也不可能引起读者同等的心理回应，在诗作合一整体意蕴美的传达上还有所欠缺。

译文二由两句宾语从句组成，形式对应齐整、语言简洁精炼，符合原词语言生态系统的整体风格。更难得的是，译文每一句都做到了押尾韵[ər]，读之平仄相辅、节奏和谐，富有韵律美，实现了原诗音韵层面的有效移植。前两句中，"emerge" 一词释意为 "从隐蔽处或暗处慢慢出现"，在此可以将白云的倒影于湖水中悄然出现的整个过程生动地展现出来，云影神游于波面，更烘托出湖水之清之静。再者，"rest" 这一动词具备拟人功用，以此来呈现湖上无舟停靠之境，暗含着亦无渔人休憩于上的意味，更凸显了环境之清幽。在后两句中，"mirror" 一词为名词活用作动词，反映出了湖水的至纯至净，因而 "lake" 之前就无须再用修饰词，便可将原文中的 "镜湖映凡尘" 之意巧妙地表达出来。对于关键文化意象——"凡尘" 的翻译，译者选用 "mortal" 一词，它指的是 "凡人的" "未能永生的"，因而 "mortal world"一译也符合源语的文化生态样态。末句的"disorder"具"混乱、凌乱之意",以介词短语"in disorder"来翻译"乱"符合译入语的用语习惯,它除了可表达纷纷雨落之态势,还能揭示出凡尘俗世的纷繁喧嚣,从而衬托出诗人内心的平静和安宁,可谓一语双关。与译文一相比,此译文更好地做到了在语言维、文化维、交际维层面的适应性选择转换,其整合适应选择度达到了较高层次,能使读者在品读译文时体会到原诗旨在传达的文化意蕴,实现了源语生态体系与译语生态体系在交际意义上的忠实对等,使其义、象、境能达致"妙合无垠"的合一境界。

第二节 《题龙阳县青草湖》英译赏析

《题龙阳县青草湖》为元末明初诗人唐温如所作的七绝,因其具有唐诗的风格特色,《全唐诗》曾误将此诗收入在内。笔者也就将错就错,让学生尝试了翻译。请看原诗及两种译文:

西风吹老洞庭波,一夜湘君白发多。

醉后不知天在水,满船清梦压星河。

译文一[①]:

A poem written in Longyang County near Qingcao Lake

The west wind blew Dongting's youthful face away.

Overnight, the goddess Xiang Jun's hair turned grey.

Being totally drunk, he did not know the sky is afloat in the lake.

The boat laden with his pure dreams drifted in the Milky way.

---

① 为浙江越秀外国语学院汉语国际教育 1502 班陈筱波同学所译

译文二①：

> Sail upon the Dongting lake
>
> Autumn wind blows on the lake's face.
>
> Ripples grows like wrinkles.
>
> Tosses and turns overnight,
>
> Xiangshui Goddess's hair turned white.
>
> My drunken eyes become blurred,
>
> unable to see the water and sky integrated,
>
> The boat is floating on the Milky Way,
>
> carrying me and my distant dream away.

（Note: Xiangshui goddess refers to the wife of Emperor Shun who died of heartbroken in Xiangshui River when she heard that her husband was gone forever.）

全诗意境奇幻、深远，想象浪漫、独特，特别是后两句，更是美得醉人，有诗仙李白的风范。诗人采用虚实相合的手法，将萧瑟的洞庭湖秋景与诗人酒醉后的飘渺梦境相结合，传达出对岁月迟暮的感怀。

原诗大意如下：萧瑟的秋风吹动了洞庭湖的波纹，就仿佛多愁的湘君在一夜之间白了头，而我躺卧在轻舟上，醉眼迷蒙中将倒映着满天星辰的湖面当作了天空，分不清是真是幻，还以为小舟载着睡梦中的我在星光灿烂的银河上飘荡而去。先看原诗的语言生态知性体系。原诗语言平实精炼，虽无押韵，但音律圆美流转，读之余韵袅袅、回味无限，首句中动词"老"字生动地描绘出了飒飒秋风吹拂洞庭湖的力道，仿佛都能使广袤无垠的洞庭湖平添波纹，令湘君多生了白发，可谓是一语双关。而后句的"压"字更是用得十分之巧妙。清梦即是美梦，而梦是无形的、无物理重量的，诗人所说的"满船清梦"便可知其陷入的梦境之深、幻觉之沉，"压"字能将这种堕入梦境的感觉真实地重现出来，可谓是构思奇妙、情致

---

① 为浙江越秀外国语学院汉语国际教育 1502 班梁佳钰同学所译

天然。在原诗中，诗人提及了两个重要的文化意象——西风和洞庭湖以及一个文化典故——湘君。西风是古诗词中重要的意象之一，"八月西风起"，"西风"指的就是"秋风"。它象征着萧索的秋天，往往带有浓重的悲凉感，如晏殊名句"昨夜西风凋碧树，独上高楼，望尽天涯路"。因而，诗人在此，便是借冷冷西风传达出暗含的悲秋之情。再看"洞庭湖"这一意象，地理位置绝佳的洞庭湖古称"云梦泽"，"衔远山、吞长江"可谓是沧溟空阔、充满魅力。诗人屈原甚至将其描绘为神仙出没之所，除此之外，李白、杜甫、刘禹锡等诗人也都曾经作诗赞美过洞庭湖风光，描绘其生态、人文之美。诗人取以洞庭湖之景，更能凸显景色之浩荡，衬托诗境之恢弘。湘君的传说与洞庭湖的渊源又很深，洞庭湖是湘水的入水口，而湘君是尧的女儿，舜的妃子，她听说舜帝死于苍梧之野，然驾舟在洞庭湖仍寻不到夫君身影，便因悲伤过度而卒，化为湘水女神。因而这伤感的神话传说与洞庭湖的萧杀秋景相结合，更烘托出诗人的悲秋之意。

请看译文的分析。从诗歌翻译语言维的转换上看，译文一做到了通押一韵，"away""grey""lake""way"均押[eɪ]这一尾韵，读之朗朗上口、绵长婉转，且句式齐整简短，呈现一种整饬之美；译文二在押韵上也不逊色，"face""wrinkles""overnight""white""blurred""integrated""way""away"遵循"aabbccdd"之韵式，读之音律变幻有致、流转畅然，句式虽不及译文一简洁，但句法多变、结构清晰。再看原诗中几个字眼的翻译。关于"吹老"的理解，译文一用了词组"blow away"，但"blow away"一般指吹走，吹散，与"face"搭配并不妥当，似有因韵害意之嫌；译文二用了"ripples grows like wrinkles"这一生动比喻来描绘被秋风吹皱的波澜如同迟暮美人脸上的皱纹一般，"grow"一词带有动态感，能表明秋风是一阵胜过一阵强烈，吹动着洞庭湖的湖水，可谓是匠心独运。再看译文所选用的人称。译文描写的是诗人夜晚在洞庭湖上泛舟时的所见、所思、所梦，译文一选用第三人称"he"的视角，给读者以疏离感，读之仿佛只是在叙述一段和诗人无关的呓语罢了；译文二选用第一人称，能将读者带入到诗人那广阔浩渺的视野中以及那清新奇丽的梦境中，与诗人一起感受梦境的酣甜。可见，两名译者在音韵和句式的适应和转换上均是符合原作语言知性体系的，但第二位译者能更合理地发挥灵性思维去解读原文本独有的文本意义和诗性意义，以综观全局的视角体悟原文语言生态环境所营造的意义世界之韵味。

在此，文化维层面上的适应与转换主要关注于文化意象和文化典故的翻译，先看"西风"这一意象的翻译，我们需要注意的是，由于地理位置的影响，中国古典诗词中的"西风"与西方世界里的"西风"在文化表征上是完全不同的。在中国，西面吹来的风寒冷肃杀，因而西风多指凛冽秋风，象征着悲凉的情感，如离别之情、思念之殇等；而在西方则刚好相反，西风是温暖的、宜人的，往往隐喻着新生的希望和对自然生命的敬爱。关于古诗词中"西风"一词，笔者有研究过国内外几大译家的译法，发现大部分译者仍是直译为"west wind"，如《天净沙·秋思》中"古道西风瘦马"一句中的"西风"，许渊冲、翁显良等人的译文正如译文一一样，均是译作"west wind"，笔者觉得这种翻译显然不妥，容易令西方读者感到理解困难，造成文化误读。译文二显然处理得更好，译者考虑到了不同地理环境观念差异所引起的不同的文化认知，将其译成"autumn wind"，既点明了"西风"即为"秋风"之意，又能将作者暗含的悲秋之意如实托出。再看文化典故——湘君的翻译，译文一所译的"goddess Xiang Jun"和译文二的"Xiangshui Goddess"能基本达意，但是对于不了解这背后典故的西方读者，如果不作进一步的解释说明，必定会让读者在理解全诗的文化背景上存在一定困难，难以领略原诗背后的深意，易造成读者文化理解上的偏差，无法达到读者适应源语文化时互通互融的和谐状态。而译文二做得较好之处是在文后加以注解，在一定程度上有助于异语读者了解原作的文化内涵，可使译文在不同语言生态体系下保持文化的和谐一致性。前文已论证，源语生态体系和译语生态体系在文化维层面上的趋一致同需要译者在处理文化维的转换时，能突破语言层面，深入了解两种文化体系所呈现的现实世界，适度顺应译入语读者的文化认知，得以真正实现翻译在文化维度上的传承与传递，达到翻译生态环境的平衡。可见，在文化维层面的适应和转换上，第二种译文更胜一筹。

诗歌翻译也注重交际性，"天人合一"思想范式关照下的交际维适应和转换关注的是翻译言语实践诸主体之间有机互动后的视域融合。请看前两句"西风吹老洞庭波，一夜湘君白发多"的译文是否有实现原文本交际信息的准确传递。译文一译为"The west wind blew Dongting's youthful face away. Overnight，the goddess Xiang Jun's hair turned grey"，译文存在一些问题，如"吹老"译为"吹走"，令人不解，而后只用"overnight"这一时间副词来表示湘君的一夜白头，与前文在语意上缺乏关联性，无法将无情的秋风不仅吹老了洞庭湖，更是吹老了湘君的意义表达清楚，且白头译为"grey"，又是脱离了原词的生态知性体系；译文二的"Autumn wind blows on the lake's face. Ripples grows like wrinkles.Tosses and turns overnight，Xiangshui Goddess's hair turned white"就更为恰当，思念夫君的湘君同样也是因悲秋而辗转反侧一夜白了头，译者创造性地加上了"tosses and turns"这一动作，营造出一幅富有动态感的画面，让读者于此看见湘君的多愁善感。再看三、四两句"醉后不知天在水，满船清梦压星河"的翻译。译文一的"he did not know the sky is afloat in the lake"能基本达意，仿佛能看到诗人于醺醺然的醉意中把湖水中斑驳交错的倒影错认为了星辰满布的天空，"afloat"一词描绘出了天空之影的轻盈姿态。而"pure dreams"指的是纯洁的梦，用来表达"清梦"之意相去甚远，与原文所要呈现的梦境之深之远不符。译文二巧妙地将原文中的"我"转换成为"My drunken eyes"，因醉眼迷蒙而无法看见天和水的相融相合，诗人醉酒后的姿态便宛然而现。"float"一词虽不如原文般"压"字来得绝妙，但也能表示小舟在仿如银河般璀璨的湖面上缓缓漂行之意。而用"distant dream"来翻译清梦，笔者看来，也是非常有深意的。银河给人以遥远之感，而诗人的梦境如此之美也不过是"此曲只应天上有"的无奈，因为诗人那摆脱尘嚣的愉悦在现实中是寻求不了的，"distant"能表示时间和空间的遥远不及，能巧妙地传达出诗人梦境虽美好但无法实现的苍凉,可谓是含蓄丰富,契合了源语生态体系下的总体交际意图,给人以无限遐思。可见,在交际维层面的适应和转换上,第二位译者为了要让译入语读者理解其所呈现的生态知性环境,更有效地做到了原文语言形式和文化内涵等显性及隐性要素的有效传递,尽力实现了源语生态体系和译语生态体系在交际效果上的等值效应。

总体而言,译文二能有效地将原词语言文化生态体系融入译语体系中,达到了翻译言语践行诸主体间的视域融合,更好地体现三维互作整体和谐之美,让译文进入了"天人合一"之境。

通过学生译作的对比分析,可以看到,以"天人合一"思维范式重构的语言维、文化维、交际维三维转换翻译方法在古诗词英译研究中具有适用性与合理性,可作为指导古诗词英译实践及古诗词翻译评判的标准。

第八章 结语

第一节 研究总结

中国千年以降的"天人合一"思想范式是"自然""和谐""人本""中庸"这些生态智慧资源的营养钵，可为整体建构趋向认识样式的生态翻译学提供丰厚的哲学理论素养，将其运用到翻译研究中，可以看到，它有对翻译本体论的承诺、有对原作文本话语表征样式的回归、有对译者人文主体性的认可、有对翻译内外要素整体关系论的综合动态考量、有对"合一"建构性旨归的求索与向往，是可以放之四海而皆准的生态智慧义理。

生态翻译学的理论基础虽包含生态整体主义和东方智慧思想，但主要还是起源于西方达尔文的进化理论，其倡导的"适者生存""汰弱留强"等法则本身就不具备"生态性征"，违背了生态整体主义下的生态多样性，其"译者中心论"虽跳脱了译者隐形论的藩篱，却又陷入了译者中心论的排他性论调，抹煞了翻译终极意义的客观存在。因而，将其用于中国翻译实践则有"水土不服"之感，不利于翻译生态环境达至整体合一之境界。总体而言，生态翻译学理论存在一定漏洞，在术语、概念、研究范式等的阐释上还存有模糊不清又自相矛盾的成分，体现的仍然是后现代多元、解构、去中心的认识范畴，违背了翻译本体论的承诺。因而用富含生态智慧义理的"天人合一"认识范式去重构生态翻译学的理论基础，是十分合理且必要的。

生态翻译学发展至今，涉及的研究领域十分之广，古典诗词英译研究就是其中之一。中国古典诗词语言文本的谋篇布局，其本身语势与语态就是生态哲学义理的智慧化身，是翻译实践中不可偏废的研究课题，故其语言翻译行为中也应尽可能地保留住原文本的文化生态智慧样式，达到恰恰调和的天人合一境界，这是译者的使命和道德操守。

本书以唐诗宋词经典作品英译为研究对象，将东方智慧"天人合一"认识范式与生态翻译学理论进行整合，以整体、多维、人文、动态、致一的视角建构性地诠释和重构生态翻译学的理论基础，并结合古诗词的翻译特点，探讨了三维转换翻译方法论在唐诗宋词英译研究中的可行性，并系统地分析及评价了在诗词翻译中语言、文化、交际等各个维度的适应性选择转换，以构建具有华夏知性体系的话语形态和认识范式，为文学翻译研究扩宽研究的思路和视野，促进古诗词英译的理论研究和实践活动以及古典诗词在西方世界的传播和传承，从而传扬中国经典文学之美、提升我国整体软实力和为中华文明和东方智慧样式立言。

一、研究主要内容

本书共有八章，各章之间紧密相关，且层层递进、阐述合理，旨在为构建具有中国本土特色的翻译理论作出一次尝试。

第一章为全球生态转向中的重要一环——生态翻译学的理论简介。全球生态思潮的影响、生态学与翻译研究的联姻、翻译生态学与生态翻译学的共生共长成就了生态翻译学的缘起与发展。除此之外，本章详述了生态翻译学中蕴含着的丰富生态智慧：天人合一、中庸之道、以人为本以及整体综合，并梳理了生态翻译学在国内外的研究现状及其发展动态，阐明了诸如翻译生态环境、适应与选择、译者主体性、三维转换、整合适应选择度等核心术语，以求对胡庚申教授所创立的生态翻译学有更宏观、更直观的了解。之后，针对学界对生态翻译学研究范式提出的种种质疑，本研究指出了生态翻译学的主要缺陷，即命题与立论相悖、认识论与方法论相左，违背了本体论的承诺，从而进一步论述以"天人合一"范式这一后结构语境下的翻译理论形态重构生态翻译学理论的必要性。

第二章为以"天人合一"整体范式重构生态翻译学。基于"天人合一"精神格局的生态翻译学隶属于后结构语境下的翻译理论形态，体现了当代翻译学理论研究多学科交叉发展的样态。本章详述了它对翻译本体论的承诺、对原作文本话语表征样式的回归、对译者人文主体性的认可、对翻译内外要素整体关系论的综合动态考量以及对"合一"建构性旨归的求索与向往。可以说，"天人合一"思想范式下的"生态翻译学"才是中国本土生态哲学观所构建的、完完全全的本土化理论，是东方智慧体系下翻译研究理论发展的一大突破。整体观观照下的生态翻译学在翻译方法上集中于"三维转换"，即文化维、语言维、交际维的适应性选择转换。因而，本章以"天人合一"认识范式对生态翻译学三维转换翻译法进行了重构，提出语言为体（文本内部关系知性体系的动态呈现）、文化为灵（文本外部诸要素的活性摄入）以及交际为用（翻译言语实践诸主体间的视域融合）的三维翻译方法论，以求译文尽力实现源语生态体系和译语生态体系在交际效果上的等值效应，并能与原文中的义、象、境达致"妙合无垠"的合一境界。

第三章为唐诗宋词这一东方智慧知性体系的简要介绍。唐诗境阔、宋词言长，唐诗和宋词同为中国古代最有特色的文艺形式，是中国古典文学中不可或缺的瑰宝，是东方智慧知性体系的完美呈现，具有无可比拟的审美价值和情感体认。钩沉辑轶，考镜源流，在唐诗研究中梳理了唐诗的发展阶段、风格流派及句式、韵律、修辞等重要元素，并探讨了国内外唐诗英译研究之现状，并得出结论：唐诗英译研究起步较早，研究视角较广，涉及语言学、阐释学、美学、文体学、文化学及其他跨学科研究，已具有一定规模，且无论是中国学者还是西方学者，在翻译及研究唐诗作品时都试图保持原诗中的生态要素及生态智慧，尽力将唐诗之艺术美介绍给西方世界，令英语世界的读者和学者们得以领略东方文化的至真至美，但唐诗英译研究同样存在"译作质量瑕瑜不等""翻译方法未成体系"这一系列问题；在宋词研究中，细数了宋词的主要流派、句式、韵律、修辞、词牌名等重要元素以及国内外宋词英译研究之现状，所得结论即是国内外众多汉学家和学者对宋词英译研究作出了难以磨灭的贡献，使词这一特殊文学式样能够引起海内外广泛的关注，但不可否认的是，宋词英译研究还有不少问题亟待解决，如词的英译研究仍不够成熟、词的英译总量并不大、未形成一个合理健全的翻译体系等。在全球化大趋势下，文学经典作品的外译对于中国传统文化的传承及传播，起着至关重要的作用，因此本章最后一节阐明了古诗词英译的意义——将富有东方特色的文化精髓和智慧样式外译一来是语言本身的需要，二来是文化交流的需要。唯有通过语言这一交流纽带，才能让西方世界认识并领略中国古典文化的浪漫情怀，让中国文化走出地域的局限、参与全球文化建设与交流。

第四章为古诗词英译中生态智慧的呈现。首先，概括了古诗词中的主要生态理念：追求天人合一的至高境界；寻获道法自然的体悟；融入惜生爱物、泛爱亲仁的理念以及致达各元素的动态平衡，并列举了古诗词中的生态系统——海洋生态系统、淡水生态系统、森林生态系统、草原生态系统、农田生态系统以及城市生态系统，由此证明了古诗词中涵盖着丰富的生态智慧。对于生态思想如生命和自然的体悟一直是中国传统文学的主流价值取向，因而滋渊于中国古典生态哲学的古诗词英译需同样符合相应"天人合一"视域下的生态智慧知性体系，遵循生态翻译学中体现的翻译理念，即和谐翻译观、整体翻译观、中庸翻译观和以人为本翻译观。最后，以古诗词翻译名家——许渊冲先生的生态翻译思想为例，论证在翻译中国古典诗词的过程中，唯有译出符合原文和译文两方生态价值知性体系的作品才能令我国的优秀文化被世界所认可、重视及接纳，实现我国文化强国的战略目标。

第五章为古诗词英译方法论——三维转换翻译法的介绍。语言、文化、交际是实现翻译终极目标和宗旨的重要组成因素，这三者在翻译言语实践中体现的是互为共生的关系。在古诗词翻译研究中，诗歌文本意义生态体系可以简化为"语言（在此主要探讨语音、句式和修辞）、文化（在此主要探讨文化意象和文化典故）、交际（在此主要指翻译言语行为诸主体间的视域融合）"三维切入点，体现翻译过程中语言内部因素和超语言外因素之间所处的平衡、互动、和谐、共生之状态，并通过唐诗宋词英译文本的例证分析说明唯有遵循语言维层面、兼顾文化维和交际维的适应与选择，方能译出整合圆融化生度高的、趋向"天人合一"的译文。诚然，生态翻译学的多维转换不仅仅局限于文化、语言、交际这三维，还有别的层次，译者需综合考虑翻译生态环境中的各要素，结合翻译的特定目的，选择合理的翻译策略，令源语生态知性体系得以无碍地进入到译语生态知性体系，从而使意义恒定的本体世界和现象世界得以融合成一体之境。因而，最后一节探讨了翻译原则——整合适应选择度在古诗词英译中的呈现，译者需最大化地对古诗词中的语言形式、文化意象、交际意图等基本元素进行整合，倾力提高其整合适应选择度，才能最大程度上实现译文与原文语言文本内外部诸要素的动态平衡，使翻译达到语言文化价值与生态文化价值的合一境界。

第六章为"天人合一"三维转换翻译法下的苏轼词英译举隅。苏轼是中国文学史上的一代巨擘，为世人留下了不少千古佳作，因而苏词的英译研究有着独特的意义。第一节梳理了苏轼作品在国内外英译研究的现状，从研究中可知，国内外苏词英译研究已具有一定的深度和广度，学者们的实践极大地加快了中国古典诗词向外传播的速度，大大提升了中国优秀经典文化在世界的地位。本章选用苏轼代表作《水调歌头·中秋》的国内外八种英译本，以定性加定量分析的方式来探讨翻译实践过程中译者们在语言维、文化维、交际维层面上所作出的适应性选择转换的可行性，以求论证"天人合一"认识范式下的三维转换这一"趋一"重构的翻译方法论对于古诗词翻译具有一定的理论解释力度和实践意义。

第七章为学生古诗词英译作品赏析。以"天人合一"思维范式重构的语言维、文化维、交际维三维转换翻译方法是整体观思想范式下翻译实践的具体操作模式，它关注译文的整体和谐，体现了译者在翻译过程中对人文合一性的追求。本章选取《雨中对湖感》及《题龙阳县青草湖》的学生英译作品进行赏析，从语言维（文本内部关系知性体系的动态呈现）、文化维（文本外部诸要素的活性摄入）以及交际维（翻译言语实践诸主体间的视域融合）这三个层面来探讨翻译实践过程中源语生态系统与译语生态系统是否达到了视域融合，从而验证三维方法论对指导古诗词英译实践及作为古诗词翻译评判标准的可行性。

第八章结语概述本研究结论、价值及局限性，并为未来研究方向提供建议。

二、研究主要发现

以天人合一整体建构性翻译认识样式为思想本源，重构建构质感的生态翻译学理论基础及其翻译方法——三维翻译认识义理，从语言维、文化维、交际维对中国经典文学代表样式——唐诗宋词的英译进行了例证分析，所得出的结论如下：

（一）"天人合一"整体观认识范式能成为生态翻译学理论涵养之泉

"天人合一"整体观认识范式在翻译过程中强调整体把握和诗性整合，它具有本体论的承诺、文本自身的回归和主体人文精神的认同，是建构样态的哲学认识观。而生态翻译学的确在理论建构上，尤其在对本体论的把握上存在一定的缺陷，其"达尔文学说"中所呈现的"生态"所并不能真正体现"生态"之要义，可见其命题与立论相悖、认识论与方法论相左，体现的仍然是后现代多元、解构、去中心的认识范畴，缺乏对本体论的承诺，且过于强调译者的中心作用，就会使原文常态意义或终极意义不再是翻译活动孜孜追求的般若，而失去了文本意义的确定性，翻译也就失去了终极目标。而"天人合一"认识范式则不同，它在尊重译者主体性的基础上更推崇原文的至高性，强调译者应与翻译生态环境中的各类要素（包括对文本内部和文本外部各种关系的平衡以及相应的变化规律）互为一体，从原作文本话语表征出发，赋予并包容译者有度的人文诗性、灵性思维权利，主动作出适度的适应和选择，使译文与原作达致和谐合一的最佳状态。相比较而言，用滋渊于中国本土的华夏传统智慧范式而非西方原理去建构生态翻译学的翻译理论基底，更符合中国翻译理论的"生态性征"及东方智慧形态，因此可以说，"天人合一"思想范式下的"生态翻译学"才是以生态观为指向所构建的本土化翻译理论，是东方智慧体系下翻译研究理论发展的一大突破。

（二）富含生态智慧的唐诗宋词之英译实践应遵循生态翻译观

中国古典诗词蕴涵着丰富的古典生态智慧，彰显着华夏精神本质和思维范式。古代文人墨客懂得自然生态对人类的重要意义，他们关注并由衷热爱着自然环境，所作的诗词，大多带有生态元素，如"天人合一""道法自然""适中尚和""惜生爱物""泛爱亲仁""动态平衡"等，可见中国传统文化观照下的中国古典诗词文化与生态翻译学之间具有本质的共性。因而，古诗词作为具有重要价值的文化输出，为了让源语读者和目的语读者拥有相同的感受和情怀，其英译实践也应当遵循原文旨趣，体现出原诗所具备的文本及文本外各要素的特征，即相应的生态智慧知性体系。具体来说，在"天人合一"智慧知性体系的导向下，滋渊于中国古典生态哲学的古诗词翻译应遵循"天人合一"认识格局下的生态翻译学所体现的翻译理念，即和谐翻译观、整体翻译观、中庸翻译观和以人为本翻译观。唯有此，才能将优秀的中国传统文化融入到世界文化中，使全球语言文化生态系统更为丰富、和谐，使整个大环境下的翻译生态体系达至圆满和谐的理想境界。

（三）"天人合一"整体观下的三维转换翻译法可作为古诗词翻译的方法及评判标准

"天人合一"整体认识范式要求译者从实际出发，在符合原文整体审美取向的基础上，寻求各因素间的动态平衡，译文所达到的多维转换维度越多，其整合适应选择就越高，译文也就愈佳。翻译生态环境是一个同时具备外部环境和内部环境的复杂生态体系，它并非一成不变，而是在不断地进行生态因子之间的物质转化，在循环往复中达成动态平衡。因而，身处翻译环节中心地位的译者，需在所译文本各个层面做到适应和转换，以全面、发展的辩证视角分析翻译生态环境中各个组成要素之间的关系，才能做出最佳适应和优化选择，从而产出"以中致和、圆融化生"的翻译佳作。在生态翻译学中，语言维、文化维、交际维是翻译过程的三个抓手，源语生态知性体系经由语言维（语言内部关系知性体系的动态呈现）、文化维（语言外部诸要素的活性摄入）、交际维（言语实践诸主体间的视域融合）的适应与转换进入了译语生态知性体系，使意义恒定的本体世界和现象世界得以融合成一体之境。翻译过程的这三个层面在实际的言语行为中是互作的整体知性生态状态，从本质上亦体现了译者在翻译时须从整体、多维、人文、动态、致一视角诠释翻译文本和翻译活动。因此，运用"天人合一"认识范式来对生态翻译学的三维转换翻译法进行整合性重构是完全合理且有必要的。由唐诗宋词英译例证研究分析可得，"天人合一"思维范式下的三维转换翻译方法，既是跨学科译学理论在古诗词翻译研究中的一次有效尝试，同时，对汉古诗词所涉及的诸多维度有理论上的解释力度，且基于该义理的翻译质量评价指标具有一定的参考价值，具有现实的指导作用。

第二节　研究价值

在翻译理论方面，本研究用"天人合一"整体观义理重构生态翻译学的翻译原理和翻译方法，并将这一认识论和方法论作为指导及考量古诗词译作的标准，可以说具有一定理论创新性。生态翻译学的理论存在一定悖论，因而用滋渊于中国本土的"天人合一"智慧原理去建构生态翻译学的理论体系，更符合中国翻译理论的"生态性征"，也更符合全球生态取向的大趋势，有助于为中国文学作品翻译研究提供一个较为坚实的理论依据，为建构颇具中国古典哲学智慧形态的翻译理论知性体系指明前进方向，又能令受众读者意识到在翻译生态环境这个各要素互相整合、和谐统一的体系中，保留文化差异、实现文化意义的正确解读对维护全球语言文化生态系统的重要意义。

在翻译实践方面，本研究的主要特色在于以重构后的生态翻译学三维视角对唐诗宋词英译作品进行解读。通过不同译本的对比研究，尤其是苏轼代表作《水调歌头·中秋》的国内外八种英译本的详细分析，一方面可以探讨翻译实践过程中译者们在语言维、文化维、交际维层面上所作出的适应性选择转换的可行性，以求论证"天人合一"认识范式下的三维转换这一"趋一"重构的翻译方法论对于古诗词翻译具有一定的理论解释力度和实践意义；另一方面，可以为今后古诗词英译研究的纵深挖掘和横向延展提供一个较为合理的实践操作模式，从而促进中国古诗词英译研究的蓬勃发展。

第三节　研究局限性

由于写作时间、笔者研究水平有限，本书局限性有之，具体如下：

其一，研究深度和广度及研究方法的多样性上还可做进一步挖掘。本研究将富含中国华夏哲学智慧的"天人合一"认识范式嫁接于跨越"自然"与"人文"科学研究的生态翻译学之上，以中国本土生态知性体系来重新构建胡庚申教授所创立的生态翻译学义理，尤其对其翻译方法——三维转换翻译法作出了合一整体性的诠释，并将其运用到中国古典文化精髓之一——唐诗宋词的英译研究中去，旨在为文学翻译研究扩宽研究思路和视野，促进东方智慧体系下翻译研究理论的发展。以东方智慧来重构生态翻译学的理论基础，可以说是一次全新的尝试。虽然笔者在立著前已经经过了长期的思索，也通过各种渠道研读和收集了大量生态翻译学、中国古典哲学及传统译学等方面的文献资料，但因为学界从我国华夏智慧体系出发对生态翻译学理论进行剖析及重构的研究相当之少，所参考的资料十分有限，这在一定程度上限制了本研究在某些层面的深入探索，譬如如何从"天人合一"认识样式角度来对生态翻译学理论进行整体化、系统化的构建和完善，如何将三维转换翻译法更好地应用于古诗词英译及各维度之间并进行平衡等。同时，鉴于本研究跨及哲学、文学、翻译学、生态学等多个学科，论述中也要涉及到这几个学科的理论与知识，多学科整合需要研究者具备广阔的研究视野和深厚的科研功底，而笔者认知范围、研究能力有限，对一些专业化概念的认识和阐释不一定能做到完全准确、全面，文中可能会出现一些漏洞和不足。因而，日后若有机会，可在研究深度和广度以及研究方法的多样性上再做进一步挖掘，以查漏补缺，使本研究更具阐释力度。

其二，古诗词翻译在学术界一直被认为是最为艰难的领域之一，诗歌翻译作为一项艰巨无比的任务，需要研究者有超乎常人的耐心及毅力。众所周知，古诗词语词精炼、意韵丰厚，而汉语这一源语生态环境与英语这一译语生态环境之间具有极大的不对称性，因此英译要做到言简意赅、传神达意着实很难。笔者虽然十分钟爱中国古典诗词，但不得不承认，对唐诗宋词的研究还不够深入，对于文献资料的搜集整理也未尽完全，未能系统、细致地研读唐诗宋词的作品及历代学者对其的翻译和评述，对古诗词文本的理解也可能存在偏差甚至是误解之处；再者，虽笔者的专业方向是英语翻译理论与研究，对于翻译作品具备一定的鉴赏能力，但笔者毕竟不是文学典籍翻译的专业人士，对于诗词英译译文质量的鉴别能力有限，对各个译本的鉴赏评判也许会存在一定的主观性，所选取的译例也并不一定是最为典型的，这就会影响古诗词例证分析的客观性和三维转换翻译方法在古诗词英译研究中的可操作性；此外，虽然本书讨论了"天人合一"认识范式所重构的三维转换翻译方法在古诗词英译研究中的适用性，但"天人合一"生态翻译观视角下的古诗词英译研究在翻译研究标准、翻译主体论、翻译批评论等方面还有更广大的空间值得去深入探讨、研究，以求为古诗词英译研究提供更完善的理论视角、实践方针和评价标准。

笔者非常诚恳地希望各位专家学者在阅读本书后能对本书观点和论据提出宝贵的批评和指正，以供笔者在今后的研究中及时改进。

第四节　未来研究方向

通过一系列的研究，笔者认为，无论是在"天人合一"思维范式下的生态翻译学研究领域还是唐诗宋词英译研究领域，在未来都有着很大的拓展空间。

其一，在中国翻译学理论的构建过程中，跨学科样态是一大趋势。作为一种后结构语境下的翻译理论形态，基于"天人合一"精神格局的生态翻译学既是一种跨学科的、多学科交叉的样态，又是后现代思想滋润下当代翻译学理论研究的批判与转型，反映了翻译学由传统的机械、静止、单一学科视域转向当代跨学科整合一体的建构发展趋势。"天人合一"整体认识观是中国古代衍生的哲学思维范式，但它不仅仅适用于哲学领域，更已逐渐渗透到美学、文学、建筑学、宗教学、环境学、生态学等各个研究领域，带动着各个学科的前沿化发展进程，已成为中国经典文化中必不可少的重要一环。本研究以"天人合一"认识格局来重构生态翻译学就是跨学科整合的一个范例，因而日后中国译学理论的研究方向，无论是要自成体系、创建富有中国生态智慧的知性翻译体系还是借鉴西方理论、创立优势互补的中西方融合之思维范式，均将带有跨学科性质。所以，推动翻译理论的跨学科发散性研究，使其逐渐达致多元统一的视域融合将是未来中国译学的发展趋势之一。

其二，生态学本身就是一种世界观和方法论，基于天人合一认识范式的生态翻译学研究的跨科际整合同样具有整体主义的方法论意义。生态整体观这一多元、整合思维范式指导下的翻译实践，关注翻译过程中各种元素与它者之间的整合关联性，旨在营造翻译生态系统中相关元素的合一整体美，将其超乎言语表征结构之外的整体风韵传达出来，从而臻至"情与景谐、思与境共"的艺术审美境界。因此，今后的研究可从生态整体观出发，运用东方智慧知性体系下的翻译原则、翻译方法、翻译过程、翻译本质等理论要素，进一步探索除古诗词以外的中国经典作品英译研究，与更多典籍英译实例相结合，并在此过程中对翻译实践活动进行总结和完善，形成一个系统化的动态翻译研究模式。

其三，古诗词翻译虽具有较大难度，但如何在翻译中尽力呈现古诗词原有知性生态系统的特色美，并让西方读者了解并喜爱这一经典文类也是今后翻译研究者们努力的方向。"天人合一"视域下的三维转换翻译法作为指导和评价古诗词英译的标准，体现出一定的创新性和普适性，可以成为古诗词英译中较有信度和效度的翻译方法和评价原则，但是我们仍旧可以继续探索更完善、更全面的古诗词翻译理论，这就要求翻译研究工作者们不要一味固守翻译理论的旧传统，要学会突破、学会创新，孜孜不倦地致力于创造出尽善尽美的译文，在起承转合中呈现出经典文学作品的生命力。可以预见的是，古诗词英译研究将会在未来有着更广阔的发展空间，中外译者可通过合作的方式协力提高翻译质量，译出富有文学价值和交流价值的文化艺术精品，在与西方世界平等交流的基础上，维护多元文化的和谐共存。

在全球化趋势下，各国文化互通互融、各采所长，因而古典文化的外译不仅仅是一种单纯的语言交际行为，更是关乎保持文化个性品格、构建具有华夏知性体系的话语形态和认识范式、传扬东方智慧知性体系、提升我国整体文化软实力的一个战略目标。希望笔者的研究能够起到抛砖引玉的作用，能吸引到更多的学者专家参与到内，共同思考、共同创造，合力推动东方智慧体系下的生态翻译研究向纵深、立体化发展，以促进世界文化的繁荣发展，这也是作为翻译研究者所怀有的最美好期待。

参考文献

[1]   Arthur Waley. The Poet Li Po[M]. London: East and West Ltd.，1919.

[2]   Berman Antoine. Translation and the Trials of the Foreign[C]//Lawrence Venuti(ed.).
       The Translation Studies Reader. London & New York: Routledge，2000.

[3]   Burton Watson. Su Tung-p'o: Selections from a Sung Dynasty Poet[M]. U.S:
       Columbia University Press，1965.

[4]   Burton Watson. Selected Poems of Su Tung-P'o[M]. Minneapolis: Consortium
       Book Sales & Dist，1993.

[5]   Cronin Michael. Translation and Globalization[M]. London & New York:
       Routledge，2003.

[6]   David Hinton. The Selected Poems of Li Po[M]. New York: A New Directions
       Book，1996.

[7]   David Hinton. Classical Chinese Poetry: An Anthology[M]. New York: Farrar,
       Straus and Giroux，2010.

[8]   Eugene Nida, Tabe Charles. The Theory and Practice of Translation[M]. Leiden:
       E. J. Brill，1969.

[9]   Eugene Nida. Language, Culture and Translating[M]. Shanghai Foreign
       Language Education Press，1993.

[10]   Ezra Pound. Cathay[M]. London: Elkin Mathews: Penguin，1965.

[11]   Ezra Pond. Poems and Translation[M]. New York: The library of America，2003.

[12]   Hebert Giles. Chinese Poetry in English Verse[M]. London: B. Quaritch，1898.

[13] Jane E. Ward. Wang Wei: An Homage to[M]. US: Poet Laureate-Multimedia Artist，2008.

[14] Jef Verschueren. Pragmatics as a theory of linguistic adaptation[M]. Antwerp, Belgium : International Pragmatics Association，1987.

[15] Jeremy Munday. Introducing Translation Studies: Theories and Applications[M]. London & New York: Routledge，2001:73.

[16] John Turner. A Golden Treasury of Chinese Poetry Hong Kong[M]. Hongkong: The Chinese University Press，2008.

[17] Julie Landau. Beyond Spring: Tz'u Poems of the Sung Dynasty[M]. U.S: Columbia University Press，1997.

[18] Katan, David. Translating Cultures[M]. Manchester: St. Jerome Publishing，1999.

[19] Lawrence Venuti. The translator's invisibility[M]. Shanghai: Shanghai Foreign Language Education Press，2004.

[20] Mary Snell-Hornby. Translation Studies: an Integrated Approach[M]. Shanghai: Shanghai Foreign Language Education Press，2007.

[21] Naess Arne. The Shallow and the Deep, Long-range Ecology Movement: A summary[J]. Inquiry: An Interdisciplinary Journal of Philosophy，1973 (16) : 95-100.

[22] Peter Newmark. Approaches to Translation[M]. Oxford: Pergamon，1982.

[23] Peter Newmark. A Textbook of Translation[M]. Hertfordshire: Pretice Hall International (UK) ltd，1988.

[24] Robert Morrison. Translations from the Original Chinese, with Notes, in The Literary Panorama and National Register[M]. London: the Miltonian Press，1816.

[25] Rosanna Warren. The Art of Translation: Voices from the field[M]. Boston:

Northeastern University Press，1989.

[26] Stephen Owen. An Anthology of Chinese Literature: Beginning to 1911[M]. New York: Norton，1996.

[27] Susan Bassnett. Translation Studies [M]. London & New York: Routledge，1991.

[28] Witter Bynner, Kiang Kang-hu. Jade Mountain: Chinese Anthology; Three Hundred Poems of T'ang Dynasty[M]. New York: Alfred A. Knopf，1929.

[29] 包通法，孔晖珺，刘正清. 天人合一认识样式的翻译观研究[J]. 外语教学与研究，2010（4）：60-69.

[30] 包通法."天人合一"认识样式的翻译观研究[J]. 外语与外语教学，2012（4）：60-64.

[31] 蔡新乐.《翻译适应选择论》简评[J]. 中国科技翻译，2006（1）：58-59.

[32] 陈大亮. 谁是翻译主体[J]. 中国翻译，2004（2）：3-7.

[33] 陈菲菲. 生态翻译学三维转换法重构与苏词英译[D]. 无锡：江南大学，2013.

[34] 陈菲菲. 生态翻译学视角下苏词英译中文化意象的传译[M]//詹文都. 语言与文化研究（第一辑）. 北京：光明日报出版社，2015.

[35] 陈菲菲. 三维视角下宋词英译：现状及对策研究[J]. 海外英语，2015（12）：129-130+137.

[36] 陈菲菲. 生态翻译学之中国生态智慧探析——以苏词英译为例[C]. 国际型外语人才培养研究：第六届中国语言教育研讨会论文集，2016.

[37] 陈福康. 中国译学理论史稿[M]. 上海：上海外语教育出版社，2000.

[38] 陈奇敏. 许渊冲唐诗英译研究——以图里的翻译规范理论为观照[D]. 上海：上海外国语大学，2012.

[39] 陈水平. 生态翻译学的悖论——兼与胡庚申教授商榷[J]. 中国翻译，2014（2）：68-73.

[40] 程元元. 宋词英译的语篇功能对比分析——以水调歌头为例[J]. 外语教育

与翻译发展创新研究，2012（3）：158-165.

[41] 成中英. 从中西互释中挺立：中国哲学与中国文化的新定位[M]. 中国人民大学出版社，2005.

[42] 党争胜. 中国古典诗歌在国外的译介与影响[J]. 外语教学，2012（5）：96-100.

[43] 戴玉霞. 苏轼诗词英译对比研究——基于和合翻译理论的视角[M]. 西安：西安电子科技大学出版社，2016.

[44] 邓媛. 生态翻译学视角下依托项目的 MTI 口译学习模式研究[J]. 外语电化教学，2012（9）：77-80.

[45] 段曹林. 唐诗修辞论[M]. 中国社会科学出版社，2014.

[46] 段奡卉. 从关联翻译理论看汉语格律诗英译中形式的趋同——以《春望》三个译本为例[J]. 外语学刊，2011（5）：121-124.

[47] 范建华. 生态文学研究的价值取向及其逻辑架构[J]. 湖北社会科学，2010（11）：128-130.

[48] 方梦之. 论翻译生态环境[J]. 上海翻译，2011（1）：1-5.

[49] 葛瑞峰. 论中药宣传册翻译中的译有所为——以《霍山石斛》的翻译为例[J]. 成都大学学报（社会科学版），2018（4）：99-103.

[50] 葛文峰. 英译与传播：朱莉叶·兰道的宋词译本研究[J]. 华北电力大学学报（社会科学版），2016（5）：104-108.

[51] 龚景浩. 英译中国古词精选[M]. 北京：商务印书馆，1999.

[52] 辜鸿铭. 中国人的精神[M]. 北京：外语教学与研究出版社，1996.

[53] 顾正阳. "三美"的展现——评许渊冲先生的古诗英译作品[J]. 上海大学学报（社会科学版），1998（12）：41-46.

[54] 顾正阳. 古诗词曲英译文化视角[M]. 上海：上海大学出版社，2008.

[55] 顾正阳. 古诗词曲英译文化探幽[M]. 北京：国防工业出版社，2012.

[56] 顾正阳. 古诗词曲英译文化理论研究[M]. 北京：国防工业出版社，2013.

[57] 郭正枢. 林语堂英译六首苏轼词赏析[J]. 外语教学与研究，1991（3）：44-49+80.

[58] 胡仔. 苕溪渔隐丛话后集卷第三十九[M]. 北京：人民文学出版社，1962.

[59] 洪堡特. 论人类语言结构的差异及其对人类精神发展的影响[M]. 北京：商务印书馆，1977.

[60] 胡庚申. 翻译适应选择论[M]. 武汉：湖北教育出版社，2004.

[61] 胡庚申. 翻译适应选择论的哲学理据[J]. 上海科技翻译，2004（4）：1-5.

[62] 胡庚申. 适应与选择：翻译过程新解[J]. 四川外语学院学报，2008（4）：90-95.

[63] 胡庚申. 生态翻译学解读[J]. 中国翻译，2008（6）：11-15.

[64] 胡庚申. 傅雷翻译思想的生态翻译学诠释[J]. 外国语，2009（3）：47-53.

[65] 胡庚申. 生态翻译学：产生的背景与发展的基础[J]. 外语研究，2010（4）：62-67.

[66] 胡庚申. 生态翻译学：生态理性特征及其对翻译研究的启示[J]. 中国外语，2011（11）：96-99+109.

[67] 胡庚申. 生态翻译学——建构与诠释[M]. 北京：商务印书馆，2013.

[68] 胡庚申. 刍议"生态翻译学与生态文明建设"研究[J]. 解放军外国语学院学报，2019（4）：125-131+160.

[69] 胡伟华、郭继荣. 生态翻译学视域下葛浩文的译者主体性探析[J]. 外语电化教学，2017（3）：52-57.

[70] 黄国文. 翻译研究的语言学探索——古诗词英译本的语言学分析[M]. 上海：上海外语教育出版社，2006.

[71] 黄立. 英语世界的唐诗宋词研究[M]. 成都：四川大学出版社，2009.

[72] 江岚. 唐诗西传史论——以唐诗在英美的传播为中心[M]. 北京：学苑出版社，2009.

[73] 江岚，罗时进. 早期英国汉学家对唐诗英译的贡献[J]. 上海大学学报（社会科学版），2009（2）：33-42.

[74] 蒋骁华. 译者的选择性适应与适应性选择评《牡丹亭》的三个英译本[J]. 上海翻译，2009（4）：11-15.

[75] 金胜昔. 认知语言学视域下唐诗经典中的转喻翻译研究[D]. 东北师范大学，2017.

[76] 冷育宏. 生态翻译理论下译者真的是"中心"吗？——与胡庚申教授商榷[J]. 上海翻译，2011（3）：71-73.

[77] 理雅各. 汉英四书[M]. 长沙：湖南出版社，1992.

[78] 李亚舒，黄忠廉. 别开生面的理论建构——读胡庚申《翻译适应选择论》[J]. 外语教学，2005（6）：95-96.

[79] 李正栓. 唐诗宋词英译研究：比较与分析[J]. 中国外语，2005（2）：65-69.

[80] 连淑能. 论中西思维方式[J]. 外语与外语教学，2002（2）：41-47.

[81] 梁启超. 饮冰室合集·专集[M]. 北京：中华书局，1989.

[82] 梁实秋. 梁实秋文集[M]. 厦门：鹭江出版社，2002.

[83] 林语堂. 大荒集[M]//梅中泉. 林语堂名著全集：第十三卷. 长春：东北师范大学出版社，1994.

[84] 林语堂. 东坡诗文选[M]. 天津：百花文艺出版社，2002.

[85] 刘爱华. 生态视角翻译研究考辨——"生态翻译学"与"翻译生态学"面对面[J]. 西安外国语大学学报，2010（3）：75-78.

[86] 刘君. 从接受美学视角看宋词的翻译[D]. 苏州大学，2011.

[87] 刘猛. 从标记理论论文学风格的再现——以许渊冲英译宋词为例[D]. 上海外国语大学，2009.

[88] 刘宓庆. 现代翻译理论[M]. 南昌：江西教育出版社，1990.

[89] 刘宓庆. 中西翻译思想比较研究[M]. 北京：中国对外译出版公司，2005.

[90] 刘宓庆. 翻译美学导论[M]. 北京：中国对外翻译出版公司，2005.

[91] 刘宁. 翻译王维有几种方式[J]. 读书，2004（5）：34-37.

[92] 刘棋. 儒道释家生态整体观研究[J]. 哈尔滨工业大学，2017.

[93] 刘雅峰. 译者的适应与选择：外宣翻译过程研究[M]. 北京：人民出版社出版，2010.

[94] 龙婷、龚云、刘璇. 江西 5A 景区牌示英译研究——基于生态翻译学的三维理论[J]. 上海翻译，2018（6）：21-25.

[95] 鲁迅. 汉文学史纲要[M]. 北京：人民文学出版社，2006.

[96] 罗迪江，胡庚申. 关于生态翻译学相关问题的再思考——对尹穗琼商榷文章的回应[J]. 天津外国语大学学报，2017（3）：63-68.

[97] 罗新璋，陈应年. 翻译论集（修订版）[M]. 北京：商务印书馆，2009.

[98] 吕叔湘. 中诗英译比录[M]. 中华书局，2002.

[99] 牟宗三. 中国哲学 19 讲[M]. 上海：上海古籍出版社，1997.

[100] 牛云平. 翻译学认识论[M]. 北京：科学出版社，2016.

[101] 潘家云.《声声慢》翻译赏析与试译[J]. 外国语言文学，2003（3）：53-55.

[102] 钱穆. 中国文化对人类未来可有的贡献[J]. 中国文化，1991（4）：93-96.

[103] 裘小龙. 中国古典爱情诗词选[M]. 上海：上海社会科学出版社，2003.

[104] 任治稷. 东坡之诗[M]. 上海：复旦大学出版社，2008.

[105] 舒晓杨. 生态翻译学视角下翻译教学模式实证研究[J]. 上海翻译，2014（2）：75-78+95.

[106] 孙爱娜. 多元动态的生态口译训练模式创设研究[J]. 外语界，2017（1）：72-78.

[107] 孙雪.《九日齐山登高》马礼逊译文对唐诗英译的启示[J]. 内蒙古农业大学学报（社会科学版），2016（9）：140-144.

[108] 孙迎春. 张谷若与"适应""选择"[J]. 上海翻译，2009（11）：1-6.

[109] 孙致礼. "译者的职责"[J]. 中国翻译, 2007 (4): 14-18.

[110] 谭载喜. 西方翻译简史[M]. 北京: 商务印书馆, 1991.

[111] 唐圭璋. 词话丛编[M]. 北京: 中华书局, 2005.

[112] 陶友兰. 我国翻译专业教材建设: 生态翻译学视角[J]. 外语界, 2012 (3): 81-88.

[113] 屠国元, 朱献珑. 译者主体性: 阐释学的阐释[J]. 中国翻译, 2003 (6): 8-14.

[114] 王秉钦. 文化翻译学[M]. 天津: 南开大学出版社, 2006.

[115] 王丹凤. 苏词英译中词汇特点的传译[J]. 甘肃联合大学学报(社会科学版), 2010 (1): 95-98.

[116] 王国维. 人间词话[M]. 北京: 人民文学出版社, 1960.

[117] 王建华, 周莹, 蒋新莉. 近20年国内外生态翻译学研究可视化对比[J]. 英语研究, 2019 (2): 132-134.

[118] 王凯华. 帕尔默文化语言学视角下的宋词英译意象传递研究[D]. 辽宁师范大学, 2014.

[119] 王宁. 生态文学与生态翻译学: 解构与建构[J]. 中国翻译, 2011 (2): 10-15.

[120] 汪榕培. 比较与翻译[M]. 上海: 上海外语教育出版社, 1997.

[121] 王守义, 约翰·诺弗尔. 唐诗三百首英译[M]. 哈尔滨: 黑龙江人民出版社, 1989.

[122] 王育平, 吴志杰. 超越"自然选择"、促进"文化多元"——试与胡庚申教授商榷[J]. 外国语文, 2009 (4): 135-138.

[123] 文殊. 诗词英译选[M]. 北京: 外语教学与研究出版社, 1989.

[124] 翁显良. 本色与变相: 汉诗英译琐议之三[J]. 外国语, 1983 (1): 24-27.

[125] 肖云华. 类比与悖论: 生态翻译学的理论困境[J]. 华南理工大学学报(社会科学版), 2014 (3): 101-104.

[126] 谢天振. 译介学[M]. 上海：上海外语教育出版社，1999.

[127] 谢天振. 翻译本体研究和翻译研究本体[J]. 中国翻译，2008（5）：6-10.

[128] 谢天振. 翻译研究新视野[M]. 福州：福建教育出版社，2015.

[129] 谢志辉. 生态翻译学视角下的译者主体性[J]. 长沙大学学报，2017（1）：103-105.

[130] 辛红娟，覃远洲. 格式塔意象再造：古诗英译意境美之道——以柳宗元《江雪》译本为例[J]. 湖南农业大学学报（社会科学版），2013（4）：92-96.

[131] 辛红娟，郭薇. 杨绛翻译观的中庸义理解读[J]. 中国翻译，2018（7）：61-64.

[132] 许建忠. 翻译生态学［M］. 北京：中国三峡出版社，2009.

[133] 许钧. 翻译论[M]. 武汉：湖北教育出版社，1999.

[134] 许渊冲. 翻译的艺术[M]. 北京：中国对外翻译出版公司，1984.

[135] 许渊冲，陆佩弦，吴钧陶. 唐诗三百首新译[M]. 北京：中国对外翻译出版公司，1988.

[136] 许渊冲. 中国古诗词六百首（中英对照）[M]. 北京：新世界出版社，1994.

[137] 许渊冲. 中诗音韵探胜[M]. 北京：北京大学出版社，1997.

[138] 许渊冲. 汉英对照唐诗三百首[M]. 北京：中国对外翻译出版公司，2000.

[139] 许渊冲. 唐诗三百首[M]. 北京：高等教育出版社，2000.

[140] 许渊冲. 文学与翻译[M]. 北京：北京大学出版社，2003.

[141] 许渊冲. 中国学派的古典诗词翻译理论[J]. 外语与外语教学，2005（11）：41-44.

[142] 许渊冲. 宋词三百首[M]. 北京：中国出版集团，2007.

[143] 许渊冲. 西风落叶[M]. 上海：外语教学与研究出版社，2015.

[144] 徐忠杰. 诗百首英译[M]. 北京：北京语言学院出版社，1986.

[145] 闫朝晖. 古典诗词里道家哲学在英译中的传达——以柳永长调《雨霖铃》中两句的英译为例[J]. 郑州轻工业学院学报，2010（3）：125-128.

[146] 杨超. 结构与能动性关系审视下的生态翻译学的悖论[J]. 东方翻译，2016
（12）：21-25.

[147] 杨贵章，曾利沙. "语境参数理论"视角下的宋词英译研究——《江城子·记
梦》之意美阐释[J]. 当代外语研究，2014（4）：48-52.

[148] 杨群. 从翻译适应选择论看译者主体性[D]. 长沙：国防科学技术大学，2007.

[149] 杨宪益，戴乃迭. 苏轼诗词选：汉英对照[M]. 北京：中国文学出版社，1999.

[150] 杨宪益，戴乃迭. 古诗苑汉英译丛[M]. 北京：外文出版社，2001.

[151] 杨宪益，戴乃迭. 杨宪益译宋词[M]. 北京：外文出版社，2003.

[152] 杨晓荣. 翻译批评导论[M]. 北京：中国对外翻译出版公司，2000.

[153] 叶嘉莹. 唐宋词十七讲[M]. 北京：北京大学出版社，2015.

[154] 叶燮. 原诗[M]. 北京：人民文学出版社，1979.

[155] 尹穗琼. 生态翻译学若干问题探讨——与胡庚申教授就《生态翻译学：建
构与诠释》中的部分观点进行商榷[J]. 天津外国语大学学报，2017（3）：
56-62.

[156] 尹穗琼. 对《关于生态翻译学相关问题的再思考——对尹穗琼商榷文章的
回应》一文的再回应[J]. 天津外国语大学学报，2017（3）：69-70.

[157] 袁莉. 关于翻译主体研究的构想[C]//张祖毅，许钧. 面向二十一世纪的译学
研究. 北京：商务印书馆，2002.

[158] 袁行霈. 中国文学概论[M]. 香港：三联书店，1999.

[159] 袁行霈. 唐诗风神[J]. 北京大学学报（哲学社会科学版），2004（9）：74-82.

[160] 岳中生，于增环. 生态翻译批评体系构建研究[M]. 北京：科学出版社，2016.

[161] 查明建，田雨. 论译者主体性——从译者文化地位的边缘化谈起[J]. 中国
翻译，2003（1）：19-24.

[162] 张瑜. 从文化缺省及其翻译补偿看唐诗中典故的英译[D]. 成都：四川师范
大学，2008.

[163] 郑海凌. 文学翻译学[M]. 郑州：文心出版社，2000.

[164] 宗浩. 应用生态学[M]. 北京：科学出版社，2011.

[165] 仲伟合，周静. 译者的极限与底线——试论译者主体性与译者的天职[J]. 外语与外语教学，2006（7）：42-46.

[166] 朱纯深. 名作精译：汉译英选萃[M]. 青岛：青岛出版社，2003.

[167] 朱光潜. 诗论[M]. 安徽：安徽教育出版社，1997.

[168] 朱雯雯. 唐诗空白结构的修辞研究[D]. 上海：复旦大学，2011.

[169] 朱小美，陈倩倩. 从接受美学视角探究唐诗英译——以《江雪》两种英译文为例[J]. 西安外国语大学学报，2010（4）：105-108.

[170] 卓振英. 汉诗英译中的借形传神及变通[J]. 福建外语，2002（1）：54-60.